二月河 大河歷史小說
帝王三部曲

절대군주 건륭황제

【일러두기】
· 번역 원본은 1999년 4월 중국 하남문예출판사가 펴낸 제2판 1쇄본을 사용하였습니다.
· 본문에 나오는 인명과 지명 중 만주어를 제외한 모든 한자는 한글발음대로 표기하였으며, 독특한 관직명은 이해하기 쉽도록 의역한 부분도 있습니다. 그리고 소설 진행상 불필요한 부분은 축역하였습니다.

(절대군주)건륭황제. 5/ 이월하 저 ; 한미화 옮김. -- 서울 : 산수야, 2005
304p. ;22.4cm.

판권기관칭: 二月河 大河歷史小說
원서명: 乾隆皇帝
ISBN 89-8097-129-X 04820 ₩ 8,000
ISBN 89-8097-124-9(세트)

823.7-KDC4
895.1352-DDC21   CIP2005001250

小說[乾隆皇帝]根據與作家二月河的契約屬於山水野. 嚴禁無斷轉載複製.
[건륭황제]의 한국어판 저작권은 작가 이월하와의 독점계약으로 산수야에 있습니다.
신저작권법에 의해 국내에서 보호받는 지적물이므로 출판사의 사전 허락 없는 무단전재와 복제를 금합니다.

二月河 大河歷史小說
帝王三部曲

絶代君主
건륭황제 乾隆皇帝

⑤

산수야

二月河 大河歷史小說
절대군주 건륭황제 ⑤

초판 1쇄 발행	2005년 11월 20일
초판 2쇄 발행	2010년 11월 15일
지은이	이월하
옮긴이	한미화
발행인	권윤삼
발행처	도서출판 산수야
등록번호	제1-1515호
등록일자	1993년 4월 30일
주소	서울시 마포구 망원동 472-19호
우편번호	121-826
전화	02-332-9655
팩스	02-335-0674
값	8,000원

ISBN 89-8097-129-X 04820
ISBN 89-8097-124-9(세트)

이 책의 모든 법적 권리는 도서출판 산수야에 있습니다.
저작권법에 의해 보호받는 저작물이므로
본사의 허락 없이 무단 전재, 복제, 전자출판 등을 금합니다.

산수야의 책은 독자가 만듭니다.
독자 여러분들의 소중한 의견을 기다립니다.

5 乾隆皇帝

제2부 석조공산(夕照空山) | 2권

황후의 구명은인(救命恩人) · 7
보은의 선물 · 34
병상의 노신(老臣) · 58
만인의 표상 · 79
깊고 푸른 밤 · 101
도둑들의 꼬리를 밟다! · 123
금천(金川), 아름다운 어머니의 땅! · 147
장족(藏族), 신이 선택한 민족 · 178
추계대사도(雛鷄待飼圖) · 205
무치(武治)에서 문치(文治)로! · 233
사교(邪敎)의 포교현장 · 256
옥신묘(獄神廟)에서 만난 군신(君臣) · 280

16. 황후의 구명은인(救命恩人)

"이 일은 형신, 어얼타이 경들과는 무관하네. 그러니 그만 자리에서 일어나게."

건륭은 착잡한 미소를 지었다.

"'일지화(一枝花)' 같은 악질 비적들이 적지 않은 성(省)을 휘젓고 다니면서 대낮에 코를 베어 가는 짓을 서슴지 않을 때까지 잡아서 족치지 못한다는 것은 짐이 덕이 없기 때문이네. 짐이 스스로 자부해왔던 용인술(用人術) 또한 이번 사고를 계기로 다시 한 번 되돌아보아야겠네. 이와 같이 무능한 자에게 겁도 없이 대사(大事)를 맡겼다는 사실에 짐은 오로지 자책과 자탄을 금할 길 없네! 지의를 받고 석가장(石家莊)으로 떠난 고항(高恒)은 길에서만 열흘이 넘도록 지체했지. 왕명을 소홀히 하지 않고서는 도저히 그리 할 순 없지 않겠나? 올리는 주장(奏章)마다 '일지화'가 산동성(山東省)에서 자신에게 한방 얻어맞은 복수를 꿈꿔 죽자살자 끈질기게 따라붙는다며 은근히 짐에게 자신의 산동대첩을 자랑하곤 했지!"

고향에 대해 얘기하는 건륭은 갈수록 화가 북받치는 듯 숨소리는 거칠어졌고 눈언저리가 금세 벌겋게 달아올랐다.

"푸헝, 나친은 돌아가서 자네들의 웃어른을 찾아 물어보게. 장정옥과 어얼타이가 왕년에 성조(聖祖)와 선제(先帝)를 섬기며 어떤 식으로 폐침망식(廢寢忘食)하여 왔는지를! 자네들처럼 젊었을 때 장정옥은 하루에 두 시간밖에 눈을 붙이지 않았고, 운남(雲南), 귀주(貴州) 전선에 나가있던 어얼타이도 밤마다 세 번씩 일어나 초소를 둘러보곤 했다고 하네! 형만한 아우가 없다더니 선배만한 후배도 없는 건가? 후생가외(後生可畏)라는 말이 있는데, 자네들은 어디 이 두 사람의 발뒤축에나 따라갈 수 있겠나? 작패(作牌)나 던지고 황구(黃狗)를 살찌우는 데나 둘째가라면 서러워할 위인들이야!"

푸헝이 집에 찾아오는 손님들을 접대하면서 심심풀이로 가끔씩 작패놀이를 하는 것은 사실이었다. 또한 황구(黃狗)는 나친이 몰래 자택까지 찾아와 이것저것 청탁을 하는 사람들을 물리치기 위해 마음먹고 기르는 개라는 것도 건륭은 익히 알고 있었다. 하지만 평소엔 여가활용은 풍류로 자기관리에 철저한 것도 장점으로 꼽아주던 건륭이 이같이 꼬집는 건 고항에게서 옮겨 붙은 불 때문이라는 걸 잘 아는 두 사람은 연신 머리를 조아려 사죄를 표하는 수밖에 없었다.

"됐네, 일어나게."

한바탕 울분을 토해내고 나니 마음이 한결 편해진 듯 말투를 부드럽게 건륭이 말했다.

"짐이 흥분한 나머지 말을 가려서 하지 못했을 수도 있네. 작심하고 자네들을 조준하여 화살을 쏜 것은 아니라는 걸 알만한 사람들이기에 짐이 마음놓고 얘기했네. 대청(大淸)이 오늘의 극성시대(極盛時代)를 맞이하기까지는 경들의 공로가 컸지. 짐은 등극 이래 아무리 사소한 정무일지라도 늘 살얼음 위를 걷는 긴장으로 일관했었네. 인재를 발굴하고 키우는 데 있어서도 유심히 지켜보고 김매고 거름주는 걸 게을리 하지 않았다고 자부해 왔는데, 이제 보니 그게 아닌가 보네. 짐은 자네 두 사람을 포함하여 아계, 고항, 이시요, 류통훈, 러민, 노작, 어싼, 전도 등 몇몇은 장정옥과 어얼타이를 따라 현량사(賢良司)에 이름을 남기고 능운각(凌雲閣)에 모습을 남게 하여 후세들에게 훌륭한 표본이 되게 하고 싶었네. 하지만 손뼉도 마주쳐야 소리가 나듯 짐 혼자만 아무리 부지런히 물주고 거름줘서 뭘 하겠나? 꽃씨를 품은 땅이 아닌데, 어찌 꽃이 피고 열매를 맺을까! 일국지치(一國之治)란 흥망(興亡)이 졸지에 뒤바뀜은 물론, 자로 재단할 수 있는 성세(盛世)의 기준도 없네! 아무리 모든 것이 흥성일로(興盛一路)를 달린다고 해도 항시 천 길 낭떠러지를 앞둔 긴장을 풀어서는 아니 되겠네. 무소불위(無所不爲)의 권력을 과시하고 불이(不二)의 번영국면을 열었다던 수문제(隋文帝)도 망나니 아들이 기를 쓰고 무덤을 파는데는 어찌 할 도리가 없더군."

나직이 말했지만 철사로 후려치는 위력이 다분한 건륭의 말에 나친과 푸헝은 오체투지에 가까운 경건한 마음으로 입을 열었다.

"폐하의 훈회를 가슴깊이 아로새기겠사옵니다. 절대 폐하의 깊고 크신 기대를 저버리는 일은 없을 것이옵니다. 신들은 오로지 일심전력으로 폐하를 섬기는 일념으로 순간, 순간을 정진할 것이옵니다!"

 나친의 말에 머리를 끄덕여 보이며 건륭은 그제야 화제를 본론으로 끌고 갔다.

 "아무리 생각해봐도 요상하고 불가사의하네. 시퍼런 대낮에 육박전 한 번 없이 순순히 내주듯 빼앗겼다는 것도 그렇고, 세 살짜리 코흘리개를 데리고 놀듯 여유만만하게 거금을 빼돌렸다는 것도 짐의 상식으론 도저히 이해가 가지 않네. 조정에서 흠차(欽差)라고 파견한 관원이 이렇듯 무능해도 되는 건가? 은자 65만 냥이 누구네 강아지 이름도 아니고!"

 어얼타이가 공손히 읍하며 아뢰었다.

 "천만 지당하신 지적이시옵니다. 하오나 다른 한편으로는 이 사건이 시사하는 바는 그뿐만이 아니라고 사려되옵니다. 당치도 않사오나 저들이 표방하는 이상제국(理想帝國)을 건설하겠다는 '꿈'이 야무진 '일지화'가 비루하고 치졸하기 그지없는 수법으로 군향(軍餉)에 마수를 뻗쳤다는 것은 개도 급하면 담을 넘는다는, 말로로 치닫는 자의 최후의 발악이 따로 없다는 것을 스스로 드러내고 있는 것이옵니다. 강서(江西)에서 발을 못 붙이고 산동(山東)으로 쫓겨갔고, 거기에서는 다시 고항에게 얻어맞아 혼비백산하여 산서(山西)로 잠입했으나 둥지를 트는 일이 힘에 부치니 이같은 하책을 고안해낸 것 같사옵니다. 조정에서 서남 용병에 전력투구하는 틈을 노려 북방에서 군향을 절취하여 인마를 사들이든가, 아니면 힘센 비적들에 빌붙어 한숨 돌려보자는 얕은 계산이 깔려 있을 것이옵니다. 또한 이같이 엄청난 짓을 획책함으로써 만천하에 자신이 아직 건재하다는 것과 설령 전보다는 기세가 한풀 꺾였을지라도 썩어도 준치라는 나름대로의 논리를 과시하는

행각이라 보여지옵니다. 원래 빈 수레가 요란하다고 하지 않사옵니까? 저들도 잔뜩 겁에 질려 있을 것이옵니다. 제아무리 발광해도 조정의 대정(大政)에 큰 악영향을 미치기엔 역부족일 것이옵니다."

"핵심은 바로 그것이옵니다!"

이번에는 장정옥이 어얼타이의 말에 동조하고 나섰다.

"일지화의 소행은 실로 동네 닭 훔쳐먹는 치졸한 행각이 아닐 수 없사옵니다. 장작 메고 불 속으로 뛰어드는 '일지화'식 막판 뒤집기에 불과하옵니다. 액수가 워낙 커서 약간의 충격을 받았지만 웬만했더라도 폐하까지 경동시킬 정도로 호들갑을 떨 일은 아니었사옵니다."

장정옥이 시들하고 가늘어 보이는 흰 수염을 쓸어 내리며 코웃음을 치며 덧붙였다.

"은자 65만 냥, 자그마치 4만 근(斤)이옵니다. 누구한테 선심을 베푸는 것도 용이하지 않을 테고, 어디 숨기는 것도 골칫거리일 것이옵니다. 허겁지겁 삼키면 체하게 되어 있사옵니다. 저절로 토해내는 수도 얼마든지 있사옵니다! 인마를 사들여? 한단(邯鄲), 장치(長治), 창덕(彰德) 지역은 작년에 모두 부세(賦稅)를 감면해 주었는 데다 올해 대풍작까지 거두어 백성들이 조정에 감지덕지하고 있는데, 의식주가 보장되는 한 어느 누가 선뜻 모역(謀逆)에 가담하겠사옵니까? 신의 우견으론 류통훈을 보내어 한단 지부(邯鄲知府)와 합동으로 처리하면 충분할 줄로 아옵니다."

그러자 나친이 말했다.

"그래도 한단 경내에서 일어난 사건이니 만큼 본인도 주장에서 죄를 청하였듯이 한단 지부의 책임은 물어야 한다고 사려되옵니다."

이에 건륭이 잠시 생각하더니 나지막이 헛기침을 하면서 천천히 입을 열었다.

"책임의 소재는 분명히 해야겠지만 어떤 경우에든 처벌을 위한 처벌은 금물이네. 한단 지부의 책임이라면 경내의 치안에 소홀했다는 건데, 이는 지부 본인이 간절히 뉘우치고 있는 만큼 크게 떠들 필요는 없겠네. 수사만 진척을 보인다면 짐은 지부는 물론 고항, 황천패도 벌하지 않을 생각이네."

"폐하! 시일을 못박은 다음 수사를 진행하는 것이 바람직하다 사려되옵니다."

푸헝이 말을 이었다. 그러자 건륭이 머리를 끄덕였다.

"그럼 3개월로 하지! 적재적소에 제대로 투입되어야 하는 군향이니 만큼 유효기간을 넘기면 군법에 따라 처벌하지 않을 수 없겠지. 그리 알고 이제 그만 물러가게. 오늘 토의한 내용은 푸헝, 자네가 류통훈에게 전하도록 하게. 금명간 한단으로 떠날 채비를 하라 이르게! 나친, 자네는 두 선배 재상을 배웅하고 나서 군기처로 돌아가 불침번을 서도록 하게."

건륭은 네 명의 대신이 물러가기를 기다렸다가 곧 태감을 불러 의복을 갈아 입혀줄 것을 지시했다. 그리고는 하명했다.

"자녕궁(慈寧宮)으로 가서 태후부처님께서 침수에 드셨는지 여부를 알아 오너라. 벌써 침수에 드셨다면 내일 문후 올리러 갈 것이라고 아뢰거라."

분부를 마치고 잠시 멍하니 앉아있던 건륭은 마음이 심란하고 심서(心緖)가 안녕하지 못하여 누군가를 붙잡고 뭔가 하소연을 하고 싶었다. 그렇다고 마땅히 떠오르는 사람도 없었다. 결국 그는 태감 왕충을 불러 말했다.

"군기처(軍機處)로 가서 지의(旨意)를 전하거라. 한림원(翰林院)에서 편수(編修)로 있는 기윤(紀昀)을 내일부터 군기처 장경(章京)으로 들이라고 하라."

"예, 폐하!"

대답과 함께 왕충이 뒷걸음쳐 물러가려고 했다. 그러자 건륭이 다시 불러 세우더니 웃으며 말했다.

"급한 일이 아니니 그리 서두를 건 없네. 이 시간에는 나친도 군기처에 도착하지 않았을 터이니 내일 전하도록 하게."

"예, 폐하!"

건륭은 손가는 대로 주장을 뽑아들었다. 경복(慶復)의 상주문이었다. 잠시 읽어보고 붓을 들어 주비(朱批)를 다는 건륭의 손이 전에 없이 분주했다.

아뢰어 온 세무(細務)는 모두 경과 장광사 두 사람이 고민하고 해결해야 할 문제이네. '장군은 밖에서는 황제의 명에 따르지 않을 수도 있다[將在外君命有所不受]'는 말을 잊었는가? 시시콜콜한 세부적인 일은 알아서 처리하고 책임지길 바라네. 결자해지(結者解之)라고 했으나 이번 군향 사건에 대해서는 고항은 따로 차사(差事)가 있으니 윤계선이 대신 책임지고 처리하기로 했으니 그리 알게. 짐이 금천(金川) 지역의 전사(戰事)에 얼마나 노심초사하고 있는지는 자네와 장광사 둘 다 익히 알고 있으리라고 믿네. 침착하게 작전을 세우고 지혜로운 대처로 가능한 한 속전속결을 하길 바라는 일념뿐이네. 짐은 곧 비밀리에 지방순시를 떠날 예정이네. 현지 민심을 살펴본 다음 돌아와서는 다시 부처님을 모시고 피서산장(避暑山莊)을 찾을 것이니 홍기첩보(紅旗捷報)가 아닌 이 같은 자질구레한 일은 아뢰지 않도록 하게. 이상!"

입술을 감아 빨며 생각에 잠겨있던 건륭이 다시 써놓은 주비를 읽어보았다. 이때 태감 복효(卜孝)가 들어와 아뢰었다.
"태후부처님께오선 종수궁으로 걸음을 하셨다 하옵니다. 황후마마의 문병(問病)을 가셨다 하옵니다."
"알았네!"
건륭이 알 듯 말 듯 미간을 찌푸리며 짤막한 한숨을 토해냈다. 그리고는 서둘러 양심전을 나섰다.

건륭이 급히 종수궁(鍾粹宮)에 도착해보니 뜻밖에도 태후를 비롯하여 귀비 나라씨, 혜비 고가씨, 순비 소가씨, 숙비 금가씨 등의 빈비들이 가득 모여 있었다. 그 외에도 답응(答應), 상재(常在)라 불리는 십여 명의 궁녀들도 황후가 예불을 올리는 작은 불당의 동쪽 정전에 모여 있었다. 안팎으로 등촉(燈燭)이 대낮 같았고, 조용하면서도 어딘가 어수선한 분위기였다. 서쪽 낭하에서는 몇몇 태의(太醫)들이 머리를 맞대고 뭔가를 다급하게 상의하고 있는 눈치였다.
건륭이 성큼 정전으로 들어서자 나라씨 이하의 빈비들은 일제히 무릎을 꿇었다.
병상에 누워 눈을 감고 말이 없는 황후를 안쓰럽게 바라보던 건륭이 태후에게로 다가가 문후를 올렸다.
"몇 사람 접견하느라 늦었습니다. 밤새 강녕하셨습니까, 부처님?"

이에 태후가 가볍게 한숨을 지으며 답했다.
 "어서 일어나 앉으세요, 황제! 모이다보니 한꺼번에 모여들어 황후가 피곤해하는 것 같아 이 어미가 누워 있으라고 했습니다."
 건륭이 그제야 황후의 침상으로 다가갔다. 그리고는 나지막이 입을 열었다.
 "내가 왔소. 옆자리에 앉아도 되겠지? 움직이지 말고 그대로 가만히 있으시오."
 건륭이 살며시 황후의 손을 당겨서 잡았다. 소중한 물건을 감싸듯 작은 손등을 어루만지고 있노라니 설움이 북받치고 마음이 천근만근 무거웠다.
 황후는 맥없이 눈꺼풀을 닫고 있을 뿐 잠이 든 건 아니었다. 건륭의 온기를 느끼며 힘겹게 눈꺼풀을 밀어 올리고 건륭을 물끄러미 올려다보는 그녀의 창백한 얼굴에 희비가 교차하는 기색이 비쳤다. 일어나 앉으려는 듯 소용없는 몸부림을 쳐보는 그녀는 톡 건드리면 그냥 울어버릴 것만 같았다. 실낱 같이 미약한 한숨을 내쉬며 황후가 겨우 입을 열었다.
 "폐하…… 소인이 더 이상은 폐하를 섬겨드리지 못할 것 같사옵니다……."
 무슨 소리를 하느냐는 원망어린 눈빛으로 황후를 응시하며 그 작은 손을 꼭 움켜진 손에 힘을 넣는 건륭의 몸이 바르르 떨렸다. 애써 참는 두 눈에 어느새 피를 닮은 눈물이 글썽거렸다. 빨갛게 달아오른 코를 벌름거리며 울음 섞인 목소리로 말했다.
 "두 번 다시 그런 말은 하지 마시오. ……전에 생진팔자(生辰八字)로 점괘를 보니 앞으로 적어도 25년의 양수(陽壽)는 있다고 하지 않았소?"

이같이 말하며 고개를 돌려 손수건으로 급히 눈물을 찍어내는 건륭은 영락없는 평범한 사람의 모습이었다.

황후의 파리한 얼굴에도 눈물이 흘러내렸다. 애써 지어낸 입가의 미소는 그래서 더 처량해 보였다. 말없이 눈물을 흘리며 서로를 마주보고 있는 두 사람의 모습을 지켜보던 태후가 황후에게로 다가와 말했다.

"황후, 절대 마음을 약하게 먹어선 안 되네……. 얼마나 좋은 팔자를 타고났는데 그래. 부처님 전에 공경하길 365일 한결같았고, 조상의 선산치레에 게을리 한 것도 아닌데 불조(佛祖)께서 어찌 지켜주시지 않겠느냐……. 이제 황제께서 계시니 우리 곁다리들은 그만 가보겠소. 이럴 때일수록 마음을 넓게 먹고 대범한 국모(國母)의 모습을 보여줘야 하네, 알겠소?"

코가 시큰하여 태후는 손시늉으로 대충 말을 마무리짓고 서둘러 궁전을 나가버렸다. 대전에는 몸종궁녀 몇 명만 난각 밖에 숙립하여 있을 뿐 덩그러니 둘만 남은 건륭과 황후는 앉은 채로, 누운 채로 아무 말도 없었다.

"폐하……."

거친 숨소리를 애써 누르며 황후 부찰씨가 천천히 입을 떼었다.

"소인을 향한 부처님과 폐하의 진심은 믿어 의심치 않사오나 대한(大限)이 다가오는데는…… 어느 누구도 밀어낼 방도가 없는 것 같사옵니다……."

건륭이 급히 잡은 손을 흔들며 어색한 웃음을 지으며 답했다.

"의심이 병이라 했소. 감기몸살 같은 가벼운 증세일 수도 있는데, 무작정 대한(大限) 따위를 운운하고 고민하니 없던 병도 생기겠소!"

가만히 이불깃을 여며주며 건륭이 한숨을 내뱉으며 천천히 말을 이어나갔다.

"근자에 일이 많아 종수궁을 찾지 못했더니 황후가 이리 약해져 있는 게 아닌가 싶네. 어서 자리를 박차고 일어나오. 짐이 목란(木蘭)에 있는 수렵장에 데리고 가든 강남을 일주하든 즐겁게 해줄 테니! 우리 둘 다 거지행색으로 자유롭게 향리에서 놀아보는 게 소원이잖소?"

평소에 자신이 소원해마지 않던 이상경계를 건륭이 다시 그려 내자 듣는 것만으로도 부찰씨의 얼굴엔 어린애 같은 미소가 번졌다. 그러나 그것도 잠시, 부찰씨의 눈빛은 다시금 암담해졌다.

"내생이 있다면…… 거기서 범인(凡人)으로 만나…… 이승에서 나누지 못한 정을 나누고 싶사옵니다……."

"만날 때 만나더라도 지금은 그리 요원한 것까지 생각할 필요가 없지!"

건륭이 애정이 가득한 눈매로 황후를 응시하며 이마로 흘러내린 머리카락을 살며시 쓸어넘겨 주었다.

황후가 하얗게 마른 꺼풀이 이는 입술을 돌돌 말았다. 갈증 때문이라고 생각한 건륭은 곧 머리맡의 작은 숟가락으로 찻물을 떠 입안에 넣어주었다. 몇 모금 받아 마시고 난 황후가 만족스레 웃으며 스르르 눈을 감았다. 그리고 말했다.

"폐하…… 소인이 지금 무슨 생각을 하는지 아시옵니까? 폐하께서 아직 세자의 몸이실 때 소인의 집으로 심부름을 오셨었죠. 무슨 일로 왜 오셨는지도 까맣게 잊은 채 소인이 수를 놓는 모습을 유심히 지켜보셨지요…… 그러다 소인이 바늘에 손가락을 찔리니 몹시 놀라시며 입으로 피를 빨아주시기까지 하셨잖아요……. 그

때 메뚜기를 선물로 받고 저랑 푸헝이 얼마나 좋아했던지 지금도 기억이 어제 같사옵니다. 3년 동안 애지중지해 왔던 메뚜기가 죽던 날 목을 놓아 통곡하며 슬퍼하니 아버님이 그러시더군요. 아비가 죽었어도 그 이상은 못 울 거라고 말이옵니다. 소싯적의 추억이 이리도 두고두고 사람을 살찌워주는 줄은 정말 몰랐사옵니다……."

환희에 찬 눈빛으로 천장을 올려다보며 추억을 길어 올리는 황후의 목소리는 마치 저 멀리 지평선에서 들려오는 것 같으면서도 가까운 귀엣말 같기도 했다.

"소인에게 하셨던 약조를 절대 잊으시면 아니 되옵니다…… 소인이 죽으면 '효현(孝賢)'이라는 시호(諡號)를 하사하기로 약조하신 사실 말이옵니다……."

황후의 안색이 갑자기 파랗게 변했다. 다급하게 황후의 입을 손바닥으로 막으며 건륭이 소리쳤다.

"진미미, 어딨나!"

"찾아계셨사옵니까, 폐하!"

돌계단 위에서 대기 중이던 진미미가 구르듯 달려들어 왔다.

"음, 저기……."

건륭은 잠시 침묵하더니 다시 말을 이었다.

"내일 내무부에 지의를 전하거라. 황후가 불녕(不寧)하니 이 기간에 궁중에서 살생하는 일은 없어야겠다. 또한 부처님을 제외한 모든 사람은 모두 재계(齋戒)해야 하고, 매일 동화문으로 들여오던 산짐승은 전부 방생하도록 하라."

"예, 폐하!"

"이게 첫째 지의이고……."

건륭이 두 번째 손가락을 펴들었다.

"둘째는, 군기처에 가서 올해 사형에 처하기로 했던 범인들은 전부 내년으로 집행을 미루고 현재 복역중인 다른 범인들도 형부에서 재수사하여 죄질이 그리 사악하지 않은 자는 적당히 훈계하여 출옥시키도록 하라!"

"예, 폐하!"

"또한 푸헝의 내인(內人)더러 대각사(大覺寺)에 제단을 만들라고 이르거라."

건륭이 덧붙여 명령했다.

"불조(佛祖)에 발원하여 황후의 병이 빠른 시일 내에 쾌유된다면 짐이 황금 1만 냥을 시주할 거라고 전하거라."

"예, 폐하!'

진미미가 물러가고 얼마 안 되어 황후는 곤히 잠이 들었다. 건륭은 궁녀더러 식향(息香)을 사르라고 명하고는 옷을 입은 그대로 황후의 옆자리에 팔베개를 하고 누웠다. 묵묵히 천장을 응시하고 있노라니 그리 고르지 않은 황후의 호흡이 신경 쓰이는 가운데 지나간 추억의 편린들이 하나둘씩 떠오르기 시작했다.

황후가 기억하고 있는 자수(刺繡)며 메뚜기 사건은 벌써 기억에서 멀어져가고 없지만 혼약을 앞두고 함께 죽마고우의 정을 나누던 광경은 생생했다. 그때 건륭은 '소옥(小玉)아, 소옥아! 우리 질 나쁜 셋째형이 널 눈독들이는 것 같으니 조심하거라' 하며 여러 번 주의를 주곤 했었다. 하나를 가르치면 둘을 알 정도로 영특했던 황후는 옹화궁(雍和宮), 육경궁(毓慶宮)을 거쳐 종수궁으로 들어올 때까지 세자비(世子妃), 귀비(貴妃), 황후(皇后)로서의 역할에 추호도 모자람이 없이 훌륭히 해냈다. 나라 안살림을 책임진

국모로서 조야(朝野) 안팎은 물론 세간의 존경도 한 몸에 받을 정도로 그녀는 근면하고 소박했으며, 인품이 남달랐다. 건륭이 여색을 탐하여 꽃이란 꽃은 다 꺾고 다녔어도 언제 싫은 내색 한 번 보인 적 없이 담담하게 대처해온 현명한 여인이었다…….

기쁠 때나 슬플 때나 괴로울 때나 큰소리가 울타리를 넘은 적 없이, 법도에 한 치의 빈틈도 없이 묵묵히 자신을 내조해온 황후에 대한 건륭의 감정은 남녀간의 애정 이전에 존경과 흠모가 먼저였다. 그런 '홍안지기(紅顔知己)'가 이제 곧 자신을 떠나 먼저 간다니……. 건륭은 그 상실감을 미리 떠올리며 울컥울컥 뜨거운 눈물을 쏟아냈다.

그때였다. 갑자기 눈을 번쩍 뜬 황후가 버럭 쇳소리를 지르는 것이었다.

"누구야? 당신, 귀신이지! 저리 못 가?"

분명 뭔가 헛것을 보았다고 단정한 건륭이 조심스레 황후를 껴안았다. 그리고는 등을 다독여 안심시키며 떨리는 목소리로 말했다.

"귀신이 아니라 짐이야, 짐이라고……. 자네가 사랑하는 사람이 옆에 지키고 있는데, 어떤 귀신이 감히 나타나 황후를 괴롭히겠소!"

건륭이 매달리듯 목을 칭칭 감은 황후에게 목을 맡긴 채 소리를 듣고 달려 들어온 태감들에게 물러가라는 손짓을 했다.

"오늘은 이대로 소인과 같이 해주시옵소서, 폐하!"

애지중지하는 물건이 든 보퉁이를 놓칠세라 껴안고 있듯 건륭의 목을 꼭 가슴에 품은 황후가 말을 이었다.

"……정말 이대로 가고 싶진 않사옵니다. 이대로 날이 영영 밝지 말았으면 좋겠사옵니다. 날이 밝으면 폐하께오선 또 소인에게서 떠나가시겠지요…… 폐하의 품에 안겨 행복하게 가고 싶은데……."

눈을 뜨고 만감이 교차하는 몽롱한 눈빛으로 건륭을 뚫어지게 들여다보며 황후가 잠꼬대하듯 덧붙였다.

"폐하, 소인은 좋은 여인이 못 되옵니다. 소인이 떠나거들랑 씻은 듯이 잊어주시옵소서!"

그 말에 건륭이 급히 태의를 부르라고 명하고는 어린애를 가슴에 안듯 껴안고 등을 다독여주며 안심시켰다.

"황후가 좋은 여인이 아니면 이 세상에 좋은 여인이 하나도 없겠네? 누가 감히 황후를 폄하한다면 짐은 가차없이 그 목을 쳐버릴 거요! 심신이 약해져서 자꾸 약한 소리만 하나본데, 곧 좋아질 것이니 약한 마음은 갖지 마오……."

그럼에도 황후는 머리를 가로 저으며 고집스레 말했다.

"여자들은 전부 악물(惡物)들이에요. 아니면 여인으로 태어날 까닭이 없겠죠. 오죽하면 성인(聖人)도 여자와 소인이 제일 기르기 힘들다고 했겠습니까……."

그날 밤, 건륭은 황후 곁에서 한 발짝도 떠나지 않았다. 날이 새도록 그녀의 손을 잡은 손을 풀 줄 몰랐다.

이튿날도 상황은 마찬가지였다. 대신들도 접견하지 않고 황후의 작은 불당에서 향을 사라 발원하며 그 옆에서 주장을 읽었다.

사흘째 되던 날, 건륭은 지의를 내보냈다.

"황후의 봉체(鳳體)가 위화(違和)하여 짐의 심신이 고달프니 군국요무(軍國要務)를 제외한 문서는 모두 절략(節略)을 작성하여 종수궁으로 들여보내어 어람을 청하라!"

이밖에도 건륭은 "궁중에서 7년 동안 복역했거나 나이 스물 다섯 살을 넘긴 궁인들은 모두 고향으로 돌려보내라! 집집마다 통보하여 데리러오게끔 하라!"는 요지의 지의도 발표했다.
 황제가 손을 놓고 있으니 군기처는 더욱 바빠지게 되었다. 장정옥이 가래를 그렁그렁 삼키며 나왔는가 하면 어얼타이도 아예 병상(病床)을 군기처로 옮겨오고 말았다.
 나친과 민정과 군무를 나눠보는 푸헝은 외관들을 접견하랴 주장을 읽어보랴 정신없이 바빴지만 누이를 잃게 될지도 모른다는 괴로움에 마음은 서글프기 이를 데 없었다. 몇 번씩이고 종수궁으로 병문안을 가려 하다가도 일 때문에 엄두를 못내는 푸헝을 보며 나친이 등을 떠밀었다.
 "세상에 그 무엇이 사람이 죽고 사는 일보다 더 중요하겠소. 여긴 내가 있으니 어서 황후마마나 들여다보고 오시오."
 "고맙소."
 얼굴에 수심이 가득한 푸헝이 문서를 건네며 덧붙였다.
 "청해장군(靑海將軍)이 경복과 장광사를 탄핵하는 상소문이오. 중요하오. 전량(錢糧)은 푹푹 축이 나는데, 몇 개월 째 출병도 하지 않고 뭘 하는지 모르겠소."
 푸헝이 답답한 소리를 하려고 할 때 기윤이 다급한 발걸음으로 주렴을 걷고 들어섰다. 이에 하던 말을 멈추고 푸헝이 물었다.
 "무슨 일이라도 있는 거요?"
 이제 막 군기처로 발령이 난 기윤은 황후의 병세가 악화되는 바람에 아직 건륭을 알현하지 못한 상태였다. 내무부에서 나와 이쪽으로 걸어오는 동안 불가마 같은 햇볕에 얼굴이 빨갛게 익은 기윤이 숨을 헐떡거리며 답했다.

"폐하께서 푸샹더러 즉시 들라고 하셨습니다. 제가 모시고 다녀오겠습니다!"

이같이 말하며 기윤은 연신 이마의 땀을 훔쳐냈다.

누이의 병이 위독한 데다 황제가 부른다는 말에 더욱 당황해진 푸헝은 일순 머리가 고무풍선이요, 눈앞이 암흑천지였다. 커다란 모자를 눌러쓰며 황급히 밖으로 나가려던 푸헝이 문가에서 잠시 주춤하더니 다시 돌아와 서안 위에 놓여 있던 서류를 챙겨 겨드랑이에 끼웠다. 그제야 그는 기윤에게 가자는 시늉을 하며 밖으로 나갔다.

우스갯소리를 잘하여 같이 있는 사람이면 누구나 재미있다는 기윤이 고개를 떨군 채 발만 보고 걸으니 푸헝은 무슨 영문인지 더더욱 긴장이 되었다. 걸음을 재우쳐 양심전 수화문을 지나니 어디선가 멀리서 울음소리가 바람에 간간이 실려왔다. 불길한 예감에 휩싸인 푸헝은 평평한 바닥에서도 제풀에 벌렁 넘어지고 말았다!

기윤이 급히 부축하여 일으키며 위로의 말을 건넸다.

"고정하십시오! 생사는 천명에 달려있습니다, 푸샹!"

"그래, 난 재상이지!"

핥아놓은 뼈다귀 같은 창백한 얼굴에 식은땀을 달고 처연하게 웃으며 푸헝이 말했다.

"잘 일깨워주었소. 하마터면 오늘 크게 실례할 뻔했소."

울음소리가 들리던 방향으로 귀를 기울여 보았으나 더 이상 곡소리는 들리지 않았다. 때맞춰 안에서 나오는 태감 진미미에게 푸헝이 물었다.

"어떠신가?"

"폐하께오서 두 분을 어서 들라고 하셨습니다! 황후마마께선 방금 전 가래가 끓어 기도를 막는 바람에 잠시 혼절하셨습니다."

경황없이 궁전 안으로 들어오니 실내가 어두워 잠시 아무 것도 보이지 않았다. 급한 마음에 창문께로 다가가 몇 초 동안 서 있노라니 그제야 바깥의 햇빛에 적응된 시력이 되돌아왔다.

물체가 시야에 들어오기 시작하는 순간 푸헝은 자신이 건륭과 마주하고 있었다는 사실에 기절할 듯 놀랐다! 두 눈이 휘둥그래져 길게 숨을 들이마시며 허겁지겁 무릎을 꿇은 푸헝이 울음이 섞인 목소리로 아뢰었다.

"폐하의 면전에서 이 같은 무례를 범하다니, 소인은 실로 죽어 마땅하옵니다……."

"햇빛 탓이지, 일부러 그런 건 아니지 않은가!"

처연하고 우울한 기색 외에 전혀 다른 표정은 찾아볼 수 없는 건륭이 푸헝을 일별하며 창밖에 시선을 던졌다. 그리고는 떨리는 목소리로 말했다.

"곧 떠나려는가 보네. 뭐가 그리 급한지……."

최악의 경우를 염두에 두고 있었으나 정작 그게 현실로 성큼 다가왔다고 하니 듣는 푸헝은 된몽둥이에 뒤통수를 얻어맞는 기분이었다. 두 다리에 힘이 쭉 빠지며 푸헝은 간신히 몸을 지탱하며 난각으로 들어섰다. 큰황자 영황(永璜), 둘째 영련(永璉), 셋째 영장(永璋)은 모두 꿋꿋이 무릎을 꿇고 있었다. 낯빛이 하얗게 변한 태의들이 약을 조제한다, 맥을 본다, 침을 놓는다 하며 진땀을 빼고 있었다.

반년만에 보는 누이는 완전히 딴사람 같았다. 마른 장작이 연상되는 초라한 모습으로 그렁그렁 가래와 싸우고 있으니 가슴은 심하게 오르내렸다. 가끔씩 가슴을 찢어버릴 듯 쥐어뜯다가도 힘없이 손을 툭 내려뜨리곤 했다.

"둘째누이……"

침대 밑으로 거들거들 맥없이 드리워져 있는 앙상한 팔목을 보며 푸헝이 고통스레 울부짖었다. 눈물이 비오듯 쏟아졌다. 무릎걸음으로 가까이 다가간 푸헝은 더 이상 자신의 감정을 추스르지 못한 채 그만 목을 놓아버리고 말았다.

"저 왔어요, 누나! 어쩌다 이렇게 됐어요? 그 곱던 누이는 대체 어디로 갔느냐고요…… 흑흑…… 엄마가 돌아가시고 큰누이마저 앞서가시면서 난 둘째누이가 자식처럼 키우다시피 했잖아요! 누나…… 나를 버리고 먼저 가면 안 되요, 알았죠?"

푸헝의 절규를 아는 듯 부찰씨가 손을 들어 허공을 헤맸다. 덥석 그 손을 잡은 푸헝의 손에 굵직한 눈물방울이 떨어졌다.

한 쪽으로 물러나서 무릎을 꿇고 있는 빈비와 외로이 서 있는 건륭의 두 눈에서도 눈물이 철철 흘러 넘쳤다. 이때, 연신 머리를 조아리며 기윤이 입을 열었다.

"폐하, 외람되오나 한 말씀 아뢰고자 하옵니다. 신의 가족은 4대에 걸친 종의(從醫) 가문으로서 나름대로 의도(醫道)에 자부심을 가져왔사옵니다. 장담할 수는 없사오나 일말의 희망이라도 건져보고 싶사옵니다……"

"그런 얘기는 진작에 했어야지, 이 사람아!"

건륭이 손등으로 눈물을 닦아내며 어의들을 물리치고 대신 기윤더러 다가앉게 했다.

황후의 호흡은 갈수록 거칠고 짧아져갔다. 숨 한번 몰아쉬기 위해 사력을 다하여 몸부림치고 있었다. 조심스레 다가앉은 기윤은 그 기색을 살피고 나서 맥을 살피기 시작했다. 고개를 기우뚱하여 보는 이로 하여금 긴장하게 만드는가 하면 뭔가 열심히 엿듣는 것 같기도 했다. 잠시 후 황후의 팔목에서 손을 뗀 기윤은 태의들이 반신반의하여 지켜보는 가운데 소매 속에서 손수건을 꺼냈다. 땟물이 줄줄 흐르는 거무튀튀한 천 조각이었다.

손수건으로 황후의 얼굴을 가볍게 덮고 난 기윤이 건륭에게 말했다.

"황후마마의 맥상(脈象)으로 볼 때 촌맥(寸脈)과 척맥(尺脈)은 부실하오나 관맥(關脈)은 아직 건강한 박동을 멈추지 않고 있사옵니다. 소인의 우견으로는 이는 목숨이 위태로울 정도의 병세는 절대 아니옵고, 다만 체질이 허약하여 신열을 밖으로 발산하지 못하여 야기된 증상이옵니다. 가래가 심하게 끓는 것도 이와 무관하지는 않은 것 같사옵니다……."

"주절주절하지 말고 단도직입적으로 말해보게. 기사회생할 가망이 있나, 없나?"

"기사회생하심은 당연지사이옵니다!"

기윤이 자신에 찬 큰소리로 대답했다. 목소리가 어찌나 우렁찬지 난각 밖에서도 들릴 정도였다.

"하오나 폐하께오서 친히 팔을 걷어붙이셔야겠사옵니다……."

기윤의 얼굴에 난망한 표정이 역력했다.

"이 사람이 무슨 말을 하다 마는가? 짐더러 뭘 하라면 못할까봐 그리 쭈뼛대느냐 말이야!"

조급해진 건륭이 버럭 화를 내고 말았다. 그러자 기윤이 용기를 내어 아뢰었다.

"폐하께오서 황후마마의 입을 맞추시어 가래를 빨아내셔야겠사옵니다. 그리 하시면 만사대길하실 것이옵니다!"
"뭔들 못하겠나!"
건륭은 추호의 망설임도 없이 큰소리로 말했다. 그 즉시 성큼 다가간 건륭은 손수건을 사이에 두고 황후와 입술을 맞대었다. 그리고는 황후의 볼을 잡고 힘껏 빨아들이기 시작했다. 건륭의 두 볼이 깊이 파였다. 하지만 몇 번 재시도를 해보았어도 가래를 끌어올리기란 그리 쉽지가 않았다.

다급해진 기윤이 털썩 무릎을 꿇어 아직 어린 둘째황자 영련을 안고 큰소리로 말했다.

"황자마마, 어마마마의 손을 잡고 큰소리로 부르시옵소서!"

그렇지 않아도 무섭고 놀라움에 울음이 고파있던 영련이 "으앙!" 하고 울음을 앞세우고는 자갈 같은 작은 손으로 황후의 손을 잡고 큰소리로 애처롭게 불렀다.

"어마마마! 영련이옵니다! 소자는 어마마마 없이는 단 하루도 살 수 없사옵니다…… 영련이 이름을 크게 부르시며 힘껏 가래침을 뱉아 내세요, 어마마마…… 으앙으앙…… 어마마마!"

건륭의 지속적인 노력과 아들의 눈물겨운 하소연을 들으며 얼굴이 벌겋게 달아오르던 황후가 어디서 그런 괴력이 솟았는지 갑자기 "끄윽!" 하는 소리를 냈다. 사람들이 미처 반응을 보이기도 전에 황후는 마치 입에 물고 있던 뭔가를 내뱉듯 입안 가득 끌어올린 가래침을 토하듯 쏟아냈다. 끈적끈적하고 누런 가래가 한줌이었다. 오랜만에 숨통이 확 트이는 순간이었다. 심한 갈증으로 죽음에 직면했던 사람이 물을 마시듯 황후는 연신 길게 숨을 들이마시고 다시 토해냈다. 그렇게 편안하고 안락한 표정도 드물었다.

일단 위험한 고비를 넘긴 황후를 보며 건륭과 영련이 달려들어와락 끌어안고 우는 가운데 황후가 천천히 고개를 돌려 기윤에게 물었다.

"자네…… 자네 어느 부서의 뉘신가……?"

"신은 군기처에서 장경으로 있는 기윤이라고 하옵니다."

기윤이 머리를 조아리며 아뢰었다.

"황후마마께오선 홍복이 무한하시옵니다! 대난불사(大難不死)의 성수(聖壽)는 아직 장원(長遠)하옵니다!"

이같이 말하며 이번에는 쥐구멍찾기에 여념이 없는 어의들을 향해 말했다.

"약을 남용해선 아니 되겠소. 양을 지금 상태에서 반으로 줄여주시오. 폐하! 황후마마께오선 당분간 기름기 있는 음식과 인삼탕을 피하셔야 하옵니다. 쌀죽에 소금과 식초로 절인 무말랭이가 체내의 열을 식히는데 도움이 될 것이옵니다."

흔쾌히 머리를 끄덕이며 기윤을 바라보는 건륭의 눈빛은 흡족함과 대견함으로 부드럽게 빛났다.

"황후, 안색이 많이 호전된 것 같소. 우리 대청(大淸)에는 일찍이 태황태후의 병상에서 시를 읊어드렸던 주배공(周培公)이란 인물이 있었소. 이제 제2의 주배공인 기윤이 황후의 구명은인으로 역사에 길이 남게 생겼소!"

황후가 미소를 지으며 기윤을 바라보자 건륭이 덧붙였다.

"지난번 얘기했던 그 한림(翰林)이오. 시도 잘 읊고 남의 살점도 엄청 좋아한다오…… 내가 했던 우스갯소리가 기억이 나지 않소?"

"생각나고 말고요……."

황후가 파리한 얼굴에 미소를 띠우며 말했다.

"이제부턴 시위(侍衛)들과 마찬가지로 날마다 고기를 양껏 먹게끔 해 주시옵소서!"

"그게 황후의 뜻이라면 여부가 있겠소!"

건륭이 흔쾌히 대답하고는 안도의 숨을 내쉬었다.

"기윤은 학문이 출중한데 비해 아직 경륜이 부족한 게 흠이네만 군기처 장경으로 썩히기엔 너무 아쉽네! 음…… 동궁(東宮)의 장조(張照)가 나이가 많으니 기윤을 육경궁으로 들여보내어 황자들의 글공부를 지도하게 하는 게 어떨까 하네. 푸헝, 자네 생각은 어떠한가?"

"폐하의 하문(下問)에 아뢰기에 앞서 먼저 폐하께 경하를 드리옵고 아울러 건강을 회복하신 황후마마께 문후를 올리옵니다."

생사를 넘나드는 급박함을 더불어 겪은 푸헝이 그제야 안도하여 급히 머리를 조아리며 말을 이었다.

"기윤은 학문이 뛰어나고 인품이 대쪽같은 데다 성정마저 활달하고 여유가 있사오니 가히 만인의 사표가 될 수 있다고 사려되옵니다. 하오나 동궁으로 입문하려면 일단 정명(正名)이 우선시 되어야 할 것이옵니다. 따라서 지금은 정육품(正六品)이오니 먼저 종오품(從五品)으로 격상시키시어 시강학사(侍講學士)의 관직을 내리시는 것이 어떨까 하옵니다."

이에 건륭이 웃으며 말했다.

"자넨 나름대로 난색을 표할 법도 하지만, 기왕 격상시키는 바에야 종오품이라니? 황후를 두 번 살게 해준 사람이네. 전쟁터에 나가 큰 공로를 세운 장군과 다를 바 없다고! 짐은 정삼품으로 봉할까 하네. 물론, 군기처와 다시 상의하여 지의를 내리겠지만……"

잠시 멈추었던 건륭이 다시 말을 이었다.
"푸헝, 자넨 피곤할 터이니 그만 물러가게. 며칠동안은 매일 입궁하여 누이를 들여다봐도 되겠네. 그리고 기윤은 어의들과 함께 서쪽 불당으로 가 있게. 황후의 병세에 대해 여러분들의 고견을 좀더 청취해야겠네."

기윤은 어둠이 깔려 궁문이 닫힐 무렵에야 그 뒤로 가래가 끓지 않아 평화로워 보이는 황후를 뒤로하고 물러 나왔다. 어둠의 장막이 드리운 천가(天街)는 인기척 하나 없이 조용했다. 초여름의 만풍(晚風)이 궁벽 사이에서 신나게 그네를 타며 흥분으로 달아오른 기윤의 얼굴을 간지럽혔다. 바람은 화풍(和風)이어도 젖었던 등골은 차가웠다.

군기처를 지나며 보니 안은 등촉이 대낮 같았다. 컹! 컹! 어얼타이의 기침소리가 들려왔고 서안 위에 엎드려 붓을 날리는 나친의 그림자가 창문에 비쳤다. 들어가 물이라도 한 모금 마시고 나오고 싶었으나 꾹 눌러 참고 융종문을 통해 서화문으로 향했다.

서화문 입구에 당도한 기윤이 두리번거리며 자신의 교부(轎夫)를 찾고 있을 때 어둠 속에서 종인(從人) 차림을 한 사내가 나타나 예를 갖춰 인사를 했다.

"기 어른! 저의 어르신께오서 잠깐 시간을 내어주십사 하시어서 소인이 기 어른의 교부를 먼저 돌려보냈사옵니다. 죄송합니다!"

느닷없는 상황에 기윤이 어안이 벙벙하여 물었다.

"자넨 어느 댁의 종인인지는 모르겠으나 오늘은 늦었으니 내일 방문하면 안 될까?"

"소인은 푸상 댁의 왕칠(王七)이라는 종인입니다!"

왕칠이 밉지 않게 웃으며 말했다.

"기 어른께선 러민, 장우공 선생과 더불어 저희집 단골손님이시지 않습니까! 어르신은 소인을 몰라봐도 소인은 어르신이 눈에 익은 걸요! 저희 푸상께오서 황후마마이시자 누님이신 분의 건강을 되찾아주신 데 대해 크게 감격하시며 뵙기를 청하는 관원들도 물리친 채 댁에서 기다리고 계십니다! 웬만하면 한번 다니러 가시죠……"

전후 자초지종을 듣고 잠시 망설이는 기윤의 등을 떠밀다시피 하며 수레에 태운 왕칠이 안도의 한숨을 내쉬며 외쳤다.

"출발!"

녹색 담요를 두른 8인대교(八人大轎)였다. 북경에서는 왕공(王公)들만 사용이 가능한 관교(官轎)였다. 이미 자작(子爵)에 봉해진 푸헝은 군기처 대신으로 파격적으로 승진된 후부터 차츰 8인대교를 타기 시작했다. 비록 같은 보정대신(輔政大臣)이라곤 하지만 장정옥과 높낮이 없이 똑같은 대우를 받을 순 없다는 생각에 스스로 8인대교 사용을 자제하여 특수한 경우가 아니면 4인교를 타곤 하던 푸헝이었다. 동백기름으로 칠을 한 위에 다시 청칠(淸漆)을 하여 호박(琥珀)처럼 윤기가 나는 대교 안의 천장은 각종 푸른 줄기로 신기한 도안을 그려냈고 창문엔 진짜로 착각하게 만드는 화조(花鳥)가 조각되어 있었다. 가난한 한림 출신으로서 2인죽교(竹轎)가 고작이었던 기윤은 혼자 8인대교를 타고 가는 느낌이 불편하기 이를 데 없었다. 게다가 대교 안의 구석진 자리에서 왕칠이 차를 따라 주고 물수건을 건네니 부담스러워 죽을 지경이었다. 그렇게 땀이 절로 흐르는 반시간이 지나자 왕칠이 창 밖을 가리키며 말했다.

"기 어른, 다 왔습니다!"

전에도 러민 등을 따라 온 적이 있었는지라 담장을 따라 휘황찬란한 등롱이 어둠을 누르고 우뚝 솟은 건물이 틀림없이 푸헝의 부저(府邸)였다. 수레가 내려앉고 먼저 뛰어내린 왕칠이 기윤을 부축해 내렸다. 배시시 웃고 있는 왕칠의 옆에는 어느새 푸헝이 반색을 하며 마중나와 있었다. 황감해진 기윤이 예를 갖춰 인사하려 하자 푸헝이 급히 말렸다.

"매일 보는 얼굴인데 꼭 그리 격식을 갖춰야겠소?"

평상복 차림의 푸헝이 새하얀 두루마기 자락을 바람에 나부끼며 호쾌하게 웃었다. 그리고는 기윤을 안내하여 안으로 들어가며 말했다.

"앞으로 오늘 같은 사적인 자리에서는 절대 내게 격식을 갖춰 절 같은 걸 해선 안 되겠소. 그댄 이제 우리 가문의 은인이오! 내가 어찌 고마움을 표해야 할지 모르겠소!"

푸헝을 따라 들어선 뜰엔 등축이 대낮같이 휘황찬란했다. 작은 자갈이 깔린 통로 양측에는 검푸른 두루마기를 입은 하인들이 길게 늘어서 있었다. 백여 명은 족히 될 것 같았다.

"기 어른께서 당도하셨다!"

왕칠이 소리 높여 외치자 소매를 걷어올리며 무릎꿇는 소리가 푸드득 푸드득 산새 날아가는 소리를 방불케 했다.

예기치 않았던 성대한 환영식에 반쯤 넋이 나가 있는 기윤을 보며 푸헝이 말했다.

"난 가솔들도 이렇게 군법으로 다스리오. 내가 데리고 있는 종인들은 모두 호적이 있는 피갑인(披甲人)들이라오. 다른 왕공들 집에서는 보기 힘든 풍경이지."

푸헝의 소개가 이어지고 있는 가운데 어여쁘게 성장(盛裝)을 한 당아(棠兒)도 모습을 보였다. 등뒤에 금잠옥두의 시녀들을 한 무리 달고 돌도 채 안 된 복강안을 보듬어 안은 두 어멈을 데리고 영접을 나온 당아는 기윤을 향해 생긋 웃음을 지어 보였다. 그리고는 느닷없이 무릎을 꿇어 큰절을 올렸다!

17. 보은의 선물

뜻밖의 상황에 기윤은 난감해서 어쩔 줄을 몰랐다. 부축해서 일으킬 수도 없고, 그렇다고 큰절을 받기엔 너무 부담스러운 나머지 기윤은 시커먼 얼굴이 자줏빛으로 물들어 뒤 마려운 강아지처럼 어찌할 바를 몰라했다.

"이…… 이러시면 아니 됩니다…… 소인이 어찌……. 어서 일어나시죠, 부인…… 아! 이를 어쩐다…… 이것 참……."

불이 일도록 손바닥을 비벼대며 엎드려 맞절을 하려는 기윤을 붙잡으며 당아가 몸을 낮춰 정중히 인사를 했다.

"선생의 폭포 같은 홍재(鴻才)는 이이에게 들어 익히 알고 있습니다. 안 그래도 경앙해마지 않았었는데, 이렇게 우리 가문의 기둥이신 황후마마를 두 번 살게 해주셨으니 기 어른은 실로 우리 푸씨 가문의 대은인이십니다. 그러니 큰절을 하는 게 무슨 대수라고 이리 부담스러워 하십니까?"

당아의 호들갑이 기윤을 더욱 힘들게 만드는 가운데 마름이 다가와 아뢰었다.

"준비가 끝났사옵니다, 어르신! 마님!"

"그래, 알았네."

푸헝은 희색이 만면하여 기윤을 안으로 안내했다.

"급히 준비하느라 산채박주(山菜薄酒) 일색이나 괘념치 마시고 성의로 여기시고 드셔 주었으면 하오. 러민, 아계, 전도 등이 전쟁터에 나가거나 일 때문에 자리에 없어서 좀 아쉽긴 하지만 대신 왕문소, 장우공과 돈민, 돈성 두 황숙까지 불렀으니 너무 허전하진 않을 거요. 유명한 글쟁이 조설근도 데리러 갔으니 곧 올 거요."

듣고 보니 한 자리에 두 장원(壯元)과 두 황실친귀(皇室親貴)가 초대된 셈이었다! 기윤은 술도 마시기 전에 벌써 어지러움을 느꼈다. 한림원(翰林院)에서, 국자감(國子監)에서 종학(宗學)에서 그 이름도 쟁쟁한 인물들이었다. 고오한 성정 때문에 언제 한번 이네들 앞에서 비굴하게 처신해본 적이 없는 기윤이지만 술자리를 같이 하기엔 다소 부담스러운 존재들이었다. 그런 사람들을 자신을 초대한 자리에 '들러리'로 불렀다는 사실에 기윤이 황당해하며 따라가 보니 주홍색 주렴이 가지런히 드리워져 있고, 등촉이 몽롱한 빛을 뿜어내고 있는 대청 안에는 묘령(妙齡)의 낭자들이 육궁(六宮)의 분대(粉黛)를 무색케 하는 미색을 자랑하고 있었다. 한 마디로 기윤은 황홀했다. 어리둥절하여 눈 둘 데를 모르는 기윤을 보며 푸헝은 시무룩히 웃을 뿐 말이 없었다.

미리 와 있던 왕문소(王文韶), 장우공(莊友恭)과 돈민(敦敏), 돈성(敦誠) 형제가 자리에서 일어나 예를 표했다. 왕문소는 기윤이 한림원에 있을 때 바로 머리 위의 상사였지만 평소의 근엄하던 기색은 오간 데 없고 언제부터 그리 허물없는 사이였는지 성큼 다가와 덥석 두 손을 잡으며 떠들어댔다.
"어서 와, 기윤! 참으로 대단한 사람이란 말이야. 무슨 일이든 안 하면 그만이고, 일단 했다 하면 사람을 깜짝 놀라게 하니 말이오! 하긴 지난번 내 딸꾹질을 멈추게 해주는 걸 보고 뭔가 예사롭지 않다는 느낌은 들었소!"
다른 사람은 말할 틈도 주지 않고 수선을 떨어대는 왕문소와는 달리 하공(河工) 현장에서 불려온 장우공은 기윤과 서먹한 사이인지라 그저 히죽 웃고만 있을 뿐이었다. 돈민은 호기심에 차 기윤에게서 눈길을 뗄 줄 몰랐다. 원단(元旦) 조회(朝會) 때 건륭과 시(詩)를 주고받아 뛰어난 문재(文才)를 과시했던 기윤이라고만 알고 있었지 그가 어의 뺨치는 의술까지 겸비하고 있을 줄은 몰랐던 돈민이었다. 주목할만한 상대임은 틀림없었다.
이때 돈성이 입을 열었다.
"기윤 공(公)이 문소 형의 딸꾹질을 멈추게 해줄 때 내가 자리에 있었지. 그날 때마침 새로 선발된 한림들에게 〈나 일찍이 덕 깊은 호색한을 못 봤느니〉라는 제목의 글을 가르칠 때였는데, 우리 몰래 뭘 훔쳐먹었는지 입을 쓰윽 닦으며 들어서던 문소 형이 첫 시작부터 끅끅 딸꾹질을 해대는 게 아니겠소? '호덕(好德)은 천리(天理)이지, 끅! 호색(好色)은 곧 인욕(人慾)이고…… 끅! 천리를 보존하고 끅! 끄윽! 인욕을 억누르는 것은…… 끅! 어지간한 일이 아니야. 당(唐)나라 때 측천무후가…… 끅! 중 신수(神秀)를 접견하여 '대덕고승(大德高僧) 그대는 미색의 여인 앞에서 가슴 설레본 적 없소?' 하고 물으니 끅…… 중이 아뢰어 말하길 '빈도는…… 끄윽! ……이미 홍분(紅粉)을 해골처럼 본 지 오래됐습니다…… 빈도의 중간다리는 소아마비에 걸린 지 옛날이옵니다' 라고 했다지 뭔가……. 문소 형이 듣는 사람조차 민망할 정도로 연신 터져 나오는 딸꾹질에 진땀을 빼고 있으니 기윤 공이 다가가 뭐라 귀엣말을 하더군. 그랬더니 이게 어찌된 일이오! 얼굴이 벌겋게 상기돼 있던 문소 형의 딸꾹질이 기적같이 쑥 들어가 버리는 게 아니오……. 기윤, 새삼스레 그때의 궁금증이 다시 도져서 그러는데, 그 당시 무슨 얘기를 했던 거요? 어디 한번 들어나 봅시다!"

구미를 확 당기는 돈성의 말에 사람들이 덩달아 궁금해했다. 그러자 기윤이 웃으며 답했다.

"특별히 무슨 얘길 했던 것 같지는 않고 '류통훈 어른이 좀 보자고 하오. 누군가 자네를 기생들의 장단에 날이 새는 줄 모르는 가짜 도학가(道學家)라고 탄핵안을 올렸다는 것 같소. 폐하께 아뢰기 전에 뭘 좀 확인해본다고 하니 어서 가보시오' 라고 했던 것밖엔!"

기윤의 말에 다시 왕문소를 보니 그 당시의 난처한 얼굴을 다시 보는 것 같아 사람들은 크게 웃음을 터트리고 말았다. 하녀들을 데리고 직접 정성껏 준비한 주안상을 들어내오던 당아도 밖에서 다 들은 듯 고개를 외로 꼬며 웃었다. 덕분에 처음의 어색했던 분위기가 희석되어 가는 모습에 흡족해하며 푸헝이 물었다.

"그런데, 왕칠은 어디 갔지?"

"찾아 계셨습니까?"

바깥 낭하에게 방안의 동정에 귀기울이고 있던 왕칠이 성큼 안으로 들어서서 굽실거리며 아뢰었다.

"목 뺀 회자나무 동네로 조설근(曹雪芹) 선생을 모시러 갔던 사람이 돌아왔사옵니다. 그댁 사모님이 그러시는데 조설근 선생은 종학(宗學)에서 나오는 길에 이친왕(怡親王) 댁에 초대받아서 갔다 하니 오늘밤은 귀가하지 않을 수도 있다고 하옵니다!"

그 말을 들은 당아가 나섰다.

"방경(芳卿)이 그게 갈수록 약아지는 것 같네요. 우리 집에 올 때마다 술이 떡이 되어가니 일부러 빼돌린 게 틀림없어."

내심 서운했지만 푸헝은 대수롭지 않은 듯 웃으며 말했다.

"걱정하지 마오. 다음에 만나면 아예 술독에 거꾸로 처넣을 테니! 우리 집에 자주 들락거려 해될 게 없건만 내가〈홍루몽(紅樓夢)〉을 '12금채곡(十二金釵曲)'으로 펴보았다고 와서 들어보라고 했는데도 장인 제삿날 미루듯 쫄쫄 미루는 거 있지? 당장 쌀독에 쌀 한 톨 없으면서도 꼴에 자존심은 있어서 때 되면 군불이라도 지핀다는 선비들의 궁상을 본받지 말아야 할 터인데. 없으면 얻어먹기도 하는 거지 자기 털 뽑아 자기 구멍에 밀어 넣는 사람은 큰일을 못해!"

푸헝은 이같이 말하며 일일이 자리를 정해주어 앉게 했다. 은근히 불편한 푸헝의 심기를 엿본 듯 돈민이 급히 조설근을 편들어 해명하기 시작했다.

"오늘은 일부러 피한 게 아니오. 어제 내가 집에 들렀더니 설근의 집사람이 불평불만이 이만저만 아니더라고. 종학에서 나오는 돈으로는 한 집 식구 호구도 해결하기 빠듯하다고 하지 않소. 몇 푼 안 되는 은자 쪼개 쓰는 것도 이젠 신물난다며 바가지를 박박 긁어댔더니 약속이 있다고 이틀째 안 들어오고 있다더구만. 말을 들어보니 어지간히 궁핍한 게 아니던데 어쩌면 좋을지……."

분위기가 침침하게 가라앉으려 하자 사람들이 조설근에 대한 애기는 거둬들인 채 푸헝의 아들 복강안을 보고싶다며 졸라댔다. 출산한 이후 전보다 좀더 통통하여 혈색이 그만인 당아가 어서 아들 구경시킬 마음에 뜀박질하다시피 하여 방안으로 들어갔다.

잠시 후 어멈의 품에 안겨서 나온 아이는 첫눈에도 귀티가 느껴지는 그런 아이였다. 돌도 채 안된 녀석이 두 눈이 부리부리하고 얼굴에 포동포동 살이 오른 것이 옥동자가 따로 없었다. 경탄과 호기심에 찬 눈빛으로 자신을 들여다보는 사람들이 낯설어 입을 삐죽삐죽 내밀던 아이가 "으앙!" 하고 울음을 터트리고 말았다. 평소에도 꼬물거리는 갓난아이만 보면 오금을 못 쓰는 왕문소가 어멈의 품에서 아이를 받아 안으려고 할 때 어느새 꼿꼿하게 일어선 고추에서 그만 "쏴아!" 하고 물줄기가 뿜어져 나왔다. 엉겁결에 얼굴 가득 오줌 세례를 받은 왕문소가 그러고도 으흐흐 웃고 있으니 사람들은 좋아라 박장대소하며 배꼽을 잡았다.

고슴도치도 자기 새끼는 예쁘다고 하는데, 하물며 명문의 귀한 아이가 재롱을 피우니 그게 무엇이 된들 즐겁지 않으랴. 으쓱해진 어멈이 득의양양하여 아이를 안고 물러가자 왕문소가 웃으며 말했다.

"지난번 아기씨 백일잔치에 기윤 자네는 빠졌으니 오늘 벌주 석 잔 피해가고 싶으면 어서 축하의 시라도 한 수 지어내시오!"

한바탕 어우러져 웃고 떠드는 사이 어느덧 서로 허물없는 사이로 발전한 자리가 처음처럼 부담스럽지는 않은 기윤이 그렇지 않아도 입에 가시가 돋고 손이 근질근질하던 터라 못 이기는 척 등 떠밀려 서안께로 다가갔다.

이를 눈치 챈 당아가 소매를 걷어올리더니 먹을 갈기 시작했다. 가늘고 흰 팔목의 선이 고왔다. 잠시 붓을 들고 고개를 갸웃하며 생각하는 기윤을 향해 사람 좋은 장우공이 한마디했다.

"한약재 우려먹듯이 전부터 질리게 우려먹던 걸 쓰면 안 되네? 뭔가 귀가 번쩍 뜨이는 새로운 걸 내놔야지!"

그러자 기윤이 답했다.

"닳고닳은 그대들의 귀가 솔깃해질 만한 게 뭐가 있을까?"

푸헝이 화선지의 끄트머리를 당겨 펴며 웃는 얼굴로 당아에게 말했다.

"대단한 문재라오. 지난번 내가 〈요재지이(聊齋志異)〉를 베껴서 보냈더니 보는 척도 안 하는 거 있지!"

그사이 성정이 활달하고 재밌으면서도 어딘가 비밀스런 구석이 있을 것만 같은 기윤에게 호감을 느낀 당아가 말했다.

"저는 시에 대해선 잘 모르지만 시는 그 사람의 속마음을 대변한다는 것쯤은 알고 있어요. 적이 기대가 되네요."

얼굴에 불그레하게 취기가 오른 기윤이 웃으며 술잔을 들어 단숨에 꿀꺽 들이마셨다. 그리고는 손바닥으로 입을 쓰윽 닦고는 붓에 먹을 듬뿍 묻혀 써 내려가기 시작했다.

此個婆娘不是人,
이 아낙은 사람이 아니다.

크기가 찻잔 만한 글씨 하나하나는 살아서 꿈틀거리는 생명체, 바로 그것이었다. 톡 건드리면 퐁당 뛰어나올 것만 같은 멋진 안서체(顔書體)였다.

그러나 사람들이 놀란 것은 필체 때문만은 아니었다. 모든 시선이 일제히 낯빛이 창백해진 당아에게로 쏠렸다. 황당한 나머지 왕문소가 입술을 실룩거리며 중얼거렸다.
"지금…… 뭐…… 뭐 하는 거야……."
"뭐가 어쨌다고 그러나?"
푸헝은 여전히 미소를 머금고 있었지만 속으로는 기윤의 담력에 적이 놀라며 나섰다.
"설마하니 이대로 붓을 거둬들이는 건 아닐 터이니 계속해서 써내려 가오."
기윤이 침착하게 붓을 놀려 늘어놓은 다음의 몇 글자는 이러했다.

九天仙女下凡塵.
인간세상이 그리워 내려온 구천의 선녀로다.

"그럼 그렇지!"
앞뒤 글귀의 묘한 반전에 돈성이 갈채를 보냈다.
"글쟁이의 마술이란 이런 거야! 정말 멋있었소!"
다른 사람들의 느낌도 대체로 비슷했다. 첫 구절을 보고 잔뜩 긴장했던 마음이 툭 땅에 내려앉으며 안심이 되자 떠나갈 듯한 박수갈채로 이어졌다. 엄지를 내두르며 떠들어대던 사람들은 그러나 다시 세 번째 구절을 써 내려가는 기윤을 보며 숨을 죽였다. 곧 숨막히는 듯한 침묵이 엄습해왔다. 그 세 번째 구절은 이러했다.

福康安兒要作賊.
복강안은 도둑이 되어서

이젠 그 수법을 아는지라 비록 경악할 일임에도 사람들은 쉬쉬 하며 다음 구절을 기다렸다. 잔뜩 눈썹에 힘을 주고 있는 사람들의 눈에 들어온 네 번째 구절은 이러했다.

偸來蟠桃奉至親.
상서로운 복숭아를 훔쳐 부모에게 효도할 것이다!

빙그레 웃으며 붓을 내려놓고 엎드려 훅훅 불어 먹을 말리는 기윤을 보며 사람들은 떠나갈 듯한 박수갈채를 보냈다. 그제야 눈에 들어오기 시작한 필체는 원숙함 속에 날카로운 필봉을 감추고 있는 명필이어서 벽에 걸려 있던 기존의 작품들을 무색케 했다.
푸헝이 웃으며 아직도 놀란 기색이 역력한 당아를 향해 말했다.
"우리 아들이 세상에 둘도 없는 반도(蟠桃, 삼천 년만에 한 번 열린다는 신선세계의 복숭아)를 훔치는 '도둑'이 된다고 하니 기분이 째지는데? 자식이 '도둑'이 된다는데, 덩실덩실 춤을 추는 부모가 우리 말고 또 있을까?"
어느덧 화색이 돌기 시작한 당아가 맞장구를 쳤다.
"덕담을 이렇게 하는 수도 있군요. 느낌이 참 이색적인데요. 좀 있다 표구점에 보내어 잘 간수해야겠어요!"
당아의 호들갑에 기윤이 급히 답했다.
"워낙 성정이 고약하여 두 분을 놀라시게 해서 황송하기만 한데 대아지당(大雅之堂)에 오르지도 못할 졸작을 그리 과분하게 평가해주시니 몸둘 바를 모르겠습니다."
"이 사람아, 우리가 인사치레로 이러는 줄 아나? 득남하여 들어왔던 수많은 덕담들 중에서 가장 마음에 와 닿으니 이러는 게 아닌가!"
 푸헝이 여전히 웃음을 감추지 못했다.
 몽롱한 촛불이 아늑하게 실내를 감쌌다. 철철 넘치는 술잔을 높이 들어 사람들이 왁자지껄하게 뒤늦게나마 당아를 위한 축배의 잔을 들었다. 술이 두어 순배 돌아가자 무르익어 가는 분위기를 최고조로 끌어올리려는 듯 푸헝이 흥에 겨워 말했다.
 "우리가 술에 게걸 든 것도 아니고 멋쩍게 술만 마셔선 안되지. 그렇다고 번번이 주먹 내두르며 주령(酒令)이나 외쳐댈 수도 없고 우리 집 희자(戱子)들 구경 한번 시켜줄까? 웬만해선 눈요기하기도 힘든 애들이지."
 푸헝이 자신에 차 가슴팍을 두드리며 손뼉을 쳤다. 그러자 때를 같이하여 양측 낭하에서 잘랑잘랑 패환(佩環)이 부딪히는 소리가 들려왔다. 서재에서 대기하고 있던 하녀들이 주렴을 걷어올리자 연노랑 궁장(宮裝) 일색인 가기(歌妓)들이 한 손에 금슬생황(琴瑟笙篁)을, 다른 한 손에는 넓은 부채를 펴들고 구름 타고 날아예듯, 얼음 위를 미끄러지듯 사뿐사뿐 다가와 주연석(酒宴席)을 향해 절을 올렸다.
 오랫동안 서 있느라 몸이 피곤해진 당아가 기윤을 향해 예를 갖추며 말했다.
 "모처럼 오셨으니 즐거운 자리가 되셨으면 합니다. 양껏 드시고 너무 늦으면 잠자리를 봐드릴 테니 여기서 주무시고 가세요. 내외할 사이가 아니잖아요. 건방진 소리 같지만 필요한 물건이 있으면 뭐든지 만족시켜 드릴 수 있으니 말씀해 주시고요. 그럼, 전 먼저 일어나야겠어요."
 깍듯이 존대를 하며 자신을 높여주는 당아의 언행에 당황한 기윤이 급히 일어나 답했다.
"부족한 이 사람을 이리 환대해주시니 정말 몸둘 바를 모르겠습니다. 편한 대로 하십시오. 저는 그런 건 개의치 않습니다······."
당아가 자리를 뜨자 푸헝이 가기들을 향해 시작하라는 손짓을 했다. 삽시간에 금슬생황이 일제히 황홀한 가락을 연주해내기 시작했고, 여섯 명의 가녀(歌女)가 긴소매를 무지개처럼 나풀나풀 흔들며 춤을 추었다. 나비가 날아다니는 것처럼 부채춤을 추며 연지 바른 빨간 입술을 달싹여 부르는 노래는 얼큰하게 술기운이 오른 남정네들을 신선의 경지로 끌고 갔다.

초초(楚楚)한 한줌 허리가 손바닥에 가벼운 가녀린 여인이랍니다.
겹겹이 둘러쳐진 장막도 그 요염함을 감추기 힘든, 정이 봄날의 덩굴 같은 여자입니다.
오매불망 님 그리는 이내 맘 창 밖의 저 새도 헤아려 구슬피 울어주는데,
옥구슬같이 휘영청 달 밝은 밤에 비녀 떨어지는 소리는 어찌 그리 서러운지······.

반쯤 눈동자가 풀린 사람들은 그대로 넋이 나간 표정이었다. 우수에 젖은 여인들의 청초한 눈빛과 한줄기 바람에 어디론가 훨훨 날아가 버리고 말 것 같은 가녀린 몸짓이 남성의 보호본능을 유발하기에 부족함이 없었다. 장우공, 왕문소, 돈민 모두 여자보길 돌보듯 한다고 소문난 도학가들이었지만 이 순간만큼은 풍류의 대명사인 푸헝은 저리 가라고 할 정도였다. 정신없이 들이부은 술이 헤벌려진 입가로 흘러내려도 닦을 생각도 하지 않았다. 고기

라면 오금을 못 써도 술을 마시는 재주는 없는 기윤이 벌써 취기가 올라 접시를 두드려대며 혀 꼬부라진 소리를 했다.
"오늘은 선녀들이 목욕하러 내려왔다 시간을 놓친 날인가? 그림 좋다! 좋고 말고!"
"자네가 그리 즐거워하니 나도 이 자리를 마련한 보람이 있네."
푸헝이 웃으며 말을 이었다.
"이제까진 서막에 불과했으니 다음을 보면 더 좋을 거요."
푸헝이 손을 흔들어 누군가를 불렀다.
"명당(明璫)아, 어서 나와 인사 올리지 않고 뭘 꾸물대는 게냐!"
애교가 철철 넘치는 목소리로 응답하며 주렴을 걷고 사뿐사뿐 모습을 드러낸 명당이라 불리는 여자는 잠자리 날개같이 투명하여 속살이 보일 듯 말 듯한 분홍색 적삼과 꼬리 긴 녹색치마를 입고 있었다. 새순 돋은 버드나무같이 곱게 휜 눈썹이 고왔고 미간에 찰랑이는 순진함이 색다른 여자였다. 수줍음에 분홍색 혀를 홀랑 내밀어 기윤을 살짝 훔쳐보던 명당이 한줌 새벽공기 같은 청아한 목소리로 노래를 부르기 시작했다.

그대와의 해후는 호산(虎山) 앞에서였죠. 7리 물길에 연지 날리며 치맛자락 움켜잡고 그대 만나러 가던 길 즐겁기만 했거늘 추억 씻은 세월은 물 흐르듯 가버렸네요.

미려한 용모만큼이나 목소리 또한 고왔다. 춘심(春心)이 발동하여 타는 듯한 시선을 보내는 명당을 무심한 듯 외면하는 기윤의 검붉은 얼굴에 몸둘 바를 몰라하는 기색이 역력했다.

풍월을 즐기는 데는 선수인 푸헝이 벌써 7할의 가능성을 간파하고는 웃으며 말했다.

"요년이 눈이 높아 웬만한 사람에겐 외눈 한번 주지 않는 깍쟁이라오. 그런데 오늘은 임자를 만났나, 어째 눈길이 예사롭지가 않구만. 기윤, 자네도 그리 싫은 눈치는 아닌 것 같은데 원한다면 아쉽긴 하지만 쾌히 내주겠소. 우리 가문의 대은인인데, 그 무엇인들 못 내주겠소. 어떠오?"

마음이 동하지 않은 건 아니었다. 그러나 나름대로 명문가의 자제라는 자부심을 먹고 살아온 기윤은 매인 데 없이 자유로워 보이는 겉모습과는 달리 신변을 철저히 관리하고 매사에 신중하여 빈틈이 없었다. 잠깐의 흥분이 스치듯 사라지고 곧 마음의 평정을 찾은 기윤이 자리에서 일어나 읍하고 나서 천천히 입을 열었다.

"부족하기 짝이 없는 사람입니다. 푸상의 과분한 환대를 받고 있는 마음이 좌불안석입니다. 황후마마의 병세가 호전된 것은 이 사람의 내세울 바 못 되는 미력과는 무관하게 황후마마의 높고 깊으신 공덕 덕분입니다! 성수(聖壽)가 미진(未盡)하신 황후마마에 대한 하늘의 뜻이 아니겠습니까? 이 사람이 아니었더라도 위대한 국모를 잃고 슬퍼할 만백성들이 극진히 발원하는 한 상천은 필히 다른 누군가를 내려보냈을 것입니다. 그러니 무덕한 이 사람이 어찌 내 몫 아닌 과분한 대우를 받고 마음이 편하겠습니까!"

놀란 표정을 짓고 있는 명당을 응시하며 기윤이 나지막한 한숨을 지었다.

"이 사람을 더 이상 꼴 우습게 만들지 말아주십시오. 푸상의 애희(愛姬)인 줄 알고 있습니다! 상다리 부러지는 성대한 잔칫상도 받았고, 미려한 가기(歌妓)들의 청아한 노래도 들었으니 더 이상 뭘 원하겠습니까?"
 "그런 고담준론(高談峻論)은 다른 데 가서 펴게. 나한테는 그런 게 통하지 않네!"
 푸헝이 웃음을 터트리며 덧붙였다.
 "억지논리 같아 보이지만 열 여자 마다하는 남자는 없소. 부처님도 성불하기 전까지는 남자였다오. 얘, 명당아!"
 푸헝이 고개를 돌려 명당에게 물었다.
 "넌 어떻게 생각하느냐? 널찍한 저 품에서 맘껏 뒹굴고 싶지는 않느냐?"
 많은 사람들 앞에서 쑥스러운 나머지 귓불까지 붉힌 명당은 고개를 가슴께까지 떨군 채 손가락으로 옷자락을 감았다 폈다 하며 기어 들어가는 목소리로 뭐라 쫑알거렸다. 그 뜻은 구태여 묻지 않아도 자명했으나 푸헝은 웃으며 다시 물었다.
 "누가 너의 밥그릇을 빼앗아 갔더냐? 말을 했으면 알아듣게 해야지. 요게 몸을 배배 꼬아가면서 평소엔 안 하던 짓을 다 하네?"
 "소인이야 주인의 뜻에 따르는 건 당연지사 아니겠사옵니까······."
 목소리가 조금 커진 명당이 말끝을 흐렸다. 흡족한 미소를 지으면서 푸헝은 머리를 끄덕였다.
 "그래, 평소에 가르친 효과가 있는 게로군! 재자(才子)에 가인(佳人)이라······ 하늘이 내린 찰떡궁합이 또 있겠느냐! 왕칠, 게 어디에 있느냐!"
 "찾아 계셨사옵니까!"
 "전에 방경을 시집보낼 때의 예법대로 하되 혼수를 배로 갖춰

보은의 선물 47

기 어른 편에 보내도록 하거라."

시종 미소를 거두지 않으며 푸헝이 분부했다.

"내일부터 명당은 당분간 마님의 방에서 시중들게 될 것이다. 이제 여긴 명당의 친정이나 다름이 없으니 너희들은 공주로 모셔야 할 것이니라. 금명간 길일을 택하여 혼인식을 할 것이니 그리 알거라."

푸헝의 말 마디마디마다 연신 굽실거려 응답하며 왕칠이 명당을 향해 무릎을 꿇었다.

"경하드려요, 누나! 천작지합(天作地合)의 배필을 만날 줄 알았어요. 전에 장친왕(莊親王)의 세자(世子)며 심지어는 별볼일 없는 희왕(喜旺)이놈까지 누나를 탐냈잖아요. 장친왕의 세자가 보기 좋게 면박을 맞고 간 줄은 나중에야 알았지만 희왕이놈은 오줌물에 제 꼴을 비춰보라고 제가 한바탕 닦아세웠던 적도 있어요. 그놈은 명당누나 방귀에도 취해서 열 사흘을 잘 위인인 걸요!"

기름 독에서 건져 올린 듯 뺀질뺀질한 왕칠의 말에 사람들은 그만 배꼽을 잡고 말았다.

"어서 명당의 시중을 들어 물러가지 못해! 고놈이 변죽 좋은 건 알아줘야 된다니까!"

푸헝이 웃으며 밉지 않게 나무랐다. 그 사이 자명종이 열 한 번째 울렸다. 내일도 할 일이 많은 푸헝인지라 사람들은 서둘러 자리를 차고 일어났다. 만류하지 않고 손님들을 바래다주기 위해 밖으로 나온 푸헝이 기윤의 손을 잡고 진지하게 말했다.

"내일은 또 한바탕 전쟁을 치르게 될 터인데, 이제부터 같이 일하게 됐으니 여러모로 잘 부탁하네."

"여부가 있겠습니까!"

풍헝의 말속에 담긴 깊은 뜻을 헤아린 기윤이 정중하게 머리를 끄덕이며 말을 이었다.

"이토록 과분한 국은(國恩)을 받고 어찌 감히 공무에 소홀하여 화를 자초할 수가 있겠습니까?"

사람들이 와자지껄하며 떠나간 자리에 홀로 남은 풍헝은 이제 막 마실을 나온 듯한 초승달을 바라보며 깊은 생각에 잠겼다.

군향 65만 냥을 털린 사건에 대해선 류통훈과 여러 번 의견을 교환했었다. 직예 총독과 순무가 고항과의 협동수사를 위해 이미 현지로 파견된 상태였다. 황후를 찾아보느라 아직 류통훈의 흠차 대신 조서(詔書)를 내리지 못했는지라 내일아침 날이 밝자마자 서둘러야 할 터였다. 금천 지역의 군사(軍事)도 물에 물 탄 듯 술에 술 탄 듯 별 진척이 없었다. 경복과 장광사는 허구헌날 똥개 훈련시키듯 병사들을 이리저리 끌고 다니며 군향이나 축낼 뿐 아직 이렇다 할 전투 한번 해보지 못한 상태였으니 그것도 골칫거리였다. 아계가 서찰에서 장광사와 경복을 비난하는 듯 아리송한 글월을 남긴 것도 그 진의를 점치기 애매모호했다. 건륭이 가장 관심을 보이는 일이 이같이 지지부진해서는 곤란했다. 풍헝은 어서 운남과 귀주 쪽에서 나온 몇몇 관원들을 불러 내막을 캐물어야 겠다고 생각했다

그리고 얼마 전 운남 채광 현장으로 간 전도가 '동광(銅鑛)의 치안을 위협한다'는 이유를 들어 광산 안에서 '천리교(天理敎)'를 전도하던 40여 명의 목을 쳤다는 상주문을 올린 데 이어 운귀총독 거뤄가 전도가 '불온한 움직임을 강보 상태에서 말살시킨다는 미명하에 무고한 사람들까지 남살(濫殺)하여 광부들의 민심이 흉흉해졌고 대란을 비켜갈 수 없게 됐다'며 탄핵문을 올렸다. ······'천

보은의 선물 49

리교'라니? 대체 어떤 무리일까. 혹시 백련교의 일당은 아닌지 여간 신경이 쓰이는 게 아니었다. 황제가 지방순시를 앞두고 있는데, 북경을 떠나기 전에 이같이 민감한 사안에 대해선 주청을 올려 지시를 여쭈어야겠다 싶었다. 만에 하나 우려했던 일들이 터지는 날엔 자신이 막중한 책임을 피해갈 수 없음은 자명했다.

게다가 장정옥과 어얼타이는 내일을 기약할 수 없을 정도로 병들어 있어도 몇 십 년의 재상 생애에 배출해낸 문생들이 천하 구석구석에 바둑알 박히듯 박혀있으니 저마다의 추종세력들이 결당 아닌 결당, 파벌 아닌 파벌을 이루어 명쟁암투를 벌이고 있는 상황이었다. 나친이 어얼타이와 가까운 반면 자신은 장정옥에게로 더 마음이 기우니 이것도 파벌이라면 파벌이 아닌가…….

푸헝이 머리 속에 떠오르는 대로 이것저것 걱정하고 고민하느라 여념이 없을 때 갑자기 정원 한 구석에서 선잠을 깬 듯한 새 한 마리가 푸드득! 고단한 날갯짓을 하며 머리 위로 날아갔다. 그제야 끝간 데 없는 고뇌의 수렁에서 헤어난 푸헝이 고개를 들어 보니 파란 물감을 쏟아놓은 듯 구름 한 점 없는 하늘에 별들의 숨바꼭질이 한창이었다. 아직 그대로인 가녀린 초승달이 손가락 사이로 흘리는 은색가루에 화원의 월계수며 모란나무, 해당화나무가 서리 내린 듯 하얗게 보였다. 첩첩층층 자신들의 자세와 색깔을 변화시키는 것 같은 몽롱한 신비스러움이 좋았다. 오입진경(誤入眞境)의 느낌은 밤에 청승떨고 홀로 달구경하는 순간에도 색다른 감회를 주기에 충분했다. 내친 김에 저 초승달을 불러 꽃이랑 셋이서 놀아볼까? 멋스레 머리채를 뒤로 넘기며 시흥을 길어 올리려고 했으나 오늘따라 잡힐 듯 잡히지 않는 시어가 얄미웠다.

안주인과 바깥주인 모두 잠자리에 들기 전인지라 왕칠은 가인들은 누구 한 사람도 잠을 못 자게 했다. 자기 처에게 어멈과 하녀들 간수를 잘하게끔 단단히 일러두고 막 푸헝을 찾아 나오던 왕칠은 홀연 중문 밖 서쪽 별채에서 들려오는 여인의 숨죽인 울음소리에 뚝 발걸음을 멈췄다. 그는 대뜸 자신의 부하마름인 희왕을 불러 목소리를 깔며 훈계했다.

"아닌 밤중에 저게 무슨 소리야! 서당개 삼 년에 풍월을 읊는다는데, 이건 어찌 된 게 갈수록 도루묵이야! 바깥주인께서 시(詩) 사냥에 나서신 게 안 보이냐? 목욕물도 함부로 내다버리지 말고 절대로 조용히 하라고 못박았건만 자네 마누라는 저게 무슨 소리야? 한밤중에 귀신을 부르는 것도 아니고!"

왕칠의 말을 듣고 푸헝이 귀를 기울이니 과연 서쪽에서 여인의 넋두리 섞인 울음소리가 들리는 것 같았다. 맷돌에 억눌린 듯 소리가 한껏 억압되어 있어 귀를 기울이지 않으면 전혀 들리지 않았다. 푸헝이 두 사람을 불렀다.

"이리 와 보게! 희왕, 자네 처자가 어인 이유로 저리 구슬프게 우는 건가?"

종종걸음으로 달려온 희왕은 다짜고짜 땅에 넙죽 엎드리며 죄를 청했다.

"사실의 자초지종을 말씀 올리자면 장황하오니 전후사연만 간단히 말씀드리겠사옵니다. 저 여편네는 소인의 처자가 아니옵니다. 전에 소인의 어머니가 장친왕 문하의 위청태(魏淸泰)란 자의 마누라 시중을 들 때 딸자식처럼 여겨왔던 위청태의 소실 황씨(黃氏)이옵니다. 성격이 괴팍한 늙은 여우인 위청태의 마누라가 황씨가 둘째딸을 출산하자 70을 넘긴 영감탱이가 무슨 씨가 있어 뿌렸겠느냐며 샛트집을 잡아 황씨를 집에서 내쫓았다고 하옵니다. 오갈 데 없이 내침을 당한 황씨가 대들보에 목을 매기 전에 이렇게 소인의 어머니를 찾아오지 않았겠습니까? 그나저나 울음소리를 내선 안 된다고 그렇게 신신당부를 했건만…… 안 그래도 소인이 들어가 한바탕 혼내줄 참이었사옵니다……."

남의 일이긴 하지만 그 자초지종을 듣고 난 푸헝이 고개를 들며 말했다.

"괴로운 일이 있으면 울기라도 해야지, 숨통 막혀 죽을 순 없지 않은가? 당장 살길이 막막해서 죽네 사네 하는 것이니 은자 좀 내어주도록 하게, 어찌됐건 가엾지 않은가."

이같이 말하고 돌아서던 푸헝이 그러나 다시 멈춰서더니 왕칠에게 지시했다.

"아니, 아니야! 그 여자를 데리고 상방(上房)으로 와보게."

"술을 적당히 드시지 그랬어요?"

푸헝을 기다리며 지패를 만지작거리고 있던 당아가 입 끝을 살짝 치켜올렸다.

"그래 달을 보며 하소연을 하니까 주옥 같은 시흥이 샘솟듯 했나요? 하향(荷香)아, 인삼탕을 내어와 어르신께 올리거라! 그런데, 설마 어딘가에 곧 오마 달래 놓고 온 미인이 그리워 시를 핑계로 방황한 건 아니겠죠?"

"이 사람이! 애들 들으면 어쩌려고 그런 소릴 해? 천하절색 양귀비가 곁에 있는데, 미인은 무슨! 설마 당신이 다른 남자 생각나니 날 넘겨짚는 건 아니겠지?"

푸헝이 웃으며 손가락으로 당아의 코끝을 살짝 눌렀다. 심사를 들켜버린 당아가 얼굴을 붉히며 허겁지겁 자신을 변호했다.

"적반하장도 유분수지, 이 남자 갈수록 못 말리겠네! 집안의 월계화가 아무리 고와도 들판의 이름 없는 야생화보다 못하다고 할 때는 언제고! 지난번 고향의 마누라가 오니 목덜미 아래로 눈길 미끄러지는 속도가 장난 아니던데…… 엉덩이 치켜올리며 암내 풍기는 그년도 여간내기가 아닐 것 같았지만!"

"됐네, 그만해! 외로운 초승달 동무 좀 해주고 들어왔기로서니 별의별 덤터기를 다 쓰는구만! 자네가 제왕 자리에 앉았더라면 부하 신료들 살아남는 이 없겠어."

푸헝이 당아와 토닥거리며 사랑싸움을 하고 있을 때 몸종 채회가 들어와 아뢰었다.

"희왕의 마누라가 낯모를 여자를 데리고 어르신께서 부르셨다며 들었사옵니다."

영문을 모르는 당아가 대뜸 물었다.

"야심한 밤에 무슨 일이에요?"

그제야 푸헝이 방금 희왕에게서 들었던 자초지종을 당아에게 들려주었다. 그리고는 덧붙였다.

"위씨네가 우리 집에 자주 들락거리는 건 사실이나 그런 복잡한 사연이 있는 줄은 또 몰랐네. 남의 일에 감 놔라 배 놔라 할 건 없지만 여자가 불쌍하지 않은가. 어딘들 불심의 자비가 미치지 않는 곳이 있겠소. 사연을 본인에게서 들어보고 도울 수 있으면 도와주고 싶어 불렀소."

당아는 가타부타 말이 없었다. 희왕의 마누라가 데리고 들어온 여인은 서른 살 남짓한, 조신하고 얌전한 모습을 하고 있었다. 하얗게 색이 바랜 청포적삼을 깨끗이 빨아 입고 해어진 바지가랑이는 꽃무늬를 놓아 교묘하게 위장한 것이 손재주가 예사롭지 않을 것 같았다. 갸름하게 선이 고운 얼굴에 살구 같은 눈이 매력적인 여인은 입가에 알 듯 말 듯 보조개도 보였다. 화장기 전혀 없는 맨얼굴이지만 타고난 미모는 돋보였다.
 어미 손을 놓칠세라 꼬옥 잡고 있는 여자아이도 똘망똘망한 눈매며 그린 듯한 눈썹이 어미를 많이 닮아있었다. 호화로운 방안에서 낯선 얼굴이 두려운 듯 아이는 자꾸만 엄마의 등뒤로 숨어들었다. 홀린 듯 여인에게서 눈을 뗄 줄 모르는 푸헝을 보며 소리없이 웃고 있던 당아가 막 입을 열어 말하려 할 때 푸헝이 어느새 먼저 입을 열었다.
 "그래, 밥은 먹었고?"
 "황송하오나 아직 못 먹었사옵니다. 하오나 소인은 배가 고프지 않사옵니다."
 황씨는 잔뜩 기가 죽어 푸헝과 당아를 훔쳐보며 말을 이었다.
 "대자대비하신 어르신께서 불쌍한 우리 내니(睞妮)에게 식은 밥이라도 한 숟가락 내주시면 이년은 죽어서라도 그 은혜를 결코 잊지 않을 것이옵니다."
 당아는 처음부터 여자아이에게서 눈을 뗄 줄 몰랐다. 들어보니 이름도 생김새처럼 예뻤다. 손짓으로 가까이 오게 하여 손을 당겨 잡으니 차갑고 매끄러워 상아로 조각한 조각품 같았다. 길게 뻗은 손가락이 가야금 타기에 그만일 것 같았으나 혈색조차 없이 창백한 손톱이 마음에 걸렸다. 기다리던 인연이 찾아온 느낌이 들 정도로 당아는 한눈에 반해버렸다. 아이의 숱이 많은 긴 머리를 쓸어내리며 오밀조밀하게 잘도 박힌 조그만 얼굴을 유심히 뜯어보던 당아가 몸종에게 지시를 했다.
 "채회야, 다과 두 접시 내어오너라! 쯧쯧, 어쩌면 요렇게 예쁘게 생겼을까! 남의 새끼지만 참 잘 생겼어! 내일 모레면 저승사자가 불러갈 늙다리가 부지런히 덕이나 쌓지, 무슨 배짱으로 옥돌 같은 모녀를 내쳤을까! 그 아들 위화(魏華)는 제정신이 똑바로 박힌 자식인 줄 알았는데, 그것도 아닌가봐!"

눈물을 말끔히 닦고 왔던 황씨와 내니는 한편이 되어주는 당아의 말에 다시금 설움이 북받쳤다. 두 팔로 다과접시를 껴안고 황씨는 어깨를 들썩이며 흐느꼈다. 소리를 내지 않으려고 입을 막으니 곧 숨이 끊길 것 같았다. 진주 같은 맑은 눈에 옥구슬 같은 눈물을 머금고 자상한 표정의 당아를 바라보던 내니도 어미의 품에 안겨 하염없이 눈물을 쏟았다…….

푸헝이 시계를 보니 자정이 가까워오고 있었다. 푸헝은 슬픔이 북받쳐 울음을 멈출 줄 모르는 모녀를 위로해 주었다.

"그만하오! 대가족들에게 이런 경우는 비일비재하다오! 내가 보기에 애는 위청태 영감의 핏줄이 분명하오. 눈매며 코, 턱 등이 영락없소. 이렇게 하오, 두 모녀는 일단 우리 집에 머물러 있으시오. 내가 나서서 위청태를 설득해볼 테니까! 그 집이 정백기(正白旗) 소속이지?"

푸헝이 묻자 눈물범벅이 된 황씨가 급히 아뢰었다.

"한군 양백기(漢軍鑲白旗) 소속인 걸로 알고 있사옵니다……."

"그렇다면 더 잘 됐군! 내가 직접 그 기주(旗主)를 만나 얘기하면 될 테니까."

푸헝이 자리에서 일어나 기지개를 켜며 덧붙였다.

"희왕네, 아랫사람 취급하지 말고 우리 집에 있는 동안은 모녀를 편하게 대해주게. 위청태라면 성조 때 준거얼에 출전하여 공로를 세운 시위 출신으로서 명실상부한 유공자 가족이라네! 내니는 생김새도 예쁘고 키도 훤칠하니 입궐하여 궁인으로 있는 것도 좋겠군. 황후마마의 옥체가 편치 못하시어 몇 백 명의 궁녀를 풀어주었으니 조만간 다시 궁녀 선발이 있을 거네. 운수를 시험해보는 셈치고 여기 있다가 도전해 보게나. 희왕네, 옷가지도 새 것으로 내어주고 음식에도 각별히 신경 써주게, 알아들었나?"
"여부가 있겠사옵니까?"
희왕의 마누라가 부랴부랴 응답하고는 황씨를 향해 말했다.
"우리 주인어른께서 부처님 심성이시라 큰복을 받으실 분이라던 내 말이 틀림없지? 이런 내외분은 등롱(燈籠)을 쳐들고 찾아 나서도 내 평생 찾지 못할 거요……."
희왕의 말을 빌리자면 쥐가 갉아먹다 남은 호박같이 생겼다는 희왕네의 아첨어린 모습이 더욱 우스꽝스러워 푸헝과 당아는 그만 웃음을 터트리고 말았다. 황씨 모녀도 울음을 그치고 연신 머리를 조아리며 감사의 말을 하고는 희왕네를 따라 물러갔다.
"당신, 오늘 좀 이상한 거 아세요?"
사람들이 물러가기를 기다렸다가 당아는 푸헝의 의복을 벗겨주며 말했다.
"무슨 군기대신이 근엄하지 못하고 그리 가벼워요? 아까는 싫다는 기윤에게 명당이를 억지로 떠안기더니, 이번에는 또 소박맞은 여자를 거둬주질 않나! 군기대신이 동네여편네 걱정까지 해줘야 되나보죠? 당신은 죽고 못 살던 명당이 싫증나니 남에게 줘버리고 대신 황씨에게 눈독을 들인 게 틀림없어요."
발끈하며 반발하기엔 당아의 정문일침이 너무나 정확했는지라 푸헝은 짐짓 진지한 표정을 지으며 한숨을 내쉬었다.
"나 정도 되면 사람이 목석같이 변하는 수가 있다네. 인간이 칠정육욕에 둔감하다는 것은 곧 죽음을 의미하는 게 아니겠소?

이 나이에 아직 정열이 남아있다는 게 당신은 반갑지도 않소?"
 푸헝이 특유의 억지논리를 펴며 샐쭉해진 당아를 향해 혜식은 웃음을 지어 보였다. 그리고는 당아에게 다가가더니 봉긋한 가슴에 손을 집어넣었다.

18. 병상의 노신(老臣)

 뒤늦게 잠자리에 들어 모처럼 달콤하게 잠을 자고 난 푸헝이 눈을 떠보니 어느새 동쪽 창문이 허옇게 밝아오고 있었다. 급히 처리해야 할 일이 산적해 있었던 그는 벌떡 자리를 박차고 일어났다.
 허겁지겁 옷가지를 챙기는 인기척에 낭하에서 하녀가 앵무새에게 모이 주는 모습을 지켜보고 있던 당아가 들어왔다. 베개를 뒤적이며 허리띠며 버선을 찾느라 여념 없는 푸헝을 보고 당아가 웃음을 지었다.
 "아직 일곱 시도 안 됐는데, 뭘 그리 서둘러요? 하지(夏至)가 낼모레인지라 여섯 시만 돼도 날이 훤히 밝은데…… 매향(梅香)이 얘네들은 어디 가서 나자빠졌어? 주인어른이 버선을 찾아 헤매게 만들고!"
 당아의 째지는 듯한 소리에 놀라 달려 들어온 몸종들이 무릎을 꿇어 버선을 신겨준다 허리띠를 매어준다 나무빗에 기름을 묻혀 머리채를 땋아 내린다 하며 수선을 떨었다. 가끔씩 이런 날이 있지만 그럴 때마다 늘 누군가에게 몸을 내맡긴다는 일이 어색한 푸헝이 말했다.

"앞으론 반시간쯤 일찍 깨워주게, 내가 알아서 하고 나갈 테니까. 군사를 이끌고 싸우러 나갈 장군감이 갈수록 게을러져서야 되겠나."

편안하게 큰 하품을 하며 푸헝은 말을 이었다.

"여름과 겨울 두 계절은 무슨 일이 있어도 다섯 시까지는 기상을 해야겠네. 세수를 마치고 포고(布庫, 일종의 무예)를 좀 때린 연후에 조반 먹고 입궐하는 게 좋겠네."

"됐네요!"

그 말에 당아가 비꼬듯 웃으며 다과를 내려놓았다.

"이 나라의 정치는 꼭 혼자서 하는 것 같네요. 나친을 좀 보세요, 입궐하고 퇴궐하는 시간을 칼같이 지키면서도 자기노릇은 암팡지게 하고 있는 걸! 집에서는 절대 공무를 논하지 않기로 소문이 났지만 그렇다고 누가 감히 손가락질하는 사람이 있나요? 당신은 장정옥을 본받아 시도 때도 없이 정무에 매달려 있어도 권력을 남용한다는 비난이나 받고 다니니 억울하지도 않아요?"

"장정옥을 본받는 게 뭐가 잘못됐다는 건가? 정정당당하게 현량사(賢良祠)에 이름 석자 남길 사람이오!"

푸헝은 소리를 더욱 높여 덧붙였다.

"불세출의 재상이오. 슬하에 자손이 만당(滿堂)하고 부귀수고(富貴壽考)하여 만인의 부러움을 듬뿍 받고 있는 사람이오. 자네의 남정네가 이런 거물의 신임을 받는다는 건 곧 자네의 복이오!

뜻이 있는 곳에 길이 있다고, 난 마음만 먹으면 못해낼 일이 없다고 생각하오. 내일부터 항상 이 시간에 일어날거요."

정색하고 장편대론을 펴고자 하는 푸헝을 보며 당아가 귀찮다는 듯 잘라버렸다.

"그래요, 알았어요, 국구재상(國舅宰相) 대장군님! 내일부터는 꼭두새벽에 일어나세요! 밖에 접견을 기다리는 관원들이 있으니 어서 다과 드시고 나가보세요! 아까 왕칠이가 그러는데, 장상이 오늘은 혈색이 눈에 띄게 좋아져 벌써 군기처로 나왔다고 하네요. 당신더러 먼저 류통훈을 만나 보고 대내(大內)로 들라고 하는 것 같았어요. 기윤이 지어준 약을 드시고 완전히 딴사람이 된 황후마마도 더 이상 염려하지 않으셔도 되겠다고 황후마마의 몸종 채하가 전해왔어요! 당신을 보내놓고 저도 입궐하여 황후마마께 문후를 올려야겠어요"

의관을 정제하고 다과를 두어 개 집어먹고 난 푸헝이 서둘러 객청으로 나오니 아니나 다를까 벌써 예닐곱 명의 외관(外官)들이 접견을 기다리고 있었다. 온화한 미소를 지으며 다가간 푸헝이 말했다.

"사람을 불러놓고 이거 너무 미안하오. 갑자기 급한 일이 있어서 말이오. 보자고 했던 이유는 한 가지뿐이었소. 7월 이전에 재해보고를 올린 지방에 대해선 조정의 실사가 이미 끝났소. 일률적으로 부세(賦稅)를 3할씩 면제해주기로 했지. 그 이후로 여러분들이 올린 재해보고에 대해선 아직 그 진실 여부를 실사할 시간이 없으니 직접 호부(戶部)로 가서 여러분들의 입으로 얘기하란 뜻이오. 호부도 나름대로의 어려움을 호소했소. 조정에서 관정(寬政), 관정 하니까 이를 악용하여 승냥이가 양 한 마리만 물어가도 '재해

(災害)'요. 여치 울음소리만 들려도 '충재(蟲災)'라고 보고를 올려 재해복구비를 타내려고 드니 그런 후안무치한 법이 또 어디 있느냐 말이오! 탐욕스레 빼앗아먹은 음식은 소화도 안 되는 법이오. 호부로 가서 있는 대로 고하도록 하오. 나중에라도 조정에서 일일이 들출 터이니 잔머리 굴릴 생각일랑 말고!"

이같이 말하며 진봉오(秦鳳梧)라는 관원에게로 시선을 돌린 푸헝이 말했다.

"자넨 노작(盧焯)의 수하에서 전량(錢糧)을 관리하는 관원이지? 폐하를 비롯해서 자넬 보자는 사람이 많을 테니까 먼저 군기처로 가서 장상을 만나뵙고 나오게."

간단히 분부를 마친 푸헝은 곧 대기중인 수레에 올랐다. 외관들도 대답과 함께 뿔뿔이 흩어졌다.

푸헝이 찾아갔지만 류통훈(劉統勛)은 집에 없었다. 미관말직으로부터 어느새 어엿한 일품대원이 되어 있었어도 류통훈의 청관(淸官) 본색은 여전했다. 집에는 글공부와 집안 일을 겸하는 조카뻘 되는 아이와 선친 때부터 부려오던 늙은 노비 외엔 아무도 없었다. 가는귀가 먼 노복(老僕)은 푸헝이 몇 번씩이고 크게 물어서야 류통훈이 아침 일찍 이위(李衛)의 병문안을 가고 없다고 했다.

노복이 쿨룩쿨룩 가래 끓는 기침을 해가며 주절대는 집안 일을 인내하여 들어주던 푸헝은 자리를 털고 일어나 서둘러 이위의 집으로 향했다. 그리 멀지 않은 거리에 있는 이위의 집에 당도하여 문지기에게 물으니 과연 류통훈은 아직 안에 있다고 했다. 자기네 주인의 병세가 좋아졌다 악화됐다 종잡을 수 없으니 내방하는 귀객들은 병자를 배려하여 가급적이면 장시간 대화를 자제해주십사 하는 마님의 당부가 있었다며 문지기가 조심스레 전해왔다. 그러자 푸헝이 말했다.

"말하지 않아도 그리할 터이니 걱정 붙들어매게."

따라오는 문지기를 물리치고 눈에 익은 뜰로 성큼 들어선 푸헝은 곧추 중문을 통해 동쪽 서재로 향했다. 조용한 뜰 안에서 류통훈의 말소리가 들려왔다. 미처 인기척을 내기도 전에 이위의 소첩(小妾)인 옥천(玉倩)이 쟁반에 빈 약그릇을 받쳐들고 안에서 나왔다. 한 발 뒤로 물러나 몸을 낮추며 옥천이 문후를 올리려 하니 푸헝은 벌써 주렴을 걷고 안으로 들어가고 있었다.

이위는 눈을 감은 채 베개에 반쯤 기대어 있었고, 류통훈은 그 옆에 의자를 놓고 앉아있었다. 창가 쪽으로 놓여진 낮은 의자에 백발이 성성한 노인이 앉아있었으나 안면이 없었다. 수건을 이위의 목에 두르고 물을 한 숟가락씩 떠 넣고 있던 이위의 처 취아(翠兒)가 푸헝이 들어서자 나직하게 말했다.

"푸상께서 당신을 보러 오셨네요."

취아가 물그릇을 내려놓으며 온돌을 내려서서 예를 갖추려고 하자 푸헝이 급히 도리질하며 말렸다.

"아직도 날 외인으로 취급하면 서운하죠. 그대로 앉아 계십시오. 요즘 안팎으로 경황이 없다보니 오늘에야 겨우 짬을 낼 수가 있었지 뭡니까……. 우개(又玠, 이위의 호) 공은 좀 차도가 있어 보이네요."

취아가 미처 답하기도 전에 이위가 눈을 떴다. 수척하여 꺼진 볼이 깊어 유난히 높아 보이는 광대뼈는 여전히 불그스레했다. 푸헝을 지그시 바라보던 그가 입가에 한줄기 창백한 미소를 머금으며 나직이 입을 말했다.

"푸상의 늠름한 풍채는 여전하십니다…… 정말 부럽습니다. 황후마마께오서도 존체가 흠안하시어 이리저리 다망하시다 들었사온데, 이 못난 사람에게까지 신경을 써주시니 달리 드릴 말씀이 없습니다. 가인(家人)을 대신 보냈어도 감지덕지했을 것인데 친히 걸음 하시다니…… 이놈은 더 이상 별볼일 없을 것 같습니다. 제기랄, 천하의 이위가 누워서 뭉개고 있다니!"

"그런 소리는 아예 하지 마십시오. 잘될 겁니다."

푸헝은 옥천이 건네주는 찻잔을 받아 옆자리에 내려놓으며 말을 이었다.

"목숨이 위태로운 병환은 아니라고 봅니다. 윤계선의 외조부도 마흔 살 때부터 병환을 앓아왔다는데, 증세가 우개 공이랑 똑같았습니다. 엊그제 일이 있어 가보니 골골대면서도 아직 살아있는 거 있죠? 나이가 90이 넘었다는데!"

푸헝의 말을 듣고 난 취아가 웃으며 답했다.

"류 어른도 내내 그리 말씀하시더구만 이놈의 영감탱이가 워낙에 쇠고집이라 믿어야 말이죠! 푸상의 말씀이야 안 믿을 수 없겠지!"

푸헝이 머리를 끄덕이며 미소를 띠우며 류퉁훈을 바라보았다. 그리고 말했다.

"연청 어른도 실없는 소리나 하고 다니는 사람은 아닙니다. 폐하께서 사람을 전당(錢唐)에 파견하시어 고사기(高士奇)를 북경으로 불러오신다고 합니다. 책이나 쓰게 하면서 왕공대신들의 병을 치료해주게끔 하신다니 기대해도 좋을 것 같습니다. 폐하께서는 늘 우개 공을 염두에 두고 계십니다. 이 또한 우개 공의 타고난 분복이 아니겠습니까? 그러니 그 어떤 재화인들 물리치지 못하시겠습니까?"

건륭에 대해 언급하자 이위의 눈빛이 순간적으로 탈 듯이 반짝거렸다. 그러나 다시 암담해지며 말라 부스러기가 떨어질 것 같은 골골한 목소리로 말했다.

"류강(劉康) 사건을 제대로 처리하지 못해 폐하를 대할 면목이 없습니다. 이 천치 같은 놈…… 평생 재계(齋戒)하다가 막판에 그만 재수 없이 개고기를 먹어버리고 말았으니 후회막급입니다. 고사기도 아직 살아있다는 보장도 없고, 설령 온다고 해도 타고난 팔자까지 고칠 순 없지 않겠습니까……."

상심에 잠겨 목소리가 젖어오는 듯하더니 이위의 눈에서는 어느새 마른 대추처럼 쭈글쭈글한 양볼을 타고 흐릿한 눈물이 힘없이 흘러내렸다.

"또 이러시네, 우개 공 답지 않게! 고사기는 분명히 살아있을 겁니다!"

"그 사람…… 죽고 없습니다……."

"누가 그래요?"

"오랫동안 병상에 누워 뭉개다보면 눈치가 귀신이거든요."

이위가 처연한 미소를 흘리며 덧붙였다.

"느낌이 그렇게 마음에 와 닿았습니다. 그 사람…… 살아있을 리가 없습니다."

푸헝과 류통훈은 놀라운 시선으로 서로를 마주보았다. 절강성(浙江省)에서 올라온 소식에 의하면 고사기는 이미 한달 전에 별다른 질환없이 세상을 떠났다고 했다. 어찌됐건 이위를 위로하여 마음의 병을 치유해주는 것이 시급한 푸헝이 입을 열었다.

"그거야 곧 밝혀지겠지요. 고사기 얘기가 나왔으니 말인데, 누군가 들려주었던 일화가 생각나네요. 65살에 금의환향(錦衣還鄕)

한 고사기가 타고난 체질이 아직은 건장했는지라 어느 날 갑자기 집을 떠나 여행을 하고픈 욕구가 발동했나 봐요. 은자 몇 냥 찔러 넣고 발길 닿는 대로, 마음가는 대로 어느새 양주(楊洲)에 다다라 보니 그만 노자가 떨어지고 말았대요!"

"그까짓 노자가 떨어진 것쯤이야 그이한테는 뭐가 문제될 게 있겠습니까?"

취아가 덧붙였다.

"20년 재상이 어딘들 문생(門生)이 없어 설마 타관에서 굶기야 하겠어요?"

그러자 푸헝이 웃으며 답했다.

"문생들에게 손을 내밀면 고사기가 아니죠. 잠시 고민 끝에 그는 어느 염상(鹽商) 집에 사숙(私塾) 선생으로 들어가기로 했답니다. 이 염상은 아들이 셋 있는데, 두 아들은 아비를 도와 가게를 챙길 정도로 장성했고 막내만 앞으로 장부책이나 들여다볼 정도로 글공부를 시켜달라고 했답니다."

푸헝은 신이 나서 얘기를 이어갔다.

"때마침 중추절이자 염상의 생일이 겹쳤나봐요. 염상이 자신의 체통을 과시하려는 듯 현지의 현령에서부터 방귀 깨나 뀐다는 양주 지역의 실세들은 하나도 빼놓지 않고 청첩을 돌렸답니다. 물론 사돈에 팔촌까지도 다 불렀고. 그렇게 연회석 수십 개를 꽉 채울 정도로 하객들이 모였는데, 어쩌다 보니 하필이면 아들의 스승인 고사기를 빼뜨렸더랍니다. 그래도 고사기는 전혀 개의치 않고 있는데, 염상의 그 막내아들이 헐레벌떡 달려오더니 자기아비는 사람도 아니라면서 분통을 터트리더랍니다. 스승을 먼저 모셔야지 등뼈가 금이 가도록 권세에 굽실거리면 뭘 하느냐고, 고사기더러 함께 쳐들어가자며 졸랐답니다. 워낙에 나이에 비해 사려 깊고 이해심이 많은 아이였는지라 고사기도 엄청 예뻐했는데, 아이의 말을 듣고 보니 장난기가 발동하여 '못할 게 뭐 있냐'하며 손잡고 나섰답니다."

이야기가 점점 재미있어지자 병상의 이위도 귀를 쫑긋 세웠다.

"아이 손에 이끌려 들어온 선생을 보고 난감하여 몸둘 바를 모르던 염상이 실례했노라고 사죄하며 아직 비어있는 수석자리를 가리켜 이렇게 말했답니다. '우리 막내가 워낙 심지가 곧고 사려 깊은 아이이온지라 자기 스승을 깍듯이 모시리라 믿고 있었습니다. 그래서 수석자리를 남겨놓고 이제나저제나 하고 있었는데, 마침 잘 오셨습니다. 자리에 앉으시죠!' 염상은 당연히 거짓말을 하고 있었고, 고사기가 못내 부담스러워하며 완곡히 거절하리라 믿어 의심치 않았겠죠. 그런데, 이를 어쩌나! 근엄한 표정을 지으며 좌중을 둘러보던 고사기가 기다렸다는 듯이 상석으로 가서 털썩 엉덩이를 붙이고 앉더라고 하지 뭡니까! 그것도 모자라서 전체의 이목이 지켜보는 가운데 천연덕스레 탁자보를 잡아당겨 손을 문질러 닦고 꼬아 올린 다리를 흔들며 차를 마셨답니다. 물론 하얀 탁자보는 까마귀 이부자리가 된 채 사람들의 눈살을 찌푸리게 만들었겠죠."

그 장면에서 사람들이 대부분 손으로 입을 가리기 시작했다. 푸헝의 이야기는 계속 이어졌다.

"나름대로는 일방을 주름잡는 권문세도가들이 볼품없이 깡마른 늙은이가 수석자리에 앉아 '꼴값 떠는' 모양을 보고는 저마다 똥파리 삼킨 얼굴을 하고 앉았더랍니다. 벌써 얼굴이 거무튀튀해진 주인이 뱃속 가득한 화를 애써 가라앉히며 얼어붙은 분위기를 띄워보려고 술을 권하니 맨 먼저 술잔을 드는 이 역시 '그놈의 재수 없는 개뼈다귀'인지라 속으론 자기 따귀를 수백 번도 더 때렸 겠죠. 눈꼴이 시긴 하지만 초대받은 손님 체면에 잠자코 있던 사람들이 그러나 술이 서너 순배 돌아가자 수군거리기 시작하더랍니다. 그중 내내 고사기를 째려보고 있던 염상 하나가 입을 비죽거리며 조롱하는 듯한 말투로 묻길 '여보시오, 선생! 그대는 수석자리에 앉는 체질인가 본데, 여태 몇 번이나 앉아봤소?' 이에 고사기가 히죽 웃으며 대답하더랍니다. '적어도 다섯 번은 되지 않을까 싶소.' 고사기가 술이 묻은 입술을 빨며 '우리 누이 시집갈 때 내가 우리 아버지를 대신하여 매형 집에 가니 수석자리에 앉혀주더군' 하고 말하니 '그럼 그렇겠지' 하는 식으로 장내는 배꼽 잡는 웃음소리가 그칠 줄 몰랐답니다. 하지만 그 소란을 일시에 잠재워버리는 고사기의 말문이 열리기 시작했답니다. '열여섯에 향시(鄕試)에 장원을 하여 남경(南京) 공원(貢院)에서 녹명연(鹿鳴筵)을 먹는데, 그게 두 번째 수석자리였지!' 빙그레 웃으며 대수롭지 않게 털어놓는 그 말에 장내의 사람들은 몽둥이에 얻어맞은 듯, 쥐 죽은 듯이 조용한 가운데 누군가 '쨍그랑!' 하고 술잔을 떨어뜨리고 말았답니다. 그러거나 말거나 이어지는 폭탄세례! '스물 여섯에 혈혈단신 경사(京師)로 진출하여 당대의 명상이었던 명주(明珠)의 천거로 박학홍유과(博學鴻儒科)에 수석 입격하고 강희제가 하사하신 문연각(文淵閣) 연석(宴席)에 참석하여 태자(太子)가 따라주는 술을 받아 수석자리에 앉으니, 이것이 세 번째가 되겠소!' 사방에서 연신 큰 숨을 들이마시는 소리가 들리는 가운데 고사기가 세 번째 손가락을 들어 보이며 20년 재상 생애의 화려했던 순간들을 재연해 보였다고 합니다."

여기까지 말하고 난 푸헝이 웃으며 말문을 닫으니 하녀들도 귀 기울여 듣느라 넋이 나간 표정이었다.
"그 뒤론 어떻게 됐죠?"
옥천이 궁금증을 참지 못하고 물어오자 취아가 웃으며 말했다.
"푸상께서는 고루(鼓樓)로 가시어 돗자리 깔고 이야기판을 벌였어도 배를 곯지는 않았을 겁니다."
"강촌(江村, 고사기의 호) 그 사람, 끝까지 멋졌지!"
이위가 혼잣말처럼 중얼거렸다. 사실 푸헝의 이야기는 이위가 전에 남경총독 시절에 익히 들어왔던 일화였기에 새삼스러울 것도 없었다. 불우했던 젊은 시절을 가슴깊이 간직한 처지가 비슷했고, 황제의 두터운 신임을 얻어 일약 총독의 자리에까지 올랐던 이력이 흡사하여 허물없이 지내왔으나 말년에 이르러선 깨끗이 간 고사기가 한없이 부러운 이위였다. 말없이 한숨을 지으며 고개를 돌리니 그제야 오랫동안 나무걸상에 앉아있던 노인이 눈에 띄었다. 본의 아니게 홀대했다는 미안함에 이위가 급히 말했다.
"깜빡 잊고 소개해 올리지 못했습니다, 푸상! 이 노선생은 황곤(黃滾)이라고 황천패(黃天覇)의 아비가 되는 사람입니다."
고작 산동 순검청(巡檢廳) 주사(主事) 자리에서 퇴직한 황곤은 허리가 쑤시고 뻐근했지만 내색도 하지 못하고 따라 웃는 시늉을 하던 중이었다. 이위가 푸헝에게 자신을 소개해주자 급히 푸헝을 향해 문후 올리며 황곤이 말했다.
"하관은 이 총독께서 이끌어주신 덕분에 무난하게 살아온 사람입니다. 와병 중이신 총독 어른께 문후 올리러 들렀다가 운 좋게 푸상을 뵈오니 무한한 영광으로 생각합니다. 소인의 못난 아들 천패가 차사를 그르친 것은 그 아이의 무능함 때문이오니 이 아비라도 나서서 사건해결에 실마리라도 찾게 도와주십사 하고 뵙기를 청하려던 참이었습니다."

푸헝이 눈여겨보니 말투가 공손하고 자세를 낮춘 허리가 구부정하긴 했으나 큰북 같은 목소리가 젊은이 뺨치게 우렁차고 눈빛이 살아있어 근력이 예사롭지 않을 것 같은 그런 노인이었다. 은근히 경외심을 느끼며 푸헝이 웃으며 말했다.

"그대가 강호(江湖)의 태두(泰斗)라는 우레 같은 명성은 익히 들어왔소! 전에 오할자(吳瞎子)와 함께 일했죠? 옹우(翁佑), 반안(潘安), 전보(錢保) 등이랑 이부(吏部)에 이름이 함께 올라있는 걸 본 적이 있소. 뜻이 같은 벗들이었나 보오?"

"그렇긴 하옵니다만……."

황곤이 상체를 숙이며 말을 이었다.

"나머지 세 사람은 폐하의 은봉(恩封)을 받아 조운(漕運)을 통해 운송중인 식량을 보호하는 차사를 맡고 있습니다. 그네들은 더 이상 녹림(綠林)의 사건에 개입하지 않은 지 오래됐습니다."

"집안 내력이 워낙 힘깨나 쓰는 장사들인지라 아직도 3백 근 짜리 석궁(石弓)을 들어올릴 수 있고 화살을 쏘는 재주가 만만찮은 사람입니다."

류통훈이 나서서 황곤을 추켜세워 주었다.

연신 머리를 끄덕이며 푸헝이 잠시 침묵하더니 내뱉었다.

"옹우, 반안, 전보 등이 조운에 뛰어든 이래로 해마다 골치를 앓던 선박탈취 사건이 근래에는 한 번도 없었소. 이번에 고항(高恒)은 육지에서 곤욕을 치렀지. '일지화(一枝花)'는 결코 등 긁어 달랠 수 있는 범상한 도둑이 아니니 지의를 받고 내려가는 연청 자네의 어깨가 무겁네. 오할자가 채광 근로자들의 반란을 진압하러 운남(雲南)으로 내려가고 없으니 내가 보기엔 황곤 어른이 연청을 따라 한단(邯鄲)으로 다녀오는 게 좋겠소."

멍하니 천장만 바라보고 있는 이위를 향해 푸헝이 웃으며 말했다.

"공무를 논하지 않기로 해놓고선 내가 먼저 보따리를 푸네요. 우개 공, 아무쪼록 다른 생각일랑 말고 몸조리를 잘하여 어서 빨리 털고 일어나십시오. 오며가며 종종 들르겠습니다. 연청, 자네랑 단독으로 할말이 있으니 어디 조용한 곳으로 가세."

푸헝은 곧 류통훈과 황곤을 데리고 자리에서 일어섰다.

"잠깐……."

인사를 하고 물러가려는 푸헝을 붙잡으며 이위는 병색이 완연한 얼굴에 애써 웃음을 지으며 말했다.

"침상에서 뭉개는 한낱 병부(病夫)에 불과하지만 그래도 내 평생 도둑떼들과 뒹굴며 살아오지 않았습니까? 잠깐만 할애하시어 저의 짧은 소견이나마 들어주실 수 있겠습니까?"

세 사람은 말없이 제자리로 돌아가 앉았다.

"'일지화'와는 일면지연(一面之緣)이 있는 사이이온데, 확실히 심상한 인물은 아닙니다."

손을 내밀어 취아더러 찻잔을 집어달라는 시늉을 하며 이위가 말을 이었다.

"그 당시…… 오할자가 생철불(生鐵佛), 감봉지(甘鳳池) 일당이 오경루(五慶樓)에서 대가리를 맞대고 있다는 첩보를 접했다며 들이치자고 하더군요. 그래서 내가 오할자의 동행으로 변장하여 막수호(莫愁湖) 동쪽에 위치한 오경루로 가보니 위층은 감봉지 일당으로 꽉 차 있었습니다……. 왁자지껄하는 주령(酒令) 소리가 요란한 가운데 한쪽에서는 어떤 여인이 달걀 열두 개를 딛고 서서 춤을 추고 있더군요. 훗날 보니 그게 바로 일지화였으나…… 그 당시로선 주범 두이돈(竇爾敦) 외엔 눈에 들어오는 게 없었습니다. 달걀 위에서 한들거리며 발 밑에서 안개가 자욱하게 피어오르게 만드는가 하면 눈 깜짝할 사이에 복숭아 한 광주리를 발에 걸어 길어 올려 이 사람, 저 사람에게 나눠주기도 했습니다…… 나도 그때 하나 얻어먹었는데, 참으로 신기한 요술쟁이였습니다……."

이위가 말끝을 흘리며 소첩인 옥천을 힐끗 쳐다보았다. 조정의 숙적인 줄도 모르고 요술을 부리는 역영(易瑛)의 한 번 본 모습에 반하여 그와 용모가 비슷하다고 생각한 옥천을 첩실로 들였던 이위였다.

"내가 무슨 말을 하다 이리 샛길로 빠졌지?"

이위가 자조 섞인 실소를 흘리며 말을 이어나갔다.

"내가 일평생 도적떼들과 대적하면서 얻어낸 경험으로 볼 때 저들은 교활하여 거점을 수없이 확보하고 있을 것 같습니다. 하지만 의외로 뿌리 의식이 강하답니다. '일지화'도 결국은 다시 동백산(桐柏山)으로 돌아가게 돼 있습니다……. 산동, 산서, 직예 그 어디에도 정착하지 못하는 건 옛 둥지에 대한 미련을 버리지 못하기 때문입니다. 꿈은 야무지나 인마(人馬)를 사들일 돈이 없으니 이같이 엄청난 사건을 저지른 것 같은데, 이제부터 그는 뒷감당을 하기가 더 버겁게 될 것입니다. 그가 둥지를 틀고자 하는 직예와 산서는 북경과 가까워 팔기 세력이 포진되어 있는 데다 백성들도 은자 몇 냥에 목숨을 걸만큼 가난하지 않다는 겁니다."

병상을 지키고 있어도 조정을 위하는 영웅본색은 퇴색하지 않은 이위를 보며 옹정과 건륭의 성총이 극진한 이유를 알 것 같았다. 류통훈이 말했다.

"그 많은 은자를 하남으로 싣고 갈 수도 없고, 마땅히 어딘가에 숨길 수도 없고…… 은자가 원수같이 보일 날이 멀지 않았습니다. 우린 충분히 승산이 있습니다."

그러자 푸헝이 나섰다.

"나 같으면 지세가 험악하여 관군의 접근이 어려운 노하구(老河口)에서 해치웠을 거야."

"그러니 여자죠. 당장 입안에 들어올 고기를 하남까지 가서 먹을 만큼 인내력이 부족하고 목표물이 노하구를 통과할지 여부에 대한 것도 자신이 없었던 거죠……."

조금씩 머리가 어지러워지는 느낌에 이위는 눈을 감으며 천천히 말을 이었다.

"내 생각엔…… 연청, 자네가 이번에 내려가게 되면 사람을 붙잡는 게 급선무이지 은자를 찾는 게 더 급하지는 않소. 이는 서둘러 은자의 행방을 찾아 조정에 점수를 따려는 고항과 한단 지방관들의 주장과 상충할 수도 있소. 그러니 주관이 뚜렷해야 하오. 은자는 어디에 파묻어도 썩어 사라질 물건이 아니오. 그러나 발 달린 인간은 도망가게 돼 있소! 여느 도적들보다 바특한 상대란 말이오……."

갈수록 숨이 차 오르는 듯 안색이 창백해지던 이위가 힘겨운 줄기침과 함께 가래를 토해냈다. 옥천이 갖다댄 손수건에 묻어난 핏자국을 보며 마음이 뭉클해진 류통훈이 눈시울을 붉혔다.

"무슨 뜻인지 잘 알겠습니다. 떠나기 전에 다시 들를 테니 남은 가르침은 그때 가서 해주셔도 늦지 않을 것 같습니다……."

그러자 이위가 웃으며 말했다.

"이렇게 정신이 맑은 날도 드무오······. 이렇게 멀쩡하다가도 한순간에 가버리는 수가 있으니 다음을 기약할 수가 없네······. '일지화'가 벌써 냄새를 맡고 하남(河南)으로 잠입할 수 있습니다! 하남 쪽에 경계를 강화하는 게 좋을 듯 싶습니다, 풍상."

오랜 병상에 지쳐 있으면서도 여전히 지혜가 번뜩이는 이위를 보며 대마불사(大馬不死)라는 말을 떠올린 푸헝은 크고도 깊은 감명을 받았다.

"우개 공의 뜻대로 하남에 표(票)를 내려 다른 곳에서 하남으로 통하는 육지와 수로의 모든 통로에 대해 경계를 강화하라고 명할 겁니다. 낙양(洛陽)에서 정주(鄭州)를 거쳐 개봉(開封)에 이르는 구간에 3천 녹영병을 더 투입하여 복우산(伏牛山)과 동백산에 깔아 일지화가 '뿌리'를 더듬다 덫에 걸리게 만들 겁니다."

"다 좋은데······."

푸헝의 말을 듣고 난 이위가 가볍게 머리를 저었다.

"열 사람이 도둑 하나 못 당하는 수도 비일비재하고, 열 도둑이 촌로(村老) 하나 못 이기는 수도 있는 법입니다. 무작정 군사를 많이 동원시킨다 하여 되는 게 아니라는 말씀입니다. 3천 녹영병을 더 투입시킨다고 하셨는데, 1인당 은자 30냥씩 소요된다고 가정했을 때 얼마나 많은 돈이 언제 나타날지도 모르는 도둑 하나 때문에 소모되는 겁니까? 그 돈을 아껴 백성들에게 식량을 나눠준다면 풍상도 좋은 명성을 얻을 것이요, 백성들도 얼마나 두고두고 감격하겠습니까. 풍상, 나랑 취아는 4년 동안 밥을 빌어먹었던 시절이 있습니다. 배고플 때 개밥이라도 한 술 떠주고 목마를 때 말오줌이라도 먹여주는 사람이 얼마나 고마운지 모릅니다······."

감개가 무량하여 이같이 말하던 이위가 옥천에게 분부했다.
"저쪽에 돌돌 말려 있는 그림을 가져다 푸상께 보여드리게."
옥천이 조심스레 먼지를 불어가며 가져온 권축(卷軸)은 길이가 약 한 척 반 정도 될 것 같았다. 샛노란 비단으로 정성스레 감은 것이고 보면 아주 귀한 그림일 것 같았다. 감히 열어볼 엄두를 내지 못하고 푸헝이 물었다.
"공품(貢品)인가 봅니다?"
"십 년 전 세종(世宗)을 모시고 피서산장에서 감상했던 〈농상도(農桑圖)〉와 작년에 황사성(皇史宬)에서 당금 폐하로 하여금 낙루하게 만들었던 〈기민유사도(飢民流徙圖)〉입니다. 펴보셔도 괜찮습니다."
"아닙니다! 본 것으로 하겠습니다."
푸헝이 급히 두 손을 내흔들고는 시계를 꺼내보며 말했다.
"여기 온 지도 한참 됐네요. 함께 폐하를 알현하기로 했는데, 장상께서 기다리고 있을 겁니다! 나중에 여유 있을 때 천천히 감상하도록 하죠."
푸헝이 일어서자 류통훈도 떠날 채비를 했다.
"우개 공! 부디 몸조리를 잘하시어 하루빨리 쾌차하시길 정말 부탁드립니다. 황 어른도 나랑 같이 아문으로 가죠. 내일아침 일찍 길을 떠나야 하니 준비할 것도 좀 있고⋯⋯."
이위는 더 이상 만류하지 않았다.
세 사람이 물러간 자리에는 이위와 취아, 옥천만 우두커니 남았다. 아무도 말이 없는 적막한 공간에 이위의 고르지 않은 숨소리만 가득했다.

푸헝이 부랴부랴 군기처에 도착하자 기윤이 서류를 한아름 안고 안에서 나오고 있었다. 푸헝을 보자마자 그는 문안인사도 잊은 채 급히 말했다.

"폐하께서 부르시어 장상, 어상, 나상께서 푸상을 기다리다 못해 먼저 양심전으로 드신 지 한참 됐습니다. 전 서류를 챙기러 다녀가는 길입니다. 같이 들어가시죠."

푸헝은 군기처 밖에서 그냥 돌아섰다. 발걸음을 재촉하여 영항(永巷)으로 들어서며 푸헝이 물었다.

"기윤, 그래 자네가 나오기 전에는 뭘 의논하고 계시던가?"
"언사에 조심하셔야 할 것입니다, 푸상!"

기윤이 예를 갖춰 말했다.

"운귀총독(雲貴總督) 주강(朱綱)이 북경으로 발령을 받아서 왔는데, 그 사람에게서 금천(金川) 지역의 군사(軍事)를 물으시던 폐하께서 지금 심기가 엄청 불편해 계십니다."

양심전 수화문 앞에서 숙립하고 있는 태감들을 의식하여 기윤은 더 이상 말하지 않았고, 푸헝도 길게 묻지 않았다. 시위대장인 수룬에게 머리 끄덕여 아는 체를 하며 푸헝은 양심전으로 다가가 큰소리로 이름을 말했다. 그러자 잠시 후 건륭의 목소리가 들려왔다.

"들게!"

과연 분위기는 심상치가 않았다. 동난각에서 군신들을 접견했던 여느 때와는 달리 정전의 수미좌(須彌座)에 앉아있는 건륭은 얼굴이 잔뜩 굳어있었다. 수미좌 양측의 꽃무늬 방석이 깔린 의자에 장정옥과 어얼타이가 자리하고 있었고, 새우등처럼 허리를 굽힌 나친이 좌측에 시립해 있었다. 운귀총독 주강은 장정옥과 어얼타이의 아랫자리에 앉아 두 손으로 찻잔을 받쳐들고 조심스레 마시고 있었다. 크게 화를 낸 낯빛은 아니었지만 딱딱하게 굳어진 건륭의 용안을 잠깐 훔쳐보며 푸헝이 무릎꿇어 문후를 올렸다.

"일어나서 나친이랑 나란히 서 있게."

건륭은 담담한 표정으로 입을 열었다.

"그래, 이위의 병세는 어떠하던가?"

푸헝이 엎드린 그대로 방금 이위를 만났던 정경을 그대로 소상히 아뢰었다.

대전 안은 다시금 숨막히는 정적이 감돌았다. 한참 후에야 건륭이 비로소 깊은 한숨을 앞세우며 입을 열었다.

"푸헝이 한 발 늦어서 못 들었지만 방금 주강의 말을 들어보니 반곤(斑滾)은 아직 살아있다고 하네. 우리 6만 대군을 이리저리 끌고 다니며 조정을 비웃고 있네. 자그마치 9개 성의 전량을 축내며 경복과 장광사는 관군을 희롱하는데 이골이 난 반곤의 작당에 놀아나고 있는 실정이라네. 주강이 사천(四川)을 경유하며 보니 어디고 눈 멀고 다리 부러져 대오에서 떨어진 경복과 장광사의 부하들로 득실거리더라고 하네. 백성들의 집에서 닭 잡아먹고 소 끌어가 민분(民憤)의 조짐마저 인다고 하니 비적(匪賊)을 잡으라고 보낸 자들이 오히려 비적 노릇을 하고 있다는 말일세!"

건륭이 흥분하여 버럭 고함을 질렀다.

그 추상같은 고함에 장정옥과 어얼타이가 불안스레 몸을 움찔거렸다. 더없이 온화하고 자상하다가도 화를 내면 청천벽력이 따로 없는 건륭이었다. 범인들을 벌함에 있어서도 가차없는 성격이 독하고 각박하지만 의외로 마음 약한 면이 있는 옹정과는 판이했다. 장광사라면 장정옥이 선발해서 보낸 장군이요, 경복이 금천으로 간 데는 어얼타이의 천거가 한몫 했음은 주지하는 바였다. 둘은 한 손 가득 식은땀을 쥐고 부르르 몸을 떨었다.

"자네들은 두려워하지 말게!"

두 사람의 속내를 점치고도 남는 건륭이 말투를 조금 부드럽게 했다.

"성조께서도 그러하셨듯이 짐은 장삼(張三)에게 돈을 꿔주고 이사(李四)한테 빚 독촉을 하는 사람은 아니네. 그 둘을 파견한 것도 궁극적으론 짐의 뜻이었고……."

궁전 밖에 시선을 두고 몸은 의자에 붙박은 듯 꼼짝도 하지 않은 채 건륭이 입술을 깨물어 웃으며 말했다.

"괴롭네, 괴로워! 경복(慶復)이 누군가! 우리 대청의 공신 어삐룽의 손자가 아닌가. 어삐룽은 복건성(福建省) 백마산(白馬山) 비탈에서 경정충(耿精忠)의 부대와 맞닥뜨렸을 때 몸에 무려 열일곱 발의 총알을 맞고도 말에서 떨어지지 않은 훌륭한 장군이었네. 구멍난 뱃속에 손을 집어넣어 창자를 빼내 적의 목을 옥죌 정도로 용맹했거늘 그런 영웅의 밑에서 어찌 저런 후손이 생겨났을까! 장광사(張廣泗) 또한 묘족(苗族)들의 반란을 잠재우는 데 결정적인 공헌을 한 명장이라 믿어 의심치 않았네. 결코 무능한 사람이 아닌 장광사가 저리 뭉개고 있는 걸 보면 짐이 무능하고 덕이 없는 것 같네……. 군주가 무능하고 덕이 없지 않고서야 어찌 신하가 목숨을 바쳐 싸우려 들지 않겠는가? 성조(聖祖)께선 여덟 살에 등극하시어 열다섯에 간신 오배(鰲拜)를 숙청하시고 열아홉에 삼번(三藩)의 난을 잠재웠다네. 스물 셋에는 대만(臺灣)을 수복하고 준거얼 지역에 친정까지 다녀올 정도로 승승장구하셨지! 그런데 짐은 스물 다섯에 등극하여 이립(而立)의 나이를 넘긴 지금까지 이 나라 종묘사직에 아무런 대업도 일으킨 게 없고 도리어 돈만 좇고 죽음을 두려워하는 무능한 부하들만 양산했으니 무슨 면목으로 조상님 앞에 다가가겠는가!"

눈물을 씹으며 고통으로 일그러진 건륭의 모습에 대신들은 자책과 원망으로 가슴이 미어지는 것 같았다.

'군주의 근심은 곧 신하의 굴욕이요, 군주의 굴욕은 곧 신하의 죽음[主憂臣辱, 主辱臣死]'이었으니 괴로움에 눈물을 쏟는 군주를 마주한 신하들의 마음이 갈기갈기 찢어지는 것은 당연지사였다. 앉았거나 서있던 사람들은 일제히 무릎을 꿇었다.

19. 만인의 표상

　머리를 조아리는 모습도 예전 같지 않은 장정옥이 허연 머리를 쿵쿵 짓찧으며 우는 듯한 목소리로 아뢰었다.
　"그런 말씀은 거두어 주시옵소서, 폐하! 폐하께서 그리 말씀하시면 신들은 이대로 죽고픈 심정이옵니다……. 그 당시 폐하의 결책(決策)은 결코 그 무슨 하자가 있었던 게 아니옵니다. 소인의 우견으로 장광사는 적들을 당해낼 길이 없으니 이름 석자라도 보존해야겠다는 속셈이 있는 것 같사옵니다. 경복은 비록 공신의 후예이긴 하오나 일개 범상한 서생에 지나지 않사옵니다. 주강의 주한 바를 들으니 천병이 승전고를 울리지 못하는 것은 병졸들이 목숨 내걸고 싸우지 않아서가 아니오라 공로에 지나치게 집착한 장군들의 과오 때문이라고 사려되옵니다. 폐하께오선 즉각 경복과 장광사를 소환하시어 부의(部議)에 넘겨 그 죄를 묻고 다른 유능한 장령을 파견하는 것이 바람직할 듯하옵니다. 한줌밖에 안 되는 반곤 세력이 천혜의 금천 지역의 험악한 지세를 악용하여 연명하고 있는 것도 곧 한계에 다다를 것이옵니다. 다른 장군을 파견하여 깃발을 다시 올리면 사기는 다시금 충천할 것이옵니다……."

주장(主將)을 바꿔 재도전하자는 장정옥의 견해에 대해 어얼타이는 반대의견을 내놓았다.

"신의 견해는 조금 다르옵니다. 경복과 장광사가 여태 올린 주장을 읽어보면 반곤은 비록 대금천에서 불궤(不軌)한 행동을 보이긴 하오나 작심하고 조정에 대항하려는 마음은 없는 것 같사옵니다. 몇 번이고 상서하여 귀순을 청하기도 했사오니 조정에 이심(異心)이 없음이 확실하다면 귀순을 받아들이는 것도 바람직할 듯하옵니다."

"귀순을 받아들인다?"

냉소하는 건륭의 콧소리가 컸다.

"싸워서 못 이기겠으니 귀순을 받아들인다는 건가? 어얼타이, 자네 그 정도밖에 안 되는 사람이었나? 귀순을 그리 순순히 받아들일 거면 조정에서 왜 여태까지 그 많은 전량을 쏟아 부었을까? 싸워서 이긴 연후에 손이 발이 되게 싹싹 비는 걸 받아들이는 것과 지금 상태에서 비굴하게 받아들이는 것이 천양지차임을 모를 정도로 미련한 자네였단 말인가?"

두어 마디 안짝에 어얼타이는 된서리맞은 나무 꼴이 되고 말았다. 바싹바싹 타 들어가 흰 꺼풀이 이는 입술을 맥없이 달싹이며 어얼타이는 연신 머리를 조아렸다.

옹정 연간에 운귀 지역의 개토귀류(改土歸流)를 적극 주장하여 묘족들의 민변이 위험수위에 이르자 무자비한 진압을 지시하여 묘촌(苗村) 곳곳에 조정에 반발하는 전운이 감돌았던 시절이 있었다. 유격전에 능한 악에 받친 묘족들과 싸워 관군은 패배를 거듭했고, 결국 어얼타이는 묘인들을 어르고 달래는 쪽으로 방향을 틀어 조야를 떠들썩하게 했었다. 일관성 없는 그의 행동에 관원들이 발끈하고 나섰지만 다행히 성총이 굳건하여 혁직유임(革職留任)이라는 처벌을 받는데 그쳤던 어얼타이였다. 이제는 강산도 두어 번 바뀌었고, 주인도 바뀌었다. 병들어 골골대는 자신이 큰소리내기엔 새 주인이 너무 무서웠다. 잠시 머뭇거리며 머리를 쥐어짜던 어얼타이가 자리에서 일어나 길게 무릎을 꿇어 아뢰었다.

"신을 책하시는 폐하의 말씀 천만 지당하시옵니다. 신은 변명하여 올릴 말씀이 없사옵니다. 다만 폐하께서 죽음을 주시더라도 신의 소견은 끝까지 주하고 싶사옵니다. 그 동안 관군은 적들의 열 배도 넘는 인원이 수 개 성의 전량을 지원받아 몇 번이고 서부로 진격했으나 아직 이렇다 할 전과를 거두지 못한 실정이옵니다. 경복은 문사 출신이오니 제쳐두고라도 장광사는 묘족들의 반란을 잠재울 때 이미 그 전투력을 검증받은 장군이옵니다. 결코 무능하다고 할 수는 없는 사람이 몇 번이고 고배를 마신다는 것은 그곳 지세와 기후가 우리한테는 아직 넘기 힘든 장벽이 아닌가 사려되옵니다. 이대로 계속 간다면 장담할 수 없는 시간에 얼마나 많은 전량을 소모해야 할지 밑 빠진 독에 물 붓는 격이 되지 말란 법이 없사옵니다. 신의 진심을 받아주시옵소서, 폐하! 결코 군주의 안목을 흐리게 하고 판단에 혼선을 빚게 하는 사악한 마음은 아니옵니다."

광분에 가까운 반응을 보이던 건륭도 이번에는 잠자코 말이 없었다. 냉정하게 생각해보면 어얼타이의 말도 일리는 있었다. 그러나 여태껏 쏟아 부은 노력이 수포로 돌아간다는 것은 용납할 수 없었다. 미동도 하지 않고 앉아 여러모로 뒤집어 생각해보던 건륭이 눈꺼풀을 내리 깐 채 한숨을 내쉬었다. 뭔가 굳은 결심이 선 듯 번쩍 머리를 쳐들었으나 건륭은 여전히 아무 말도 하지 않았다.

"폐하!"

견딜 수 없이 무거운 침묵이 지속되고 있는 가운데 나친이 무릎을 꿇어 머리를 조아렸다.

"전쟁을 중단하고 귀순을 받아들이거나 다른 어떤 형식이 됐든 평화협정을 체결한다는 것은 있을 수 없는 일이옵니다!"

자신의 목소리가 지나치게 컸다는 느낌을 받은 듯 나친은 이내 말소리를 낮췄다.

"대금천을 정벌하는 취지는 상첨대, 하첨대에서 서장(西藏)으로 들어가는 도로를 확보하기 위함이었사옵니다. 무슨 수를 쓰든 이 요새를 확보해야 하옵니다! 우리 대군은 천시(天時)만 뒷받침돼 있을 뿐 지리(地利)와 인화(人和) 면에서는 아직 개가를 올릴 만한 정도에 다다르지 못했다고 보여지옵니다. 지세가 불리한 건 장상(將相)간의 단합으로 얼마든지 극복해나갈 수 있사오나 아무리 유리한 고지를 점령한다 할지라도 장광사, 경복의 불협화음이 지속되는 한은 패배를 거듭할 수밖에 없사옵니다! 이 자리를 빌어 신은 경복, 장광사 대신 총대를 메고 출전하게 해주십사 간절히 주청올리는 바이옵니다. 더도 말고 지금부터 1년만 시간을 주시옵소서. 1년 동안에 금천 지역의 적들을 소탕하지 못하는 날엔 폐하께서 군법에 의해 망발을 일삼은 소인의 죄를 물어주시옵소서."

나친은 얼굴이 벌겋게 달아오른 채 이마 깨지는 소리를 내며 머리를 조아렸다.

뭔가 고담준론을 펴 우세를 점하려고 창자를 훑어내리던 푸헝은 그러나 나친에게 말할 기회를 빼앗기고 나자 오히려 마음이 편해졌다. 전에 악종기한테서 들은 금천 지역의 지세를 떠올리며 나친은 지금 위험천만한 길로 가고 있다고 생각했던 것이다. 나름대로 건륭에게 점수 딸 기회를 노리고 있던 중 마주 앉아있던 장정옥이 입을 열었다.

"신은 나친의 견해와 대동소이한 생각을 하고 있사옵니다. 하오나 둘 다 철수시키기보다는 경복만 철수시키고 그 군사력을 인정받은 장광사는 남겨두어 팔꿈치 잡는 사람 없이 독불장군이 되어보게 하는 것이 어떨까 하옵니다."

자신은 말을 아끼는 것이 살길이라 생각하여 애써 잠자코 있던 어얼타이가 마침내 참지 못하고 입을 열었다.

"장광사는 묘족들의 반란을 잠재운 이래로 영웅대접을 받으며 그 발호와 전횡이 극에 달한 사람이옵니다. 그 이후론 제대로 이끌어낸 전투도 사실은 없사옵니다. 산서 흑사산 전투도 따지고 보면 푸헝의 과감한 결단력이 빛을 본 경우였사옵니다! 신은 장광사 대신 푸헝을 천거하는 바이옵니다!"

순간 푸헝의 가슴이 벌렁벌렁 팥죽가마가 되어 끓어올랐다. 온몸의 피가 한꺼번에 목구멍을 향해 치닫는 느낌에 얼굴이 벌겋게 달아올랐다. 꿈에도 몰랐다. 어얼타이가 결정적인 순간에 자신을 목마 태워 줄줄은. 어얼타이가 자신과 가까워질 수 있다는 생각은 한 순간도 해본 적이 없는 푸헝이었다. 흥분에 심장이 목구멍을 치고 풍당 튀어나올 것만 같았던 푸헝이 그러나 순간적으로 마음의 고삐를 움켜잡았다.

세상에 공짜는 없는 법이다. 어얼타이가 까닭없이 내게 꿀떡을 줄 리가 없다. 그렇다면 과연? 그새 눈치를 챈 푸헝이 어얼타이의

만인의 표상 83

본심을 집어내는 데는 그리 긴 시간이 걸리지 않았다. 어얼타이는 금천 지역이 들어가긴 쉬워도 나오긴 어렵다는 사실을 누구보다 잘 알고 있었으니, 긁어주는 척하며 꼬집어버리는 수법으로 자신을 구렁텅이에 떠밀어 넣으려는 의도라고 그는 단정지었다! 그러나 정 가려울 땐 꼬집는 것도 나쁘진 않을 것 같았다……. 확 걷어내기엔 미련이 남았다. 그는 아랫입술을 지그시 깨문 채 그 뜻을 종잡을 수 없는 미소를 지어 보일 뿐 말이 없었다.

"푸헝!"

마음이 한결 편해진 건륭이 고개를 돌려 물었다.

"어얼타이가 자네를 천거하는데, 난전을 수습할 자신이 있는가?"

"못할 것도 없다고 생각하옵니다."

푸헝이 침착하게 무릎을 꿇어 큰소리로 답했다.

"사실 신이 그쪽에 뜻을 두고 있은 지는 어제오늘의 일이 아니옵니다. 명주(明主)를 섬기는 양신(良臣)으로서 기회가 닿는다면 출장입상(出將入相)을 원치 않는 사람이 어디 있겠사옵니까? 하오나 신은 흑사산 전투를 치르고 경복과 장광사의 어제오늘을 지켜보며 출장입상의 어려움을 알게 되었사옵니다. 이번에 과연 출전을 한다면 신은 신중하되 용맹하고, 의심하되 굳게 믿고, 상대를 알되 자기 자신에 대한 성찰을 게을리 하지 않고 조급함과 거만함을 금기시하는 자세로 임할 것이옵니다. 윤허하여 주시옵소서, 폐하!"

푸헝과 나친, 나친과 푸헝을 번갈아 보던 건륭이 흡족한 표정으로 웃으며 말했다.

"둘 다 짐의 우려를 덜어주고자 애쓰는 게 눈에 보이네! 그것만으로도 짐은 굉장한 위안을 느끼네. 하지만, 당분간 자네 둘은 아무 데도 갈 수 없네. 일단은 지금은 짐이 자네 둘을 꼭 필요로 하는 시점이고, 경복과 장광사를 좀더 지켜보고 싶은 마음도 있네. 누구 말대로 이 상태에서 불러들인다면 그 죄가 파직이나 유배로 끝날 수 있는 상황이 아니네. 설령 짐이 포용하고자 하는 마음이 있더라도 천하백성들이 맘에 들어 하지 않으면 어쩔 수 없지 않은가. 미운 놈 떡 하나 더 준다는 말이 이래서 생겨났나 보네. 괘씸하기 이를 데 없지만 한 번만 더 기회를 주겠네. 누군가에 대해 인의(仁義)를 놓아버린다는 것이 그리 쉬운 일은 아니지 않은가. 짐이 그 둘을 철저히 외면해버려도 둘이 아무런 원망도 하지 못하는 그 날이 오지 않길 바라네."

일상사를 얘기하는 듯 부드럽고 평온한 말투였다. 그러나 듣는 대신들은 등골이 오싹해졌다. 대신들이 나름대로 긴박감에 사로잡혀 있을 때 건륭이 이번에는 기윤을 향해 입을 열었다.

"짐이 구술을 할 테니 자네가 윤색하여 정기(廷寄) 형식으로 경복과 장광사에게 발문하도록 하게. 그들이 4월 3일에 올린 주장(奏章)에 대한 어비(御批)가 되겠네."

"예, 폐하!"

한 쪽에 무릎을 꿇어 어전회의를 경청하던 기윤이 여러 사람의 입장을 점쳐보고 있던 중 건륭의 말을 듣고는 급히 정신을 가다듬었다. 두 태감이 필묵과 낮은 서안을 옮겨다 놓았다. 무릎을 꿇은 채 붓을 든 기윤은 귀를 세워 건륭의 말을 들었다.

"4월 3일에 올린 주장은 잘 읽었다고 하게. 쓸데없는 미사여구는 안 쓰니만 못하다고! 여태 쏟아 부은 돈이 얼마고 짐이 불면의 밤을 하얗게 지새운 적이 수도 없는데, 그깟 농가 몇 채 태우고

만인의 표상 85

노약자들만 있는 촌동네 몇 개 친 것까지 주장에 올릴 만큼 잘나지 못했다고 하게! 그리고 제 코가 석자인 주제에 고향을 물고 늘어지는데 고향이 군향을 빼앗긴 것에 대해 응분의 책임을 지는 건 당연지사이지만 자네들이 침뒤길 일은 아니란 말이야! 은자를 잃어버린 건 되찾아올 수도 있지만 경들이 잃어버린 건 마땅히 찾아올 수도 없는 것이야. 모로 가도 목적지에 도착하기만 하면 된다고, 승리다운 승리만 이룩한다면 얼룩진 과거지사는 모두 날려버리고 짐이 후한 녹봉과 높은 작위에 인색하지 않을 것이니 아무쪼록 마지막 기회를 잘 활용하기 바란다고 적게. 추워서 죽는다고 아우성이면 오뉴월에도 담요를 보내주고, 먹는 것이 부실하여 눈앞이 노랗게 보인다고 하면 네 발 달린 짐승은 다 거둬서 보냈어. 그런데 어찌 짐의 체면을 이리 무참하게 땅바닥에 떨어뜨릴 수 있단 말인가? 백 번 양보하여 국법이 용서해준다고 할지라도 무슨 면목으로 이 세상에 살아 숨쉬겠나?"

건륭의 말이 이어지는 동안 기윤의 붓놀림은 한순간도 멈추지 않는 쳇바퀴를 연상케 했다. 다 받아 적고 난 기윤은 화선지에 묻어있는 먹을 입김으로 후후 불어 머리 위로 받쳐 올렸다. 고무용에게서 받아 읽어본 건륭이 머리를 끄덕여 보였다. 다시 지의를 적은 화선지를 고무용에게 건네주며 건륭이 말했다.

"즉각 군기처에 보내어 여러 부 등사하여 6백리 긴급으로 사천성(四川省)의 행영(行營)을 비롯한 각 성의 순무, 총독, 육부구경들에게 돌리도록 하게!"

"예, 폐하!"

장시간 앉아있노라니 다리가 뻐근해진 건륭이 가볍게 몸을 움직였다. 그리고는 고개를 돌려 장정옥과 어얼타이를 향해 웃으며 말했다.
 "오늘 경들도 나름대로 많이 피곤할 줄로 아네. 짐이 독단적으로 결정하기보다는 경들의 의견을 들어봐야 할 것 같아서 불렀네."
 이같이 말하며 건륭은 곧 두 재상을 위해 인삼탕을 내어오게끔 하명했다. 두 사람이 황감하여 머리를 조아리고 있을 때 갑자기 어좌(御座) 아래에서 시중들고 있던 몇몇 태감들이 조심스레 킁킁대며 주위를 두리번거리기 시작했다. 그 모습을 본 건륭이 대뜸 안색을 붉히며 나무랐다.
 "어찌 그리 괴상한 상통을 하고 있는가?"
 이에 고무용이 급히 아뢰었다.
 "아뢰옵니다, 폐하! 어디서 뭔가가 타는 냄새가 나고 있사옵니다."
 얼토당토않다며 크게 꾸짖으려던 건륭은 그러나 순간적으로 입을 다물었다. 코로 숨을 들이마시며 자세히 맡아보니 과연 어디선가 천 조각이 타는 듯한 냄새가 났다. 이때 태감 하나가 기윤을 가리키며 새된 소리를 질렀다.
 "폐하! 저기, 저기서 연기가 나고 있사옵니다!"
 건륭이 보니 과연 기윤의 두루마기 밑에서 파르스름한 연기가 피어오르고 있었다.
 "아니 저 사람이?"
 건륭이 놀라서 소리를 질렀다.
 "폐하를 경동(驚動)시켜 죽을죄를 지었사옵니다!"
 어느새 오른쪽 장화에까지 옮겨 붙어 불이 붙기 시작하여 연기에 눈물범벅이 된 기윤이 당황하고 다급하여 어찌할 바를 몰라했다.

"들어오기 전 급히 담뱃대를 끄느라 불씨가 장화 속에 들어갔나 보옵니다······."

낭패도 그 같은 낭패가 없었다. 뜨거워 얼굴을 심하게 일그러뜨리며 더듬거리는 기윤을 보며 건륭은 그만 크게 웃음을 터트리고 말았다. 연신 손사래를 치며 건륭이 말했다.

"언제까지 그러고 있을 참인가! 어서 나가 장화부터 벗어 던지지 않고! 새 장화 한 켤레 내어주거라, 내친 김에 발 씻을 물도 떠 내어오고! 발을 얼마나 안 씻었는지 구역질이 나서 못 견디겠네!"

기윤이 정신없이 뛰쳐나간 자리에서 태감과 궁녀들은 입을 감싸쥐고 웃음을 참느라 곤욕을 치르고 있었다.

덕분에 잔뜩 굳어져 있던 분위기가 한결 누그러진 것 같았다. 그제야 건륭은 운귀총독 주강을 향해 입을 열었다.

"이번 회의는 자네랑 무관하니 자넨 물러가도 되겠네. 경이 호부상서로 발령난 데 대해선 아직 이러쿵저러쿵 말이 없네. 괜한 신경쓰지 말게. 전에 자네가 양명시(楊名時)를 눈에 든 가시처럼 여길 때 짐이 흑룡강(黑龍江)으로 유배를 보내고자 했었네. 그런데 역시 양명시였네. 짐을 극구 말리더군. 자네는 치수(治水)에도 능하고 전량(錢糧)에 대해서도 잘 아는 쓸만한 일꾼이라며 오히려 중용하는 게 바람직할 것 같다고 하더군. 혹시 호부의 일이 여의치 않더라도 죽은 양명시나 짐을 원망해선 아니 되겠네. 눈물은 왜 보이는가? 불복한다는 뜻인가?"

"망극하옵나이다, 폐하······."

눈물범벅이 되어 힘껏 머리를 찧으며 주강이 아뢰었다.

"신은 감격과 창피함에 만감이 교차하옵니다……. 양명시는 군자였사옵니다. 신은 소인배였사옵고……."

이에 건륭이 말허리를 자르며 한숨을 내뱉었다.

"군자와 소인배는 일념(一念)의 차이라네. 자기 마음을 다스릴 줄 알고 덕을 쌓는 데 게을리 하지 않는다면 곧 군자요, 눈앞의 이익에만 급급하여 나쁜 짓만 일삼는 자는 소인배가 아니겠나? 자신의 모자람을 깨달았다는 사실이 군자로 거듭나는 첫걸음이라 하겠네."

주강이 뒷걸음쳐 물러가자 건륭이 천천히 자리에서 내려와 궁전 안을 거닐며 말했다.

"이제부턴 공무(公務)에 대해 논해보세."

"예, 폐하!"

나친이 자신의 기록부를 펴 몇몇 외관들이 다른 곳으로 발령난 데 대해 잠깐 언급하고 운남의 편벽한 주현(州縣)들에 아직 부임하고자 하는 관원들이 없어 정무가 아수라장이 되어 있다는 사실도 아뢰었다. 그리고 재작년에 재해를 입어 부세 면제혜택을 보았던 주현들이 작년에는 풍작을 거두었고 올해도 농작물의 작황을 낙관할 수 있사오니 이젠 부세 징수를 회복하고 작년에 면해주었던 부분을 다만 몇 할이라도 회수하여 군향을 충당함이 어떻겠느냐는 식으로 말했다.

건륭이 잠자코 말이 없자 이번에는 노작(盧焯)의 사건에 대해 언급하려고 조심스레 운을 떼었다. 그러자 건륭은 그 즉시 손사래를 치는 것이었다.

"그건 민정(民政)에 관련된 사안이 아니니 논할 자리가 아니네."

그러자 나친이 잠시 망설인 끝에 용기를 내었다.
"폐하! 이는 분명 민정에 관련돼 있사옵니다. 노작이 비록 정자(頂子)를 떼였다고는 하지만 백성들에겐 아직 덕망 높은 부모관(父母官)으로 남아있기 때문이옵니다. 노작을 심문할 때 무려 만 명도 넘는 백성들이 일손을 놓고 법사아문으로 달려와 도끼로 깃발을 찍어내고 당고(堂鼓)를 발로 짓뭉개버리는 등 난동을 부렸었사옵니다. '운남에 양청천(楊靑天, 양명시)이 있으면 우리 복건엔 노작이 있는데, 배터지게 처먹은 진짜 탐관들은 다 놓치고 애꿎은 청백리만 대옥(大獄)에 처넣느냐'며 광분한 복건상인들이 가게문을 닫고 철공(鐵工)들도 집단파업을 했다 하옵니다. 복건성쪽에선 노작의 명예회복을 위해 자기네들은 죽을 때까지 조정에 맞서 싸울 것이며, 더 큰 반란도 불사할 거라며 과격한 언동을 보이고 있다 하옵니다."

'반란'이라는 말에 건륭의 발걸음이 뚝 멈추었다. 깊게 골이 패인 이마에 내 천(川)자가 역력했다. 잠시 후 건륭이 물었다.
"형신, 노작은 자네의 문생이네, 자네는 이 사람의 됨됨이를 어찌 보는가?"
이에 장정옥이 습관처럼 가벼운 기침으로 목소리를 가다듬은 다음 아뢰었다.
"문생이라곤 하오나 깊은 관계는 아니옵니다. 하오나 근면성실하고 고생을 두려워하지 않는 장점이 돋보여 백성들에게 명망 높은 사람이옵니다. 원숭이도 나무에서 떨어질 때가 있다는 말처럼 이번 노작의 수뢰혐의를 평가한다면 너무 관대한지는 모르겠사오나 느닷없는 사건에 신도 그저 황당할 뿐이옵니다."
건륭이 고개를 들어 천장을 향해 길게 한숨을 토해냈다. 수뢰혐의를 인정하여 엄벌을 내리기엔 너무나 좋은 사람이었다. 굳은살이 박혀 깔깔한 두 손을 맞잡으니 몸둘 바를 몰라하던 노작의 까맣고 마른 수줍은 얼굴을 떠올랐다. 도저히 남의 돈을 주머니에 넣고 마음 편히 지낼 사람이 아닌데, 대체 어찌된 영문이란 말인가?

"폐하!"

건륭의 속내를 읽어낸 듯 나친이 말했다.

"노작의 사건은 서둘러 종결짓기에 석연치 않은 면이 있사옵니다. 노작의 집을 수색해보니 은자 4백 냥밖에 없었고 문제의 그 5만 냥은 겉봉도 뜯지 않은 채 그대로 있었사옵니다. 중간에서 돈을 건네주었다는 양경진(楊景震)에 대한 탄핵안도 함께 그 위에 놓여 있었사옵니다. 노작이 돈을 좋아하는 사람이 확실하다면 하공(河工)에서 하루에도 수만 냥씩 은자를 만지면서 여태 무사할 수 있었겠사옵니까?"

나친의 말을 들으며 나름대로 깊이 생각하던 푸헝이 말했다.

"신이 보기에 노작이 뇌물을 받은 건 사실이라고 사려되옵니다. 민심을 얻은 건 이와는 별개의 문제이옵니다. 지금 관직에 있는 사람들 치고 탐욕스럽지 않은 자가 드물고 뇌물을 주고받지 않는 경우가 희소하다고 하옵니다. 다만 수단이 고명하고 교묘하여 증거를 남기지 않을 뿐이옵니다. 검은 돈을 받아 챙기고서도 백성들의 소리에 귀기울이지 않고 백성들이 원하는 바를 외면하는 사람들에 비해 수많은 민중들이 가래 들고 달려와 아문을 때려부수며 탄원하는 노작은 그나마 훌륭하지 않나 생각하옵니다."

푸헝의 말을 듣고 신하들이 저마다 멍한 표정을 짓고 있노라니 건륭이 돌연 웃음을 터트리며 입을 열었다.

"푸헝, 자넨 역시 엉뚱한 구석이 있네! 평생을 두고 이치(吏治)

에 심혈을 기울여오신 선제(先帝)가 타계하신 지 이제 몇 년 됐다고 관원들의 부패가 그 정도로 위험수위에 이르렀단 말인가! 짐은 도저히 믿을 수가 없네! 오늘은 더 이상 논하지 말고 노작이 북경에 연행되어 오면 짐이 직접 물어볼 것이네!"

절대 그럴 리가 없다며 못을 박았으나 그건 귀 막고 야옹! 하는 짓일지도 모른다는 생각이 문득 들어 건륭은 적이 혼란스러웠다. 천천히 다시 어좌로 돌아온 건륭이 말했다.

"작년에 면제해 주었던 부세를 추가로 징수하는 게 어떠냐고 했는데, 그건 어불성설이네. 올해 몫만 받는 것으로 족하네. 작년과 올해에 이어지는 풍작으로 쌀값이 떨어져 농민들의 의욕에 타격을 입히는 일이 있어선 안 되겠네. 호부에서 돈을 풀어 식량을 사들여 시중의 쌀값을 안정시키는 역할을 해줘야겠네. 흉년을 대비하여 의창(義倉)을 만들어 놓는 것도 좋을 것 같고! 이위가 강남에서 효과적으로 실행했던 방법인데, 전국으로 확대할 필요가 있네. 풍작을 거뒀다 하여 백성들에게 손 내밀 생각일랑 접고 이 기회에 그네들도 땅 사고 농기구 살 여력을 남겨두어야 할 게 아닌가. 배고파도 참고 한줌의 씨앗을 땅에 뿌린다면 우리에게 돌아오는 것이 어찌 한줌에 불과하겠나? 운남 쪽으로 부임하는 걸 마치 도살장에 끌려가는 것처럼 여기는데, 운남 순무에 발문하여 양렴은(養廉銀)을 배로 지급한다는 조건을 달아보라고 하게. 그리하면 분명 나서는 사람이 있을 것이니."

"폐하!"

이때, 나친이 정색을 하며 나섰다.

"사실 저들이 부모관이 없다고 아우성을 치는 건 자기네들의 몸값을 올리기 위한 졸렬한 수작에 불과하옵니다. 군주가 바뀔 때마다 번번이 저리 떼를 써 강희제 때보다 지금은 저네들의 양렴은이 네 배는 올라있는 상태이옵니다. 치고 빠지는 수법으로 양렴은을 타내는 것은 이미 저들의 불문율이옵니다!"

이에 건륭이 버럭 화를 냈다.

"그렇게 저들의 생리를 잘 아는 자네들은 그럼 여태 뭘 하고 있었단 말인가! 당장 문제의 지역에 발문하여 양렴은을 타내고 도망간 자들을 붙잡아 원위치 시키도록 하라!"

그러자 어얼타이가 말했다.

"그리 시도해보지 않은 건 아니옵니다. 몇 번이고 승강이를 벌이다가 결국엔 양렴은을 도로 토해내는 걸로 마무리를 짓고 말았사옵니다. 그곳은 수질과 토양이 사람이 살기에 부적합하여 각종 전염병이 심심찮게 나돌아 악착스레 명이 긴 사람이 아니고선 살아남기 힘들다는 소문이 나돌 정도로 환경이 열악한 것이 사실이옵니다!"

잠시 입술을 잘근잘근 씹으며 생각에 잠겨있던 건륭이 의견을 내놓았다.

"현지 토저인(土著人)들 가운데서 선발하는 건 어떨까? 무엇보다 주관(主官)이 장시간 자리를 비워 정부기능이 마비되는 사태가 초래될까 걱정이네."

이에 푸헝이 답했다.

"신도 그리 생각해 보았사오나 팔이 안으로 굽는다고, 토저인들은 시일이 지나면 완고불화한 토사(土司) 세력으로 변질될 가능성이 크옵니다. 이는 후세들에게 엄청난 골칫거리를 안겨주는 셈이오니 신중하지 않을 수 없사옵니다."

"폐하!"

근자에 이렇듯 장시간 앉아있어 본 적이 없는 장정옥이 피곤한 허리를 펴며 잔기침을 한 후에 말을 이었다.

"이는 어제오늘의 고민거리가 아니옵니다. 좀더 여유를 갖고 육부구경(六部九卿)의 의사를 타진하여 침착하게 대응책을 강구해보는 것이 어떨까 하옵니다."

장정옥을 빠르게 쓸어보는 건륭의 눈빛에 일말의 불쾌한 빛이 스쳤다. 요즘 들어 장정옥에 대한 믿음이 예전 같지 않은 데는 과연 장정옥이 장시간 병상을 지키고 있을 만큼 병세가 위중하냐는 의혹이 좀처럼 사라지지 않았기 때문이다. 가끔 한 번씩 불려나와 막판에 한마디하는 것도 어쩐지 눈꼴이 시었고, 얼굴 가득한 저 피곤한 기색도 억지로 지어내는 것 같이 부자연스럽게 보였다. 그 뜻을 종잡을 수 없는 웃음을 지으며 건륭이 말했다.

"짐이 육부구경의 의사를 타진할 줄 몰라 이러고 있나? 그에 앞서 자네들의 의견을 들어보자는 게 아니겠나?"

40년 재상 생애에 이젠 황제의 뱃속에 들어가 헤엄을 쳐도 열두 번은 했을 장정옥이 건륭의 어투가 심상찮음을 감지하지 못했을 리가 없었다.

"신이 우매하여 본의 아니게 폐하의 심기를 불편하게 해드렸사옵니다. 하해와 같은 아량으로 용사해 주시옵소서, 폐하!"

뒤늦게 자신의 실수를 느끼고 울상이 되어 있는 장정옥을 보며 방금 전과는 태도를 달리하며 건륭이 웃는 얼굴로 말했다.

"심기가 불편할 것까진 없네. 순방을 앞두고 대사를 매듭지어 북경에 남아있는 여러분들을 조금이라도 홀가분하게 해주려는 일념뿐 다른 뜻은 없었네."

말은 그렇게 했지만 분위기에 금이 간 건 사실이었다. 담흥(談

興)이 사라진 썰렁한 분위기를 감지하며 어얼타이가 입을 열었다.

"날이 하루가 다르게 후덥지근해지고 있사옵니다. 폐하께선 더위를 유난히 못 견뎌 하시온데, 여름 지나 추분 무렵에 길을 떠나시는 것이 어떨까 하옵니다."

"당초 계획대로라면 4월 초에 떠났어야 하네. 하지만 황후의 건강 때문에 멀리 떠날 수가 없었네."

건륭이 느릿느릿 입을 열었다.

"경복 등이 금천에서 개가를 울려주면 더덩실 춤을 추면서 강남길에 오르려고 했었는데, 계획이 수포로 돌아가고 말았지! 날이 더 덥기 전에 얼른 몇 군데 둘러보고 와야겠네. 자기 치적을 부풀리기에 여념이 없는 아랫것들 말을 도대체 믿을 수가 있어야지. 직접 두 눈으로 백성들의 생활상을 들여다보고 와야 맘이 놓일 것 같아서 말일세. 부지런히 다녀와 황후를 데리고 승덕(承德)에 있는 피서산장으로 가서 여름을 날까 하네. 가을에는 목란(木蘭) 수렵장으로 몽고왕들을 불러 친목회를 가져야 하니 당면한 과제들을 자꾸만 뒤로 미룰 순 없네."

말을 마친 건륭은 곧 태감들에 명하여 장정옥과 어얼타이에게 수레를 내어주게끔 명했다. 그리고는 두 사람을 향해 말했다.

"자네들에게 자금성에서 말을 탈 수 있는 자격을 하사했으나 그리 못하겠다니 오늘은 특별히 수레로 모실까 하네."

황감해마지 않아 하며 장정옥이 엉기적거리며 일어났다. 그리고 말했다.

"신은 갈수록 무용지물이 되어 가는 것 같사옵니다. 10년 전만 해도 창춘원(暢春園)에 계시는 세종(世宗, 옹정제)께 아침 문후를 올리기 위해 매일 사경(四更)에 기침하여 왕복 수십 리 길을 말을 타고 달렸었는데, 이젠 운신조차 어려우니 4, 5일에 한 번씩 문후 올리러 입궐하는 마음이 불편하기 이를 데 없사옵니다."

"자네들은 몇 십 년을 하루같이 조정에 기여해온 공신들이네. 짐이 자네들과 그런 걸 따질 옹졸한 군주는 아니지 않은가?"

건륭이 웃으며 장정옥을 부축하여 궁전을 나섰다. 그리고는 어얼타이를 향해 말했다.

"누구나 늙어가기 마련이네! 운신할 수 있을 땐 움직이는 것도 좋겠지만 그것조차 여의치 않을 땐 아들들을 시켜 대신 문후 올리도록 하게. 그래야 짐도 자네들의 건강상태를 제때에 알 수 있지 않겠나."

두 사람을 멀리 궁전 밖까지 배웅하고 돌아온 건륭은 태감들의 부축을 받으며 멀어져 가는, 늙어 볼품조차 없는 두 사람의 뒷모습을 오래도록 지켜보고 있었다. 한참 후에야 한숨을 내쉬며 궁전 안으로 들어온 건륭이 기윤을 보더니 다시 터져 나오는 웃음을 이빨로 지그시 깨물며 말했다.

"글만 잘 쓰는 줄 알았더니 자네, 마술도 잘 부리데? 어떻게 하면 장화에 불이 붙나? 문단의 일대 기문(奇聞)이 아닐 수 없네. 화상을 입진 않았고?"

이에 기윤이 어리벙벙한 웃음을 보이며 말했다.

"무슨 정신에 궁전을 뛰쳐나갔는지 모르겠사옵니다. 화상까지는 아니옵고 껍질이 좀 그을렸사옵니다. 태감이 약을 발라주어 염려할 정도는 아니오나 아무래도 이삼일은 절름발이 노릇을 할 것 같사옵니다……."

입을 굳게 다문 채 으흠! 으흠! 하며 웃음을 참던 건륭이 그만 웃음을 터뜨리고 말았다. 더불어 한참 즐겁게 웃고 난 나친이 말했다.

"신이 들어오기 전에 내무부더러 수녀(秀女)들을 어화원 월대 앞에 데려다 대기시키라고 했사옵니다. 지금쯤은 수녀들이 폐하의 선발을 기다리고 있을 것이옵니다. 의사(議事)가 길어질 줄 모르고 신의 생각이 짧았사옵니다."

"그렇다면 지금 나가보지! 태후마마전에도 아뢰거라! 푸헝과 기윤 자네들은 일보러 가고 여긴 나친만 남아있으면 되겠네!"

그렇게 해서 푸헝과 기윤을 보내고 건륭은 여름을 재촉하는 후끈한 기운에 진저리치며 서둘러 옷을 갈아입었다. 묵직한 용포를 벗어버리고 미색의 비단 두루마기를 갈아입고 노란 띠를 두르니 완연히 여느 귀공자의 모습이었다.

"가세!"

머리채를 멋스레 뒤로 넘기며 건륭이 말했다.

영항을 따라 북으로 산책하는 걸음으로 가다보니 때는 정오라 땀이 비오듯 흘러내렸다. 다행히 간간이 바람이 불어 땀을 말려주었다. 건륭과 조금 떨어져 걸으며 나친이 말했다.

"폐하께선 더위에 약하신 체질이시옵니다. 지금 순방을 나가신다는 것은 아무래도 무리가 아닐까 싶사옵니다."

진심에서 우러러 나온 권유임을 잘 아는 건륭이 따끈하게 물결치는 감동을 느끼며 한숨을 내뱉었다.

"경들의 진심을 짐이 어찌 모르겠나? 세종께서는 북경을 한 발짝도 떠나지 않으셨어도 잘못된 것 하나 없지 않느냐고 묻는 이도 있겠지만 그건 짐과 선제를 몰라서 하는 소리네. 선제가 즉위할 때는 천명(天命)에 가까운 나이였고, 짐은 아직 그에 비해 연륜이 부족한 새내기가 아닌가! 선제의 젊은 시절은 거의 밖에서 풍찬노숙하며 백성들과 더불어 보냈다고 해도 과언이 아니지. 그 시절의 험난했던 여정이 나중에 보위에 앉은 선제에게 보약이 되었음은 자명한 일이네. 우물 안의 개구리가 손바닥만한 하늘밖에 더 보겠는가? 짐은 나가야 하네, 날씨가 덥다는 것은 핑계가 못 되네."

건륭은 단호한 입장을 천명하며 덧붙였다.

"짐은 자넬 달고 가고 싶은데, 자네가 더위가 무서워 저어한다면 북경에 남아도 되겠네. 억지로 끌고 갈 생각은 없으니……."

건륭을 설득하기는커녕 엉겁결에 보쌈까지 당한 나친이 급히 아뢰었다.

"신이 어찌 폐하의 뜻을 거역할 수 있겠사옵니까? 폐하를 위해서라면 죽음도 두렵지 않거늘 더위가 그 무슨 장애가 되겠사옵니까?"

"덥고 추운 건 마음먹기에 달렸네."

건륭이 웃으며 말을 이었다.

"짐은 자네와 푸헝을 유심히 지켜보고 있다네. 푸헝은 여름처럼 뜨거운 사람이지. 자네도 겉으론 차갑게 보여도 짐에 대한 충성심은 믿어 의심치 않네. 강희조(康熙朝)와 옹정조(雍正朝)를 거쳐 지금에 이르기까지 짐이 객관적으로 지켜본 결과 크고 작은 신하들을 막론하고 만주인들의 됨됨이는 한인들보다 우위에 있네."

나친은 순간적으로 방금 금전(金殿)에서 장정옥을 향한 건륭의 냉대를 떠올렸다. 나친의 논리대로라면 40년 동안 한순간도 정무에 게을리한 적 없고 3대에 걸쳐 묵묵히 주인을 섬겨온 장정옥에 대해 건륭은 추호도 미워할 꺼리가 없었다. 그 무슨 이유에서든지 큰 실수가 없는 장정옥을 '됨됨이'까지 거론해가면서 그 인격을 깎아 내린다는 것은 나친으로선 가슴이 서늘해지는 일이었다. 즉석에서 면박을 당하는 일이 있더라도 장정옥을 위해 몇 마디 변호해야 할 것만 같았다. 잠시 생각하고 난 나친이 말했다.

"한인들의 어떤 악습은 실로 혐오스럽기 그지없사옵니다. 등롱을 들고 찾아보아도 장정옥 같은 사람은 없사옵니다. 전대에 웅사이, 고사기처럼 재학과 명성이 장정옥을 능가하는 한인 신료들도 있었사오나 종말은 그리 떳떳하지 못했사옵니다. 신과 푸헝이 가끔은 이런 얘기를 하옵니다. 둘 다 가슴에 손을 얹고 생각해 보아도 결코 게으른 사람들은 아니오나 과연 장정옥처럼 늙었을 때 그가 이룩해놓은 것만큼 이룰 수 있느냐고 말이옵니다. 답은 둘이 합쳐도 그 한 사람을 당할 길이 없다는 것이옵니다······."

"자네도 꽤나 의심이 많은 사람이로군."

건륭이 푸우! 웃음을 터뜨리며 덧붙였다.

"할 일은 많고 마음은 급하다보니 신경질을 좀 냈기로 서니 별 추측을 다 하는구만. 짐은 장정옥을 닮은 신료가 나타나주길 학수고대하고있다네!"

"기윤을 생각해 보셨나이까?"

"기윤 말인가?"

건륭이 침묵에 잠겨 있더니 천천히 말을 이어나갔다.

"뛰어난 글쟁이임은 자타가 공인하는 바이지. 허나 재상이 되려면 모름지기 배짱도 있고 여러 인재를 농락할 수 있는 힘이 있어야 하네. 경제이론에도 일가견이 있어야 하고 인재를 선발하는 데 있어서도 독특한 안목을 요하네. 기윤은 활발하고 재미있는 성품으로 재상을 지닐 재목은 아닌 것 같네."

나친은 더 이상 말이 없었다. 묵묵히 따라가고 있노라니 건륭이 물어왔다.

"무슨 생각을 그리하는가?"

"아뢰옵기 황송하오나……."

나친은 늘 혈색이 부족하여 창백하게 보이는 얼굴을 들어 미소를 지으며 말했다.

"영원히 이렇게 폐하를 따라 걸어갈 수 있다면 얼마나 좋을까 생각했사옵니다! 차갑고 무뚝뚝하길 쇠붙이 같던 소인이 조인(曹寅) 어른의 손자가 쓴 〈홍루몽〉이라는 책을 읽고 난 이후부턴 부쩍 감성적으로 변해가는 것 같사옵니다."

예전에 이친왕 홍효에게서 이 책에 대해 잠깐 전해들은 적이 있는 건륭이 말했다.

"야사(野史)라고 들었네. 야사의 한계상 큰 흐름을 타진 못할지라도 글 실력은 상당하다고 하더군. 언제 한번 베껴서 짐에게도 보여주게……."

이같이 말하던 건륭이 뚝 말문을 닫아버렸다. 어화원 입구에서 내무부 당관(堂官)인 조명의(趙明義)와 이야기를 나누고 있는 당아를 발견했던 것이다.

20. 깊고 푸른 밤

 건륭이 가까이 다가가 보니 그 당관은 조명의가 아닌 위화(魏華)였다. 게다가 둘은 그냥 이야기를 하는 게 아니라 밀고 당기며 승강이를 벌이고 있었다. 궁녀 선발이 있다고 하기에 내니(眯妮)를 데리고 입궐하려던 당아가 뜻밖에도 어화원 밖에서 위화에 의해 진입을 저지당했던 것이다.
 이 위화는 원래 장친왕(莊親王)의 포의노(包衣奴)였다. 내니 모녀가 자기네 집에서 십 수년 동안 갖은 수모를 겪으며 살아왔는데 입궐하여 출세하는 날엔 자기들에게 엄청난 불이익이 따를 것이라 지레 겁을 낸 위청태의 마누라가 장친왕의 복진(福晉, 정실부인)을 만나 황씨 모녀가 어찌어찌 행실이 난잡하여 쫓겨난 지 옛날인데, 자칫 입궐하여 용종(龍種)이라도 배는 날엔 황실의 체통이 땅에 떨어지는 일이 아니겠느냐며 이만저만 황씨 모녀를 헐뜯은 게 아니었다.

그 말을 듣고 가만히 있을 장친왕의 복진이 아니었다. 당장 내무부에 '선발하고자 하는 궁녀의 정원이 다 찼으니, 그 누구를 막론하고 절대 들여선 안 된다'는 언질을 넣었던 것이다.
"소인의 난감한 입장을 헤아려 주십시오. 정말 인원이 다 찼으니 더 이상 들이지 말라는 지시를 받았습니다······."
위화가 말투를 공손히 하여 깍듯이 당아를 밀어냈다. 한 무리의 시위태감들 앞에서 체면이 땅에 떨어진 당아가 난감하여 볼이 발갛게 달아올라 이러지도 저러지도 못하고 있을 때 건륭이 나타났던 것이다. 구세주를 만난 희열에 안길세라 마주 달려온 당아의 고운 눈에 눈물이 가랑가랑 맺혔다. 예를 갖춰 인사하며 억울하고 원망어린 눈짓으로 건륭을 바라보니 둘 사이에 오가는 소문을 익히 들어왔는지라 나친이 어찌된 영문인지 알아보겠노라며 먼저 어화원 안으로 들어가 버렸다.
"그런 일이 있었군."
당아에게서 자초지종을 전해들은 건륭이 당아 등뒤에 무릎꿇고 있는 여자애를 힐끗 쓸어 보고는 위화에게 물었다.
"자네가 위청태의 아들 위화인가?"
"그러하옵니다, 폐하!"
위화가 연신 머리를 조아렸다.
"모두 몇 명인가?"
"아뢰나이다, 폐하! 총 240명이옵니다."
"과연 240명 모두 자진해서 입궐하려는 사람들인가?"
"예, 폐하!"
위화가 쿵! 소리가 나게 이마를 찧었다.
"전부 자진해서 들어온 걸로 알고 있사옵니다! 가까이에서 황제를 섬기는 일이 얼마나 광영된 일이온데, 너도나도 하지 않겠사 옵니까!"

"자네가 그네들 속에 들어갔다 나왔나? 짐이 만약 그렇지 않은 경우를 찾아내면 어쩔 텐가?"

"......"

한참동안 입을 다물고 있던 건륭이 피식 웃으며 말했다.

"이것이 짐을 아주 세상물정 모르는 숙맥처럼 취급하는구만! 오늘 들어온 수녀(秀女)들 모두 팔기(八旗) 가문에서 나름대로 귀하게 자란 애들이네. 눈에 넣어도 안 아플 새끼들이라고. 조정의 규정이 엄연하지만 않다면 어느 누가 귀한 딸을 궁녀로 보내겠는가? 며칠 전에 짐이 부처님 전에 문후 올리러 들었더니 몇몇 명부(命婦)들이 자기네 외동딸만은 궁인을 면하게 해달라고 간절히 부탁을 하고 있었네!"

호되게 훈계하기도 전에 벌써 사색이 되어 사시나무 떨듯하고 있는 위화를 보며 건륭이 부드러운 말투로 물었다.

"내막을 들추지 않을 수 없는 상황이어서 짐이 스스로 까발렸지만 사실 자네 입장에서는 그리 답할 수밖에 없었다는 걸 이해하네. 짐 또한 뻔히 그렇지 않은 걸 알면서도 '전부 자진해서' 들어왔다는 말이 귀에 거슬리지 않고 좋네. 군주를 기만한 죄는 묻지 않을 테니 이 아이를 들여보내게!"

위화가 황감한 나머지 식은땀 번들거리는 이마를 연신 짓찧어 그리하겠노라고 대답했다.

그제야 만족스레 입끝을 살짝 치켜올리며 박씨 같은 이빨을 드러내 보이는 당아를 바라보는 건륭의 눈빛이 따사로운 봄의 햇살 같았다. 수줍게 고개를 떨구며 뒷걸음질을 해서 당아가 물러가려

하자 문득 무슨 생각이 떠오른 듯 건륭이 불러 세웠다.
"당아, 짐이 몇 가지 궁금한 게 있으니 짐을 따라와 보게."
이에 당아가 어깨를 살짝 들었다 내리며 조심스레 주위를 곁눈질해 살폈다. 건륭을 따라 어화원을 들어선 당아가 인적이 드문 나무그늘 밑에서 애교 넘치는 코맹맹이 소리로 말했다.
"이러다 사람들 눈에 띄면 또 시끌벅적해질 게 아니옵니까! 대체 무슨 일이옵니까?"
"구더기 무서워 장 못 담그겠나?"
건륭이 좀더 숲이 우거진 곳으로 당아를 잡아끌었다.
얼굴을 붉히며 못 이기는 척 당아가 곱게 무릎을 꿇었다. 푸헝이 군기처의 직무를 맡은 이래로 이렇게 단둘이서 만나본 적이 없는 두 사람이었다. 푸른 하늘에 점점이 떠 있는 흰 구름을 머리에 이고 백년 묵은 아름드리 나무그늘 밑에서 한때 깊은 정을 나누었던 두 사람은 선 채로, 무릎꿇은 채로 한동안 말이 없었다. 애틋한 정이 봄날의 호수 같은 눈빛으로 정겹게 마주볼 뿐 무슨 말을 어떻게 꺼내야 할지 몰랐다. 한참 후에야 건륭이 비로소 입을 열었다.
"미색은 여전하구려."
"폐하의 홍복(洪福) 덕분이옵니다."
"강아는 튼튼하게 잘 자라고 있겠지?"
"그럼요, 폐하!"
아들 복강안에 대해 물어오자 당아의 수줍음은 온 데 간 데 없이 사라지고 눈빛은 보석처럼 반짝거렸다. 남의 이목이 아니라면 크게 떠들며 손짓발짓 다하여 아들 자랑을 하고 싶었다. 흥분을 가라앉히느라 나름대로 노력하는 것 같았으나 여인의 수다는 제법이었다.

"애가 토실토실하고 뽀송뽀송한 것이 그냥 확 깨물어주고 싶사옵니다! 폐하께서 하사하신 장명금쇄(長命金鎖)와 황후마마께서 상으로 내리신 팔찌를 하고 나서니 어쩌면 그리 늠름해 보이는지 어멈들이 앞으로 크게 될 애라며 호들갑이 이만저만 아니옵니다. 눈매가 사내애답게 부리부리하여 순해 보이면서도 어딘가 날카로운 면이 있사옵니다. 소인이 관음보살전에 이름을 올렸사옵니다. 또 얼마 전에는 서장(西藏)에서 활불(活佛)을 청하여 아이의 무병장수를 기원하는 발원식을 가졌더랬사옵니다."

적이 으쓱하여 건륭을 올려보며 그녀의 아들 자랑은 그칠 줄 몰랐다.

"얼마 전 애를 안고 관음묘를 찾았더니 보는 사람마다 이 아이는 분명 보살전의 금동(金童)이라며 입에 침을 바르는 게 아니겠사옵니까! 고향의 마누라는 강아(康兒)의 윤곽이⋯⋯."

그 순간 문득 자신의 실수를 깨달은 듯 당아가 난감한 표정을 지으며 손으로 입을 가렸다. 고향의 처가 복강안의 윤곽이 황제를 꼭 닮았다고 호들갑을 떨었다는 말은 차마 입밖에 낼 수가 없었던 것이다.

당아가 삼킨 말을 짐작으로 알 수 있었지만 건륭은 아무런 내색도 하지 않았다. 멀리 나친이 두리번거리며 건륭을 찾는 것 같았다. 건륭이 길게 숨을 내쉬었다.

"자네가 건강하고 아이가 튼튼하다니 짐은 적이 안심이 되네. 가보게⋯⋯. 필요한 게 있으면 푸헝을 시켜 짐에게 전하도록 하게⋯⋯."

"예, 폐하!"

건륭을 향해 공손히 몸을 낮춰 예를 갖추는 당아의 목소리는 들릴 듯 말 듯 낮은 것이 사실이었다.

"폐하께서도 부디 강녕하셔야 하옵니다……."

류통훈은 북경을 떠난 지 일주일만에 한단부(邯鄲府)에 당도했다. 5월 단오를 하루 앞둔 어느 날이었다. 집집마다 대문 앞에 파란 햇쑥을 한줌씩 걸어놓았고 멀어져 가는 봄이 아쉬워 항아리에 춘수(春水)를 가득 가득 채워놓고 있었다. 단오날의 상징인 호부향대(虎符香袋)를 만들어 사향을 비롯한 각종 향기를 넣어두었고 종자(粽子)라 불리는 대나무 잎에 싼 찰떡을 찌느라 아낙들의 손이 바빴다. 동네 코흘리개들의 까르르 웃음소리가 저녁노을에 물든 빨래터를 평화롭게 단장했다.

풍찬노숙하면서 밤낮 따로 없이 달려온 류통훈이었다. 체력이 둘째가라고 하면 서러워 할 류통훈이지만 나이 마흔을 넘기고 보니 어제 다르고 오늘이 달랐다. 달리는 말에 채찍질하여 달려와 보니 껍질이 벗겨진 사타구니가 불에 덴 듯 따끔거렸고 사지가 산산이 부서지는 것 같았다. 역관에서 죽은 듯 낮잠을 자고 겨우 죽 한 그릇을 비운 류통훈이 곧 동행한 황곤에게 명했다.

"오늘밤은 고향을 만나봐야겠소. 한단부(邯鄲府)에 가서 우리가 당도했다고 알린 다음 같이 오라고 이르게. 즉각 인마를 풀어 대대적인 수사에 돌입해야겠소!"

나이 일흔을 넘긴 황곤은 여독이 덜 풀려 생기없는 류통훈을 비웃기라도 하듯 전혀 노곤한 기색이 없이 펄펄했다. 사람 좋게 웃으며 황곤이 대답했다.

"하관은 반평생 수행원 노릇을 해왔지만 연청 어른 같은 분은 처음입니다……. 한단부에서 어제쯤 통보를 받았을 텐데 우리가 지금 나타나면 미효조가 기절초풍하겠습니다. 북경에서 자그마치 1천 3백 리 길이니 빨라도 열사흘 걸릴 거라 생각하고 있을 터인데 벌써 당도하였으니 말입니다. 우리 아들놈이 고향 어른을 따라 마두진(馬頭鎭)에 있다고 했는데, 지금쯤 한단부에 와 있는지 모르겠습니다!"

"마두진이라니?"

류통훈의 얼굴이 대뜸 굳어졌다. 고향이 여태 마두진에 죽치고 있는 이유를 알 수 없었다. 설령 '수주대토(守株待兎)'라 할지라도 기다려서 잡을 토끼도 없을 게 뻔한데 거기서 시간 죽일 일이 뭐 있느냐며 한바탕 발작을 하려던 류통훈은 그러나 애꿎은 황곤에게 떠드느니 벽을 보고 고함지르는 게 나을 것 같았다.

소흥(小興)이라고, 약삭빠르고 영특하여 류통훈이 어디든 달고 다니는 사환이 있었다. 서재에서 필묵을 시중들기로 한 이 아이는 호기심이 많아 여기저기 기웃거리는 게 일이었다. 한단에 도착하자마자 류통훈이 대자로 널브러져 있는 사이 밖으로 샜던 아이가 헐레벌떡 달려들어와 말했다.

"어르신! 여기 다녀간 사람들이 총대(叢臺) 일몰이 기가 막히다더니, 과연 황홀하기 이를 데 없네요. 저기 좀 보세요, 어서요!"

사동(使童)의 성화에 류통훈이 창 밖을 내다보니 사방으로 날개를 뻗은 고층 누각을 신비스레 물들이고 있는 석양의 순정이 눈물겨웠다. 혼신의 정열을 불태워 층층 물결같이 주름진 구름을 빨갛게 물들이고 늙은 황소 새끼 찾는 드넓은 대지와 총대(叢臺)에 금색의 덧칠을 해주고 있었다. 둥지를 찾아 퍼덕거리는 이름 모를 새의 지친 날갯짓이 아낌없이 주는 노을의 푸근함이 있어 무겁게 내리는 어둠의 장막을 조금은 덜 쓸쓸하게 해주고 있었다.

넋 놓고 어딘가에 시선을 박고 있던 류통훈의 검은 얼굴에 한줄기 미소가 걸려있었다.

"하관 미효조(米孝祖)가 대령하였사옵니다!"

등뒤에서 나는 소리였다. 흠칫하며 뒤돌아보니 한단지부 미효조가 와 있었다. 헐레벌떡 달려온 듯 단정하게 차려입은 관복에서 땀냄새가 물씬 났고, 꽉 끼는 관모 밑으로 땀방울이 흥건했다. 한쪽 무릎을 꿇어 수본(手本)을 건네는 미효조를 향해 류통훈이 웃으며 일어나라는 손시늉을 해 보였다.

"수본을 안 건네면 누가 미효조를 모를까봐 그러오? 자넨 열심히 하는 것에 비해 운이 안 따라주는 게 안타깝소."

류통훈이 차를 내어오라고 명했다.

미효조의 한숨소리가 컸다. 류통훈이 그렇게 말할 법도 한 것이 건륭 2년에 섬주 현령(陝州縣令)이었던 미효조는 감옥을 시찰하러 갔다가 죄수들에게 인질로 잡혀 곤욕을 치른 적이 있었다. 전임이 책임을 다하지 못하여 일어난 사건이었지만 미효조는 '직무에 소홀했다'는 죄를 물어 벌봉(罰俸) 1년이라는 처벌을 받았었다. 그사이에도 갖은 우여곡절이 있었지만 군량을 조달하는 데 공로가 인정되어 겨우 한단 지부 자리에 앉아 이제 막 의자를 데워놓으니 경내에서 군향(軍餉)을 도둑맞는 사건이 터지고 말았던 것이다. 사건이 속시원히 종결되더라도 집안단속에 소홀했다는 죄명에서 자유로워지기는 어려운 상태였다. 한마디 동정의 말에 말없이 풀풀 한숨만 내쉬는 미효조를 향해 류통훈이 물었다.

"사건이 터진 지 40일이 넘었소. 뭔가 실마리를 찾았소? 어디에서부터 착수해야 할지 들어봅시다."

그러자 미효조가 답했다.

"연청 어른이 오시니 구세주를 맞는 기분입니다. 사실 사건발생 후 고항 어른은 한단에는 얼굴 한번 잠깐 비추고 쭉 마두진 쪽에 있었습니다. 그쪽에서 혐의자들을 좀 색출했나 봅니다. 하관도 나름대로 경내에서 거동이 수상한 자들을 몇몇 붙잡긴 했으나 아직 합동심문에는 들어가지 않은 상태입니다."

"지금 무슨 장난을 하는 거요?"

고항이 모습을 드러내지 않아 심기가 불편해 있던 류통훈이 미효조의 느릿느릿한 말투에서 옆집 불구경 하는 듯한 느낌을 받아 버럭 고함을 질렀다. 그러나 이내 마음을 가라앉히며 되도록 평온한 말투로 이어나갔다.

"대청 개국 이래 전례가 없는 굉장한 사건이오. 폐하께선 침수에 드시지 못하는 날이 늘어만 가는데, 자네들은 여기서 뭘 그리 꾸물대는가! 양몰이를 하는 것도 아니고 하나는 여기서, 하나는 저기서…… 뭘 하는 거요, 대체!"

류통훈이 분통을 터뜨리고 있을 때 말발굽소리가 바로 코앞에서 들려왔다. 마중 나간 역승과 인사말을 나누는 소리를 듣고 미효조가 급히 말했다.

"고항 어른이 당도하였습니다……!"

몸을 일으켜 영접하고 싶었으나 류통훈이 그대로 앉아 있으니 감히 움직일 수가 없었다. 밖에서 고항이 마부들에게 명하는 소리가 생생하게 들려왔다.

"황주(黃酒) 두 항아리를 조심해서 내려. 너희들을 팔아도 못 사는 거니까 몇 사람이 같이 들어! 귀비마마께 올릴 공품이야! 황천패, 식합을 주방에 가져가 데워야 할 건 데워두게."

그렇게 지시를 하고 바람을 일으키며 성큼 들어선 고항은 뭐가 그리 좋은지 연신 싱글벙글 했다.
"연청, 이제나저제나 학수고대했소! 여기까지 오느라 정말 수고가 많았소……."
두 손을 비벼가며 이같이 말하던 고항이 그제야 방안의 분위기가 심상찮음을 느끼고는 꼼짝도 하지 않고 자리를 지키고 서 있는 미효조를 일별하며 물었다.
"무슨 안 좋은 일이라도 있는 게요?"
잠자코 발끝에 시선을 박고 있던 류통훈이 그제야 자리를 차고 일어나 손을 내밀어 앉으라는 시늉을 했다. 미효조가 즉각 몇 발짝 물러섰고, 류통훈이 차갑게 말했다.
"고항, 나 류아무개는 지의(旨意)를 받고 사건을 수사하러 내려온 흠차(欽差)요!"
겉으론 대수롭지 않은 척했지만 속은 두 근 반, 세 근 반이었던 고항이었다. 류통훈이 잡은 토끼는 놓치는 법 없고 도마 위에 올리고서야 직성이 풀리는 무서운 성격의 소유자임을 익히 알고 있었던 것이다. 얼굴을 길게 늘어뜨려 말머리처럼 인상을 구기고 은근히 독을 품은 류통훈의 모습에 고항의 두 다리는 걷잡을 수 없이 후들거렸다. 안색이 파리하게 질려 연신 마른침을 꿀꺽 삼키며 류통훈의 발치에 무릎을 꿇으니 미효조, 황곤, 황천패도 따라서 무릎을 꿇었다. 떨리는 목소리로 고항이 큰소리로 말했다.
"신 고항이 폐하의 문후를 여쭙사옵니다!"
"성궁안(聖躬安)!"
"만세, 만세, 만만세!"
삼궤구고(三跪九叩)의 대례를 올리고 고항이 몸을 일으키려 하자 류통훈이 말했다.

"잠깐! 폐하께서 하문하신 바가 계시오."

"……만세!"

말라붙어서 허연 입술만큼이나 류통훈은 날카롭고 메마른 목소리로 물었다.

"고항, 자네는 어찌하여 군향 수레에 약재가 들어있었는지 이실직고하거라."

"아뢰옵니다, 폐하! 이는 워낙 덩치가 큰 행렬을 보호하기 위한 궁여지책이었사옵니다. 군중에 약재도 보낼 겸 약재상인으로 위장하려다 보니 그리 됐사옵니다. 그럼에도 적들의 농간에 놀아난 소인의 무능함을 벌하여 주시옵소서, 폐하!"

류통훈이 머리를 끄덕였다. 그리고 또 물었다.

"남경에서 자네가 기생들의 치마에 휩싸여 직무에 소홀히 했다는 누군가의 탄핵안이 올라왔네. 기방에서 군사기밀을 흘린 적이 없는지, 명색이 조정의 대신(大臣)이고 국척(國戚)이란 사람이 이렇게 염치없이 굴어도 괜찮은지 묻고 싶다!"

제발 비켜가 주십사 간절히 기원했던 질문이었다. 고항의 얼굴은 피 한 방울 남지 않은 송장의 그것이었다. 완전히 넋이 나간 모습을 하고있던 고항이 한참만에야 겨우 정신을 추스르며 머리를 조아려 더듬거리며 답했다.

"신이…… 행실이 단정치 못했던 건 사실이옵니다. 지인을 만나 기방에 데려가 노래들으며 즐긴 일은 있사오나 기생년들과 잠자리를 같이 한 적은 맹세코 없사옵니다…… 또한 신이 아무리 정신 나간 놈이라고 하지만 어찌 감히 기생년들 앞에서 군사기밀을 흘리겠사옵니까? 군향을 지키라는 명령을 받고 신은 남경에서 하룻밤밖에 지체하지 않았사옵니다. 이는 소인의 수행원들과 양강총독(兩江總督) 윤계선(尹繼善), 금릉(金陵) 포정사(布政使)가 잘 알고 있는 일이옵니다. 부디 통촉하여 주시옵소서, 폐하!"

다급하니 되레 말문이 트이는 고항이었다.

"하오나 백번 양보해도 신은 차사(差使)의 직무에 소홀히 하여 도적들의 표적이 된 건 사실이옵니다. 신도 이대로 살아 숨쉬는 것이 원망스럽사옵니다. 사건이 종결되고 나면 부디 중죄를 물어 엄벌에 처해주시옵소서, 폐하!"

간간이 울음까지 섞인 고항의 목소리는 어느새 푹 잠겨 있었다. 여염집 같으면 처남에게 이렇게 혹독하게 대하진 않았을 것이다. 피도 눈물도 없는 황가의 준엄한 법도를 다시 한번 느끼며 황천패 등의 낮춘 머리는 더욱 무거워졌다. 그리고, 류통훈으로서는 목뼈 뻣뻣한 고항의 무릎을 꺾는데 성공한 셈이었다.

출발하기에 앞서 '고항은 부리기에 달렸다'며 너무 숨통을 조이지 말라던 건륭의 당부를 떠올리며 류통훈이 말투를 달리했다.

"그만 일어나시죠, 고 어른! 난 그저 폐하의 지의를 받고 하문했을 따름이오."

"고맙소……."

힘에 겨운 듯 조심스레 일어나 다시 류통훈을 향해 허리 굽혀 예를 갖추는 고항을 보며 류통훈은 위로를 건넸다.

"한마디만 더 하문했더라면 오줌이라도 쌀 뻔했군? 나름대로 비적들을 혼비백산케 했던 용맹한 전력이 있는 사람이 어찌 그리 담력이 약하오? 군향을 되찾아내고 '일지화'를 생포하면 죄를 묻지 않을 뿐더러 폐하께서 그 공로를 인정해 주실지도 모르잖소!"

류통훈이 이같이 말하며 황곤 부자에게도 자리를 내주었다. 살짝 엉덩이를 붙이고 자리에 앉은 황곤이 잔뜩 주눅이 든 황천패를 향해 두 눈을 부라리며 다짜고짜 일갈했다.

"넌 이놈아, 서 있어! 어디 가서 뒈지지도 않고 피둥피둥 살은 쪘네! 아무튼 단단히 혼날 각오하거라!"

황곤의 불같은 성격상 가법도 지엄하리라 생각한 류통훈이 농을 섞어 웃으며 말렸다.

"혼을 내주는 건 좋은데 제발 다리몽둥이 분질러 놓는 일은 없어야겠소. 내가 부려먹어야겠거든!"

분을 삭이지 못해 씩씩거리며 황곤은 더 이상 말이 없었다. 한바탕 혼비백산하여 가슴을 쓸어 내리던 고항이 겨우 진정하여 수사에 실마리가 될만한 정보들을 털어놓았다.

"마두진 역도(驛道) 주변 옥수수 밭에서 군향 수송에 쓰였던 수레와 약재를 발견했소. 그중 수레 하나에는 황금 250냥도 함께 들어있었소. 경황이 없었던 '일지화'의 탈출행각을 말해주고 있소. 누군가 사건발생 당일 행적이 수상쩍은 사람들이 마두진 서쪽에서 땅을 파헤치는 걸 보았다고 제보해 왔기에 가서 파보았더니 은자가 3천 냥이나 들어있었소. 내친 김에 며칠동안 마두진을 갈아엎다시피 했으나 더 이상의 은자는 없었소. 연청, 덩치가 장난이 아닌 은자를 일지화가 정신없이 도망가면서 끌고 갔을 리는 없소. 틀림없이 어딘가에 숨겨뒀을 거요!"

그러자 이번에는 미효조가 말했다.

"그렇다고 이 큰 한단 지역을 전부 갈아엎을 수도 없지 않겠소? 내가 이미 한단 경내의 술집, 역관, 사찰, 기방 등 곳곳마다 확실한 염탐꾼을 붙여놓았소. 일당 중에서 하나만 붙잡아도 사건해결은 큰 진척을 보일 거요."

"하나가 아니라 일망타진할 방법을 강구해야지!"

류통훈의 언성이 높아졌다. 이위의 예측대로 이들은 과연 돈을 찾는 데만 급급해 있었다. 내심 이위의 판단력에 감탄을 하며 류통훈이 던지듯 말했다.

"여태까지는 수사초점을 어디에 맞췄는지 모르지만 이제부터는 내 의사에 따라주어야겠소. 은자는 어딘가에 파묻었을 수도 있고 한단 경내에 있는 일당의 집에 숨겨두었을 수도 있소. 은자가 한단 경내를 벗어나지 못한 게 확실하다면 일지화는 반드시 모습을 드러내게 되어 있소. 지금처럼 땅만 파고 다니다간 닭 쫓던 개 지붕 쳐다보는 격이 되지 말란 법이 없소."

류통훈이 마시던 찻잔을 내려놓았다. 사람들은 연신 알겠노라고 상체를 숙여 머리를 끄덕였다. 류통훈이 다시 말을 이었다.

"오늘저녁부터 난 한단부를 한바탕 몸살 앓게 만들 거요. 소속 주현을 포함하여 경내 전체에 검문검색을 강화하고 역관을 비롯한 모든 잠잘 수 있는 곳에 밤마다 두세 번씩 호구조사를 실시할 거요! 그리고 각 아문의 아역들에 대한 감시도 예외일 순 없소. 열 사람이 집안도둑 하나 못 당한다고 했소. 각자 돌아가서 아역들을 소집하여 적과 내통하는 자들을 발견하여 신고하면 공로를 인정해주고 후한 포상금도 내릴 거라고 하오. 반대로 알고도 신고하지 않는 자는 나 류통훈의 칼맛을 톡톡히 보게 될 거라고 전하시오!"

류통훈이 잠시 좌중을 둘러보고는 말을 이었다.

"황곤, 황천패 부자는 오늘부터 현지 실세들과 친분을 트도록 하오. 큰고기는 큰물에서 놀아야 하거든!"

"알겠습니다!"

"고 어른!"

류통훈이 조용히 입을 열었다.
"사건은 마두진에서 발생했소. 그대들이 묵었던 여관과 그자들이 약재를 빼앗아가며 임시 소굴로 삼았던 곳의 주인들을 불러 조사할 생각은 안 해봤소? 세 개 성의 접경지대에 있는 지역 특성상 그곳의 진장(鎭長), 순검(巡檢)은 삼교구류(三敎九流)의 강호들과 왕래가 잦게끔 되어 있소. 그자들을 붙잡아 심문할 생각도 안 해봤고?"
이에 고항이 답했다.
"방금 지적하신 수상한 자들은 이미 연행돼 심문을 대기중인 상태요. 순검과 진장은 앞장서서 협조하는 적극성까지 보이고 있소."
"그렇다면 그 둘은 혐의대상에서 제외된다는 얘기요?"
류통훈이 비웃는 듯한 표정을 지으며 말을 이었다.
"이름이 뭐요? 내가 청첩을 보내 둘을 한단으로 초대할까 하오."
고항이 역졸에게 지필(紙筆)을 가져오라고 명하는 사이 황천패가 아뢰었다.
"진장은 사명상(沙明祥)이란 자이고, 순검은 은부귀(殷富貴)라는 자이옵니다."
사동(使童) 소흥이 먹을 가는 동안 류통훈이 황천패에게 물었다.
"진악(震岳, 황천패의 자), 그대는 이곳 강호(江湖)에 알고 지내는 벗이 없소?"
류통훈이 자신의 자(字)를 불러내자 흥분하여 홍광을 잔뜩 머금은 황천패가 급히 답했다.

"예…… 한 사람이 있긴 있습니다. 주소조(朱紹祖)라고, 조부 때부터 저희 일가와 친분이 있는 사이였습니다. 하지만 지금은 못 본 지 20년도 넘어 저를 알아보기나 할지 모르겠습니다. 그 가문 역시 북경에서 조정의 운송품을 보호하는 차사를 맡아왔습니다. 여기 내려오자마자 고 어른을 따라 마두진에서 장물을 찾아 헤매다보니 아직 찾아볼 여유가 없었습니다."

황천패의 말이 떨어지기가 바쁘게 아비 황곤이 주먹을 휘두르며 일갈을 했다.

"자식아! 그래, 아직 소조를 만나보지도 않았단 말이냐? 소홀히 할 일이 따로 있지 손바닥만한 동네에 똥 누는 시간이면 찾아보겠다!"

기대가 크면 실망도 큰 법이었다. 생각할수록 가문의 명성에 먹칠한 아들이 얄미워 두어 마디 안쪽에 주먹이 오르내리는 황곤을 보며 류통훈이 웃으며 말했다.

"자네 아버지가 오는 길 내내 말 궁둥이를 피 터지게 때렸다네! 이미 엎질러진 물인데, 화낸들 무슨 소용이 있겠소? 역관의 수레를 내어줄 테니 부자간에 화해도 할 겸 회거항(回車巷)에 있다는 그 친구를 찾아보오."

"소문에 따르면 주소조는 이미 금분(金盆)에 손을 씻은 지 오래됐다고 합니다. 지금은 크게 비단이며 찻잎을 취급하는 장사를 하고 있다 하니 우리 일에 동참하려 들지 않을 겁니다."

류통훈의 의중을 파악한 황천패가 말했.

그러자, 류통훈이 말없이 붓을 들어 먹을 찍었다. 잠시 생각하던 그는 빨간 청첩장 대신 흰 종이에 그대로 써 내려가기 시작했다.

사형(沙兄)에게 :

　　5월 단오날 저녁 주안상을 정성껏 준비하여 광림(光臨)을 기다리겠으니 은부귀 선생과 함께 와 주었으면 하오. 학수고대하겠소.
ㅡ형부상서 류통훈 올림

류통훈이 역졸에게 편지를 건네주며 말했다.
"역승더러 반드시 오늘밤 내로 받아보게끔 하라고 이르거라!"
당부를 마친 류통훈이 황천패를 향해 얼굴을 돌렸다.
"장사를 크게 한다니 유능한 사람임은 틀림없네. 선대에 친분이 두터웠다고 하니 웬만하면 팔을 걷어붙일 것이네. 금분에 손을 씻었다가도 다시 출산(出山)하는 사람들이 비일비재하네. 우리가 무리한 요구를 하는 게 아니라 현지의 실세들을 만날 수 있는 자리를 마련해 주십사 하는 거지 뭐. 장사에 영향 미칠 일은 없으니 걱정 붙들어 매게."
이때 밖에서 징소리 요란한 가운데 아역의 고함소리가 멀리서 들려왔다.
"부존(府尊)께서 지령(指令)이 계신다…… 오늘 저녁 한단 경내는 계엄에 돌입하니…… 다른 집에서 기숙하는 자들은 신분증을 준비해두기 바란다……."
"미효조가 성격 한번 급한데? 황씨 부자는 지금 즉시 출발하도록 하게!"
류통훈이 말했다.
하지만 그때까지도 고항은 멍하니 자리에 앉아있었다. 적어도 3, 4일은 더 있어야 도착할 줄 알았던 류통훈이 불같이 달려와 자신의 방향과는 완전히 다른 쪽으로 밀고 나가고, 그 속도 또한 파죽지세라 마땅히 어찌할 방도가 나지 않았던 것이다. 그런 고항의 속내를 알 길 없는 류통훈이 웃으며 말했다.

"고 국구(國舅), 무슨 생각을 그리 골똘히 하오! 내 판단이 틀림없다면 3일 내에 틀림없이 단서가 잡힐 것이니 너무 걱정하지 마오. 범인을 잡는 게 급선무이니 한단 전역을 갈아엎을 생각일랑 접으시고……."

류통훈이 길게 기지개를 켜고는 냉차를 한잔 쭉 들이켰다. 그리고 다시 화선지를 펴고 붓을 들었다. 이에 고항이 물었다.

"피곤하지도 않소? 또 뭘 하려고 그러오?"

"왜…… 왜 난들 피곤하지 않겠소."

류통훈이 시큰거리는 허리를 이리저리 흔들며 말을 이었다.

"의자를 당겨 가까이 와 앉으시오. 우리 둘이 공동명의로 폐하께 상주문을 올려야겠소."

"좀 기다렸다가 밖에서 무슨 소식이 들어오면 그때 올리는 게 바람직하지 않겠소?"

"폐하께서 무척 초조해 하시오."

류통훈이 덧붙였다.

"우리가 불끈 불끈 자신감을 보여드려 폐하께서 하루라도 편하게 침수에 드시게끔 해드려야 하오."

그와 같은 류통훈의 말에 고항은 혀를 내밀어 입술을 적실 뿐 가타부타 말이 없었다.

역영(易瑛)과 당하(唐荷), 한매(韓梅), 뇌검(雷劍), 엄국(嚴菊) 일당은 벌써 멀리 도망가버린 지 오래였다. 몇 십 명이 한단(邯鄲)에 죽치고 있기엔 이목이 두렵고, 그렇다고 다같이 떠나자니 묻어둔 은자(銀子)가 걱정이었다. 은자를 강탈한 지 3일째 되던 날, 역영은 2천 냥도 넘는 황금을 80여 형제들에게 나눠주고 각자 은자도 조금씩 챙기게 하여 한단을 떴다. 황하 옛길을 따라 창덕부(彰德府)를 거쳐 제원(濟源)에서 회동하여 동백산(桐柏山)에 근거지를 마련하기로 했다. 연입운(燕入雲), 황보수강(皇甫水强), 호인중(胡印中) 셋을 한단에 남겨두어 먼발치 황량몽(黃梁夢)에서 은자를 지키게끔 하고 조정의 감시가 소홀해지는 틈에 되돌아와 싣고 가기로 했다.

셋은 황량몽 진내(鎭內)에 뜰이 넓은 집 한 채를 통째로 빌려놓고 차례로 한단성 안으로 들어가 동향을 감시하곤 했다. 집주인은 연입운과 피를 나눈 형제보다 더 우애가 깊은 류득양(劉得洋)이라는 자였다. 하는 일마다 동작이 재빠르고 날렵했다. 그자의 건의를 받아들여 셋은 그 집의 뒷마당에 새로이 '봉분(封墳)'을 하나 만들었던 것이다. 잡초가 우거진 백년 묵은 봉분으로 위장하느라 풀을 갖다 심느라 물을 주느라 셋은 몇 날 며칠을 설치고 다녔다. 은자 몇 냥만 찔러주면 형 소리가 저절로 나오는 읍내 관리들은 벌써 입맛대로 구워삶아 놓은 상태라 두려울 게 없었다.

음력 5월 4일, 이날은 황보수강이 한단성에 들어가 염탐을 하는 날이었다. 아침 일찍 집을 나간 사람이 저녁나절에 돌아와 보니 두 어멈이 여느 집과 다름없이 명절준비에 여념이 없었다. 마구간에 노새를 붙들어매어 놓고 서둘러 방으로 들어가 보니 연입운은 어디에도 없었다. 다시 서쪽 별채의 남쪽 끝방으로 가보니 반바지만 입은 호인중이 벌겋게 대자로 누워 쿨쿨 자고 있었다. 어깨를 마구 흔들어 깨우며 황보수강이 말했다.

"이봐, 호인중! 어서 일어나 봐! 벌써부터 자고 밤엔 계집사냥

다닐 거야, 뭐 할거야!"

"어? 어!"

"어서 일어나 보란 말이야! 류통훈 그 잡것이 내려왔어!"

"뭐? 류…… 통훈? 그 새끼가?"

"그래! 근데 연형…… 연입운은 어디 갔어?"

좀처럼 눈을 뜰 것 같지 않던 호인중이 황보수강을 바라보더니 헤식은 웃음을 흘리며 말했다.

"가긴 어딜 갔겠수? 오선고(吳仙姑)가 불러서 갔지. 낮에 간 사람이 아직도 안 오는 걸 보면 떡치는 재미가 쏠쏠한가보지 뭐!"

"이것 참! 지금이 어느 때라고! 류통훈이 사냥개 마냥 킁킁대고 다닌단 말이야! 오늘밤부터는 한단 경내가 계엄에 들어간다고 하잖아. 집집마다 이 잡듯 뒤지며 호구조사도 하고! 연형은 언젠가는 계집 때문에 망하는 날이 있을 거야."

"내가…… 어느, 어느 년 때문에 망한다고?"

그때 술이 어지간히 취한 연입운이 문을 확 열어 젖혔다. 힘껏 팔을 벌린 자세 그대로 핏발선 두 눈을 둥그렇게 떠 황보수강과 호인중을 번갈아 보던 연입운이 구역질나는 술 트림을 해가며 말했다.

"왜? 나 혼자 먹고 왔다고…… 불만인가? 침대 밑에…… 은자가 못 다 쓰고 죽을 만큼 많으니…… 기생년…… 얼마든지 보고 오너라!"

"연형! 정신 차리세요, 류통훈이 냄새를 맡았어요!"

연입운을 부축하여 앉히고 술 깨는 박하냉차를 손에 쥐어주며 황보가 발을 동동 굴렸다.

순간 연입운의 썩은 달걀 풀린 듯 흐리멍텅하던 눈이 번쩍 전광

석화처럼 번쩍거렸다. 잠시 당황해하는 듯하던 연입운은 그러나 곧 냉소를 터트렸다.

"류통훈이 아니라 그 할애비가 온대도 겁날 게 없어! 인자(引子, 신분증명서)도 샀겠다, 은자도 꽁꽁 숨겼겠다 뭐가 문제야? 우리의 인간성 좋은 류득양이 아래위를 꼭 틀어잡고 있는데……. 우린 하늘이 두 쪽 나도 쫄 이유가 없어!"

연입운이 손마디를 따다닥 소리나게 꺾으며 연신 냉소를 머금었다. 손꼽아보니 그가 역영을 따라다닌 세월도 어언 7년이 흘렀다. 의(義)를 좇았다기보다는 역영을 여자로 좋아했기 때문이었다. 나이가 열 살 정도 연상이지만 이제 갓 스무 살을 넘긴 것 같이 풋풋해 보이기까지 하는 젊은 역영에게 반했던 것이다. 남녀 간의 애틋한 감정은 제외하고라도 오로지 한실(漢室)의 부흥만을 염원하는 역영을 보며 감히 자신의 감정을 솔직히 고백하지 못했던 연입운은 어쩐지 이번이 역영과의 마지막이 될 것만 같은 불길한 예감이 들었다. 기약 없는 여인에 목매느니 당장 애교떨며 달려드는 홍루(紅樓)의 계집이 좋은 데야 어찌할 도리가 없었다. 한단 취홍루(翠紅樓)에서 만난 소청(小青)이란 기생과 정분이 나면서부터 차츰 역영의 그림자가 희미해져 가는 마당에 연입운은 이참에 딴살림을 나고 싶은 마음이 서서히 고개를 쳐들었다.

그날 저녁 연입운은 엎치락뒤치락하며 동창(東窓)을 하얗게 지새웠다. 그사이 이장(里長)이 호구조사를 나왔으나 은자 두 냥에 닭 두어 마리 주어보내니 그만이었고, 한밤중에 두 번째 봉창 두드리는 소리에 깜짝 놀라 나가보니 술이라면 오금을 못 쓰는 왕비계 진장이 서 있었다. 호구조사는 뒷전인 채 땅콩에 술 한잔 얻어먹고 트림이나 하며 나가는 진장의 등뒤에 주먹 휘두르는 시늉을 하고 앉자마자 밖에서 대문 두드리는 소리가 요란했다. 순간 멀고 가까운 동네 개들이 우악스레 짖어대는 것과 동시에 불길한 예감이 엄습해왔다!

"쉿!"

호인중이 벌떡 일어나 장검을 뽑아들었다. 황보수강도 벽에 걸어두었던 장검을 내려 들고 창문 가에 바짝 붙어서 야색(夜色)이 몽롱한 창밖 동정을 살폈다. 크게 경계하는 두 사람에 비해 여유만만한 연입운이 신발을 끌고 나가 문을 열었다.

"누구요?"

"접니다!"

류득양이었다.

"현(縣)에서 호구조사 나왔다기에 모시고 한바퀴 도는 중입니다!"

"잠깐만! 등롱을 밝힐게!"

연입운이 큰소리로 대답하며 혼잣말처럼 중얼거렸다.

"오늘밤은 이상해! 약들을 잘못 처먹었나, 무슨 호구조사를 하룻밤에 열두 번이나 하는 거야!"

21. 도둑들의 꼬리를 밟다!

　연입운이 문틈으로 빠끔히 내다보니 과연 류득양이었다. 반가운 마음에 벌컥 열어 젖히니 류득양은 급히 등뒤에 따라온 서너 명의 사내를 향해 말했다.
　"대(戴) 어른, 이 분이 바로 연입운이라는 사람입니다! 일행 모두 드나드는 법 없이 조용하고 착한 장사꾼들이죠!"
　요란한 개소리에 비해 사람들도 많지 않고 저 멀리에서도 문 두드리는 소리가 간간이 들려오니 삽시간에 마음이 놓인 연입운이 피곤해 죽겠다는 듯 눈을 비비며 억지로 하품을 끌어내 큰 입을 쩌억쩍 벌리며 말했다.
　"아니 호구조사를 하는 건 좋은데, 온종일 다리품 팔고 온 사람 잠 좀 재워가면서 해야죠. 몇 번이요, 벌써! 졸려서 죽겠구만! 아무튼 왔으니 들어오시오. 이봐, 황씨! 인씨! 이번엔 장관(長官)께서 호구조사 나오셨대!"

이어서 서쪽 별채에서 마지못해 일어나는 듯한 짜증 섞인 투덜거림과 함께 황보수강과 호인중의 기침소리가 들려왔다. 잠시 후 대충 옷을 껴입은 두 사람이 별채에서 나왔다. 이들은 곧 연입운을 따라 윗방으로 들어갔다.

"대 어른, 어서 앉으시죠!"

류득양이 자리를 내어준다, 찻물을 따라준다 하며 반주인 행세를 하면서 말했다.

"이 연 어른은 북경 분이신데, 산동과 산서 등 여러 곳에 가게를 갖고 계신답니다. 고가의 자기며 골동품을 주로 취급하시는 분답죠? 격이 있고 멋스러워 보이지 않습니까……."

까맣고 마른 얼굴에 눈알이 반들반들한 류득양은 원숭이처럼 약삭빠른 인상이었다. 담뱃진이 배여 누렇게 된 이빨을 드러내고 웃으며 눈은 잠시라도 머물 데를 모르고 있었다.

'대 어른'이라 불리는 자는 그러나 지극히 사무적인 얼굴을 하고 있었다. 에누리없을 것 같은 인상이었다. 사실은 한단 형명방(刑名房)의 보잘것없는 일반 아역(衙役)에 불과하지만 황량(皇糧)을 먹는다는 이유만으로 이곳의 진장(鎭長)이며 진리(鎭吏)들을 알아서 설설 기게 만들었던 것이다.

주인이 건네는 담배도 사양하고 찻잔도 저만치 밀어놓으며 다리를 꼬고 앉은 채 대아무개가 말했다.

"우리 태존(太尊)께서 이곳을 지명하시어 날 보냈소. 차사가 차사이니 어쩔 수 없었소. 난들 야밤에 이러고 다니고 싶어서 이러겠소? 음, 어디 보자……."

그는 호구조사를 할 때마다 들고 다니는 책자를 꺼내어 펴보며 말을 이었다.

"여러분들은 벌써 보름째 여기 머물고 있네? 참배드리러 왔다고 여기 적혀 있는데, 대체 무슨 참배를 어떻게 하기에! 시간이 너무 긴 거 아닌가……? 그리고 북경에서 가게를 운영하고 있다고 했는데, 어찌 이 상인신분증명서는 보정부(保定府)의 날인이 찍혀 있지? 이런 얘기하면 안 되지만 알고 있는지 모르겠소. 이 일대의 반적(反賊)들이 조정의 군향을 탈취해 간 사건이 발생했단 말이오. 그래서 조정에서 흠차 어른도 행차하시고, 경내는 대대적인 검문검색으로 비상이 걸렸다오! 행적이 수상쩍고 포보(鋪保, 일종의 신원증명)가 구비되지 않은 객상들에 대해선 가차없이 현 아문으로 끌고 가 신분이 확실하게 드러날 때까지 구속시키라는 명령이 내려왔소……."

흠흠! 목소리를 가다듬으며 그는 방금 밀쳐버렸던 찻잔을 끌어당겨 손에 잡았다.

연입운이 급히 얼굴 가득 사정하는 듯한 웃음을 지어 보이며 굽실거렸다.

"척 뵈니 안광(眼光)이 날아가는 매를 떨구고도 남을 예리하신 분인데, 소인이 어찌 한낱 장사꾼 주제에 감히 어르신을 욕되게 하겠습니까? 저희 어머니가 십 몇 년 전부터 담미(痰迷, 정신질환)병에 걸려 허구한날 집기를 때려부수고 동네 애고 어른이고 아무나 괴롭히지 뭡니까? 맨날 초상난 집 따로 없고, 그 뒤처리를 하느라 우리 영감님은 죽을 지경이었죠 뭐. 무슨 민간요법인들 안 써보고 어느 점쟁이인들 안 찾아갔겠어요? 가족 모두 기진맥진해갈 무렵 어느 날 일 때문에 한단 경내를 지나는 제게 아버지가 그러시더라고요. 여조(呂祖) 전에 들어 그분께 청을 드려보라고. 그래서 여조를 찾아 뵙고 향 백 개 사르고 은자 660냥을 효도하고 돌아올 때 민간처방 하나를 얻어왔죠. 민간처방이라면 이젠 신물이 나는지라 전혀 기대하지도 않았는데, 거기서 기적이 일어난 거예요. 허구한날 봉두난발로 미쳐 돌아가던 우리 어머니가 정갈하고 단아한 옛날 모습 그대로 돌아왔다는 거 아닙니까? 그래서 무릎 뼈가 물러나도록 여조께 감사의 참배를 올리려고 이렇게 다시 찾아오게 된 겁니다. 절대 다른 걱정은 하지 마십시오! 우린 비록 미천한 장사꾼에 불과하지만 독이 든 음식은 먹지 않고, 법에 저촉되는 일은 절대 안 합니다! 먹고사는 걱정 없이 가족관계 원만한 우리가 뭐가 아쉬워 조정을 등지는 반적이 되겠습니까? 다시 이 상인증명서를 봐주십시오. 자세히 보면 북경의 도장이 찍힌 위에 다시 보정부의 도장이 찍힌 겁니다. 연장발급 받은 셈이죠. 소인은 간덩이가 열 개라도 감히 어르신 앞에서 수작을 부릴 담력은 없습니다!"

대아무개가 연신 "음! 음!" 대답하며 머리를 끄덕이는가 싶더니 입을 열었다.

"그쪽의 입장은 충분히 이해가 가지만 나도 자칫 잘못하여 악인(惡人)으로 낙인찍힐 순 없네. 일단, 날 따라 가보세. 간단한 조사를 거쳐 사실임이 밝혀지면 금방 돌려보낼 거요. 여기 이 류 어른의 체면을 봐서라도 그리 난감하게 만드는 일은 없을 거요."

"대 어른, 집을 떠나면 너나없이 서러운 처지입니다. 초면이 구면이라고 좀 봐주시면 안 되겠습니까!"

연입운이 이같이 말하며 재빨리 황보수강에게 눈짓을 보냈다. 뜻을 알아차린 황보가 안방에 들어가더니 종이봉지 하나를 들고 나왔다. 말없이 조심스레 대아무개 팔꿈치 쪽으로 밀어주니 대아무개가 힐끗 째려보더니 퉁명스레 말했다.

"집어치우게. 난 검은 거래는 딱 질색이오. 우리 아문에 가서 아무나 잡고 물어보오, 내가 눈먼 돈 챙기는 사람인가."

그 말에 연입운이 배시시 웃으며 다가갔다. 간사한 표정을 지어 대아무개의 귓전을 간지럽혔다.

"노란 물건 좀 넣었습니다. 많진 않지만 귀한 도련님들께 팔찌를 만들어주면 그만일 겁니다. 이것으로 안면을 텄으니 앞으로도 종종 찾아 뵙고 효도하겠습니다. 아문까지 함께 다녀올 수도 있지만 장사꾼들은 아문 출입을 금기시하는 경향이 있어서…… 더불어 삽시다, 한번만 봐주십시오."

'은자(銀子)'가 아니라 '금(金)'이라는 말에 대아무개의 눈이 동그랗게 커졌다. 수염이 까칠까칠하고 두루뭉실하게 살찐 턱이 검정돼지의 그것을 연상케 하는 입을 쩝쩝 다시며 대아무개가 말했다.

"실은 나도 인정사정 안 보는 각박한 사람은 아니오. 여기 이 류 어른과 호형호제하는 사이이니 어떡하겠소. 한번 보고 영영 안 볼 사람들도 아닌 것 같고……."

제법 묵직한 금덩이를 침을 흘리며 다가서는 진장더러 들게 한 다음 대아무개는 엉덩이를 털고 일어났다. 그들을 대문 밖까지 바래다주고 되돌아온 류득양이 대문을 닫으며 주위 동정을 다시 한번 살피며 나직한 목소리로 말했다.

"류통훈이 한단에서 죽치고 있을 모양이오. 하는 짓이 예사롭지가 않소! 잘 생각해보오, 어디서 바람 샌 일이 없는지. 나도 일가노소 몇 십 명을 거느리고 있는, 목숨이 내 목숨이 아닌 사람이오. 일이 터지기 전에 미리 방책을 서둘러야 하지 않겠소?"

"풀숲을 쳐서 놀란 뱀을 밖으로 유인하려는 거겠지."

연입운이 태연하게 말했다.

"안 그래도 밤새도록 생각해봤소. 어디 마각(馬脚)을 드러낸 적이 없나 해서. 단언컨대 아직은 없소. 걱정하지 마, 득양! 여기 같이 있다가 무사하면 좋고 원치 않는 일이 터지더라도 우리가 절대 그쪽으로 불이 옮겨 붙게 놔두진 않을 테니 말이오. 나중에 취조하면 우리가 자네 가족들을 인질 삼아 협박을 가해서 어쩔 수 없이 따라다녔다고 잡아떼면 그것들도 증거가 없는 이상 어찌하지 못할 거요. 지금 서둘러 방책을 세운다는 것은 '나 여기 있소' 하고 목표를 드러내는 거나 다름없는 짓이오!"

"그렇긴 하지만 연형의 말 대로 내가 여기 있다는 것도 억지스럽긴 마찬가지요."

류득양은 천천히 말을 이어나갔다.

"날이 밝는 대로 한단성으로 돌아가야겠소. 회거항의 주소조 어른이 진시(辰時)에 만나자는 전갈이 왔소. 내가 이미 약속을 해놓은 상태라 반드시 가봐야 하오!"

주소조에 대해선 연입운 등도 익히 들어왔다. 한때는 발 한 번 굴러 강호바닥을 요동치게 했던 거물이었다. 비록 '손을 씻었다'고는 하지만 그 제자 교신(喬申)이 이 바다에서의 '용두(龍頭)'이고 보면 집안 큰형의 위상은 여전할 것 같았다. 아랫입술을 질끈 깨물고 생각에 잠겨있던 연입운이 물었다.

"전갈은 언제 받았소?"

"여기 오기 방금 전에!"

류득양이 담배연기를 삼킨 입을 쳐들어 말했다.

"목욕탕 사환이 심부름을 왔었소."

"시간대가 맞물리는 걸 보니 필히 방금 다녀간 대아무개와 관련이 있을 것 같소!"

"내가 보기에는 그런 것 같진 않은데?"

뭔가 심사(心事)가 가볍지 않아 보이는 류득양이 다소 신경질적으로 곰방대를 발바닥에 두드려 끄며 말했다.

"주 어른은 관부에 잡혀 들어간 사람을 석방시키는 경우는 간혹 있어도 관가와 한통속이 되어 밤중에 호구조사 다니는 그런 사람은 아니오."

이에 호인중이 대답했다.

"득양, 자네한테서 무슨 냄새를 맡고 우리 소식을 염탐해내려는 게 아니겠소?"

그러나, 황보의 견해는 달랐다.

"류통훈의 성격상 냄새를 맡았다면 벌써 여기를 물샐틈없이 포위했을 거요. 내 생각에 류통훈은 아직 긴가 민가 하고 있소. 하지만 장님 코끼리 만지는 격이 될지라도 한바탕 포격을 가할 것만은 사실인 것 같소!"

두 사람의 말을 들으며 연입운은 그 동안 자신의 행적을 되짚어보며 다소 혼란스러웠다. 취홍루에 가서도 소청이년하고만 자고, 그것도 날 밝기 전에는 털고 나왔었는데……. 그렇다면 번번이 기생어멈에게 원보(元寶) 하나씩 던져준 것이 화근이 된 걸까? 그런 것 같기도 하고 아무 일도 없을 것 같기도 했다. 이빨로 손톱 끝을 깨물며 검불같이 엉킨 마음을 달래고 있던 연입운이 드디어 입을 열었다.

"이러고 이빨 까봤자 허사요. 내일 득양이와 같이 한단성에 들어가 그는 주가한테 가고 난 이상한 움직임이 없나 살펴보고 올 참이오. 수상쩍은 기미가 보이면 득양이는 득양이대로, 난 나대로 급히 소식을 전해줄 테니 빨리빨리 움직여주도록 하오."
 류통훈이 단서를 잡겠다고 장담한 시간은 사흘이었다. 그러나 이틀째 되던 날 정오, 마두진 쪽에서 낭보가 날아들었다. 노무객잔(老茂客棧)의 사환이 마두진 진장에게 덜미를 잡혔다는 것이었다. 소식을 전해온 넷째태보 요부화(寥富華)가 땀범벅이 되어 거친 숨을 몰아쉬며 말했다.
 "부춘(富春)형이 황 진장과 함께 그 사환 놈을 압송하여 신시(申時)께에 도착한다고 했습니다!"
 류통훈의 수행원 노릇을 하던 양부운(梁富雲)이 좋아라 하며 류통훈을 향해 공수했다.
 "어르신은 진짜 신기묘산(神機妙算)의 달인이십니다! 어르신의 예측대로라면 지금쯤 주소조의 그물에도 한가득 걸려들었을 게 아닙니까! 어르신, 저는 이제 그만 붙잡아두시고 회거항으로 가서 도둑을 잡게 해주세요, 네?"
 "조르지 마! 쓸모가 있다 싶으면 안 가겠다고 버텨도 등을 떠밀 테니까!"
 손에 〈자치통감(資治通鑑)〉을 들고 두어 장 넘기던 류통훈이 자신의 사동(使童)인 소홍에게 지시했다.
 "부화에게 차 한 잔 따라주어라. 저 큰사발에다! 조금만 있으면 주소조한테서도 무슨 소식이 있을 거야. 한단의 흑도(黑道, 도둑)를 끼지 않고 저들이 무슨 수로 이같이 엄청난 짓을 감행했을까! 확실한 단서만 잡히면 반적을 잡는 현장에 투입시킬 테니 조금만 기다려보게!"
 류통훈이 이같이 말하고 있을 때 서쪽 별채 쪽에서 고항이 웃으며 다가왔다. 두 손에 받쳐든 커다란 쟁반에 가득 담긴 오곡밥이며 이 있을 것 같소!"

"내가 보기에는 그런 것 같진 않은데?"

뭔가 심사(心事)가 가볍지 않아 보이는 류득양이 다소 신경질적으로 곰방대를 발바닥에 두드려 끄며 말했다.

"주 어른은 관부에 잡혀 들어간 사람을 석방시키는 경우는 간혹 있어도 관가와 한통속이 되어 밤중에 호구조사 다니는 그런 사람은 아니오."

이에 호인중이 대답했다.

"득양, 자네한테서 무슨 냄새를 맡고 우리 소식을 염탐해내려는 게 아니겠소?"

그러나, 황보의 견해는 달랐다.

"류통훈의 성격상 냄새를 맡았다면 벌써 여기를 물샐틈없이 포위했을 거요. 내 생각에 류통훈은 아직 긴가 민가 하고 있소. 하지만 장님 코끼리 만지는 격이 될지라도 한바탕 포격을 가할 것만은 사실인 것 같소!"

두 사람의 말을 들으며 연입운은 그 동안 자신의 행적을 되짚어보며 다소 혼란스러웠다. 취홍루에 가서도 소청이년하고만 자고, 그것도 날 밝기 전에는 털고 나왔었는데……. 그렇다면 번번이 기생어멈에게 원보(元寶) 하나씩 던져준 것이 화근이 된 걸까? 그런 것 같기도 하고 아무 일도 없을 것 같기도 했다. 이빨로 손톱 끝을 깨물며 검불같이 엉킨 마음을 달래고 있던 연입운이 드디어 입을 열었다.

"이러고 이빨 까봤자 허사요. 내일 득양이와 같이 한단성에 들어가 그는 주가한테 가고 난 이상한 움직임이 없나 살펴보고 올 참이오. 수상쩍은 기미가 보이면 득양이는 득양이대로, 난 나대로 급히 소식을 전해줄 테니 빨리빨리 움직여주도록 하오."

류통훈이 단서를 잡겠다고 장담한 시간은 사흘이었다. 그러나 이틀째 되던 날 정오, 마두진 쪽에서 낭보가 날아들었다. 노무객잔(老茂客棧)의 사환이 마두진 진장에게 덜미를 잡혔다는 것이었다. 소식을 전해온 넷째태보 요부화(寥富華)가 땀범벅이 되어 거친 숨을 몰아쉬며 말했다.

"부춘(富春)형이 황 진장과 함께 그 사환 놈을 압송하여 신시(申時)께에 도착한다고 했습니다!"

류통훈의 수행원 노릇을 하던 양부운(梁富雲)이 좋아라 하며 류통훈을 향해 공수했다.

"어르신은 진짜 신기묘산(神機妙算)의 달인이십니다! 어르신의 예측대로라면 지금쯤 주소조의 그물에도 한가득 걸려들었을 게 아닙니까! 어르신, 저는 이제 그만 붙잡아두시고 회거항으로 가서 도둑을 잡게 해주세요, 네?"

"조르지 마! 쓸모가 있다 싶으면 안 가겠다고 버텨도 등을 떠밀 테니까!"

손에 〈자치통감(資治通鑑)〉을 들고 두어 장 넘기던 류통훈이 자신의 사동(使童)인 소홍에게 지시했다.

"부화에게 차 한 잔 따라주어라. 저 큰사발에다! 조금만 있으면 주소조한테서도 무슨 소식이 있을 거야. 한단의 흑도(黑道, 도둑)를 끼지 않고 저들이 무슨 수로 이같이 엄청난 짓을 감행했을까! 확실한 단서만 잡히면 반적을 잡는 현장에 투입시킬 테니 조금만 기다려보게!"

류통훈이 이같이 말하고 있을 때 서쪽 별채 쪽에서 고항이 웃으며 다가왔다. 두 손에 받쳐든 커다란 쟁반에 가득 담긴 오곡밥이며 찐마늘, 찐달걀, 통닭이 식욕을 자극했다. 다른 접시엔 절인오이무침과 몇 접시의 야채볶음이 먹음직스러워 보였다. 사람들을 손짓하여 모여 앉게 하고 류통훈이 말했다.

"오늘은 단오명절이오. 조촐하지만 집 떠나서 이 정도면 성찬이니 감사하는 마음으로 먹어줬으면 하오. 술은 일부러 준비하지 않았소."

음식을 먹을 땐 웬만해선 말을 하지 않는 류통훈이 먼저 젓가락을 들었다. 채식을 즐기는 류통훈과는 달리 기름기가 번들거리는 고기를 포식해야 직성이 풀리는 고항은 '성찬'을 마주한 마음이 서글펐다. 누가 가져갈세라 닭다리를 냉큼 뜯어 자신의 접시에 놓고 게눈 감추듯 먹어치우고는 야채 몇 가닥 집어 입에 넣는 류통훈을 향해 조심스레 입을 열었다.

"흠차 신분이라면 식대도 우리네 곱절은 될 것이니 가끔씩은 고기를 원없이 먹어도 되겠구만!"

혼자서 닭 한 마리를 다 먹어치우고 또 무슨 고기타령이냐는 듯 곱지 않은 시선으로 고항을 쓸어보며 류통훈이 말했다.

"〈좌전(左傳)〉엔 '식육자비(食肉者鄙)'라고 했어. 다시 말해서 고기를 먹는 사람은 천하다는 거지. 책 좀 읽고 삽시다."

그리 화난 눈치는 아닌 것 같은지라 고항이 다시 말했다.

"정말 흠차도 흠차 나름인 것 같소. 윤계선이 둘째가라면 서러워할 청관(淸官)임은 모두가 다 아는 사실이지만 먹는데는 어지간히 신경쓰는 게 아니었소. 집에서건 밖에서건 닭, 오리, 생선, 제비집, 곰 발바닥…… 등 상다리 부러지지. 이거 식탁 앞에 앉아 할 소리는 아니지만 먹은 소가 똥 눈다고 그리 잘 먹으니 사람이 빵빵한 게 윤기가 잘잘 흐르지 않소!"

그러자 류통훈이 말했다.

"나도 상다리 부러지게 먹고 싶은 걸 다 먹고 살면 얼굴에 윤기가 잘잘 흐른다는 걸 모르는 사람은 아니오. 식성도 좋아 황후마마께서 하사하신 국을 한 냄비 다 먹어치울 정도였지. 말 잘했소, 흠차의 식대는 일반 관원들에 비해 배는 더 되어 하루에 은자 다섯 냥이오. 이는 가난한 백성이 1년 동안 연명할 수 있고 커다란 소 한 마리를 살 수 있는 돈이지. 조금 보태면 세 칸 짜리 초가집도 지을 수 있고. 아무리 나랏돈이라고 하지만 한 끼 밥에 소 한 마리를 삼킨다는 것은 죄악이 아닐 수 없소. 입도 길들여지기 마련이오. 고기라면 오금을 못 쓰던 내가 이 정도 수련하느라 오죽했겠소? 중앙의 관원들이 지방에 내려와 흥청망청하는 수준이 어느 정도냐 하면 관원들이 물린 상을 먹고 자란 돼지들이 고기 달라고 칭얼대서 주인이 진땀을 뺀다고 하오."

고항도 웃고 양부운도 웃고 다 웃었다. 류통훈이 다시 입을 열어 뭔가 말하려 할 때 돌연 대문 밖이 소란스러워졌다. 떠드는 소리가 한두 사람은 아닌 것 같았고, 소리는 점점 가까워지고 있었다.

"강도를 잡았다! 어서 모여라……!"

역관에는 삽시간에 긴장이 감돌았다. 역승, 역졸들이 낭하로 달려나갔다. 마두진 쪽에서 압송해오기로 했던 범인이 도착한 줄을 알고 손에 들었던 젓가락을 던지며 류통훈이 소리쳤다.

"뭐가 이리 소란스러워! 구경꾼들은 다 돌려보내고…… 역관의 사람들도 모두 원위치 시키게!"

고항이 뛰쳐나가 역승에게 류통훈의 뜻을 전했다.

"한단현에서 나온 아역들을 동원하여 질서를 유지시키도록 하게! 역관 반경 몇백 미터 안에는 구경꾼들 접근하지 못하게 조치하도록!"

 잠시 후 십삼태보 중 맏이인 가부운(賈富雲), 둘째 주부민(朱富敏)과 셋째 채부청(蔡富淸)이 들어섰다. 범인들을 방조한 혐의를 받고 있는 노무객잔의 사환은 동아줄에 짐짝처럼 묶인 채 두 장사에 의해 질질 끌려서 들어오고 있었다.
 눈이 말똥말똥하여 반항기 역력한 사환을 보자마자 달려간 양부운이 다짜고짜 그 엉덩이를 힘껏 걷어찼다. 그러고도 성에 차지 않아 뺨을 갈겼다.
 "어떤 똥갈보 같은 년이 싸지른 쥐새끼 같은 놈! 에잇, 재수 없어!"
 손을 칼날처럼 세워 단박에 쳐죽이려는 듯 악을 쓰던 양부운이 류통훈이 팔자걸음을 하며 나타나자 곧 팔을 내리고 물러섰다. 경멸에 찬 눈빛으로 가소롭게 사환을 쓸어보던 류통훈이 크게 콧소리를 내며 명령했다.
 "풀어주게."
 "예!"
 몇몇 역졸들이 대답과 함께 다가섰다. 이때 방안에서 허기진 배를 채우느라 늦은 밥을 먹고 있던 가부춘이 뛰어나와 웃으며 말했다.
 "잠깐만! 포승을 푸는데도 학문이 있다고!"
 입안 가득한 음식을 씹어 꿀꺽꿀꺽 넘기며 천천히 누에가 실을 뽑아내듯 동아줄을 풀어내던 가부춘이 덧붙였다.
 "아무리 급해도 포승을 풀 때는 천천히 숨통을 틔워주어야 돼. 피가 가슴 위에 뭉쳐 있거든. 갑자기 확 풀어버리면 끽하고 가버리기 십상이라고!"

한 꺼풀씩 조심스레 풀어내며 주먹으로 이마를 쥐어박기도 하며 가부춘이 말했다.

"내 손에 들어온 이상은 죽고 싶어도 그리 쉽진 않을 거다! 솔직하게 털어놓는 것, 그것만이 네가 사는 유일한 길이라는 걸 명심해라, 이 자식아!"

장터에서 꽁꽁 묶어다 놓은 닭처럼 풀어놓으니 축 늘어져 있던 사환이 기어 들어가는 목소리로 말했다.

"물…… 물 좀 주세요……."

류통훈이 고향을 향해 머리를 끄덕이자 두 역졸이 죽은 돼지 끌듯 사환을 끌고 방안에 들어갔다. 그사이 물을 한 바가지 떠온 양부운이 냉소를 터트리며 사환의 개집 같은 머리에 쏟아 부었다. 그리고는 내뱉었다.

"물은 저 강에도, 우물에도 네놈을 담가버릴 만큼은 있으니 얼마든지 처먹어라!"

사환이 목젖을 들썩거리며 정신없이 이마에서 흘러내리는 물방울을 받아 마셨다.

"그러지 말고 물 한 바가지 떠다주게."

류통훈이 목소리를 부드럽게 하여 말했다. 그리고 온화한 눈빛으로 사환을 아래에서 위로, 위에서 아래로 쓸어보고 훑어보았다. 꿀꺽꿀꺽 소리내며 맛있게 물 한 바가지를 비우고 난 사환이 더 줬으면 하는 간절한 눈빛을 보였지만 류통훈이 손사래를 쳤다. 그리고는 한숨을 내쉬며 말했다.

"이 지경에 이르렀어도 집에서는 나름대로 귀한 아들이었을 텐데! 어쩌다가 이렇게 됐나! 부모님은 살아 계신가? 형제자매도 있고? 벼락맞을 놈들! 자기네는 도망가고 그래, 어린애를 내팽개쳐? 쯔쯧, 스무 살도 안된 것이 오죽했으면 반적 무리에 가담했을까!"
　무섭고 근엄하기만 하던 류통훈이 부드럽고 다정하게 이야기하는 모습은 고항 등이 보기에 오히려 소름이 끼쳤다. 잔뜩 궁금하여 부하들이 숨죽여 지켜보는 가운데 사환이 코를 훌쩍거리기 시작했다. 눈물을 떨구지 않으려고 고개를 들어보았지만 용암처럼 분출하는 눈물은 막을 길이 없었다. 하염없이 울고 있는 사환을 보며 일단 그 마음을 훔쳐내는데 성공한 류통훈이 한 걸음 더 다가섰다.
　"'고해가 망망해도 돌아보니 언덕이더라[苦海無邊, 回頭是岸]'라는 부처님의 가르침이 있네. 위로는 섬길 부모님이 있고, 밑으론 우애를 나누며 살아가야 할 형제가 있다는 것은 굉장한 행운이네. 한 사람이 이리 펑펑 눈물을 쏟을 수 있다는 것 또한 그 양심이 아직은 살아있다는 증거이지!"
　"죽여주십시오!"
　류통훈의 말을 들으며 내내 가슴을 칼로 저미는 듯한 고통스런 표정을 짓고 있던 사환이 고양이처럼 엎드려 머리를 땅에 찧으며 목을 놓아버렸다.
　"죽고, 안 죽고는 자네한테 달렸네!"
　류통훈이 마침내 냉혹한 그 웃음을 회복하였다.
　"난 자네한테서 반드시 그 무슨 자백을 받아내야만 하는 절박한 사람이 아니네! 당금 폐하의 성명(聖明)함이 구중천의 저 태양 같은데, 몇몇 나부랭이 반적들이 뛰어봤자 벼룩이지 숨긴 어딜 숨겠나? 난 그저 젊은 나이에 반적들을 위해 목숨을 버리는 자네가 안타까울 뿐이네……."
　류통훈이 고개를 번쩍 쳐들었다. 황천패와 서너 명의 태보, 그리고 황곤이 뜰로 들어서고 있었다. 류통훈이 말을 이었다.

"우리로선 자네를 없애는 일이 개미 한 마리 밟아 죽이는 것 같이 손쉽지. 하지만 자네 가족들에게는 하늘이 무너지는 일이 아니겠나? 당금 폐하께오선 미물의 생명도 대단히 소중하게 여기시는 인덕(仁德)한 군주이시지. 피 빨아먹은 모기를 내버려두는 인애(仁愛)로 죄지은 자네의 목숨도 살려줄 수 있는 분이시네. 지금부터 차 한잔 마실 동안의 시간을 줄 테니 살고 죽는 것은 본인이 알아서 선택하게!"

말을 마친 류통훈이 요부화더러 끌고 나가 동쪽 별채에 가두라는 눈짓을 보냈다.

요부화의 뒷모습이 동쪽으로 사라지자 그제야 황천패가 허리를 굽혀 아뢰었다.

"주소조가 첫 단추를 제대로 꿴 것 같습니다. 연회자리에 한다하는 놈들이 다 모였습니다. 많은 사람들이 설왕설래하다 보니 사건에 실마리가 될 만한 것들도 꽤나 건졌나 봅니다……."

미리 결과를 알고 짜 맞춘 듯 척척 아귀가 맞아 돌아가는 류통훈의 작전을 지켜보며 고항은 내심 탄복해마지 않았다. 성총이 남다를 법도 했다! 다른 사람 같았으면 호들갑을 떨어도 열두 번이겠지만 여전히 담담하고 침착하기만 한 류통훈을 오체투지하는 심정으로 바라보고 있을 때 밀가루 자루에서 막 건져낸 것 같이 분칠을 한 마흔 살 가량 되는 여인이 떠밀려 들어왔다. 무릎 꿇고 머리 조아리고 다시 일어나 좌중을 향해 몸을 낮춰 인사하는 요염한 짓이 보통 여염집 여자는 아닐 것 같았다.

"저분이 류 어른이셔!"

황곤이 퉁명스레 내뱉었다.

"방금 했던 말을 다시 한 번 해봐! 이 여편네가 취홍루의 기생어멈입니다!"

"그러하옵니다! 이 미천한 년이 바로 취홍루의……."

어멈이 다시금 무릎을 꿇으며 주저앉았다. 그리고 말을 이었다.

"자초지종을 말씀드릴 것 같으면 사실은 이러하옵니다. 이년의 기방에 소청이라는 기생이 있사온데, 거의 보름동안 굉장한 부자 한 사람만 받아왔습니다……. 이상한 것은 이 손님이 객상(客商)인가 하면 한단에 가게도 없고, 향객(香客)인가 하면 불심이 그리 깊어 보이지도 않고, 미색을 밝히는 표객(嫖客)인가 하면 보름 내내 한 여자만 끼고 잔단 말입니다. 그것도 저녁 먹고 왔다가 날이 밝기 전에 쥐도 새도 모르게 뜨는데, 돈은 많아서 은자를 던져주는 폼이 마치 닭 모이주듯 하더라니깐요……. 아무리 부자라도 자기 돈 아까운 줄 모르고 그리 통크게 노는 사람은 처음이었습니다……."

연신 혀를 끌끌 차며 숨넘어갈 듯 하는 어멈의 호들갑은 그야말로 현란했다.

"돈 많으니 봉 잡았다고 계집애들이 다 벗고 달려들어도 다른 애들은 외눈으로도 안 보는 겁니다. 비리비리하게 생겼어도 힘은 좋습디다…… 매일 밤 찾아와 소청이년 깜짝깜짝 혼절하게 쑤셔놓고 가는데…… 호호호……."

기생어멈의 간드러진 웃음소리에 몇몇 태보들이 입을 감싸쥐고 킥킥거렸다.

"그게 뭐가 어때서!"

류통훈이 심드렁하게 내뱉었다.

"그뿐인가? 다른 건 없고?"

"그밖에 달리 이상한 건 없었습니다……."
"닭 모이는 어떤 것으로 주던가?"
"대주(臺州) 원보(元寶)였습니다!"
어멈이 눈을 반짝이며 냉큼 대답했다. 그러면서 류통훈의 얼굴을 힐끔 훔쳐보고는 목소리를 낮췄다.
"모서리가 얇고 무늬가 자잘한데, 자세히 보면 푸르스름한 빛깔이 도는 은자 중에서도 으뜸가는 대주원보가 틀림없었습니다! 건륭 4년에 새로 주조한 은자라고 하는데, 얼마나 고급스러워 보이는지 모릅니다! 아아, 고것!"
어멈이 은자를 떠올리고는 흥분에 어깨를 바르르 떨어가며 수선을 피워댔다.
류통훈의 동공이 점점 커졌다. 마치 쥐를 발견한 고양이처럼 두 손으로 책상을 탁 짚고 몸을 앞으로 숙이는가 싶더니 벌떡 자리를 차고 일어났다.
"대주원보! 바로 그거야!"
주먹을 부르르 떨며 외치는 류통훈의 뇌리에 건륭 2년에 호부에서 국고수납을 편리하게 하기 위해 대주 원보를 만들 필요가 있다고 건륭에게 제안했던 사실이 스치고 지나갔다. 그 당시 2천 매(枚)를 주조해놓고 건륭은 더 이상 주조하지 못하게 하명했었다. 그리고 극비리에 북경으로 운송된 2천 매의 대주원보는 국고에 들어간 이래로 여태 바깥구경 한번 해본 적이 없었던 것이다. 그렇다면? 순간 류통훈의 얼굴에 살기가 번뜩였다.
"그 사람 이름은 알고 있나?"
"양비(楊飛)라고 하는 것 같았습니다."
"좋았어!"

류통훈이 껄껄 웃음을 터트렸다.
"지금 당장 돌아가서 무슨 수를 쓰든지 그 양씨 사내를 붙잡아 두게. 나머지는 신경 쓸 거 없겠소!"
류통훈이 다시 고항을 향해 말했다.
"몇 사람 데리고 먼발치서 따라가 보오. 일단 밖으로 유인하는 게 중요하니 수상한 낌새를 채지 못하게 하오. 한단지부 미효조에게도 연락하여 사람을 보내 협조해달라고 하오, 알아들었소?"
"무슨 말인지 알겠소!"
자신에 차 큰소리로 대답하며 고항은 곧 어멈을 데리고 문밖을 나섰다. 그제야 류통훈이 사환을 끌고 오라고 했다.
"시간은 충분했겠지?"
"소인은 진짜 아무 것도 아는 게 없습니다……."
"으흠, 아무 것도 모르신다? 좋아!"
류통훈이 이를 빡빡 갈았다.
"끌고 가서 다시 묶어버려!"
거친 역졸들에 의해 두어 발짝 끌려가던 사환이 뒷걸음을 치며 멈춰 섰다. 가슴이 오르락내리락하며 거친 숨을 몰아쉬는 것이 뭔가 실토를 할 것 같았다. 아니나 다를까, 역졸들의 팔을 뿌리치고 류통훈을 향해 달려온 사환은 털썩 무릎을 꿇었다. 그리고 어깨를 들썩거리며 눈물을 흘렸다.
"다 말하겠습니다, 남김없이 다 불겠습니다! 제발 이 한 목숨만 살려주십시오……."
홀연 눈부신 백광(白光)이 하늘을 스쳤다. 이어 미친 듯한 광풍이 흙먼지를 몰아치며 기승을 부리기 시작했다. 하늘이 박살나는 듯한 우렛소리가 사람들의 귀청을 때렸다.

"비다, 비! 어서 뛰어……!"
멀리서 고함소리가 들려왔다.
"크고도 작은 게 세상이지!"
파죽지세로 몰려오는 먹구름에 어느덧 제 빛깔을 잃어가는 하늘을 바라보며 류통훈이 미소를 지었다.
"단서는 이미 포착됐고, 범인 색출은 시간문제야."

　　호인중은 다행히 관군의 습격을 피해갈 수 있었다. 빗물이 흥건한 옥수수밭에 엎드려 쫘르릉! 쫘르릉! 진노하는 우렛소리에 흠칫흠칫 놀라며 사색이 되어 움츠리고 있었다. 한단현의 아역들이 벌써 이 옥수수밭을 세 번씩이나 뒤지고 저만치 멀어져가고 있었다. 그러나 멀리서 점점이 명멸하는 등불이 여전히 두려운 호인중은 바스락거리는 옥수수 이파리가 몸에 닿을 때마다 헉,헉! 하고 놀랐다.
　　어떻게 혼자만 빠져 나올 수 있었는지, 여기까진 어떻게 왔는지 호인중은 아직도 악몽에서 헤어나지 못하고 있었다.
　　오늘따라 날씨가 대단히 더웠던 기억이 났다. 허겁지겁 수박을 먹고 냉수를 벌컥벌컥 들이키고 나니 저녁나절부터 배가 살살 아파오기 시작했다. 배탈이 났던 것이다. 비가 워낙 험하게 내렸는지라 뒷간이 넘쳐 들어갈 수가 없게 되자 다급한 김에 그는 이 옥수수밭으로 기어 들어와 바지춤을 내렸던 것이다……. 그렇게 수없이 들락거리던 중 마지막에 엎드렸을 때는 옥수수밭 이랑 사이로 내다보니 진장이 호롱불을 밝혀들고 몇 사람을 데리고 저벅저벅 빗물을 밟으며 이들이 머물러 있는 집으로 가고 있었다.
　　허, 그놈의 호구조사 한번 시도 때도 없이 하는구만! 대수롭지 않게 여긴 호인중이 중얼거리며 지켜보고 있노라니 다른 때와는 달리 진장이 서둘러 문을 두드리지 않고 여기저기 손가락질하며 사람들을 분산시키는 것 같았다. 그뿐이 아니고, 그 중 서너 명은 장검까지 번뜩이며 공격적인 자세를 취하는 것이었다. 곧이어 진장의 다급한 고함소리가 들려왔다.
 "황씨, 황씨! 자네 연 어른이 술에 취해서 인사불성이 되었네. 어서 문 좀 열어보오……."
 잠시 후 대문이 열리는 소리가 들렸고, 몇몇 검은 그림자가 안으로 몰려들어가는 것 같았다…….
 순간 꺾인 옥수수 둥치에 콕 엉덩이를 찔리고 만 호인중은 따끔따끔한 아픔도 잊은 채 불길한 예감에 휩싸이고 말았다. 손으로 쓸어보니 피가 손바닥에 그득했다. 설령 황보수강이 위기상황에 몰렸다고 하더라도 반바지 차림에 맨손으로 뛰어들어가 도대체 무슨 승산이 있을까 싶었다…….
 잠시 망설이고 있노라니 안에서 흥분한 괴성이 들려왔다.
 "잡았다, 잡았어! 씨팔, 하마터면 놓칠 뻔했잖아! 또 하나 있는데, 어디 숨었지? 어서 여기저기 뒤져봐!"
 상황은 이제 불 보듯 뻔했다. 더 이상 멈칫거릴 여유도 없이 호인중은 옥수수를 마구 헤집으며 정신없이 내뺐다. 숨이 턱에 차 오르고 가슴이 터질 것만 같았다. 달려도, 달려도 뒷덜미를 잡는 손은 가까워지는 것 같았고, 급기야 뭔가에 걸려 폭삭 꼬꾸라지면서 호인중은 의식을 잃고 말았다…….
 ……비는 그칠 줄 모르고 우렛소리도 여전했다. 체념한 듯 넋 놓고 앉아있는 호인중의 백짓장 같은 얼굴로 빗물이 끊임없이 쏟아졌다. 손바닥으로 쓰윽 얼굴을 문지르며 그는 어깨를 감싸안았

다. 추위가 엄습해왔던 것이다!

　마냥 이러고 죽음을 기다릴 순 없었다. 그렇다고 어디 도망갈 데도 없었다. 날이 밝으면 관군들이 밭을 갈듯이 훑어올 게 뻔했다.

　이를 어쩌면 좋을까? 배도 고프고 춥기도 하고 힘이 없어 머리가 어질어질했지만 호인중은 몇 발짝 걸어보았다. 좀처럼 걸음을 뗄 수 없을 것 같았지만 그래도 기어가는 것보다는 빠를 것 같았다! 이리저리 휘청거리며 앞으로 걸어나가노라니 따뜻한 옷 한 벌이 그렇게 절실할 수 없었다. 어떻게든 옷을 얻어 입어야 한다! 아니면 곧 얼어죽게 될 것이야!

　옥수수밭 자락에는 마흔 살을 넘긴 아역이 등불을 치켜들고 지키고 서 있었다. 우비를 입고 있었으나 추위에 이빨을 딱딱 쪼며 엉거주춤 주위를 두리번거리고 있었다. 옥수수밭 끄트머리까지 다다른 호인중이 아역에게 접근하기에 앞서 숨죽이고 지켜보니 아역은 등불을 밭머리에 내려놓고 몸을 쓸어내리며 뭔가를 찾고 있었다.

　주섬주섬 안주머니를 뒤져 찾아낸 것은 곰방대였다. 우비를 벗어 비를 가려 담배를 채워 넣고 등불로 불을 붙이려던 찰나 얄궂게도 한줄기 바람이 불어와 불을 앗아가고 말았다. 때를 같이하여 남쪽에서 누군가의 소리가 들려왔다.

　"거기 별일 없어?"

　그러자 아역이 급히 고함치듯 대답했다.

　"평안무사하다! 근데, 불 있어? 담배 한대 피우게 줘봐!"

　"참아! 그새 담배 한대 안 태운다고 뒈지는 것도 아니잖아!"

　다시 저쪽에서 다른 아역의 소리가 들려왔다. 조바심에 서성거리던 아역이 급기야는 쭈그리고 앉아 부싯돌을 치기 시작했다. 누굴 욕하는지 질펀하게 욕설을 퍼부으며, 엉덩이를 들썩들썩하며 불을 피우기에 여념이 없는 아역의 뒷모습을 노려보며 호인중은 탈출할 수 있는 절호의 기회를 잡았다.

발뒤꿈치를 치켜올리고 조심조심 다가가는데도 아역의 엉덩이 타령은 멈출 줄 몰랐다. 팔을 높이 들어 아역의 뒤통수를 향해 힘껏 강타하니 아역은 끽소리 한번 못해보고 콕 엎어지고 말았다. 허겁지겁 아역의 옷을 벗긴 다음 자기의 몸에 걸치고 불꺼진 등롱을 흔들거리며 버젓이 읍내로 들어가는 동안 어느 누구도 그를 의심하는 이는 없었다.

황량몽묘(黃梁夢廟) 뒷담까지 다다른 호인중은 등롱을 저만치 내던지고 담을 넘었다. 거기도 꽤나 넓은 옥수수밭이 있었다. 단숨에 뛰어들어간 호인중은 그러나 바로 코앞에 초소가 있었다는 사실을 모르고 있었다. 어디선가 갑자기 섬뜩한 고함소리가 들려왔다.

"누구야?!"

화들짝 놀라 냅다 옥수수대를 가르며 내달리니 등뒤에서 징소리가 진동을 했다.

"도둑이다, 도둑! 북으로 튀었어! 거기 잘 지켜!"

이어 서쪽, 북쪽에서 웅성웅성 사람소리가 들려왔고, 여기저기서 호각소리가 터졌다.

순간, 호랑이 굴에 물려갔어도 정신만 차리면 된다던 옛말이 뇌리에 떠올랐다. 호인중은 방향을 틀어 동쪽으로 정신없이 내달렸다. 끝이 없을 것 같던 옥수수밭이 끝을 보이고 미처 속력을 늦추지 못한 호인중은 그만 옥수수밭이 끝나는 곳에 있던 부양하

(釜陽河)에 풍덩 빠지고 말았다.
 곧바로 힘찬 소용돌이에 감겨들었지만 어릴 때부터 물가에서 자라 헤엄솜씨가 뛰어난 호인중은 몇 번의 개구리 자맥질 끝에 다시 수면 위로 떠올랐다. 옥수수밭과는 어느새 저만치 멀어져 있었고, 하늘이 도왔노라며 비를 퍼붓느라 여념이 없는 우중충한 하늘을 향해 손짓으로 고마움의 답례까지 올리는 여유를 보였다. 그런 다음 호인중은 동북쪽을 향해 두 팔로 힘껏 노를 젓듯 저었다.
 그러나 가는 곳마다 언덕 위엔 수색의 불빛이 번쩍거렸다. 물결이 사나운 강물에서 호인중은 언덕에 오르지도 못하고 사력을 다하여 헤엄치고 다녔다. 그렇게 두 시간쯤 헤매고 다니니 서서히 동녘이 밝아오기 시작했다. 비도 멎고 서광이 비추는 갈대밭과 옥수수밭에는 사방을 둘러봐도 인적이 없었다.
 서둘러 언덕으로 기어오르니 몸이 천근만근처럼 느껴졌다. 물먹은 솜이 따로 없었다. 머리가 어지럽고 속이 메스꺼웠다. 헛구역질이 연이어 터져나와 일어서려고 발버둥치던 호인중은 그러나 눈앞이 아찔해지는 것을 느끼고는 그만 그 자리에 쓰러지고 말았다…….
 시간이 얼마나 흘렀을까. 호인중이 눈을 떠보니 하얀 벽지로 깨끗이 도배를 한 작은방에 누워있었다. 갈증을 느껴 두리번거리니 머리맡에 녹두차 한 잔이 놓여 있었다. 허겁지겁 몸을 일으켜 단숨에 들이마시고 나니 천으로 만든 주렴이 걷히며 비구니 한 사람이 들어왔다.
 순간 호인중의 두 눈이 희열로 번뜩였다. 비구니가 미처 입을 열기도 전에 호인중은 외치듯 불렀다.

"뇌검낭자! ……나 지금 꿈꾸는 거 아니지? 뇌검 자네가………어찌 여기 있소?"

그러자 뇌검이 히죽 웃으며 답했다.

"당연히 꿈이 아니지! 그대가 아무리 곤경에 처했을지라도 하늘이 아직은 데려갈 때가 아니라고 했으니 이렇게 되살아난 거 아니겠소? 어젯밤엔 곧 죽을 것 같더니……. 교주(敎主)께서 아니 계셨더라면 자넨 지금쯤 저승길에 있겠지!"

"교주라니? ……하남으로 가셨지 않소? 그런데, 어찌 여기 계신단 말이오?"

호인중이 크게 놀라서 물었다.

"그러게 말이오. 나도 지금 꿈속에 있는 것 같소. 하남으로 간다고 가는데, 벌써 놈들이 쫙 깔린 거 있지? 날개가 돋쳐도 날아갈 수 없을 것 같더라고. 별 수 없었지. 일보후퇴, 이보전진이라고 잠시 물러나는 수밖에. 그래서 어쩌다 보니 이 근처에 빈 절이 많다는 사실을 알게 되었고, 몇십 리 인근에 인가도 없는지라 우리가 숨어있기에 안성맞춤일 것 같아서 이리로 들어왔지……."

뇌검이 웃으며 말을 이었다.

"죽을 끓이고 있으니 배가 고프더라도 조금만 참으시오. 벌써 이틀동안 물 한 모금 안 마셨으니 오죽하겠소?"

"이틀이라니? 내가 벌써 여기 이틀씩이나 누워있었단 말이오?"

"그저께 들어왔으니 그렇지. 아역 행색을 하고 있어 하마터면 도로 강물에 던져버릴 뻔했잖아."

뇌검이 믿지 않은 표정으로 호인중을 흘겨보았다. 그리고는 곧 정색을 하며 말했다.

"연입운 그 자식이 류통훈의 감언이설에 넘어 갔다오. 우린 벌써 다 알고 있소. 의리를 밥 말아 처먹은 개자식!"
"누더기 같은 놈, 내 그럴 줄 알았어! 이제 너와 나는 같은 하늘 아래에서 숨쉬고 살 순 없어!"
호인중의 입이 험악하게 비틀어졌다.

22. 금천(金川), 아름다운 어머니의 땅!

건륭의 지엄한 독촉 지의가 내려져서야 경복(慶復)과 장광사(張廣泗) 두 사람은 비로소 내키지는 않았지만 강정(康定) 대본영에서 남로군(南路軍) 정문환(鄭文煥)의 대영으로 독전(督戰)을 떠났다. 정문환의 대영(大營)은 바로 소금천(小金川) 진(鎭)에서 80리도 채 떨어지지 않은 달유진(達維鎭)에 위치해 있어서 대본영이 있는 강정에서도 6백여 리밖에 되지 않았다. 그러나 경복과 장광사는 출발한 지 보름 만에야 겨우 도착할 수있었다.

결코 '길'이라고 할 수도 없는 험난한 구간이었다. 거의 행군 내내 종횡으로 뻗어있는 냇물을 휘저으며 건너왔던 것이다. 언덕 위의 길은 수년간 방치되어 있어서 설산(雪山)에서 녹아 내린 설수(雪水)가 워낙에 처음부터 울퉁불퉁 볼품없는 길을 크고 작은 골짜기로 도배해버리고 말았다. 그 산사태로 인한 흙모래까지 흘러내려 골짜기 틈새를 막아버리는 통에 하루종일 길에서 보내도

제자리걸음을 하기가 일쑤였다.

　겨우 이틀밖에 안 됐지만 벌써 네 마리의 말이 골짜기 틈새에 다리가 빠져 허우적댔고, 발을 헛디뎌 골짜기에 떨어진 친병 하나는 사람들이 발을 동동 구르며 아우성을 치는 가운데 어이없이 쑥쑥 빠져 들어가고 말았다. 허벅지가 잠기고 가슴이며 목⋯⋯ 구원을 요청하는 처절한 그 눈빛을 잊을 수가 없어 장광사는 몇 날 며칠이고 악몽에 시달려야 했다.

　그렇게 고난의 행군길이 이어지는 가운데 나중엔 정문환이 파견한 친병들이 길라잡이로 나선 덕분에 더 이상의 인명사고 없이 무사히 도착할 수 있었다. 정문환도 수백 명의 목숨을 담보로 잡히고 나서야 겨우 익힌 길눈이었다.

　정문환이 문관과 무관 두 상사를 자신의 중군으로 맞이해 놓고 보니 저마다 행색이 말이 아니었다. 흙더미에서 몇 날 며칠을 절었다 나온 듯 머리끝에서 발끝까지 온통 진흙 투성이였고, 구린내가 진동했다. 부하들에게 목욕물을 넉넉히 끓일 것을 명하고 정문환은 친히 주방에 들어가 상을 푸짐하게 차릴 것을 지시했다.

　해가 뉘엿뉘엿 넘어가기 시작하자 독충의 범접을 막기 위한 향불을 피우느라 여념이 없던 정문환이 웃으며 말했다.

　"러민 어른과 초로(肖路)라는 사람이 하관의 대영에 와 있습니다. 사람을 보냈으니 곧 이리로 올 겁니다. 성도(成都)로 돌아가야 한다는 걸 비가 그친 뒤에 출발하라고 만류했습니다. 어쨌든 두 분께서 무사히 당도하시니 하관은 비로소 한시름 놓습니다. 험한 길을 위험을 감수해가며 굳이 걸음 하실 이유가 있을까 하여 생각을 고쳐해 주십사 하는 글월을 올렸사온데, 아직 못 받아 보셨나 봅니다? 보시다시피 이같이 피폐한 라마묘(喇嘛廟)에서 두 분 어르신을 영접하니 마음이 영 불편합니다."

정문환이 조심스레 다가섰으나 아침 굶은 호랑이 얼굴을 하고 있는 장광사는 듣는 둥 마는 둥 나무침대에 걸터앉아 먼 산만 쳐다보고 있었다. 그러나 마른 옷으로 갈아입고 따끈한 차까지 한 잔 마시고 난 경복은 나름대로 감개에 젖어 말했다.

"뭘 더 바라겠나! 길에서 고생한 걸 생각하면 지금은 그야말로 천당이 따로 없네. 뭘 차려내느라 하지 말고 따끈한 국물에 밥 한술이면 족하네. 대장군께서 군사배치에 대한 지시말씀이 계실 예정이니 참장 이상의 군관들을 중군 대영으로 집합시키게. 북로군만 잘 싸워줬더라면 5월에 대금천에서 합류하여 반곤(斑滾)이 서장(西藏)으로 도망가는 길을 차단한다는 계획이 차질을 빚지 않았을 텐데! 지금으로선 10월에나 대금천을 평정하면 다행이겠네. 이래 가지고 어찌 폐하를 알현할 면목이 있겠나?"

뻔한 사실이건만 듣는 장광사는 벌써 얼굴이 벌겋게 변해 짜증을 내고 있었다. 때마침 들어선 러민과 초로가 예를 갖추려고 하자 그는 신경질적으로 손사래를 쳤다.

"먼저 밥이나 먹고 얘기하지. 악양루(岳陽樓)도 식후경(食後景)이라는데!"

음식이 나오자 일시에 실내는 뚝 조용해지고 말았다. 크지 않은 불전(佛殿)에는 수저 부딪치는 소리만 달그닥거릴 뿐 그 누구도 말이 없었다. 밥이 목구멍을 타고 넘어가는 것이 용했다.

몇몇 친병들이 금천 지역의 지형도(地形圖)를 옮겨 놓았다. 그리고 등롱을 밝히고 모기향을 피워놓고서야 조용히 물러갔다. 그 시각 불전(佛殿) 밖에는 아계(阿桂)를 비롯한 여섯 명의 장군들이 이미 도착해 있었다. 이들은 일렬로 나란히 선 채 일제히

금천(金川), 아름다운 어머니의 땅! 149

불전 안을 주시하고 있었다. 도착한 지 한참 되어서야 비로소 장광사의 목소리가 들려왔다.
"왔으면 불러들여야지……."
뒤이어 그제야 모습을 드러낸 정문환이 무표정한 얼굴로 손짓을 하며 말했다.
"경복 어른과 장광사 군문께서 시찰오셨네. 다들 안으로 들게!"
"경 어른과 장 군문께 삼가 문후 올립니다!"
불전 안으로 들어서자마자 이구동성으로 터진 소리였다.
"문후는 무슨!"
일단 오만불손하고 전횡발호하는 평소의 장광사의 모습은 아니었다. 말없이 멍하니 앉아있는 경복을 일별하며 드물게 어두운 표정을 지어보인 장광사가 일어나라는 손짓을 했다.
"후유! 맘 편히 문후 받을 기분이라면 좋겠네. 여러분의 문후 받으며 즐거울 기분이라면 여기까지 오지도 않았겠지."
거두절미하고 내뱉는 장광사의 말에 군관들은 영문을 몰라 어리둥절해 했다. 천천히 자리에서 일어선 장광사가 노을 빛이 짙어가는 창 밖을 바라보며 한숨을 내쉬었다.
"상심이 물밀 듯 밀려오는군! 천추에 길이 빛날 업적을 세운 어삐룽 어른의 후예이자 유능한 대학사이고, 성총이 지극한 신하로서의 경복 어른이 뭐가 아쉬워 이런 썩을 놈의 동네에 와서 이 고생을 사서하겠나? 혁혁한 전공을 세워 폐하의 크나큰 성총에 보답하고자 함이 아니었겠나! 나 또한 예외는 아니지. 성조(聖祖)께서 친정하실 때부터 말고삐를 잡고 쫓아다니기 시작하여 크고 작은 백전(百戰)을 거치면서 타의 추종을 불허하는 공로를 세워왔지. 자고로 백승장군(百勝將軍)이 없다고는 하지만 난 나름대로 내가 바로 백승장군이라 자부해 왔어. 그래서 이번이 마지막 기회라 여겨 여태 날 따라 다니며 고생해온 사람들의 장래에 등촉도 밝혀줄 겸 환갑 넘긴 나이에 향리로 돌아가 천년(天年)을 보다 멋있게 보내고자 택한 길이었네. 여기, 아계를 제외한 여러분들은 모두 십 수 년 동안 날 따라온 사람들이지. 양심껏 말해보게, 내 말에 추호라도 거짓이 있나?"

"없습니다……."

"그런데, 하늘은 날 외면하려는 것 같아……."

장광사가 주저앉듯 자리에 앉았다.

"반곤의 일당 사뤄번은 전 부족의 남녀노소를 다 합쳐보았자 8, 9만 명 내외밖에 안 되지. 난 양도(糧道), 의약(醫藥), 창고수비군 등 후방인원을 빼고도 남로, 북로, 중로 등 삼로군(三路軍)만 합쳐도 7만을 넘는 군사력을 갖고 있어! 그런데, 대체 뭐가 문젠가? ……왜 이리 코흘리개 꼬마들의 술수에 놀아나 꼼짝하지 못하는 거야? 후딱 쳐부수고 개선(凱旋)하여 폐하의 성은에 보답하고 싶었건만……."

신경질적으로 자신의 머리를 쥐어뜯는 장광사의 두 눈에는 놀랍게도 촉촉하게 물기가 번지고 있었다. 도무지 믿어지지 않았지만 그건 분명 눈물이었다.

"씨팔, 천하의 대장군 장광사가 여기서 이렇게 죽을 쑤고 있을 줄이야! 안돼, 절대 그럴 순 없어!"

가히 충격적이라 할 수 있는 모습을 보이는 장광사를 마주한 정문환은 소리 죽여 한숨을 토해냈다. 그 역시 장광사의 오랜 부하였다. 일인지하(一人之下), 만인지상(萬人之上)을 표방할 정도로 천하에 겁나는 구석이 없이 설치던 장광사가 상심이 무거워 눈물까지 보이다니, 그것도 이렇게 많은 부하들 앞에서! 마음이 착잡해진 정문환이 더운물에 적신 수건을 가져다 건네며 조심스레 위로의 말을 건넸다.

"상심을 거두십시오, 대장군. 군사(軍事)에 진척이 없어 성려(聖慮) 무거우신 폐하께오서 몇 마디 책망하시는 건 인지상정입니다. 악 군문…… 악종기 장군께서도 선제로부터 혼비백산할 정도로 책망을 당했지 않습니까…… 그랬어도 성충은 여전했습니다! 전사(戰事)에 진척이 없는 건 전적으로 저희 부하들의 무능함 때문입니다. 솔직히 귀신도 새끼치기를 꺼린다는 이놈의 땅에서 여태 살아남았다는 것 자체가 기적이라 하겠습니다. 도처에 도사리고 있는 무서운 개펄, 온갖 독충이 득실대는 산림과 동굴, 아침 굶은 시어미 낯짝 같은 재수 없는 날씨! 이 모든 것이 우리에겐 반곤, 사뤄번보다 더 큰 적이었는지도 모릅니다! 사뤄번은 눈을 감고도 이 지역을 자유자재로 누빌 수 있는 인간원숭이입니다. 수림(樹林) 어딘가에 분명히 사람 그림자가 어른거려 병력을 배치하고 들이치면 벌써 가뭇없이 종적을 감춰버리곤 하니까요. 땅으로 꺼졌든지 하늘로 솟았든지 둘 가운데 하나 아니겠습니까? 언제 어디서 날아올지 모르는 눈먼 화살의 공포, 얼떨결에 물린 벌레의 위협…… 우린 너무나 기막힌 악조건에 시달려 왔습니다."

장광사를 위로하느라 금천에 들어온 이래의 '전사(戰事)'를 늘어놓던 정문환이 정색하며 말을 이었다.

"하지만 우린 충분히 승산이 있습니다. 다행히 아직 크게 원기를 다치지 않았고, 적들과 맞닥뜨리기만 한다면 단칼에 쳐죽일 수 있는 힘이 남아 있습니다. 게다가 그 동안 값비싼 교훈을 치르면서 우리도 서서히 이곳 지리와 환경에 익어가고 있다는 것이 얼마나 다행인지 모릅니다. 토끼꼬리 만한 소견이지만 여러 형제들과 뜻을 같이합니다. 경 어른과 장 군문께서 이끌어주시는 대로 칼산을 헤치고 불바다를 뛰어 넘겠습니다."

"정 군문! 우리 모두에게 대단한 용기를 주었소!"

'대죄입공(戴罪立功)'이라는 멍에를 쓰고 있어 장광사보다 마음이 급한 경복이 말했다.

"천시(天時)와 인화(人和)는 분명 우리 편이오. 지리(地利)도 조금이나마 우릴 향해 마음을 열고 있소. 한번 붙어볼 만하다고 생각하오!"

이같이 말하며 경복은 장광사를 바라보았다. 그러나 장광사는 경복의 열정이 그리 달갑지만은 않았다. 애당초 경복이 이번 전사에 끼어든 자체가 달갑지 않았다고 해야 옳을 것 같았다. 패하면 물론 그 책임을 나눠지겠지만 승리했을 땐 군사(軍事)의 '군'자도 모르는 경복이 공로를 절반 툭 잘라 가져갈 걸 생각하니 얄밉기 그지없었던 것이다. 그러나 이를 간파한 듯 뜻이 다른 두 사람을 한 배에 태우고자 건륭은 이같이 주비(朱批)를 달아보냈다.

　　짐이 그대의 속마음을 꿰뚫어보지 못하리라 생각했다면 그건 큰 오산이네. 짐은 이미 경복에게 자네 장광사와 더불어 승패를 같이하라는 지의를 내렸네. 승리의 축배도 함께, 패망의 절규도 함께!

사정이 이렇게 되고 보니 장광사는 울며 겨자 먹기로 경복과 한 배에 타지 않을 수 없었다. 더 이상 선택의 여지가 없는 장광사가 입을 열었다.

"경 어른이 나랑 동심동덕(同心同德)하여 여기까지 온 것은 바로 적을 소탕하기 위해서네. 정 군문의 말에 쌍수를 들어 공감을 표하는데, 여러분들은 적들과 한판대결에 들어갈 자신이 있나?"
"예, 있습니다."
"열 사흘 굶은 게로군, 대답이 시원치 않은 걸 보니!"
"예! 있습니다!"
소리가 방금 전보다 한결 우렁찬 가운데 장광사의 예리한 눈은 여전히 굳게 닫힌 아계의 입을 지켜보고 있었다. 대뜸 얼굴이 굳어져 한바탕 호통을 치려고 하자 경복이 눈치를 채고 몰래 장포 자락을 잡아당겼다.

냉소를 머금으며 정문환을 향해 고개를 돌린 장광사가 물었다.
"대포 네 문을 전부 이곳으로 옮겨 놓으라고 했는데, 어찌 됐나?"
"험악한 도로 사정 때문에 어제야 비로소 옮겨왔습니다. 포구가 흙모래로 막혀버려 물로 씻어냈습니다. 마르기까지는 좀 기다려야 할 것 같습니다."
"불을 지펴서 말리도록 하게!"
"예, 장군!"
"식량과 야채는 모자라지 않겠나?"
"예, 모자라진 않습니다!"
"약은?"
"약도 충분합니다!"
장광사의 얼굴이 그제야 흡족하게 변했다. 장광사는 중요한 결단을 내리려고 하는 게 틀림없었다. 정문환은 급히 부하들에게 명령을 내렸다.
"목도(木圖) 앞에 등촉 몇 개 더 갖다놓거라!"

그러자 장광사가 큰손을 부채처럼 저으며 말했다.

"소금천 주변의 지리라면 눈감고도 족집게일 텐데, 지도는 봐서 뭘 하겠나? 필요없네!"

"경 어른! 장 군문!"

내내 침묵만 지키고 있던 아계가 돌연 고개를 번쩍 쳐들었다. 그리고는 천천히 입을 열었다.

"소인이 드릴 말씀이 있습니다. 해도 되겠습니까?"

"말해보게."

장광사가 차가운 얼굴을 보이며 벌렁 의자 등받이에 기댔다. 잠시 망설이는 듯했으나 이내 평상심을 회복하며 아계가 군례(軍禮)를 올렸다.

"자기를 모르고 상대를 모른다면 이번에도 결과는 불 보듯 뻔합니다. 적들의 열 배에 해당하는 군사력으로도 여태 촌척(寸尺)의 공로조차 이룩하지 못했다는 건 심각하게 고민해야 할 부분입니다."

형형한 눈빛으로 장광사를 힐끗 바라보는 아계의 표정은 결연해 보였다.

"지, 지금 뭐라고 했나?"

"우리 군은 객군(客軍)입니다. 북로군은 도처에 위기가 도사리고 있는 도로로, 남로군은 온통 개펄지대를 행군해야 합니다. 적들은 그늘 밑에 대자로 누워 잘 익은 감이 입안으로 떨어지기만을 기다리고 있습니다. 우리가 천시(天時)를 얻었다고 했지만 따지고 보면 그렇지도 않습니다."

"흥!"

경복과 장광사가 거의 동시에 코방귀를 뀌었지만 아계는 조금도 위축되지 않았다.

"정 군문의 말씀대로라면, 적어도 쌍방이 직면한 지리적인 위험은 같습니다."

얼굴 가득 분노한 기색이 역력한 두 사람은 거들떠보지도 않고 아계는 침착하게 말을 이었다.

"하지만 우리는 절대 저들의 상대가 못 됩니다. 이틀 전 사뤄번 부락의 한 늙은이가 라이탕 장군의 부하 하나를 칼로 찔러 죽인 사건이 발생했었습니다. 라이탕 장군이 부하 40명을 파견하여 뒤를 쫓았지만 한낮인데도 잡힐 듯 잡힐 듯하다 놓치고 말았답니다. 그러나 들어갔던 40명은 예닐곱 잔병만 살아서 돌아왔다고 합니다. 그나마 네 사람은 독사에 물려 위독하다 합니다. 늙은이 하나라 우습게 알고 덤볐던 무모함이 불러온 사건치고는 너무 참담하지 않습니까?"

아계의 그 말에 눈이 휘둥그레진 정문환과 벌겋게 화가 난 경복, 장광사, 그리고 힘없이 고개를 떨군 장수들을 휙 쓸어보고 난 아계가 계속 말을 이어나갔다.

"사뤄번의 부락은 어떤지 몰라도 우리 군은 사기가 그리 높지 못한 실정입니다. 여긴 수로(水路)이니 도망가지 못하지만 북로군은 병영을 이탈하는 병사들 때문에 심각하다고 합니다. 하루에도 수십 명씩 되는 사람들을 다 잡아죽일 순 없고 군법사(軍法司)에서도 이젠 군중 복역으로 벌을 대신하고 있다 합니다! 사기가 땅에 떨어져 전투를 기피하니 이를 어찌 인화(人和)가 잘 된다고 할 수가 있겠습니까?"

결국엔 경복의 수염이 파르르 떨렸다.

"저자를 끌어내거라!"

그럼에도 아계가 전혀 입을 다물 생각을 하지 않자 급기야 경복이 주먹으로 탁자를 내리쳤다.
"끌어낼 때 끌어내더라도 잠깐만 기다려보지!"
경복보다 표정이 더 심하게 일그러져 이미 살기가 번뜩이는 장광사가 오히려 마음을 진정시키며 껄껄 웃으며 말했다.
"뭐라 지껄이는지 좀더 들어나 보지."
"감사합니다, 군문!"
신변이 위태로워지거나 말거나 아계는 여전히 당당했다. 두 사람을 향해 공수하여 예를 갖추고 난 그는 성큼 목도(木圖)를 향해 다가갔다. 모래쟁반 위에 있는 채찍을 들어 가리키며 아계는 하던 말을 계속 이어나갔다.
"우리가 거듭 곤경에 처하는 이곳과 운남, 귀주의 다른 점은 바로 운귀(雲貴)는 한로(旱路)가 많아 내지(內地)의 병사들이 움직이기에 편하다는 겁니다. 이곳을 다시 청해(靑海)와 비교했을 때 청해의 지세는 그나마 평탄하여 기병(騎兵)들이 말을 타고 여러모로 움직이기에 문제가 없습니다. 우리 군의 현재 위치는 소금천 동쪽 70리입니다. 무려 40리나 되는 수로(水路)가 펼쳐져 있지만 배가 통과할 수 없어 우린 무릎이 넘는 흙탕길을 걸어서 건너야 합니다. 어떤 곳은 개펄이어서 사람과 말이 희생당하는 경우가 비일비재할 것입니다. 그밖에 30리는 대포를 싣고 꼬박 3일을 가야 하는 산길입니다. 우리 대부대가 떴다 하는 소문만 나면 소금천에 있던 사뤄번 부락 전체가 이사를 가버리고도 남을 시간입니다. 소금천에 주둔할 경우 우리의 군향 운송은 더욱 어려워질 겁니다. 북로군도 마찬가지입니다. 일주일동안 끝없이 펼쳐져 있는 풀밭을 지나 텅 빈 대금천을 쳤다 할지라도 일시에 소금천에 있는 우리와 협공이 이뤄지지 못한다면 우린 꼼짝없이 사뤄번에 의해 반토막이 나게 될 것이며, 퇴로 또한 만만찮을 겁니다······."

아계가 펼쳐 보이는 가슴 섬뜩한 광경에 사람들은 저마다 가슴 저 깊은 곳에서 치솟는 한기에 오싹 소름이 끼쳤다. 아계의 말은 곧 그들이 우려하면서도 감히 입밖에 내지 못했던 말이었다. 장군들이 저마다 된서리맞은 매미처럼 입을 다물고 있는 가운데 독사의 그것을 연상케 하는 눈빛으로 노려보며 장광사가 물었다.

"음, 뭘 좀 알긴 아는 것이 아주 맹물은 아니로군. 자네 진사(進士) 출신이었나?"

"예, 그렇습니다. 은음(恩蔭)으로 공생(貢生)이 되어 진사를 하사받은 진사 출신으로서, 이리로 오면서 무직(武職)으로 바뀌었습니다."

"섬주(陝州) 감옥에서 죄수들의 반란을 잠재운 공로로 참장(參將)이 된 거고?"

"예, 그렇습니다."

장광사의 콧구멍이 넓어지더니 뻥 구멍이 뚫렸다.

"그러고 보니 자네도 문무를 겸비한 재주꾼이로군. 구구절절 금천으로 진군해선 안 된다고 못을 박고 있는데, 그럼 자네의 고견을 한번 말해보게."

그렇게 말하는 장광사를 재빠르게 노려보고 고개를 돌리는 아계의 눈빛 또한 만만하지는 않았다. 벌써 자신이 고립무원의 험지에 빠져들고 있다는 느낌을 받은 그는 깊게 생각할 여지도 없이 큰소리로 대답했다.

"모든 일은 상대보다 미리 보느냐, 마느냐가 승패의 관건이라 생각합니다. 하관의 생각엔 먼저 소수의 선두부대를 파견하여 소금천을 공격하는 척하여 대금천에 있는 사뤄번으로 하여금 허겁지겁 달려오게 만듦으로써 미리 대기 중이던 북로군이 사뤄번의 대금천 대본영을 들이치는 게 바람직할 것 같습니다. 그렇게 되면 사뤄번과 우리는 설령 이전투구가 될지라도 공정하게 승부를 가릴 수 있을 것입니다. 북로군은 사천성(四川省) 순무(巡撫) 기산(紀山)이 직접 군량미 조달에 발벗고 나선 덕분에 군량이 충족한 데다 초원지대를 행군하니 대금천으로 진군하는 데는 별다른 어려움이 없는 걸로 알고 있습니다. 소금천 지역은 지금이 장마철이라 7백리 양도(糧道)가 험하기 이를 데 없습니다. 군량이 보장되지 않는 한 소금천은 양공(佯攻, 공격하는 척하다)으로 적을 유인할 수밖에 없습니다. 사뤄번이 제아무리 신출귀몰하다고 해도 사면초가(四面楚歌)의 위기에 내몰리면 무릎을 꿇지 않을 수가 없을 것입니다!"

그렇게 말한 아계는 채찍을 내려놓은 다음 조금도 변함이 없는 낯빛 그대로 자리로 돌아가 앉았다. 경복은 채찍 끝으로 나무로 만든 지도의 여기저기를 딱딱 소리내어 짚어가며 자신의 주장을 펴는 젊은이가 그저 무모하고 오만불손하게 보일 뿐이었다. 그림자도 밟아선 안 될 무엄한 상사를 가르치려 든다는 자체가 꼴사나웠던 것이다.

'저놈이 어찌 저리 대책도 없이 당당할까?'

그렇게 생각하며 경복은 퉁명스레 내뱉었다.

"마치 대금천만 장악하면 모든 일이 술술 풀릴 것처럼 말하는데, 무슨 근거로 그리 자신하는가?"

"경 어른!"

아계의 눈에 비친 경복은 도통 생각이 없는 사람 같았다. 저리

멍청한 인간이 흠차라니! 내심 어처구니없이 생각하며 아계가 자신의 견해를 밝혔다.

"우리 삼로군은 북로군만 빼고 모두 개펄에 묶여있는 처지입니다. 적들과 싸우는 게 아니라 살아남기 위한 자신과의 '사투'가 우선인 셈이죠. 그러니 어찌 사기가 땅바닥에 떨어지지 않고 배기겠습니까? 총대를 메고 싸우러 나간 병사들이 사기를 잃어가는데, 천시와 인화를 운운하면 뭘 합니까? 일단 대금천을 공략하여 우리들을 보고 있으면 피가 마를 조정에는 일말의 안도감을, 자나깨나 부모형제 생각에 유언 남기기에 급한 병사들에게는 사기를 북돋워주자는 겁니다!"

아계의 말은 즉각 몇몇 장령들의 공감을 이끌어냈다. 감히 대놓고 호응하진 못했지만 얼굴마다 모처럼 희열이 번뜩였.

아계의 말을 반쯤 듣고 나니 어느덧 일리가 있다고 느끼기 시작한 장광사는 내심 혼란스러웠다. 그러나 아계의 주장은 자신의 그것과 정반대였으니 문제였다. 그는 자신이 친히 정예부대를 진두지휘하여 소금천으로 진격하고 싶었던 것이다. 승리해도 장광사, 패해도 장광사여야 한다는 것이었다. 물론 중로군과 북로군이 전력을 다해 협조해준다면 가을에 사뤄번을 생포하는 건 시간문제라는 계산이 깔려 있었다. 아계의 주장에 따르면 위험부담은 훨씬 줄어들 것이다. 그러나 따르자니 대장군의 자존심이 문제였고, 무시해버리자니 미련이 남는 것을 어쩔 수 없었다.

'장군의 뜻을 받들지 않았다'는 이유를 들어 아계를 죽여 없애려던 마음은 벌써 사라졌다. 아계의 '반란'은 시작됐고, 어떤 식으로든 마무리를 해야 했다. 경복에게 조언을 구하는 눈빛을 보내자 그는 기다렸다는 듯이 웃으며 말했다.

"후생가외(後生可畏)라더니, 그 말 그른 데 없구만! 내가 보기엔 참작해도 괜찮을 듯하오. 하지만 어쨌든 군사적인 일은 대장군이 알아서 결정하세요."

"아계의 건의에 취할 바가 있다고 생각하오."

결국 장광사는 꿀꺽 마른침을 삼키며 그렇게 내뱉었다.

"그러나 굳이 양공(佯攻)이니 진공(眞攻)이니 구분 지을 것도 없을 것 같소. 대금천을 치는 동시에 사뤄번의 도주로를 차단하는데 주력해야겠소. 왜냐하면 우리가 소금천을 양공했을 때 사뤄번은 우리의 추측과는 달리 대금천, 소금천을 모두 내버린 채 서쪽 상첨대, 하첨대 쪽으로 도망갈 수 있는 가능성도 배제할 순 없소. 그리 되면 '양공'에 나선 대오는 주력이 되어 그 뒤를 추적하지 않을 수 없겠지. 문제는 누가 이 무거운 짐을 지느냐 하는 건데······."

장광사가 좌중을 쓸어보고는 돌연 미소를 지었다.

"매듭은 만든 사람이 푸는 게 상리(常理)이니, 내 생각엔 아계 장군이 적임자일 것 같은데? 본인은 어찌 생각하는가?"

이외의 결정에 아계는 적이 황당한 표정이었다. 사실 그가 군중에서 맡고 있는 직책은 보잘 것 없었다. 식량창고를 간수하고 3천여 명의 노약한 피병(疲兵)과 부상병들을 보살피는 게 고작이었다. 이론과 실전은 엄연한 차별이 있는지라 직접 총대를 메는 데는 선뜻 나설 용기가 부족했다.

그는 러민을 일별하여 도움을 청했다. 그러나 어려운 반전을 이끌어낸 아계의 용기에 탄복한 나머지 흥분에 들떠 있던 러민이 아계의 의중을 제대로 읽어낼 리 없었다. 두어 발짝 앞으로 나서서 장포(長袍) 자락을 잡고 경복과 장광사를 향해 길게 읍하고 나서 러민이 입을 열었다.

"아계는 제가 잘 압니다. 자신의 주장을 끝까지 관철하는데 능한 사람입니다. 대장군께서 밀어주신다는데 마다할 리가 있겠습니까? 허락해 주신다면 별볼일 없는 이 사람도 아계를 따라 출전하여 조정을 위해 공로를 세우고 싶습니다!"

엉뚱하게 이건 또 무슨 경우인가! 경복, 장광사, 정문환은 자못 어리둥절해졌다. 러민은 마구 굴릴 수 있는 대원(大員)이 아니었다. 건륭 3년에 황제가 친히 선발해낸 장원(壯元)이고, 건륭이 아끼는 만주족의 촉망받는 인재였다. 신분이 고귀할 뿐더러 명성도 어지간하지가 않은지라 만에 하나 '사뤄번을 붙잡으려다 장원을 잃는' 형국이 초래된다면 그만한 불상사도 없을 것이었다!

앞뒤 이해관계를 따져본 정문환이 조심스레 미소를 지으며 장광사에게 말했다.

"대장군님, 아계는 아계 나름대로 그를 필요로 하는 일들이 있습니다. 오희전(吳喜全)이 안성맞춤일 것 같습니다……"

그러나, 그의 말이 채 끝나기도 전에 아계가 먼저 입을 열었다.

"러민 어른은 문신(文臣)입니다. 붓대와 총대는 굵기부터가 다릅니다. 달고 나가 그 신변을 보호해줄 자신이 없으니 저 혼자 가게 해주십시오!"

사실 러민은 아계와는 이것저것 따지는 사이가 아니었다. 아계의 진심을 믿어 의심치 않는 러민이 앞으로 나섰다.

"나도 이래뵈도 무장(武將)의 가문에서 태어났다고! 붓대도 붓대 나름이고, 총대도 총대 나름이오. 난 죽는 것을 겁내는 사람이 아니오. 장부일언중천금(丈夫一言重千金)인데, 어찌 그리 쉽게 거둬들일 수 있겠소? 이봐, 아계! 오 장군한테서 3천 정예병을 빌려 까짓것 죽기살기로 해보자고."

러민이 말하는 오 장군은 오희전이었다. 장광사가 첫손에 꼽는 심복 장령이었다. 자신이 아끼는 정예부대를 다른 사람이 공로를 세우는 희생양으로 삼는다는 것이 전혀 내키지 않는 오희전이 차갑게 답했다.

"우리 부대는 현재 마채구(馬寨溝)에 주둔하고 있소. 마채구라면 강정(康定)으로 통하는 요새이지. 건녕산(乾寧山)과도 15리밖에 떨어져 있지 않는데, 자리를 비웠다가 사뤄번이 이곳을 통해 도주하는 날엔 누가 그 책임을 지겠소? 소금천을 양공(佯攻)하는 쪽으로 간다면 또 모를까!"

"아계의 수하에 있는 늙고 어린 피병(疲兵)들로는 어림도 없는 일입니다."

정문환이 덧붙였다.

"낭웅(郞雄), 오희전(吳喜全)의 부대에서 천명씩만 지원하여 아계의 휘하에 넘기는 것이 어떨까 합니다."

그러자 러민이 말을 받았다.

"난 나의 차사(差使)를 초로에게 맡기는 한이 있더라도 이번에 반드시 출전하고야 말 거요!"

기왕지사 이렇게 됐으니 밀고 나가는 수밖에 없다고 생각한 아계가 단호하게 말했다.

"러민 형은 귀하신 몸임에도 이 같은 웅심을 품고 있는데, 내가 주저할 이유가 뭐 있겠습니까? 일병일졸(一兵一卒)의 지원이 없이도 가능합니다. 출전하겠습니다!"

"좋소, 그럼!"

장광사가 책상을 내리치며 말했다.

"그럼 그렇게 결정하기로 하고, 정문환 장군의 중군이 전력으로

금천(金川), 아름다운 어머니의 땅! 163

협력하도록 하게!"

쌍방의 밀고당기는 신경전으로 모두가 지쳐갈 무렵 아계의 작전계획은 즉각 기대 이상의 효과를 보고 있었다. 대부대를 이끌고 전쟁을 치러본 작전경험이 없었던 사뤄번은 관군이 소금천을 공격한다는 급보를 입수하는 즉시 대금천에 주둔해 있던 2천 명의 부하를 거느리고 소금천으로 줄달음쳤다. 이와 때를 같이하여 북로군의 5천 정예병을 거느린 기산은 칼에 피 한 방울 묻히지 않고 대금천을 점령하는 데 성공했다.

그 시각에도 사뤄번은 소금천을 향해 행군하고 있었다. 느닷없는 관군의 대거 공격 소식에 놀란 가슴을 쓸어 내리며 정신없이 달려가고 있노라니 소금천에서 적정(敵情)에 대한 보고가 쾌마(快馬)로 전해졌다. 소금천을 공격한 관군의 선두부대는 이미 단파(丹巴), 대상(大桑) 일대로 움직이고 있어 금천에서 상첨대, 하첨대로 이어지는 길목을 차단하려는 것 같다고 했다. 소금천에 주둔하고 있던 주장(主將) 쌍지는 사뤄번에게 다급한 상황을 알리는 한편 성문을 열어 장족(藏族)의 노약자들로 하여금 살길을 찾아 떠나게끔 풀어주었다고 했다…….

"드디어 올 것이 왔구나!"

어둠이 깃든 동네 오솔길을 지나며 낙타에 타고 있던 사뤄번이 한숨을 내쉬듯 중얼거렸다. 대도하(大渡河)로 흘러가는 소금천하(河)의 강물이 무성하고 우중충한 숲속을 졸졸졸 흘러가며 안 그래도 창백해 보이는 갈대를 치고 지나갔다. 뭐라 표현할 수 없는 상서롭지 못한 느낌이 엄습해왔다.

등뒤를 돌아보니 수백 마리의 낙타 행렬이 끝없이 이어지고 있었다. 낙타에서 뛰어내린 사뤄번이 수행중인 부하에게 말했다.

"뒤에 가서 우리 마누라와 몸종, 그리고 인착 라마(仁錯喇嘛)에게 오늘밤은 이곳 무변진(撫邊鎭)에서 쉬어갈 거라고 이르고 오너라."

무변진은 소금천에서 백리 길이었다. 3백여 인가가 사는 자그마한 동네엔 벌써 소금천에서 피난을 온 장민(藏民)들로 가득했다. 사뤄번이 중군을 진의 남쪽에 있는 라마묘에 안치하고 부인인 타운(朶雲)과 두 아이에게 거처를 마련해주고 나오니 활불(活佛)인 인착과 상착(桑錯) 숙부가 와 있었다.

"우리가 처한 상황은 아주 불리하오."

사뤄번이 무겁게 털썩 주저앉으며 말했다.

"장광사가 최후의 발악을 하나 보오. 벌써 우리의 퇴로를 막아버리는 것 같은데, 대응책이 시급하오!"

그가 굳이 상황의 불리함을 강조하지 않아도 사람들은 이미 숨통을 옥죄어오는 두려움을 느끼고 있었다. 소금천이 먹히고 퇴로가 차단되면 산 속으로 도망가는 길밖에 없는데, 노약자들로선 그것이 곧 죽음의 길이었던 것이다.

"인착 라마, 사뤄번 장군!"

사뤄번의 숙부(叔父)인 상착이 흰 눈썹을 모으며 말했다.

"소금천의 부대를 철수시켜 장광사에게 빈 성곽을 허락하는 것이 바람직할 것 같습니다. 1천명의 군사로 소금천을 지켜낸다는 건 불가능합니다. 이곳에서 합류하여 산속 동굴로 숨어들어 한숨 돌린 후에 우리 부락의 모든 전사(戰士)들을 총동원하여 상첨대, 하첨대로 통하는 길을 트고 서장으로 들어가야 합니다!"

인착 라마가 법주(法珠)를 비비며 말했다.

금천(金川), 아름다운 어머니의 땅! 165

"상착의 뜻에 공감합니다. 다행히 우린 이럴 때를 대비하여 괄이애(刮耳崖) 산굴에 1년 동안 먹을 식량을 비축해두지 않았습니까. 적들은 오래 죽치고 있을래야 처먹을 식량이 없어서라도 곧 철수할 겁니다. 마채구 서쪽에 유독 청군(淸軍)이 주둔해있지 않는 걸 보면 저들은 우리가 건녕산으로 도망가는 것만 염두에 두고 있는 게 분명합니다. 지금은 여름입니다. 우리는 악천후에도 산을 타는 재주가 있지 않습니까? 협금산(夾金山)을 넘어 상, 하첨대로 돌아가는 수가 있다는 걸 저들은 꿈에도 생각하지 못할 것입니다."

그러자 상착이 수염을 쓸며 잠시 침묵하더니 말했다.

"좋은 생각이긴 하오만 노약자와 아이들은 어쩔 셈이오. 산을 타기엔 무리가 아니겠소? 추위를 물리칠 의복도 챙겨오지 않았는데!"

그사이 애를 안고 밖으로 나온 타운이 수심에 잠겨 말했다.

"대설산(大雪山)을 넘는다는 얘기예요? 죽는 사람이 엄청날 텐데…… . 이럴 때 반곤 영감님이 있었으면 좋았을 텐데…… ."

그녀는 한숨을 지으며 금천에서 학질에 걸려 죽은 지 1년도 더 넘은 반곤을 떠올렸다. 반곤에 대한 얘기가 나오자 잠시 침체되어 있던 분위기가 상착의 한숨으로 이어졌다.

"내가 보기에 한인(漢人)들은 인정이란 손톱만큼도 없어. 언제 한번 자기 입으로 한 약속을 지키는 걸 봤소? 어떻게 하면 남의 땅을 통째로 삼킬까 잔머리나 굴리라면 잘 굴리지. 날로 먹을 생각일랑 말고 적당한 선에서 거래를 하자는데, 무슨 욕심이 그리 많느냐 말이야. 몹쓸 것들 같으니라고! 한인 관리들은 하나같이 개돼지가 환생한 짐승들이야. 여자하고 금덩이만 보면 오금을 못 쓰는 것들! 전에 악종기는 그래도 괜찮아서 일이 잘 풀리나 싶었는데, 그마저 자기네들끼리 물고 뜯어 싸워서 매장시켜버렸잖아."

이같이 울분을 터뜨리며 상착은 다시금 한숨을 토해냈다. 인착 활불은 한 손에 경륜(經輪)을 돌리고, 다른 한 손에 불주(佛珠)를 만지작거리며 설산을 넘을 생각에 잠겨 있었다.

"설산을 건너자면 사람이 죽어나갈 테고, 서장으로 통하는 길을 뚫으려면 또 희생자가 생길 것이고, 서장 라싸(拉薩)에 이르는 험난한 길을 걷다보면 또 여럿이 죽어나갈 텐데……. 우리 금천족(金川族)은 과연 멸망을 앞두고 있단 말인가? 부처님, 부디 우리에게 살길을 열어주시옵소서……."

"제기랄!"

사뤄번이 갑자기 한어(漢語)로 욕설을 퍼부었다.

"대금천은 우리형 서러번의 땅이었어. 그것이 내 소유로 넘어온 건 이유가 어디에 있든 우리 가문의 일이야. 그런데 건륭이 뭣 때문에 남의 일에 감 놔라, 배 놔라 하는 거야? 내 땅에서 내가 조용히 살겠다는데, 저들한테 무슨 해가 된다고 이리 못 잡아먹어서 야단인가? 싸우기 싫다고 조정에 귀순의사를 몇 번이고 밝혔건만 기산 이놈은 과연 내 편지를 받아 똥 닦아 처먹은 거야, 뭐야? 무기 내려놓고 투항하겠다는 사람을 때려부수려는 심사는 또 뭐야!"

사뤄번은 주먹 쥔 두 손을 부르르 떨며 광기어린 반응을 보였다. 땅에 닿는 장화 소리가 무거운 신음소리 같았다.

"정 그렇게 나온다면 나도 성질 나면 무서운 놈이라는 걸 보여줄 거야! 아까운 생명을 희생시켜 설산을 넘느니 난 아무 데도 도망가지 않을 거야! 그 어디에도 가지 않고 바로 여기서 너 죽고

나 죽고, 어사망파(魚死網破, 고기가 죽고 그물이 찢기다)의 대결을 해 보자! 금천이 얼마나 큰데, 고작 5, 6만이 들어와 덮어버리겠다고? 어림도 없지! 장광사, 우리가 반드시 너한테 먹힌다는 법이 어딨어! 길고 짧은 건 대어봐야 해! 인착 라마는 불당으로 가시어 불조께 발원기도를 하시고, 상착 숙부님은 소금천으로 사람을 파견하여 즉각 철수하라는 내 명령을 전하세요! 소금천 진내에 있는 모든 식량창고와 가옥들을 불살라버리고 철수하라고 하세요. 이 지역에 있는 난민들을 전부 수용하여 싸울 수 있는 사람과 힘이 딸려 싸울 순 없으나 아이들을 돌볼 수는 있다는 사람들을 분류하여 지금부터 모든 무기를 내어주세요!"

두 사람은 사뤄번을 향해 묵묵히 절을 하고는 물러갔다. 방안에는 사뤄번과 부인인 타운 둘만 남았다. 둘은 아무 말도 하지 않았다. 오래도록 지속되는 무거운 침묵을 깨고 타운이 먼저 입을 열었다.

"이봐요, 꼭 죽고 죽이는 전쟁을 해야겠어요?"

"그래!"

"그 사람들은 왜 우리의 귀순을 받아들이려 하지 않을까요?"

타운이 품에 잠들어 있는 작은아이의 머리를 가만히 쓰다듬으며 말을 이었다.

"애들을…… 애들이라도…… 안전하게 대피시키는 방법이 없을까요?"

사뤄번의 크고 깊은 두 눈에 눈물이 가득 고였다. 가까이 다가가 아내의 수척해진 얼굴을 쓰다듬으며 깊은 한숨을 내뱉으며 사뤄번이 말했다.

"그리할 순 없소. 모범을 보여야 할 우리가 그리하면 어느 아비가 총대를 메려고 하겠소. 내 새끼 귀하면 남의 새끼도 귀한 법이오."

가래 같은 손으로 얼굴을 쓰윽 문지르며 사뤄번은 일어나 성큼성큼 걸어서 밖으로 나섰다.

차가운 초승달이 서럽게 걸려 있었다. 멀리서 아낙의 한숨을 닮은 소금천 하(河)의 물소리가 들려왔다. 눈을 크게 뜨고 멀리 남쪽을 보니 일년 내내 정수리가 흰 대설산의 고봉(高峰)이 섬뜩했다······.

어디선가 처량한 노랫소리가 바람을 타고 들려왔다. 하염없는 눈물을 쓸어 내리며 소리나는 쪽으로 고개를 돌리니 멀리 난민들이 노숙하는 자리에서 장작불이 활활 타오르고 있었다. 저도 모르게 발길을 돌려 다가가노라니 노랫소리는 갈수록 가깝게 들렸다.

······금천 천리 산하, 아름다운 어머니의 땅!
넓게 펼쳐진 초원에 한가로이 노니는 소와 양떼들······.
졸졸졸 흐르는 시냇물에 머리 감고 발 씻는 처녀들아!
어서 들어가거라, 하도 고와 독수리가 채어 갈라.
아! 정든 땅 나의 금천, 보고 있어도 그리운 어머니의 품!
금천아, 내 영원히 그대 품을 떠나지 않으리······.

사뤄번은 더 이상 다가가지 않았다. 먼발치에서 지켜보는 것이 나을 것 같았다.

"한 입에 삼키지 못하는 정복자는 귀신도 새끼치기 싫어하는 몹쓸 곳이라고 떠들지만 우리에겐 분명 풍요로운 낙원이다. 영원히 떠나지 않을 것이야!"

금천(金川), 아름다운 어머니의 땅! 169

사뤄번은 몇 번이고 중얼거리며 가슴속에 무지막지한 정복자에 대한 원한을 심었다. 다시 라마묘로 돌아오니 타운은 아직 그 자리 멍하니 앉아있었다.

"애 데리고 먼저 자지 그래……."

사뤄번이 말했다.

"잠이 안 와요……."

타운이 처연하게 웃으며 말했다.

"노래를 들으니 옛날로 돌아가는 것 같네요……. 어릴 때 할아버지께서 가르쳐 주셨어요. 할아버지는 또 할아버지의 할아버지에게서 배웠다고 하더군요. 할아버지께서 그러시는데, 우리 금천은 금이 난다 하여 이렇게 이름이 붙여졌다고 해요. 하류 금사강(金沙江)에서 나는 금사(金沙)는 바로 여기서 씻겨내려간 거래요……. 전에 악종기가 그러는데, 한인들은 금을 보면 오금을 못 편다면서요! 금을 주고 우릴 그만 괴롭히라고 부탁하면 안 될까요?"

아내의 치기에 사뤄번이 실소하며 말했다.

"당신은 갈수록 애가 되나 보오. 장광사가 여기 금이 많이 나는 걸 알면 눈이 시뻘겋다 못해 자줏빛으로 물들어 더 우악스레 달려들 거요!"

"그래도 싸우는 건 너무 무서워요. 외삼촌 두 분이 모두 청해(靑海) 전투에서 돌아가셨어요. 한 분은 머리만 찾고, 한 분은 반토막 난 채로 발견됐대요……. 우리가 왜 이리 비참한 지경에 내몰려야 해요?"

타운은 울상이 되어 있었다. 어느새 마음을 추스른 사뤄번이 쓴웃음을 지었다.

"한인들의 속담에 궁하면 통한다는 말이 있소. 장광사는 아무리 발광해도 텅 빈 성곽만 껴안고 있을 뿐이오. 우리는 아직 인명 손실 하나 없이 건재하오. 일단 장광사의 기를 팍 꺾어놓고 볼 참이오. 그때가선 자기가 먼저 강화조약을 맺자고 달려들 테니까."

"강화조약이라뇨?"

타운이 놀라는 표정을 지으며 남편을 바라보았다.

"끝까지 싸울 거라고 하지 않았어요?"

사뤄번이 그 뜻을 헤아리기 힘든 웃음을 지었다.

"길게 보는 안목을 키워야 하오. 오래도록 살아남으려면 당분간 조정과 갈 데까지 가선 안 되겠소……. 우린 필경 건륭이라는 거목의 발치에 숨죽이고 사는 잡초에 지나지 않았소……. 잡초일지라도 살아갈 권리가 있다는 걸 온몸으로 보여주고, 작지만 당당한 생존권을 사수하자는 것뿐이오. 우리는 건륭에게 이를 깨닫게 만들어줘야 할 의무가 있소. 장광사가 우리 앞에 무릎 꿇는 날이 곧 건륭이 잡초들의 삶을 이해하게 되는 날이라 생각하오."

사뤄번의 말이 이어지고 있을 때 상착이 건장한 사내 하나를 데리고 들어왔다.

"소금천에서 왔다는 사람이오?"

사뤄번이 물었다.

"예, 그렇습니다!"

사내는 인사를 올리며 말을 이었다.

"전 예단카라는 사람입니다. 아버지의 명을 받고 왔습니다. 청병(淸兵)들은 지금 소금천으로 대포를 운반하는 중입니다. 어제는 2천 명 가량 더 불러 금천 남부지역에 주둔시키는 것 같았습니다. 아버지께선 저들이 아직 자리를 못 잡은 틈을 타 선제공격을 가하려고 하십니다. 어떻게든 대포를 무용지물로 만들어버리겠다고 하셨습니다! 장군의 지시를 기다리십시다!"

거구의 사내임에도 지친 듯한 기색인 예단카를 눌러 앉힌 다음 따끈한 우유를 내어오라 명하고 나서 사뤄번이 말했다.

"아우, 정말 수고가 많았네. 그래, 소금천에서는 언제쯤 떠나왔나?"

이에 예단카가 한숨을 내쉬며 말했다.

"오늘아침 날이 밝기 전에 떠났습니다. 아버지께선 내일 점심때까지 돌아오지 못하면 더 이상 아버지라 부르지 말라고 하셨습니다!"

비록 소금천에서 이곳 무변진까지는 백리 길밖에 안 된다고는 하지만 길이 워낙 험악하여 조금 여유를 부리면 족히 3일은 걸려야 했다. 그 험한 길을 하루만에 당도했다는 사실이 대견하여 사뤄번은 연신 예단카의 어깨를 잡아 흔들었다.

"장하다, 장해! 예단 숙부님한테는 내가 나중에 얘기할 테니 자넨 여기 있게! 난 이미 예단 숙부님더러 소금천에서 철수하여 우리와 회합하라는 명을 전한 상태이네."

이때 인착 활불이 들어섰다. 사뤄번은 곧 수행원에게 금천의 지도를 가져오라고 명했다.

지도는 반질반질한 스무 장의 양가죽 뒷면을 이어서 만든 것이었다. 붓으로 그려낸 대금천과 소금천의 산천, 하류, 촌락, 큰길과 꼬불꼬불한 산길은 한눈에 척 알아볼 정도로 세세했다. 조심스레 지도를 땅에 펴 보이며 사뤄번이 흡족한 표정을 지었다.

"만금을 준다고 해도 안 바꿀 보배죠. 그 동안 내게 얼마나 큰 힘이되어 왔던지! 장광사의 목도(木圖)는 강희 36년에 만들어진 것이라고 하는데, 큰산의 주향(走向)마저도 틀린 데가 많다고 하네요. 우리 이 지도는 몇 사람의 목숨으로 바꿔온 소중한 보물 1호죠!"

무릎을 꿇은 채 지도를 들여다보며 사뤄번이 물었다.

"예단카 아우, 관군의 선두부대를 달고 들어왔다는 아계라는 자가 지금 어느 위치에 있나? 후속부대는 또 누가 달고 들어왔지? 그것들의 위치도 가늠해보게! 여기가 바로 소금천이거든, 그리고 여긴 우리가 위치한 무변진이고. 이게 대금천 하(河)란 말이야, 소금천 하는 바로 여기 있고. 여기서 북으로 가면…… 정문환의 대영이 있어, 아우도 알고 있지?"

칼집을 천천히 움직이며 사뤄번이 지도 위의 몇 곳을 짚어 보이자 처음엔 어리둥절한 표정이던 예단카가 차츰 눈빛을 반짝이며 바짝 다가들었다. 마침내 그는 손가락으로 단파진을 가리키며 말했다.

"아계는 만인(滿人)입니다. 서른이 채 안 됐다고 합니다. 똑똑하고 싸움 잘하기로 소문이 났습니다. 그자는 지금 여기…… 달유진 남쪽에 있습니다. 그 옆 짜왕엔 정문환의 식량창고가 있습니다. 워낙에 습해서 식량이 운송되자마자 서둘러 먹어버리지 않으면 곰팡이가 끼기 십상이죠. 대포는 인력으로 밀어붙이는 것 같은데, 그런 속도면 적어도 앞으로 닷새는 더 있어야 소금천에 도착할 겁니다. 요즘 후속부대로 들어온 자는 나택성(羅澤成)이라고 하는 한인입니다. 약 2천 명 정도 달고 온 것 같은데, 소금천 북쪽으로 움직이고 있습니다. 보아하니 대포가 도착하면 정문환이 직접 소금천에 내려와 전투를 독려할 것 같습니다……"

"소금천?"

사뤄번이 냉소를 터트리며 머리를 저었다.

"돼지가 아니고서야 누가 그리 둔할까! 소금천 진내에서 판을 벌이게? 내가 보기에 정문환은 겁이라도 줘서 우릴 멀리멀리 쫓아내려는 심산이야. 그래야 건륭에게 우리가 줄방귀를 뀌고 도망을 갔다고 거짓보고라도 올리지? 악종기가 그랬어, 항우(項羽)는 백전백승을 했어도 한번 패망하니 오강(烏江)에서 자살할 수밖에 없었다고! 장광사 그 자식은 고작 묘족들의 반란을 뭉개버리고 저리 하늘 높은 줄 모르니…… 두고봐, 금천하에서 장검 들어 자기 목을 베는 그날이 오지 않나!"

사뤄번은 갈수록 자신감에 차 넘쳤다. 등불을 들어 다시금 아계가 주둔하고 있다는 단파 지역을 손가락으로 찌르듯 지그시 누르고 있던 사뤄번이 일어섰다. 잠시 고개를 갸웃하며 천천히 발걸음을 떼던 사뤄번이 그러나 다시 멈춰 섰다. 고개를 꼬아 뒤돌아보며 뭔가 할말이 있는 듯했으나 번번이 고개를 저었다.

그 모습을 지켜본 상착이 물었다.

"무슨 석연치 않은 구석이라도 있는 겁니까?"

"이제 보니 아계 놈이 있는 단파가 괄이애에서 20리밖에 떨어져 있지 않네?"

사뤄번이 턱을 만지작거리며 말을 이었다.

"동굴 속에 우리 식량이 들어있는데…… 혹시 그 냄새를 맡고 접근한 건 아닐까?"

충분히 그럴 법도 했다. 사람들은 순간 할말을 잃었다. 식량뿐만이 아니었다. 소금도 있고, 기름도 있고, 약품도 더러 있었다. 또한 한 삽만 파면 드러나는 황금이 가득 든 자루도 있었다! 가슴이 철렁 내려앉았다.

기름등잔에 지그시 시선을 박고 있던 상착이 말했다.

"그걸 알아보는 방법이 있습니다. 소금천에 있는 정문환을 쳤을 때 아계가 달려오는지, 안 오는지 살펴보면 알게 될게 아닙니까?"

"내가 바로 그 생각을 하고 있었어요."

고양이 눈에서나 볼 수 있는 푸르스름한 눈빛을 보이며 사뤄번이 말했다.

"모르지, 우리 식량이 그곳 동굴에 있다는 걸 알고 있다면 소금천의 안위를 제쳐두고라도 우리 양도(糧道)를 차단하려 들지!"

메마른 입술을 빨며 한참동안 지도 앞을 서성이며 깊은 생각에 잠겨있던 사뤄번이 다소 여유 있는 표정으로 말했다.

"아계는 분명 아직 우리 비밀을 발견하지 못했을 거요! 만약 발견했다면 틀림없이 사력을 다해 우리 양도를 차단하러 달려갔을 터이지! 개가 단파를 지키고 있는 이유가 뭔 줄 알아요? 우리가 소금천에서 버티지 못하고 물러난다면 반드시 단파를 거쳐 서쪽으로 도망갈 것을 미리 알고 있기 때문이오! 또한 단파는 우리가 협금산을 넘으려고 한다고 해도 습격하기 가장 빠른 거리거든! ……이 자식, 우릴 날로 먹으려고 드는데?"

"서둘러야겠습니다."

인착 활불이 콧등의 땀을 훔치며 말했다.

"소금천을 힘껏 때려줍시다. 아계가 달려오지 않고는 못 배기게!"

칼집을 꽉 움켜쥔 사뤄번의 손마디가 하얗게 변했다. 목의 힘줄이 울퉁불퉁해지도록 이를 악물며 사뤄번이 내뱉었다.

"그렇게 합시다! 내일아침 날이 밝기 전에 행동개시를 하되,

일단 5백 명의 선두부대를 파견하여 달유를 거쳐 짜왕에 가서 아계의 식량창고를 날려보내도록 하세요. 가면서 도로 표시판을 뽑아버리는 걸 잊지 말고! 그 다음 다시 5백 명을 파견하여 달유 서쪽을 양공(佯攻)합시다. 예단 숙부의 1천7백 명 인마 중에서 2백 명을 파견하여 도주로를 노려 아계를 치는 척하고, 나머지 1천 5백 명은 본부의 인마와 합세하여 소금천을 포위하는 거예요."

사뤄번이 사기충천하여 이번에는 칼집을 들어 마채구를 가리켰다.

"오희전의 병력은 우리가 강정을 공략하거나 대설산으로 도주하는 걸 막기 위해서 이곳에 떡하니 죽치고 있단 말이에요? 그럼 우린 아예 저것들을 무용지물로 만들어버리죠 뭐. 소금천이 포위를 당했다는 소문을 듣고 달려가기엔 5일 동안을 주야로 걸어가야 하는, 거리가 만만치는 않거든요? 그네들 지원병이 도착하기도 전에 소금천의 청병은 섬멸당하고 말 테니깐요! 아무튼, 달유에서 소금천을 노리고 달려드는 정문환의 3천 병사를 섬멸시키는데 성공하면 우린 독사에 치명타를 입히는 칠촌(七寸) 부위를 움켜쥐었다고 할 수 있어요!"

"노인과 애들은 어떡하죠?"

인착이 물었다.

사뤄번이 기지개를 켜 거구를 흔들며 웃는 얼굴로 말했다.

"인착 라마가 어련히 알아서 잘 보호하겠습니까? 그들이 괄이애 동쪽으로 무사히 대피하도록 잘 인도해주세요."

사뤄번이 덧붙였다.

"낮엔 숨고 밤에만 움직이도록 하세요. 서두를 것 없이 천천히 움직이세요. 소금천의 적들이 우리 주력부대가 서로 움직이는 줄로 착각하게끔. 아계가 우리 주력부대가 괄이애 동쪽으로 옮겨온 걸로 착각한다면 절대 쉽사리 소금천으로 지원병을 파견하진 못할 거예요. 어때요, 제 생각이?"

사뤄번은 다소 득의양양한 표정을 지은 채 인착 라마와 상착을 바라보았다.

23. 장족(藏族), 신이 선택한 민족

경복과 장광사는 낙타를 타고 의기양양하게 소금천(小金川)으로 들어왔다. 비록 사뤄번과 접전하여 내세울만한 전과를 거둔 것은 아니었지만 두 사람은 만두 먹은 속이 따로 없이 든든했다. 북로군이 이미 대금천(大金川)을 점령했고, 남로군도 나름대로 소금천을 '공략'하는데 성공한 데다 중로군은 사뤄번의 서쪽 도주로를 차단했던 것이다. 게다가 아계는 적들의 심장부로 들어가 적의 주력부대를 쫓고 있다고 하니 사뤄번은 이제 날개 꺾인 독수리요, 어항에 잡힌 물고기였다. 사뤄번을 잡아 요리하는 건 그야말로 시간문제였으니 절로 콧노래가 나올 법도 했다.

소금천 중심지에 당도한 두 사람은 서둘러 건륭에게 홍기첩보(紅旗捷報)를 띄우기로 했다. 경복은 문연각 대학사(文淵閣大學士)였으니 글재주가 뛰어난 건 두말하면 잔소리였다. 구구절절 만언주장(萬言奏章)을 단숨에 써내려 간 경복은 라마사(喇嘛寺)

에 있는 장광사의 중군대영을 찾았다.

　더위를 유난히 타는 장광사는 두 명의 친병이 등뒤에서 부채질을 해대는 가운데 얼음물에 발까지 담그고 있었다. 경복이 들어왔어도 일어서지는 않았지만 태도는 대단히 깍듯하게 보였다.

　"어서 오시오! 무슨 놈의 날씨가 이리도 변덕이 심한지 원! 밤에는 추워서 솜이불 생각이 나더니만 낮엔 남경(南京)보다 더 더운 것 같지 아마?"

　이같이 말하며 장광사는 곧 경복이 건넨 주장 초안을 들여다 보았다. 비록 흠차의 신분이긴 하지만 '대죄입공(戴罪立功)'의 꼬리표를 달았다 하여 은근히 무시하는 장광사의 언동에 경복은 속이 부글부글 끓어올랐다. '더우면 네놈만 덥냐? 무례하고 못된 놈!' 하고 속으로 내쳐 욕설을 퍼부으면서도 경복은 겉으로는 아무렇지도 않은 듯 웃음을 지어 보이며 자리에 앉았다.

　"적군 3천 명을 소멸했다, 이건 좀 지나친 것 같소."

　장광사가 한심하다는 듯 웃으며 주장의 한 대목을 가리키며 핀잔을 주었다.

　"대금천, 소금천 두 진(鎭)의 주민들을 다 합쳐도 7천 명밖에 안 되오. 여기저기 널려있는 장족(藏族)들을 다 합쳐봤자 전체 금천 지역에 1만 2천 명 정도가 고작일 텐데, 그중 사뤄번의 주둔군이 7천 명이라고 쳐도 여기서만 3천을 요절냈다는 건 어째 좀 억지스러울 것 같소. 이렇게 되면 대금천에 있는 기산(紀山)은 뭐가 되겠소! 폐하께서 얼마나 예리하신 분인데, 이를 곧이곧대로 믿으실 것 같소? 당장 욕이나 실컷 얻어먹지! 4백 50, 많아봐야 5백 명 정도가 적당할 것 같소. 무슨 말인지 알겠소, 경 흠차?"

　그러자 경복이 난처한 웃음을 지었다.

"내가 이미 금천의 명줄을 움켜잡았으니 영 터무니없는 소리는 아니지 않소."

장광사는 머리를 절레절레 저을 뿐 말이 없었다. 끝까지 주장을 읽어보고 난 장광사는 초안을 내려놓고 일어섰다. 신발을 꿰 신고 턱을 갸웃거리며 그는 천천히 방안을 거닐었다. 조바심이 난 경복이 가까이 다가가며 물었다.

"대장군, 뭐가 신통찮은가 보오?"

그러자 장광사가 답했다.

"문필(文筆)은 흠잡을 데가 없소. 그러나 폐하께서 우리 두 사람에게 가장 불만스러워하시는 부분이 뭔지를 알아야지! 사뤄번을 '생포'하지 못했다는 거 아니겠소? 그런데 주장에는 '반드시 소굴을 갈아엎어 개선하겠사옵니다'라고 알맹이 없이 뭉뚱그려 놓았으니 폐하께서 승리가 실감나 하시지는 않을 것 같소. 그렇다고 잡지도 못한 사뤄번을 잡았다고 했다가 나중에 물건을 내놓으라면 그만한 낭패도 없을 것이고……."

장광사는 여전히 뚜벅뚜벅 방안을 거닐었다.

경복은 그러는 장광사를 뚫어지게 바라보던 중 갑자기 피식 웃음을 터트렸다.

"별 걱정을 다 하오. 폐하께선 죽은 사람을 살려내라고 하실 정도로 억지스러우신 분은 아니잖소! '생포'는 어디까지나 폐하의 희망사항이지 반드시 '생포'하라고 쐐기를 박으시진 않으셨잖소. 성조(聖祖, 강희제) 땐 거얼단을 생포하려고 했으나 자살해버리자 그만이었고, 선제(先帝, 옹정제) 땐 뤄부짱단쩡을 생포하라 하명하셨으나 연갱요와 악종기는 그를 놓치고 말았소. 가깝게는 윤계선이 강서에서 '일지화'를 놓쳐 65만 냥의 군향이 어디로 사라졌는지도 모르는 형국까지 초래했으나 윤계선은 아직 멀쩡하지 않소."
 그러자 장광사가 말했다.
 "까놓고 말해서 난 이곳을 평정하면 책임을 다하는 거지만 경흠차는 나랑 처지가 다르지 않소? 전에 상첨대, 하첨대에서 그대가 반곤을 놓치지만 않았더라면, 그래서 금천으로 기어든 반곤이 사뤄번의 똥구멍을 불어주는 일만 없었더라도 오늘의 이 엄청난 국력낭비는 피해갈 수 있었을 거 아니오! 이제 여기서 사뤄번을 놓치는 날엔…… 경 흠차, 우리 둘은 한 가마에 쪄죽게 생겼소!"
 약올리는 것 같기도 하고 협박하기도 하는 것 같기도 한 장광사의 말이 경복으로선 아리송하기만 했다. 한참 머리를 싸매고 있던 경복은 그제야 장광사가 까닭없이 트집을 잡는 이유를 알 것 같았다. 그것은 경복이 건륭에게 올린 주장에 장광사의 공로에 대한 필묵이 충분치가 않다는 것이었다. 그러나 경복으로선 똑같이 나눠 가질 수는 있어도 더 줄 수는 없다는 소신이 굳어져 있었다!
 얼굴이 벌겋게 달아올라 어쩔 수 없다는 듯 한숨을 쉬며 경복이 말했다.
 "나도 어쩔 수가 없었소, 너그럽게 생각하오!"
 물론 이 정도 공로를 놓고 네 숟가락이 크네, 작네 하며 아귀다툼을 벌일 정도로 약해진 장광사는 아니었다. 그는 그저 자신을 여기까지 끌고 와 몇 년 동안 골탕먹인 장본인인 경복에게 파리라도 한 마리 먹여야 직성이 풀릴 것 같았던 것이다. 기대했던 효과를 거뒀다고 생각한 장광사가 히죽 웃으며 말했다.
 "아직 사뤄번을 잡아 족칠 기회는 얼마든지 있는데, 무슨 걱정이오? 내 말은 사뤄번에 대해 언급하되 워낙에 교활하고 잔인하길 반곤은 저리 가라 할 정도인 놈인 데다 금천의 지세 또한 험악하기가 상첨대, 하첨대와는 비교할 바가 못 되니 남은 시간에 사력을 다해 사뤄번을 생포해보겠으나 혹시라도 그가 자살하면 그 시체라도 끌고 가서 성궁(聖躬)에 효도하겠습니다. 뭐 이런 식으로 덧붙이라는 거지……. 그리고 완승을 거두는 시점도 넉넉하게 잡고! 저절로 제 목을 조르는 격이 되어서는 곤란하지 않겠소?"

장광사의 말이 이어지는 동안 경복은 그새 주장을 윤색할 단어를 떠올리고 있었다.

바로 그때 정문환이 자신의 중군(中軍) 부장(副將)인 장흥(張興), 총병(總兵)인 임거(任擧), 참장(參將)인 매국량(買國良)을 데리고 들어섰다. 그 뒤엔 포영(砲營)의 유격(遊擊)인 맹신(孟臣)도 있었다.

장광사가 일행을 힐끗 쳐다보고는 말했다.

"경 흠차, 방금 얘기했던 대로 보충하고 어서 베껴 쾌마로 발송하오! 그런데, 자네들은 무슨 일인가?"

"장 군문!"

얼굴에 흥건한 땀을 소매로 문질러 닦으며 장흥이 말했다.

"사뤄번이 수상쩍습니다. 오늘아침 달유에서 짜왕에 이르는 구간에 몇몇 적군들이 엉금엉금 나타나 개펄에 꽂아놓은 이정표를 뽑아버리더니 달유에서 소금천에 이어지는 구간에도 이정표가 제멋대로 꽂혀 있습니다. 수비들이 화살을 쏘아 내쫓긴 했지만 이정표는 이미 제구실을 못 할 것 같습니다. 그래서 급히 5백 명을 파견하여 복구시키도록 조치해 놓았습니다."

"내 양도(糧道)를 차단시키겠다? 5백 명 가지곤 부족하네. 5백 명을 더 붙여주도록 하게! 문환, 우리가 이쪽의 식량으론 며칠을 더 버틸 수 있겠나?"

나무로 만든 지도판을 들여다보던 정문환이 급히 답했다.

"소금천으로 실어온 식량은 5일 정도 버틸 수 있는 양입니다. 달유에 숨겨놓은 식량은 못해도 보름은 문제없을 겁니다. 워낙에 습해서 장시간 많은 양을 보존하기엔 무리일 것 같습니다."

그러자 총병인 임거가 나섰다.

"어젯밤엔 대규모의 적군들이 서쪽 괄이애 방향으로 움직였습니다. 구불구불 5리 길에 이어진 횃불 행렬을 보니 적들은 괄이애에서 남하하여 상첨대 쪽으로 도주하려는 것 같았습니다!"

그 말에 경복의 낯빛이 대뜸 변했다. 사뤄번이 상첨대로 도주하다니, 말도 안 돼! 그러나 그가 미처 뭐라 말하기도 전에 장광사가 냉소하며 말했다.

"서쪽으로 갔다? 거기에 무슨 활로가 있다고 그래! 우리 남로군은 뭐 허수아빈가? 아계에게서는 무슨 소식이 없었나?"

장광사의 물음에 매국량이 급히 대답했다.

"그렇지 않아도 보고를 올리려던 참이었습니다. 아계는 괄이애가 사뤄번의 식량창고라고 의심하고 있습니다. 몇 번이고 정탐병을 파견했으나 번번이 근처까지 접근하는 데는 실패했다고 합니다. 그도 괄이애 쪽으로 움직이는 횃불을 보았답니다. 아계는 이를 적군이 도주하는 게 아니라 괄이애로 퇴각하여 요새를 끼고 끝까지 저항하겠다는 의지를 표출하는 것으로 읽고 있었습니다. 사뤄번의 식량창고가 괄이애에 있다는 것에 대해선 믿어 의심치 않는 확신을 보이고 있었습니다. 러민과 양쪽에서 괄이애를 협격(挾擊)할 수 있게끔 2천 명만 더 지원해달라고 했습니다."

이에 장광사가 말했다.

"이곳 소금천에는 지원해줄 병력이 없네. 남로군에서 3천 명이 건너가라고 전하라! 흥, 젊음이 좋긴 하구만! 무모함도 멋있게 보일 수 있으니!"

뭐가 그리 화가 치미는지 장광사는 이같이 비아냥거리며 두 눈 가득 불을 뿜었다. 그 모습을 지켜본 장령들은 가슴이 섬뜩해지는 것을 느꼈다. 의혹 덩어리가 무거운 듯 표정이 밝지 않은 정문환이 미간을 좁히며 말했다.

"사뤄번의 세력은 아직 피 터지게 얻어맞은 적이 없는지라 힘께 나 쓸것 같은데요? 동쪽에선 우리 양도(糧道)를 노리고, 서쪽으론 대부대가 겁없이 움직이고…… 어째 예감이 안 좋습니다!"

"결코 우리의 위협이 될 수는 없는 별볼일 없는 자들이야."

장광사가 말을 이었다.

"내가 양도를 가장 중시하는 걸 알고 일부러 동쪽에서 저 지랄들을 하는데, 사실 저들이 정말로 노리는 것은 서쪽이야. 괄이애에 발톱을 걸고 심산동굴에 숨어들어 나랑 술래잡기나 하자는 뜻일 수도 있고, 기회를 노려 상첨대 쪽으로 도주하려는 것일 수도 있지. 그도 아니면 백기를 들고 우리에게 귀순을 간청해 오든가! 이 몇 가지 가능성밖엔 없어."

자리에서 일어난 장광사는 자신에 찬 표정이었다.

"양도를 잘 지켜야 하네. 달유에서 1천 명을 더 지원하도록! 우리가 소금천에 버티고 있고, 북로군과 남로군이 괄이애로 치고 들어간다면 저들이 날개가 돋쳤다고 해도 도망가진 못할 거야!"

용기백배하여 자리로 돌아와 앉아 차 한 모금을 마시고 난 장광사가 경복에게 말했다.

"첩보주장에 한마디 더 보태시오. 대금천, 소금천을 한꺼번에 수복하였으니 폐하께선 일체의 심려를 거두시고 안침(安枕, 발

편히 뻗고 잠을 자다)하시라고 말이오!"

 그러나 청병(淸兵)의 낙관적인 판단은 그 날로 끝나가고 있었다. 이튿날 이른 아침, 장광사는 밀물같이 밀려드는 고함소리에 놀라 후닥닥 잠에서 깨고 말았다. 부랴부랴 옷을 껴입고 장화를 신고 뜰로 내려서니 벌써 정문환과 장흥 두 장군이 빠른 걸음으로 달려오고 있었다. 그 뒤에 따라 들어오는 매국량의 얼굴엔 '낭패' 두 글자가 역력하게 쓰여져 있었다. 군례를 올리는 것도 잊은 채 이들은 바깥을 가리키며 경황없이 말했다.
 "군문, 적들이 공격해오고 있습니다. 성(城) 북쪽에 있는 적들이 벌써 남쪽으로 움직이고 있습니다. 맹신이 소부대를 거느리고 대적하기엔 무리인 것 같습니다. 성 안으로 불러들여야 할 것 같습니다."
 "그래, 전부 철수시켜!"
 금방 잠에서 깬 사람 같지 않게 장광사의 두 눈은 예리하게 빛났다. 뭔가 예상과는 다른 큰 변화가 있다는 걸 짐작하면서도 장광사는 여전히 평상심을 잃지 않고 침착했다. 철수명령을 내리고 난 장광사가 물었다.
 "성을 공략하러 나선 적들이 얼마나 되는 것 같던가? 누구의 깃발을 세웠고, 무기는 어떤 것이 주종을 이루는 것 같던가?"
 이에 장흥이 답했다.
 "적들은 2천 명도 되나마나해 보였습니다. '대청 금천 선위사 사뤄번(大淸金川宣慰使·莎)'이라는 사뤄번의 장군기(將軍旗)를 내걸었고, 약 5백 명 궁수에 서너 개의 엽총, 나머지는 일상적인 병기(兵器)들이었습니다!"

"좋았어!"

장광사의 얼굴에 음흉한 미소가 번졌다.

"내가 주력부대를 찾지 못해 조급해하는 걸 어찌 알고 제 발로 찾아왔을까! 사뤄번 그놈, 간이 배 밖으로 나왔구만! 명한다! 네 문의 대포(大炮)를 전부 남채문(南寨門) 앞으로 끌어다 대고, 5백 명의 궁수(弓手), 30명의 화창부대(火槍部隊)는 즉각 성벽으로 올라가 수비를 하라. 중군은 5백 명의 근위병(近衛兵)을 남겨 정문환의 지휘하에 움직이도록 하라!"

"대장군의 명에 따르겠습니다!"

"명한다! 아계의 3천 인마는 속히 단파에서 철수하라. 길에서 그 어떤 교란행위가 있어도 반드시 3일 이내에 소금천에 당도하여 회전(會戰)하도록 하라!"

"예, 그리 이르겠습니다!"

"명한다! 임거 휘하의 달유 수비군은 전력을 다해 우리 군의 양도(糧道)를 사수하라. 강정(康定)에 주둔하고 있는 중로군은 얼마나 사상자가 얼마나 생기든 관계없이 반드시 보름 내에 소금천에 당도하도록 하라. 북로군도 1천 명만 남겨 대금천을 수비케 하고 나머지 인마는 열흘 내에 당도하라고 전하라! 정해진 기일 안에 당도하지 못했을 시에는 승패를 떠나 우리 군의 군법에 따라 주장(主將)의 목을 칠 것이라고 이르라!"

"예, 그리 이르겠습니다!"

날은 어김없이 밝아오고 있었다. 밖에서도 높았다, 낮았다 파도 같은 함성이 점점 가까이 들리기 시작했다. 패검을 손에 들고 밖으로 뛰쳐나가며 장광사가 말했다.

"경 흠차, 어디 있나? 나랑 같이 성내 순시를 돌자고 이르거라!

나의 장군기를 채문(寨門)에 꽂아야겠어!"

 내뱉듯 명령을 내리고 밖으로 나선 장광사는 때마침 안으로 들어서려던 경복과 정면으로 맞닥뜨렸다. 경복은 낯빛이 하얗게 질린 채 입을 덜덜 떨고 있었다. 무언가 말하려고 하는 경복을 향해 장광사가 손사래를 쳤다.

 "지금은 아무 말도 할 필요가 없소. 성곽에나 올라가 보시오!"
 장광사의 태연한 모습에 적이 안심이 된 경복이 물었다.
 "먼저 대포를 두어 발 발사하여 적들의 사기부터 꺾어놓는 게 어떻겠소?"
 "그것도 나쁠 건 없지! 대포를 발사하고 장군기를 올리거라!"
 장광사의 명령이 떨어지고 얼마 지나지 않아 곧 세 발의 요란한 대포소리가 하늘땅을 뒤흔들었다. 그와 동시에 남채문 성곽에는 남색 바탕에 금선(金線)을 두른 장군기가 바람에 펄럭이며 서서히 떠오르기 시작했다. 적들은 이른 아침의 정적을 깨는 요란한 대포소리에 놀란 듯 삽시간에 성 안팎은 쥐 죽은 듯한 정적에 사로잡혔다.

 대포의 위력을 실감하며 장광사는 어깨에 힘을 주고 장흥, 매국량과 경복을 데리고 뚜벅뚜벅 성곽의 계단 위로 올라갔다. 입가에 엷은 조소를 띄우며 마지막 계단을 올라 사방을 두리번거리던 장광사는 그만 할말을 잃고 말았다.

 일단 사뤄번의 부대는 자신이 상상했던 대로 여왕벌을 잃어버린 벌떼처럼 여기저기 질서 없이 널려 있는 게 아니었다. 채문에서 남쪽으로 얼마 떨어지지 않은 곳에 세 개의 커다란 우피(牛皮) 천막이 쳐져있어 무언의 위협으로 다가왔다. '대청 금천 선위사 사뤄번'이라고 적힌 장군기가 장광사의 그것에 홀랑홀랑 혀를 내밀며 약올리고 있는 것 같았다. 전후좌우가 제때에 책응할 수 있게끔 배치된 품(品)자형 진영이 희미한 아침안개 속에서 보일 듯 말 듯 엎드려 있었다.
 적들의 진영에서는 설핏 보아서는 나무로 착각하기 쉬운 장족(藏族) 병사들이 일사불란하게 성을 공격하라는 명령을 기다리고 있었다. 진영 앞에는 낙타 머리에 두건을 두르고 허리에는 장족 특유의 칼을 찬 두령(頭領)으로 보이는 사람들이 채문 쪽을 바라보고 있었다.
 장광사와 경복, 그리고 정문환이 채문 위에 모습을 드러내자 가운데 자리에서 서른 살 가량 되어 보이는 사내가 옆에 있는 노인에게 손시늉을 해 보였다. 그러자 노인이 낙타에서 뛰어내려 성큼성큼 채문 쪽으로 다가왔다. 삽시간에 채문 앞에는 긴장감이 감돌기 시작했다. 쌍방 장사(壯士)들의 칼 잡은 손에 잔뜩 힘이 들어가는 순간이었다. 숨통을 조이는 긴박한 분위기 속에서 장광사가 굽어보는 바로 밑에 다다른 노인이 한 쪽 무릎을 꿇었다 일어나며 다시 깊숙하게 허리를 굽혀 예를 갖췄다. 그리고는 큰소리로 말했다.
 "대금천에서 온 상착이라는 사람이오. 우리 사뤄번 장군께서 대장군께 여쭐 말씀이 있다 하오니 청을 받아주었으면 하오!"
 "할말이 있으면 여기서 하라고 그래!"
 장광사가 차갑게 내뱉었다.
 낙타를 탄 그대로 상착 옆으로 나온 사뤄번이 낙타등에서 장광사를 향해 공수하며 말했다.
 "처음 뵙겠소!"
 짤막하고 당당한 인사와 함께 턱을 들어 장광사를 마주보는 사뤄번은 의연했다. 원수끼리 마주서니 쌍방의 눈에서 튀는 불꽃이 뜨거웠다. 장광사로선 대장군의 명성에 금이 갈 위험을 안고 2년 동안 찾아 헤매고 다닌 상대였다. 손에 잡히기만 하면 맷돌에 갈아서 죽이고 싶을 정도로 치를 떨던 사뤄번이 스스로 찾아와 지척에 턱 치켜올리고 있으나 그럼에도 당장 덮치지 못하는 장광사의 기분은 착잡하기 이를 데 없었다.

"흐흠!"

호랑이 포효를 턱으로 누르며 장광사가 말했다.

"이보게, 젊은이! 하늘을 거역하고 조정에 반기를 든 대역죄인이 무슨 배짱으로 내 앞에서 턱을 치켜들고 있는가? 우리 10만 천병이 금천을 덮고 있어. 고작 몇 천 병졸들 가지고 뭘 어쩌자는 거야? 칼에 더러운 피 묻히기 싫어 권유하는데, 겁 없이 깝죽대지 말고 어서 깃발을 내리고 투항하거라. 하늘같은 인덕을 지니신 우리 인군(仁君)께서 너희 일족의 씨를 말리는 대재앙을 면해주시고, 너의 천년(天年)을 보장해줄 것이니, 좋게 말할 때 순순히 꼬리를 내리라는 말이다. 그렇지 아니하고 끝까지 하늘 높은 줄 모르고 덤볐다간 순식간에 하늘에서 재화(災禍)가 내려 네놈들을 한 입에 삼켜버릴 것이니라!"

음침한 장광사의 얼굴을 뚫어지게 응시하고 있던 사뤄번이 태연한 표정 그대로 조용히 웃어 보이며 말했다.

"대장군의 위력은 익히 경험해왔소. 그러나 나 사뤄번은 지은 죄도 없이 포박당할 수는 없소. 한인들의 말에 '장사(壯士)는 굴욕 대신 죽음을 택한다'라는 말이 있지 않소? 군공(軍功)에 눈이 멀어 기군죄(欺君罪)도 불사하는 파렴치한 같으니라고, 누굴 훈계하려 들어! 그동안 무고한 우리 장족인민들을 학살유린하고 땅을 빼앗고 재물을 강탈한 네놈들과는 결코 같은 하늘을 이고 살 수가 없네! 나도 충고 한마디하겠다. 몇만 군사력을 과시하여 우릴 겁주려는 것 같은데 먼 데 있는 물이 당장의 해갈엔 도움이 안 된다는 걸 명심하오. 소금천은 이미 우리 군에 의해 꼼짝없이 포위당해 있어. 여기서 내가 채찍 한번 휘두르면 대장군 당신이 일생동안 쌓아온 명성은 거지 발싸개가 될 것이오, 대장 하나 잘못 만난 죄로 삼군(三軍)의 청병들의 머리는 저기 개똥밭에 나뒹굴 테지. 그러나 믿고 따른 게, 무슨 그리 큰 죄라고 부모형제 떠나 낯선 금천 땅에서 객사하게 만들겠소. 나 사뤄번은 밤잠 설치며 생각해 봐도 결코 그리할 순 없었소. 서로 한 발씩 물러났으면 하오. 무모한 희생은 조정에서도 원치 않을 거요. 우리가 우리 선조들의 피땀이 스민 이 땅에서 조용히 살 수 있게만 해준다면 우리 금천 백성들은 거룩한 황은(皇恩)에 영원히 감지덕지할 것이오. 착실한 아우로서 든든한 큰집을 오래오래 섬길 것이오. 누이 좋고 매부 좋은 일이 따로 정해져 있는 건 아니지 않소?"

장광사와 경복이 약속이라도 한 듯 고개를 돌려 시선을 교환했다. 적당히 받아주는 척하며 지원병이 당도할 때까지 시간을 벌어준다면 더할 나위가 없을 것 같았다! 장광사의 의중을 점친 경복이 한 걸음 성벽 앞으로 다가가 아래를 굽어보며 큰소리로 외쳤다.

"귀순하고자 하는 마음이 그리 간절하다니 조정에서도 달리 받아들이지 않을 이유가 없을 것 같소……. 군대를 철수시키고 마주앉으십시다. 장소는 그쪽이 택하고 우리가 사람을 보내는 걸로 하지요. 우린 성하지맹(城下之盟)은 싫소!"

"회담에 응해주는 척하며 시간을 벌어보겠다는 건데, 그리 되진 않을 거요! 다들 들었지? 경복 어른의 말에 따를 수 있겠느냐!"

사뤄번이 부하들을 향해 큰소리로 외쳤다.

"그럴 순 없습니다!"

몇백 명의 친병들이 함성이 메아리쳤다. 놀란 까마귀들이 괴성을 지르며 푸드득푸드득 날아올랐다.

"요 나부랭이들 봐라? 어허, 제법인데!"

장광사의 벌건 얼굴이 험악하게 굳어졌다. 부들부들 떨리는 손가락 끝으로 사뤄번을 가리키며 장광사는 미친 듯이 울부짖었다.

"저놈 잡아라! 저 쥐새끼 같은 놈을 작살을 내어버리거라!"

장광사의 말이 떨어지기 바쁘게 성벽 위에서 쌩쌩 바람소리를 내며 수많은 화살들이 쏟아져 내렸다. 그러나 바로 사뤄번의 발밑에서 화살은 맥없이 툭툭 떨어져 꽂혔다. 화살이 닿기엔 거리가 너무 멀었던 것이다.

가소롭다는 듯 코웃음을 치며 사뤄번이 멀리 깊은 숲 속을 향해 채찍을 내둘렀다. 그러자 그 속에 숨어있던 장족 병사들이 하늘을 뒤흔드는 함성을 지르며 벌떼같이 몰려나왔다. 순식간에 성북, 성동은 산호해효(山呼海哮)의 함성에 뒤덮이고, 날렵하고 용맹하여 사나운 맹수를 방불케 하는 병사들이 휘두르는 장족 특유의 보도(寶刀)에 비친 새벽빛이 푸르렀다. 쌩! 쌩! 어디선가 쏘아대는 눈먼 화살에 장광사의 궁수들이 비명을 지르며 나가넘어졌고!

다급해진 장광사가 재빨리 소리를 질렀다.

"포격하라! 포수는 어디 갔어? 어서 포격을 가하라고!"

친병 하나가 정신없이 달려가 지령을 전하고 나서야 "쿵! 쿵!" 하는 두 발의 대포소리가 들려왔다. 그러나 이 마저도 여의치 않아 사나운 기세로 날아간 포탄은 장족병사들의 진영을 넘어 뒤편의 연못에 떨어지고 말았다. 그와 동시에 흙탕물이 집채같이 치솟았다!

"아휴, 저런!"

정문환이 포수를 향해 불을 뿜으며 으르렁거렸다.

"저 빌어먹을 놈이 손모가지가 삐었나?"

포수 한 명이 사색이 되어 헐레벌떡 달려와 더듬거리며 아뢰었다.

"군…… 군문…… 습기가 차서 화약이 모두 못 쓰게 되었습니다……. 그나마 쓸만한 건 다섯 봉지뿐입니다……."

입술을 지그시 깨물고 화를 눅자치는 장광사의 얼굴이 창백했다. 성질 같아선 당장 달려가 죽여버리고 싶었다. 그러나 워낙에 포수가 부족했는지라 그리 할 수도 없었다

"그거라도 어서 다시 재서 발사하지 못할까! 대세를 그르쳤다 간 죽여버릴 줄 알아!"

화를 누르지 못해 씩씩거리는 장광사의 등뒤에서 네 발의 대포 소리가 일제히 울려 퍼졌다. 그러나 장족 병사들은 이미 병영을 깡그리 비운 뒤였다. 우피천막 앞에는 몇 마리 늙은 낙타만 검은 피가 질펀한 땅바닥에 널브러져 있었다.

기염을 토해내며 광기를 부리는 대포의 발작에 잠시 주춤하던 사뤄번 부하들이 덩치 굉장한 괴물도 별 것 아니구나, 라는 생각에 더 큰 기세로 덤벼들었다.

소금천의 채문(寨門)은 대체로 나지막했다. 어떤 곳은 아예 대나무를 베어 울타리를 엮어놓기도 했다. 오랫동안 고쳐 달지 않아 채문은 낡고 허술하여 장족 병사들이 힘껏 밀어젖히니 쿵! 하는 소리를 내며 뒤로 넘어갔다. 그렇게 성문은 열렸고 그곳에 지켜서 있던 청병들은 저격다운 저격 한번 못한 채 베이고 잘리는 봉변을

당하고 말았다.
 장검을 휘두르며 낙타 위에서 사뤄번이 장족의 말로 외쳤다.
 "라마묘와 성 남쪽으로 이르는 길목을 차단하라! 장광사, 경복, 정문환을 생포하는 자는 모우(牦牛) 백 마리와 스무 명의 노예를 상으로 내린다!"
 쌍방의 접전은 치열했다. 장검끼리 부딪치는 쇳소리가 귀청을 쨌다. 가까이에서 뒤엉켜 돌아가다 보니 화총이며 대포는 아예 무용지물이 되어버리고 말았다.
 장광사가 중군 대영으로 나서던 라마묘와 남채문에 이르는 구간도 어디라 할 것 없이 피가 튀는 도광검영(刀光劍影)의 현장이었다. 백전을 경험했다는 장광사도 이같이 참혹한 육박전은 처음이었다. 서슬이 번뜩이는 장검을 나무방망이 다루듯 하는 사뤄번의 부하들에 의해 청병들은 달려드는 족족 고목처럼 잘려나갔다. 몸통만 애처로이 꿈틀대는 부하 장령의 모습이 섬뜩해 정신없이 뒷걸음치니 목이 간들간들 위태롭게 붙어있는 친병이 등뒤에서 퉁! 하고 쓰러지고 있었다. 난생처음 이런 광경을 목격하는 경복은 피가 말라붙은 송장처럼 사색이 되어 아래윗니를 덜덜 떨며 짐승처럼 울부짖었다.
 시간이 흐를수록 한계를 느낀 정문환이 천막 안으로 달려 들어와 큰소리로 아뢰었다.
 "대장군, 흠차 어른! 상황이 너무 급박하게 돌아가고 있습니다. 지원병이 어서 빨리 당도하여 우리가 라마묘로 철수하도록 엄호해주어야겠습니다! 조금만 늦으면 위태롭겠습니다!"
 털썩 자리에 주저앉는 장광사의 엉덩이가 무거웠다. 뚫어지게 천막 밖을 내다보니 그의 근위병들도 어느새 싸움에 말려들고 있었다. 사뤄번이 진두지휘하는 장족병사들의 기세는 도무지 꺾일 줄 몰랐다. 중군은 점점 바람조차 샐 틈 없이 포위당한 상태였고, 그런 상황에서나마 한사코 뒤로 물러나지 않으려고 버티는 친병들의 눈물겨운 사투가 그렇게 무력해 보일 수 없었다.

장광사는 길고도 처량한 한숨을 토해냈다. 그리고는 담담하게 입을 열었다.

"저것들이 불사조도 아니고…… 도무지 줄어들 줄을 모르는군. 안 되겠어, 예비대가 빨리 합류해야 해!"

정문환이 그 소리를 듣자마자 뛰쳐나갔다. 두 손으로 깃발을 흔들어 라마묘 근방에 있는 청병들더러 뒤에서 사뤄번을 습격하라고 명령했다. 그러나 서쪽을 보니 포대(炮臺)는 이미 사뤄번의 수중에 장악되어 있었다.

중군의 부장(副將)인 장흥은 1천 2백 인마를 거느리고 라마묘 대영을 수호하고 있었다. 성 남쪽의 장광사가 포위당하는 걸 보면서도 그는 대세에 직접적인 영향을 미치는 중군을 잃어버릴 수 없어 자리를 뜨지 못하고 있었다.

이러지도 저러지도 못해 좌불안석이던 장흥은 전방소식을 수시로 전하게끔 탐마(探馬)를 보냈다. 그러나 탐마가 주마등처럼 드나들며 전하는 소식은 하나같이 불길하기만 했다.

"적군은 이미 우리와 남채문 사이의 통로를 차단해버렸습니다!"

"포대가 적들의 손에 넘어가 버리고 말았습니다!"

"마 유격이 전사했습니다!"

"적들은 서쪽으로 돌아가 남채문을 포위했습니다. 사뤄번이 진두에 나서서 지휘하고 경 어른과 장 군문의 친병들도 출전했습니다!"

장흥의 표정이 심각하게 굳어졌다. 급박하고 불안한 발자국 소리가 들려오자 장흥이 물었다.

"이쪽으로 도망쳐온 병사들이 있는가?"

"있습니다!"

"도망쳐온 자들은 모두 군법에 따라 처리하라!"

"군문…… 모두가 부상병들입니다!"

장흥의 미간이 신경질적으로 좁혀졌다. 도망치는 병사들에 대해선 제쳐둔 채 다시 물었다.

"달유 쪽의 지원병은 출발했나?"

탐마가 잠시 어정쩡한 표정으로 있을 때 땀으로 범벅이 된 다른 탐마가 엎어질 듯 달려 들어와 보고를 올렸다.

"달유의 채 유격이 그러시는데요, 지원병을 2백 명밖에 보낼 수 없을 것 같다고 합니다. 정 군문의 명령이 없이는 달유를 비울 수 없기 때문이라 합니다. 게다가 지원병은 12시간 이후에나 도착할 수 있을 것 같습니다!"

장흥은 화가 머리끝까지 치솟았지만 어쩔 수 없었다. 자신도 장광사의 명령 없이는 이곳을 한 발짝도 움직일 수 없긴 마찬가지였다. 순간, 순간을 점칠 수 없는 급박한 상황에서 포대를 내어주고만 심리적 압박감에 포영(炮營)의 유격인 맹신이 자결했다는 소식이 들려왔다. 높이 걸린 가슴이 내려오기도 전에 이번에는 총병인 임거가 칼에 맞아 죽었다는 흉보가 잇따랐다. 장흥은 머리가 아찔한 나머지 하마터면 쓰러질 뻔했다.

바로 그때 친병 하나가 헐레벌떡 달려와 아뢰었다.

"군문! 예비대는 전부 결전에 투입하라는 장군문의 명령이 내려졌습니다!"

"우리 북쪽에도, 동쪽에도 적들이 있는데, 이쪽 대영은 어떻게 하라는 말씀은 없던가?"

"없었습니다!"

"씨팔! 무슨 명령이 그래? 한쪽은 포기하라든지 뭐 구체적인 언급이 있어야 할 게 아니야!"

장흥이 악에 받쳐 덧붙여 소리쳤다.

"대영이 점령당하는 날엔 양초(糧草)며 부상병들을 고스란히 사뤄번에게 바치는 격이 되는데, 뭘 먹고 버티려고 저럴까!"

장흥은 손을 크게 흔들어 큰소리로 명령했다.

"식량창고의 수비군 3백 명과 부상병들만 남고 나머지는 전부 장 군문을 지원하러 가야겠다!"

중군 호위병은 사뤄번의 후방에서 대장군의 신변위협을 어느 정도 완화하는 작용만 하고 있었다. 그러던 중 장흥의 대영이 지원에 나서자 사뤄번은 즉각 장군의 천막을 둘러싸고 있던 병사들을 불러 장흥과 맞서 싸우라는 명령을 내렸다. 그리고는 성의 북쪽과 동쪽에 있는 부대에 명하여 대영을 돌아 성안으로 들어와 합류하라고 지시했다. 이제 모든 병력을 총동원하여 청병들과 남채문에서 결전을 벌일 참이었다.

성 북쪽에 있던 사뤄번의 부하들은 손쉽게 정문환의 라마묘를 탈환하였다. 그와 함께 식량창고를 지키고 있던 3백 청병은 삽시간에 저승손님이 되고 말았다.

그럼에도 불구하고 저녁나절까지 쌍방의 접전은 도무지 결판이 나지 않았다. 한편 3백 명의 정예 지원병이 도착해서야 장광사와 경복, 정문환은 비로소 한숨을 돌릴 수 있게 되었다.

피비린내가 진동하는 살육의 현장에도 어둠은 어김없이 찾아들면서 전투는 소강상태에 접어들었다. 어두운 잿빛구름이 뭉게뭉게 하늘을 뒤덮고 있었다. 우렛소리는 들리지 않았지만 간간이 번개가 시체가 여기저기 널브러진 전쟁터를 섬뜩하게 비췄다. 공포에 짓눌린 밤이었다. 천막 안에 지핀 횃불이 장광사와 경복을 비롯한 여러 어두운 얼굴을 붉게 비추었다. 천막 밖의 병사들도 장작불을 피워놓고 있었다.

장시간 침묵하고 있던 장광사가 등뒤의 정문환에게 말했다.

"이봐, 적들이 밤중에 쳐들어오지는 않을까?"

"그럴 가능성은 희박합니다. 어두워 상대를 분간할 수가 있어야 말이죠."

"먹을 식량은 있나?"

"없습니다. 냄새를 맡아보십시오. 병사들이 낙타고기를 구워먹는 것 같습니다."

"아계는 무슨 소식이 없나?"

"방금 보고를 올린 대로입니다. 수시로 저격을 받다보니 움직이는 속도가 느릴 수밖에 없다고 합니다."

그는 더 이상 묻지 않았다. 방금 군사들을 정돈해보니 청병의 사상자는 이미 절반을 넘어섰고, 사뤄번은 고작 3백 명의 인명피해밖에 없었다. 아계가 제때에 지원해오지 못하면 내일의 결전은 그 결과를 장담할 수 없었다.

내내 고개를 떨구고 있던 경복이 무겁게 입을 열었다.

"아무래도 최악의 경우를 대비해야 할 것 같소. 유서를 가족들에 보낼 수 있는 방법도 강구해보고. 낮에 사뤄번이 청해왔던 방법도 다시 한번 생각해보는 것이……"

"장군이 전장터에서 싸우다 죽는 건 응분의 도리요! 유서를 쓰는 건 좋은데, 지필은 어디서 구할 거며 또 어찌 발송하겠소!"

고개를 들어 깊은 한숨을 토해내며 장광사가 말을 이었다.

"내가 저놈을 너무 쉽게 봤소. 이곳에서, 이렇게 죽어가게 될 줄은 정말 몰랐소!"

그러자 경복이 말했다.

"내 생각엔 아계의 지원병이 늦어지면 우린 어떻게든 포위망을 뚫고 나가 서쪽으로 달아나 아계와 합류해야 하오."

이에 장광사가 답했다.

"포위망을 뚫고 나가다가는 전군이 봉변을 당하는 참극이 벌어질 수도 있소. 지금은 주먹을 불끈 쥐고 아계를 기다리는 수밖에 없소. 밖에 명을 전하거라. 장작불을 여러 군데 피워 적들에게 우리 지원병이 당도했다는 착각을 불러일으키게 하라!"

그러나 장광사의 의병계(疑兵計)는 아무런 효과도 거두지 못했다. 이튿날 하루종일 기다려도 사뤄번은 공격해오지 않았던 것이다. 포대를 점령한 장족 병사들이 분주히 왔다갔다하며 알아듣지도 못할 장족말로 떠들어댔으나 대체 뭘 하는지 알 수가 없었다. 자라 모가지를 한 9백 명의 청병들이 사방에서 1천 8백 개의 충혈된 눈을 부릅뜨고 긴장된 표정으로 사뤄번의 동정을 살폈으나 사뤄번은 여전히 공격을 가해오지 않았다. 사방에서 쇠뿔로 만든 호각소리가 우우 흐느낌처럼 들려왔고, 숲 속에서는 장족병사들의 노랫소리도 간간이 들려왔다. 경복과 장광사는 홀연 고개가 갸우뚱해지기 시작했다.

"귀신이 곡할 노릇이 따로 없구만! 저것들이 무슨 꿍꿍이를 꾸미는 거야!"

경복은 조바심이 나서 혼자서 중얼거렸다.
"적들도 안 보이고, 아계도 안 나타나고, 대금천에서도 남로군에서도 꿩 구워 먹은 소식이니 그야말로 우린 장님이 따로 없고 귀머거리가 따로 없군!"
장광사 역시 한풀 꺾여 있었다. 이젠 경복이 '대죄입공'의 꼬리표를 달았다 하여 함부로 빗대어 비아냥거릴 수도 없는 처지였다. 자연히 어깨에 힘이 들어간 경복이 이빨 사이에 낀 낙타고기를 손가락으로 후벼내며 말했다.
"안돼! 여기서 사뤄번이 죽여주길 기다릴 수는 없소! 쾌마를 보내어 아계와 다시 연락을 취해봐야겠소. 닦달을 하면 아무래도 더 빠르게 움직이지 않겠소?"
그러자 정문환이 자신의 이견을 얘기했다.
"경 어른, 적들이 사면에 포진해 있습니다. 지금 당장 공격을 개시하면 우린 꼼짝 못하고 당할 판국에 어찌 그리 조급해 하십니까?"
"하기야 대포도 다 빼앗긴 마당에 서두르면 뭘 하겠나?"
경복이 비꼬듯 말했다.
"내가 사뤄번이라면 대포로 한번 휙 쓸어버리고 말겠다, 깨끗하게!"
그런데, 그의 말이 채 끝나기도 전에 대포소리가 터졌다.
쾅! 쾅! 쾅!
사람들이 미처 반응을 보이기도 전에 다시 세 발의 포성이 연이어 터졌다. 천막이 드르르르 진저리를 쳤다!
"탄약이 습기가 차 못 쓰게 됐다고 하더니, 저 자식들은 잘만 쏘아대는군!"

정문환이 벌떡 일어나 뛰쳐나갔다. 비아냥거리던 입이 그대로 벌어져 파리가 무상으로 출입할 것 같이 놀란 경복을 보며 장광사가 그 와중에도 피식 웃음을 터트렸다.

"노병(老兵)은 칼을 무서워하고, 신병(新兵)은 대포소리에 오줌을 싼다더니, 그 말이 틀리지는 않군! 자, 이걸 가지고 있으시오!"

장광사가 탁자 위에 놓여있던, 낙타고기를 발라먹던 비수를 건네주며 덧붙였다.

"아까 이걸로 고기 써는 걸 봤지 않소? 단칼에 갈 수 있는 칼이오. 우린 사뤄번 손에 죽을 수는 없소!"

혼이 나간 표정으로 어정쩡하게 비수를 받아든 경복이 그 차가운 감촉에 부르르 떨며 비수를 떨구었다. 그의 얼굴은 달빛에 비친 창호지처럼 창백했다.

경복이 입술을 실룩거리며 뭔가 말하려 할 때였다. 정문환이 들어와 도무지 믿어지지 않는다는 어투로 말했다.

"경복 어른! 장 군문! 사뤄번 저놈 알다가도 모르겠네요! 다시 협상을 하자고 청해왔는데요? 호위병을 제쳐두고 사뤄번이 혼자 오겠다고 합니다!"

"그게 과연…… 사실인가?"

경복이 한 걸음 다가서며 확인하듯 다급히 되물었다.

"그가 우리 천막에 온단 말인가?"

"그리 간절하다면 만나나 보지!"

장광사의 얼굴근육이 몇 번 움찔거렸다. 이를 악물고 한참 생각한 끝에 장광사가 명령을 내렸다.

"진영을 정돈하고 의장행렬을 갖춰 사뤄번을 맞이하라!"

잠시 후, 모든 청병이 천막 앞의 공터에 집합했다. 네모 반듯하게 정렬하고 나니 교위(校尉)의 안내를 받으며 사뤄번이 당당하게 모습을 드러냈다.

딱 벌어진 앞가슴을 쭈욱 펴고 장화 신은 발걸음을 크게 떼어놓으며 씩씩하게 다가온 사뤄번이 경복, 장광사, 정문환을 가볍게 쓸어보고는 웃으며 말했다.

"놀라게 해드려 미안하오!"

그와 함께 사뤄번은 두 손을 들어 공수(拱手)를 하는 것이었다.

"쌍방이 아직은 교전중이거늘……."

장광사가 차가운 음성으로 내뱉었다.

"자네 사뤄번은 무슨 일로 이리 위험한 걸음을 하시었소?"

"위험하다니? 누가 할 소린지! 이쪽 실력이 어느 정도인지 난 손금보듯 알고 있소!"

"우리 여긴 아직 2천 인마가 건재해 있어! 아계의 3천 인마도 급행군을 하여 달려오고 있고!"

장광사의 말에 사뤄번이 피식 웃음을 흘렸다. 그리고는 말했다.

"어젯밤엔 어지간히 추웠던가 보네? 장작불 더미가 수도 없는 걸 보니! 그런다고 내가 속을 줄 알았소? 나뒹구는 시체를 확인해 본 결과 당신의 병사는 불과 1천 명도 남지 않았소!"

그러자 장광사가 콧소리를 내며 말했다.

"다 알면 공격이나 할 일이지, 여긴 어쩐 일이냐고!"

그 말에 사뤄번의 낯빛이 갑자기 정중하게 변해갔다. 형형한 눈빛으로 세 명의 패장을 응시하며 말했다.

"습기가 차서 못 쓰게 됐다던 탄약을 우린 이미 다 말려놓았소. 불에 쬐어 말리느라 두 명이 죽었지. 내가 이 손바닥만한 천막을 날려보내려면 반시간도 채 안 걸릴 거요. 물론 여기 있는 세 명의 고귀한 목숨도 함께 날아갈 것이오. 그러나 그건 최선이 아니라고 생각했소. 내 소신은 변함이 없소, 더불어 사는 방법을 강구해 보자는 거요."

대국 흠차의 신분에, 대장군의 체면에 달갑지는 않았지만 찬밥, 더운밥 가릴 처지가 아님은 자명했다.

"어떻게 할 것인지 먼저 들어나 봅시다!"

경복이 심드렁하게 내뱉듯 말했다.

"들어라도 준다니 반갑소!"

사뤄번이 얼굴에 미소를 띠우며 손가락 세 개를 폈다.

"첫째, 난 우리 동네의 어른이신 상착과 인착 활불을 보내어 대군과 강화조약을 맺을 수 있소. 둘째, 난 조정의 법도를 준수하여 금천 이외의 지역엔 침흘리지 않고 전에 일방적으로 점령했던 땅도 내놓고 전쟁포로와 화총, 대포도 돌려줄 것을 약속하오. 셋째, 난 우리 병사들을 파견하여 대군의 무사한 출경(出境)을 도와줄 의향이 있소. 대신 그쪽에선……"

잠시 생각하는가 싶더니 사뤄번이 말을 이었다.

"대장군과 흠차께서 꼭 나랑 약조해주기 바라오. 다시는 이런 식으로 우릴 괴롭히지 않고, 임거, 매국량, 맹신이 전사한 죄를 묻지 않겠다고 말이오. 두 분 어른께서 지금 당장 날 따라 우리 병영으로 가서 대국의 황제에게 강화협정을 윤허해주십사 하는 주장을 올리기 바라오. 시간을 끌어 지원병이 도착하기를 기다리는 건 우매한 발상이라는 걸 다시금 일깨워줄까 하오. 내가 죽음을 겁내는 사람이라면 여기까지 오지 못했을 거요. 이건 마지막 기회요. 날 인질로 삼을 생각도 일찌감치 거둬주오. 반시간 내에 내가 돌아가지 못하면 후임 수령이 즉각 내 뒤를 이어 무자비한 포격을 가해올 것이니, 그때는 이미 늦지 않겠소?"

사뤄번이 반나절 동안 잠잠해 있었던 건 부하들과 이와 같은 걸 상의하기 위함이었다. 강화조약의 내용이며, 다시 거절당했을 때의 대처요령까지 치밀하게 준비한 그 수단과 배짱에 세 사람은 잠시 할말을 잃었다. 사뤄번을 인질로 삼을 생각에 들떠 있던 정문환이 이대로 보내기엔 억울하다는 듯 위협조로 나섰다.

"난 무식한 놈이라서 다 잡은 이리는 놓치고 싶지 않아. 강화조약이니 뭐니 까불지마, 이놈아! 네놈의 대가리 하나 노리고 왔는데, 그까짓 게 무슨 소용이 있어!"

이같이 포악을 떨며 정문환이 쓰윽 장검을 뽑아들었다. 일촉즉발의 위험이 천막 안을 숨막히게 했다! 화의를 할 생각이 불붙는 듯한 경복이 가타부타 말없이 자리를 지키고 있는 장광사를 서늘한 눈매로 쓸어보며 속으로 말했다. 괜히 위세 떨지 말고 어서 도장이나 찍어!

"죽이든 살리든 맘대로 하시오. 내 목숨은 이미 내 것이 아닐 테니까! 정 군문이 칼질할 때 눈 한 번이라도 깜빡하면 나 사뤄번은 결코 장족(藏族)의 자손이 아니오!"

"이봐, 정문환! 그 칼 도로 집어넣지 못해! 사뤄번 장군, 아랫것이 철이 없어서 결례를 했소. 거기 앉으시오! 서로의 요구사항을 합의해 보도록 하지."

결정적인 순간에 장광사의 태도가 돌연변이를 일으켰다.

"시간도 많지 않고 그냥 서서 얘기하는 게 편하겠소. 나더러 북경까지 따라가자는 조건만 달지 않는다면 다른 건 뭐든지 다 들어줄 수 있소. 이걸 읽어보고 대장군이 서명만 하면 되겠소!"

사뤄번은 미리 준비해온 종이 한 장을 꺼내어 건넸다. 그 종이는 경복에게서 장광사로, 다시 정문환에게로 건네졌다. 읽어보고 난 세 사람은 잠시 아무 말도 없었다.

한참 후에야 경복이 비로소 입을 열었다.

"사뤄번 장군, 조정과 사이좋게 이웃하고 싶다는 자네의 성의가 가상하다고 느껴지오. 뭐 굳이 흠잡을 만한 내용은 없지만 기왕이면 우리 대국의 체면을 고려해서라도 '청구궤항(請求跪降)' – 무릎 꿇어 항복을 간청한다 – 네 글자를 보탤 수는 없겠소? 그렇다고 금천 땅 어디가 꺼지는 것도 아니고, 좋은 게 좋은 거 아니겠소?"

장광사와 정문환의 눈길이 일제히 사뤄번에게로 향했다.

"우린 '궤항(跪降)'이라는 말을 모르오."

이같이 못박는 사뤄번의 마음에 서글픔이 가득했다. 설령 지금 포격을 가하여 청병을 몰살해버린다고 할지라도 건륭은 틀림없이 더 많은 병마를 파견하여 재정벌을 해올 것이다. 민족의 존망이 건륭에게 달렸거늘 죽도록 억울하지만 사뤄번이 선택한 차선이 곧 강화조약을 맺는 것이었다. 결국 사뤄번은 눈물을 머금고 말았다.

"이 조약엔 그 네 글자를 명시할 수 없소. 그러나 황제에게 올리는 주장에는 이보다 더한 창피를 주어도 난 개의치 않겠소. 우리 장족은 신이 내린 위대한 민족이오. 거듭 말하지만 우리에게 '궤항'이라는 말은 없소……."

밀고 당겨봤자 별 뾰족한 수가 나오지는 않을 것 같았다. 적당한 선에서 절충하여 경복과 장광사, 정문환은 차례로 '강화조약'에 자신의 이름을 적어 넣었다.

24. 추계대사도(雛鷄待飼圖)

　대장군 장광사가 적들에게 병사를 반이나 잃고 임거 등이 전사했다는 사실을 아계와 러민은 아직 까맣게 모르고 있었다. 그들은 사뤄번의 식량과 거대한 양의 금과 은이 괄이애 어딘가에 숨겨져 있다는 사실을 포착했다. 그러나 지형이 워낙 험준하여 몇 번이고 공략을 시도했지만 모두 실패하고 말았다. 궁여지책으로 동쪽으로 이동하여 측면진공을 꾀했으나 이번에는 사뤄번의 의병계(疑兵計)에 겁을 집어먹고 제자리로 돌아오고야 말았다. 증원이 화급하다는 장광사의 명을 받고 움직일 때에야 비로소 아계는 비로소 적들이 괄이애로 대부대가 움직이는 듯한 착각을 주어 아계의 발목을 붙들어 매어놓고 소금천을 포위했다는 사실을 깨닫게 되었다.

　달리는 말에 채찍질을 해대던 장광사의 독촉이 그러나 어느 순간 뚝 끊기고 서찰을 보냈던 쾌마도 사뤄번 부하들의 포위망을 뚫지 못하고 되돌아오고 말았다. 지원을 나섰던 아계의 부대는 소금천에서 서쪽으로 50리 떨어진 괄이애 동쪽에서 발목이 묶이고 말았다.

이런 혼전은 겪어본 적이 없는 두 사람은 적들의 허실을 염탐해 낼 길도 없고, 포위망을 뚫고 나갈 가망도 없자 적이 당황하고 불안해지기 시작했다. 부대를 자신의 천막 가까운 곳에 집결하라 명하고는 유격 이상의 부하들을 불러모으고 난 아계가 맥을 놓고 있는 러민에게 말했다.

"이럴 때일수록 정신을 바짝 차려야 하오. 우리 둘이 대책없이 골머리를 쥐어짜느니, 한 사람이라도 더 불러서 여럿의 의견을 들어보는 게 바람직하오. 걱정하지 마시오. 그 무슨 일이 있더라도 그대에게 책임을 전가하는 일은 없을 테니!"

"날 뭘로 보고 그러오!"

우울한 기색의 러민이 한숨을 쉬며 말했다.

"난 장광사가 대체 뭘 하고 있었는지, 가까이 있었더라면 멱살이라도 움켜잡고 싶은 심정이오. 눈을 감고 지휘해도 그것보다는 나았겠소! 달리 불안한 건 없소."

두 사람이 이같이 주고받고 있을 때 선두부대의 후위(後衛)인 하이란차와 조후이가 등뒤에 서너 명의 부하들을 달고 들어섰다. 저마다 참담하고 우울한 표정이었다. 하이란차는 건륭이 군중으로 파견하여 군사를 익히게 했던 만주족 친귀(親貴) 자제였다. 조후이와는 동갑내기인 스물다섯 살이었다. 둘 다 소년기성(少年氣盛)할 나이인지라 들어서자마자 기차 화통을 삶아먹은 소리가 따로 없었다.

"아계 장군! 어떻게든 뚫고 나가야 하오. 장광사, 정문환 저 무지렁이 같은 놈들을 믿고 있다간 하나도 살아남지 못할 거오! 내가 유심히 살펴보았소! 우리 앞길을 막고 있는 적들은 많아야 1천 명이오. 이래도 죽고 저래도 죽을 바엔 용감히 치고 나가 혈로(血路)를 개척하는 게 상책이오! 적들이 횃불을 들고 야간 행군을 할 수 있다면 우리도 충분히 할 수 있소!"

"다들 앉지."

아계가 짤막하게 말했다. 횃불이 흔들리며 선이 또렷한 아계의 얼굴을 비췄다.

"현재 우리 군이 처한 상황은 불리하기 그지없소. 남로군의 회합은 전혀 바랄 수가 없고, 북로군은 적어도 일주일은 있어야 소금천에 도착할 수 있을 거요. 설상가상으로 적들의 배후지역에 들어온 지 20일이 넘는 우리 3천 노약피병(老弱疲兵)은 식량도 부족한 상황에서 사뤄번의 포위망을 뚫고 나가야 하는 악조건에 처해 있소. 대장군도 소금천에서 죽을 쑤고 있는 모양이오."

요약하여 상황설명을 마친 아계가 말을 이었다.

"지금 세 가지 의견이 있는데, 여러분들이 나의 꾀주머니가 되어주었으면 해서 불렀소. 물론 결과는 내가 책임지겠소. 하나는 하이란차 아우가 말했듯이 죽기 아니면 사는 각오로 포위를 뚫고 달려가 소금천을 지원하는 거요. 이 길을 택하면 우린 일단 장군의 명령을 어기지 않게 되고, 잘하면 소금천이 위기에서 벗어나는 데 일조를 했다는 공로도 얻을 수 있겠지. 문제는 미로 같은 이 산속을 무사히 탈출하여 거기까지 간다는 것이 하늘에 오르는 것과 진배없다는 것이오. 두 번째는 식량창고를 찾아내는 것인데 우리가 이곳 괄이애에 있는 사뤄번의 식량창고만 찾아낸다면 사뤄번이 소금천을 내팽개치고 가랑이에 불붙게 달려오지 않을 수 없을 거요. 그리고 세 번째는, 역으로 우리가 여기 있고 소금천에서 이 방향으로 포위망을 뚫어보는 것도 바람직하지 않을까 싶소."

살아남느냐, 먹히느냐의 선택을 앞두고 사람들은 진지한 고민에 빠졌다. 하이란차가 먼저 입을 열었다.

"저라면 두 번째 방안을 택할 것 같습니다!"

그러자 러민은 다른 주장을 폈다.

"두 번째 방안이 취할 바가 못 된다는 건 아니지만 그건 우리가 현명하고 사리분별력이 뛰어난 장군을 만났을 때라야 가능한 일이오. 경복과 장광사를 보오! 둘 다 남이 잘 되는 꼴을 못 보는 되다 만 것들 아니오? 그것들이 우리가 자기의 장군령(將軍令)을 무시한 채 여기 앉아 알토란 까먹게끔 봐줄 것 같소?"

그러자 아계가 한숨을 내뱉었다.

"하기야 내게 3천 노약병을 떠맡겨 빼도 박도 못하게 적들의 뱃속에 들어와 박히게끔 등 떠밀 때부터 알아보았소. 내가 그 사람이 손수 키워낸 부하가 아닌 바에야 어쩌겠소."

"나도 두 번째 방안에 무게를 싣고 싶소!"

조후이가 나섰다.

"지금은 앞날의 시시비비를 저울질할 때가 아니잖소. 위(魏)를 포위한 것은 조(趙)를 구하기 위함이오. 우리가 이 길을 택할지라도 장광사의 장군령을 어겼다고 볼 수는 없소. 난 아계 장군과 영욕(榮辱)을 같이하겠소!"

아계는 장검을 지팡이처럼 짚고 앉아 가타부타 말이 없었다.

다른 부하들의 생각도 대체로 일치했다. 무게중심은 둘째 방안을 택하는 쪽으로 기울고 있었다.

"사뤄번의 식량창고를 부숴 그 날개를 꺾어버리는 것이 궁극적으론 대장군을 구하는 길인데, 그 사람이 무슨 이유로 우리 죄를 묻는단 말입니까?"

그것이 부하들의 공통된 생각이었다.

"그래, 해보자고!"

아계가 단호한 어투로 말했다.

"내가 지형을 분석해보니 동쪽 산자락에서 괄이애로 쳐들어가는 것이 남쪽에서 치는 것보다 나을 것 같아. 이곳 괄이애를 지키고 있는 사람들은 대부분 노약자와 부녀자, 아이들이오. 어떤 경우에서든 힘없는 자들을 무자비하게 유린하는 일은 없어야겠소. 우리의 목적은 식량창고를 들이쳐 사뤄번의 숨통을 죄자는 것이니까! 부녀자를 능욕하거나 이유없이 사람을 해치는 자에 대해선 가차없이 목을 칠 거요!"

횃불에 비친 아계의 눈빛이 유난히 빛났다. 도무지 깊이를 알 수 없는 눈빛이었다.

"러민 형이 소부대를 거느리고 동쪽을 양공(佯攻)하오. 우리가 아직 소금천으로 지원을 가고 있다는 착각을 일으키게 해야 하니까. 괄이애 식량창고로 추정되는 곳까지 접근하고 나면 양공은 곧 진짜공격이 되겠지. 산 위에선 점화(點火)로 신호를 삼으시오!"

아계의 계획은 예상보다도 더 순조로웠다. 자시(子時)가 지나서 얼마 안 되어 사뤄번은 괄이애가 점령당했다는 급보를 접하게 되었다. 괄이애로 돌아가 난국을 수습해야 하나, 계획대로 소금천의 장광사를 쳐야 하나…… 사뤄번은 잠시 진퇴유곡의 고민에 빠졌다. 그 시각 경복과 장광사는 아직 꿈속에서 헤매고 있었다.

추계대사도(雛鷄待飼圖) 209

"돌아가서 괄이애를 지켜야 해요!"

예단카가 흥분하여 떠들었다.

"인착 활불이 적들에게 생포되는 날엔 우린 나중에 달라이 라마와 반찬 대사(大師)를 뵈올 면목이 없을 겁니다!"

그러나 상착 숙부의 의견은 달랐다.

"설령 그런 불행이 닥친다고 해도 우린 소금천을 내버리고 갈 수는 없습니다. 경복과 장광사를 생포하여 협상에 들어가는 수가 있더라도 지금은 안 됩니다. 만약 괄이애에서 패한다면 우린 결국 양면협공을 받게 됩니다."

선택의 기로에서 사뤄번은 깊은 고민에 빠졌다.

"이대로 돌아가 괄이애를 수복한다는 것은 승산이 없어. 소금천을 대포로 뭉개버리는 것도 재고해볼 일이야."

부하들의 의아스러운 눈빛을 한 몸에 받으며 사뤄번은 한참만에야 입을 열기 시작했다.

"우리가 명심해야 할 건 우리가 대체 무엇을 얻기 위해 싸우느냐는 거야. 우리가 고향 금천의 평화와 우리 민족의 명운을 위해 피 흘리며 싸우는 거라는 데는 이견이 없을 거요! 장광사의 청병들을 날려보내는 건 내일이면 끝나는 일이오. 당장은 속이 시원하겠지만 건륭이 우릴 가만 두겠소? 분명히 이를 갈며 이광사, 왕광사를 다시 파견할 거란 말이오! 우린 조정과 장기전에 돌입할 여력이 없지 않소……. 내가 보기엔 아계가 제대로 된 싸움꾼이오. 노약자들과 부상자들만 데리고도 여태 사상자 하나 없이 버티고 있다가 급기야 괄이애까지 점령했다는 걸 보오……!"

그의 말은 언제나 설득력이 있었다. 주장(主將)이라고 하여 막무가내로 밀어붙인 적은 없었다. 부하들은 내심 그 지혜에 감탄하면서도 진퇴유곡의 현실에 어찌 대처할지 불안해했다. 그런 사람들의 마음을 읽은 듯 사뤄빈이 마침내 결단을 내렸다. 막대기 같은 긴 팔을 힘껏 휘두르며 사뤄빈이 말했다.

"이렇게 하지! 병력을 서쪽으로 이동하여 아계의 퇴로를 차단해버려야겠소. 명심해야 할 것은 아계의 움직임에 대해선 절대 외부로 새지 못하게끔 소식을 봉해버려야 한다는 거야. 난 이쪽에서 장광사를 찾아가 결판을 내고 올 테니까!"

이렇게 되어 사뤄빈은 홀몸으로 의연히 장광사를 찾아 나서게 되었고, 우여곡절 끝에 장광사와 경복을 설득하고 협박하여 강화조약에 조인하게끔 했던 것이다.

그로부터 3일 후, 장광사는 달유로 철수하였다. 경복과의 하룻밤 밀유를 거쳐 이튿날 장광사는 곧 남로군에게 현지에서 대기하라는 명령을 내렸고, 북로군도 소금천에서 철수하게끔 했다. 그리고 둘은 서둘러 건륭에게 첩보주장을 쓰기 시작했다.

신들은 이미 대금천, 소금천을 탈환하는 데 성공하였사옵니다. 막다른 골목에 내몰린 사뤄빈은 급기야 참회의 눈물을 쏟으며 대영으로 찾아와 무릎 꿇어 항복을 간청해오기에 이르렀사옵니다. 지난날의 잘못을 통렬히 뉘우치고 이제부터라도 조정의 충실한 개가 되어 황은에 보답하겠사오니, 제발 금천의 이족(夷族)들을 주살하지 말아달라고 간곡히 구걸해 왔사옵니다. 신들은 하늘과 같은 폐하의 인덕(仁德)과 하해(河海)와 같은 폐하의 아량을 과시하여 칭송해마지 않았사옵고, 폐하께서 금천을 정벌하심은 그곳 백성들을 애양(愛養)하시는 마음이 극진하시어 품어 안으시려는 깊은 뜻의 발로임을 익히 알고 있사옵니다. 뒤늦게나마 진정으로 천위(天威)를 두려워할 줄 알고 성치(聖治)에 신복(臣服)하는 그 정성이 갸륵하여 신들은 공의(公議) 끝에 일방을 소란케 만들어온 그 죄를 추궁하지 않고 전과 다름없이 안무사(按撫使)를 두어 금천 지역의 토사(土司)를 관리하는 것이 어떨까 하여 주장을 올리는 바이옵니다……

전사한 장령들에 대해선 한참 궁리 끝에 임거와 매국량은 '수토(水土)를 극복하지 못하고 병이 들어' 죽고 맹신은 '눈먼 화살에 맞아' 죽은 것으로 얼버무려 넘겼다. 이제 아계와 러민만 남았다. 어찌 언급해야 할지 둘은 고민에 빠졌다.
"상주문을 이리 머리 싸매고 꾸며보는 짓거리는 내 평생 처음이오."
장광사가 자조에 빠진 얼굴을 하여 말했다.
"첩보주장(捷報奏章)이고 아계와 러민 모두 성총이 남다른 자들이니 폐하께서는 이 둘의 활약상을 기대하고 계시겠으나 유감스럽지만 이들에게 공로를 인정해줄 수는 없소. 사사로이 군령을 어겨 나의 대세를 망가뜨린 자들이오. 그 죄는 목을 쳐야 함이 마땅하오."
그러자 경복 역시 맞장구를 쳤다.
"군법에 의해 목을 쳐야 하오. 주장(主將)이 위기에 직면하여 지원을 요청했거늘 죽어가는 걸 보면서도 외면한 자들인데, 우리라고 못할 게 뭐 있소. 눈에는 눈, 이에는 이인 법이오. 사뭐번더러 우리 대포를 빠른 시일 내에 돌려달라고 독촉하고, 즉각 러민과 아계의 병권을 박탈해야겠소. 하이란차와 조후이에게 그쪽 병마를 인솔하여 달유에서 대령하라고 하면 되지 않겠소?"
장광사가 머리를 끄덕였다. 경복은 다시 붓을 들어 한 획, 한

획 정성껏 적어나가기 시작했다.

　아계와 러민은 공로를 탐하여 무모하게도 3천 노약자들을 거느리고 적들의 심장부인 괄이애로 들어감으로써 한때 고립무원의 위험천만한 지경에 빠지기도 했사옵니다. 소금천 서쪽의 적들이 두려워 감히 동진(東進)하여 주력부대와 합류하라는 군령을 어겨 대금천 전투가 하마터면 주력부대가 몰살하는 위기를 맞을 뻔했사옵니다. 이토록 죽음을 두려워하는 겁쟁이들일 줄은 신들은 정말 몰랐사옵니다. 내심 폐하의 지인지명(知人之明)에 누가 될까 두렵사옵니다. 모범이 되어야 할 사람들의 일탈로 인해 초래될지도 모르는 전군의 기강해이를 미연에 방지하는 차원에서 두 사람을 군법에 따라 엄정히 문책하기로 했사옵니다.

　붓을 내려놓으며 경복이 말했다.
　"이렇게 쓰면 되겠는지 한번 봐주시오."
　경복에게서 첩보주장 초안을 건네 받아 읽어보던 장광사의 얼굴에 뭐라 표현할 수조차 없는 표정이 곳간 귀퉁이의 거미줄처럼 퍼졌다. 서둘러 자신의 도장을 찍어 내쫓듯 손사래를 치며 그는 말했다.
　"어서 발송하시오!"
　그렇게 해서 결국 아계와 러민은 영문도 모른 채 서서히 함정으로 미끄러지고 있었다.

　패배를 교묘하게 위장하여 거짓 군정(軍情)을 보고한 장광사와 경복의 주장이 북경에 도착했을 때 건륭은 이미 북경을 떠나 지방순시를 나선 지 보름을 넘기고 있었다. 북경에 남아 있던 장정옥, 어얼타이와 푸헝은 돌려가며 주장(奏章)을 읽어보았으나 앞뒤가 맞지 않고 어폐가 상당히 심했다. 그러나 군국요무(軍國要務)인지라 사사로이 잘잘못을 논할 수 없었던 세 사람은 주장 원본을 그대로 노란 함에 넣어 제남(濟南)에 있는 산동성 순무아문으로 발송하여 순무인 악준(岳濬)이 직접 황제의 행궁(行宮)으로 전해주게끔 조치했다. 그들은 악준의 아문이 이미 행궁으로 바뀌었다는 사실을 모르고 있었던 것이다.

건륭의 이번 순방은 극비리에 이뤄졌는지라 노란 함은 붉은 비단으로 포장할 수밖에 없었다. 눈치 빠른 사람들이 간파해내는 걸 미연에 방지하기 위함이었다. 악준은 벌써 순무아문의 업무를 산동 번대(藩臺)에게 넘겨주었으나 매일 업무를 보는 척 아문을 지키고 앉아있을 뿐이었다. 건륭의 신상을 위해 비록 한 울타리 안에 있었으나 그도 맘대로 건륭을 알현할 수는 없었다.

느닷없이 노란 함을 전해 받은 그는 고개를 갸웃하며 함을 안고 공문결재처로 나친을 찾아 나섰다.

"나 중당께서는 자리에 안 계십니다."

태감 왕신(王信)이 깍듯이 예를 갖췄다. 차를 따라주며 웃는 얼굴로 그가 말했다.

"나 중당과 군기처의 기윤 어른은 둘 다 역관으로 폐하를 모시러 갔습니다. 악 중승께서 다른 급한 일이 있으시면 먼저 일을 보시거나, 아니면 여기서 기다리고 계십시오. 폐하께서 오시면 부르실 겁니다."

그러자 악준이 눈빛을 반짝이며 몸을 앞으로 수그렸다. 그리고는 소리 낮춰 물었다.

"그럼 폐하께서…… 지금 제남에 안 계신다 이 말인가?"

하지만 왕신은 입을 다문 채 길게 웃는 것으로 대답을 대신하고는 엉뚱한 소리를 했다.

"한단 쪽의 사건이 급박하게 돌아가면서 폐하께선 대단히 기분이 좋아하십니다! 이번에 산동에 오시면서도 그 일로 내내 즐거워하셨는 걸요! 폐하의 말씀을 빌리자면 '역시 콩 심은 데 콩 나고, 팥 심은 데 팥 나는구려! 악준은 누가 뭐라고 해도 대장군의 후예다워. 이치(吏治)도 잘 다스려가고 있고 재해복구도 신속히 하여 그 엄청난 피해를 최소화시켰으니 정말 대단한 사람이지!' 그밖에도 더 큰 칭찬을 아끼지 않으셨습니다."

건륭이 산동에 도착한 뒤로 시시각각 홀랑 벗겨진 채 시험대에 올려진 기분이었던 악준은 왕신의 말을 듣는 순간 그 동안의 불안이 가신 듯 사라지며 안도의 한숨을 내쉬었다. 주머니에 손을 넣어보니 은표(銀票) 몇 장이 들어있었다. 한 장을 꺼내보니 5백 냥짜리였다. 거금이긴 하지만 도로 집어넣을 수도 없어서 잠시 망설인 끝에 그는 순순히 은표를 왕신에게 내어주었다.

"안에서 시중드느라 힘든 일도 많을 텐데, 많진 않지만 내 성의이니 받아두었다가 요긴하게 쓸 수 있었으면 좋겠네."

생각지도 않았던 횡재에 두 눈이 휘둥그래져 희색을 감추지 못하던 왕신이 그것을 덥석 받아 냉큼 신발 속에 집어넣고는 천연덕스레 한 쪽 무릎을 꿇어 고마움을 표했다. 대단히 몸에 익은 동작이었다. 악준이 입가에 엷은 미소를 지으며 찻잔을 드니 태감이 목소리를 낮춰 다시 입을 열었다.

"어르신, 희소식이 또 있습니다. 무슨 처링인가 아라부탄인가 하는 작자가 얼마동안 잠잠하더니 다시 카얼카를 몹살나게 구나 봅니다. 병부에서 감섬(甘陝, 감숙성과 섬서성) 총독으로 몇 사람을 천거했으나 폐하께오선 크게 달가워하시지 않으시며 북경에 남아 계시는 푸샹더러 악종기 장군을 찾아보라고 명하셨다 합니다. 보아하니 그 댁 어르신이 동산재기(東山再起)할 날이 그리 멀지 않은 것 같습니다……."

일부러 신비스러운 분위기를 만들어 좌우를 두리번거리며 오리새끼 같은 목소리를 더욱 내리깔아 쌕쌕거리며 태감이 말을 이었다.

"이제 말씀드리겠습니다. 폐하께오선 사실 미복(微服) 차림으로 빈현(濱縣)으로 행차하셨습니다. 그곳이 반은 풍작을 거두고 반은 황충(蝗蟲) 피해가 심각하니 두 얼굴을 볼 수 있는 곳이라나요? 아무튼 오늘 돌아오시기로 되어 있어요! 나 중당이 기윤 어른에게 말하는 걸 들었는데요, 폐하께선 제녕(濟寧) 순시도 계획하고 계시는데 산동의 역도(驛道)가 오랫동안 손을 보지 않아 엉망이라 폐하께서 불쾌해하실 것 같다고 하셨습니다……."

한번 열린 태감의 말문이 닫힐 줄 모르고 있을 때 시위 수문이 두 신참 시위를 데리고 의문(儀門)으로 들어서고 있었다. 태감이 급히 뒤로 물러나 숙립하며 말했다.

"폐하께서 당도하셨습니다!"

정신이 번쩍 든 악준이 급히 일어나 보니 과연 색깔이 반쯤 탈색된 옷차림 일색인 시위들이 보였다. 의문 앞에서 말없이 멈춰선 그네들 뒤로 건륭이 모습을 드러냈다. 관포(官袍)를 입은 나친과 기윤은 그 뒤를 따라 들어왔다.

"탁탁!"

소매 쓸어 내리는 소리를 내며 악준이 빗물이 고여 있는 처마 밑에 무릎을 꿇었다. 그리고 머리를 조아렸다.
"신, 악준이 무릎꿇어 폐하께 문후 여쭙사옵니다!"
"됐네!"
건륭이 손사래를 쳤다. 대청(大廳)으로 들어가 자리한 건륭은 찻잔을 들었다가 옆에 있는 신하를 쓸어보고는 찻잔을 내려놓았다. 건륭이 갈증을 느끼고 있다는 걸 눈치챈 태감 왕신이 급히 얼음물에 담가둔 수박과 얼음을 내어오게 했다. 건륭이 그제야 지시했다.
"들게, 악준."
"예, 폐하!"
악준이 응답과 함께 구르듯 들어와 다시 예를 갖추었다. 대례를 올리며 훔쳐본 건륭의 모습은 잘 어울리는 월백색(月白色) 장삼(長衫)에 허리엔 자줏빛 요대(腰帶)를 두르고 있었다. 신발 위로 당겨 신은 흰 버선엔 먼지가 누렇게 끼여 있었다. 먼길을 걸어온 것임에 틀림 없었다. 악준이 다시 머리를 조아리며 아뢰었다.
"폐하의 용안을 우러러 뵈오니 수척해지시고 햇볕에 그을린 것 같사옵니다. 모두가 다 신의 불찰이옵고 신의 모자람 때문인 줄로 아옵니다. 산동은 더운 날씨가 북경과 비슷하여 폐하께오서 심히 괴로우실 줄로 아옵니다. 소인이 폐하를 모시고 노산(崂山)으로 피서를 다녀올까 하옵니다만……."
"짐이 막 노산에서 오는 길인데, 저 사람이 또 짐을 노산에 보내고 싶다고 하네."
건륭이 웃으며 고개를 돌려 나친을 바라보았다.
"이번에 짐은 괜찮았지만 자네 둘은 엄청나게 고생했네!"
악준은 그제야 건륭이 태감이 알고 있는 것과는 달리 빈현이 아닌 노산이 있는 즉묵현(卽墨縣)에 다녀왔다는 걸 알 수 있었다. 악준이 다시 아뢰었다.

"노산은 피서엔 그만이오나 오며가며 천리 길이오니 너무 멀어서 폐하께오서 이 날씨에 움직이시느라 고생스러웠겠사옵니다."

이에 건륭이 웃으며 말했다.

"짐이 피서가 목적이었다면 산동까지 올 필요가 있었겠나? 또한 짐이 명승고적을 유람하는 게 목적이었다면 찜통더위에 여길 왔겠나! 따스한 봄날에 강남을 찾지. 제남을 떠나 있었던 보름동안 짐은 멀리 돌아 빈현에까지 갔다 왔네!"

기윤이 악준이 건넨 노란 함을 받아 건륭에게 받쳐 올리며 조심스레 입을 열었다.

"중요한 서류인 것 같사오나 수박을 드시고 한숨 돌리시고 나서 천천히 읽어보시옵소서. 솔직히 신은 폐하를 모시고 산동으로 내려오면서 은근히 들떠 있었사옵니다. 태산(泰山)이며 봉래(蓬萊), 공묘(孔廟), 노산(嶗山), 연대(煙臺), 청도(靑島) 등등 명승지들이 열 손가락도 모자라게 많사온데, 어찌 마음이 싱숭생숭하지 않을 수가 있었겠사옵니까? 제남 대명호(大明湖)도 추억이 될 만한 곳이고 박돌천(趵突泉)의 차(茶)도 별미라는데, 모처럼 산동에 왔다 그냥 가게 생겼으니 참으로 유감이옵니다!"

건륭이 조심스레 노란 함에 붙인 밀봉딱지를 떼어내며 아직까지 무릎을 꿇고 있는 악준에게 일어나라는 손짓을 했다.

"천하 명승을 휩쓸고 싶으면 제 2의 서하객(徐霞客)이 될 일이지 군기처엔 어쩐 일인가? 사람이 살면서 유감스러운 일이 어디 한두 가진가!"

이같이 기윤에게 핀잔을 주며 노란 함을 연 건륭이 상주문을 펼쳐들었다. 흡족한 미소를 띠우며 건륭이 말했다.

"경복의 필체가 갈수록 맘에 드는데! 금천을 평정했다는 희소식이네……."

금천 대첩 소식에 사람들은 모두 안도의 한숨을 내쉬었다. 저마다 흐뭇한 미소를 짓고 건륭을 지켜보고 있으니 웬일인지 건륭의 얼굴에 환하게 서려 있던 미소가 급속도로 사라지고 있었다. 무시로 고개들어 생각하고 다시 주장을 읽어보고 다시 고개를 갸웃하는 모습에서 뭔가 석연치 않은 구석을 발견한 것 같았다.

첫 장을 앞으로 넘겨 대조해보고 가볍게 고개를 젓던 건륭이 손 가는 대로 주장을 서안 위로 던져버렸다. 말없이 찻잔을 들어 조금씩 불어가며 마시던 건륭이 나친을 향해 입을 열었다.

"기윤과 둘이서 다시 읽어보도록 하게. 짐은 어쩐지 석연치가 않네!"

가벼운 한숨과 함께 건륭이 그제야 악준을 향해 고개를 돌리며 말했다.

"짐은 이번에 시일이 촉박하여 주마간산 격으로 둘러보다 보니 자네의 이치(吏治)에 대해 집중적으로 눈여겨볼 기회는 없었네. 하지만 오면서보니 조운(漕運)이 원활하게 뚫린 것이 속이 다 시원했네. 산동 덕주(德州)에서 직예(直隷)로 들어가는 구간이 뻥 뚫렸더군. 재해복구도 제때에 잘 마무리되었고, 여러 군데 지어놓은 의창(義倉)에도 식량이 차고 넘친다니 짐의 마음이 흐뭇하네. 다만 짐이 이번 길에 보니 백성들의 겨울나기에 효자노릇을 해오던 옥수수대와 짚단들이 벌레 먹어 못 쓰겠던데? 이렇게 되면 겨우 내내 땔감도 큰일이고 가축들의 사료도 부족할 텐데, 자네는 이 어려움을 어찌 극복할 셈인가?"

"아뢰옵니다, 폐하!"

건륭의 지적은 현실적이고도 예리했다. 악준이 머리를 깊숙이 숙여 아뢰었다.

"산동성은 지난해에 동부와 서부가 극과 극을 치달았사옵니다. 동부의 대풍작과 서부의 흉작이 모두 백년에 한번 있을까 말까 한 그것이었사옵니다. 재해복구를 위해 창고에 비축되어 있던 식량을 다 풀고도 모자라 다른 곳에서 사들일 지경이었사옵니다. 폐하께오서 조달해 내려보내 주신 식량이 백성들이 최악의 상황을 극복하는데 큰 역할을 했사옵니다. 이제 일인당 하루에 잡곡 반 근씩은 내줄 수 있사오니 다행히 아사(餓死)하는 불행은 한 건도 발생하지 않을 것 같사옵니다. 월동(越冬)에 필요한 땔감과 사료는 소인이 이미 직예, 하남, 안휘, 강남 여러 성들과 합의하에 그네들로부터 시중가보다 싼 관가(官價)로 사들이기로 했사옵니다. 내년 춘황(春荒)은 별다른 어려움 없이 넘을 수 있게끔 미리 조치해 두었사옵니다. 이에 필요한 은자는 국은(國銀)에 손대지 않고자 하오니 폐하께오서 은전(恩典)을 내려주셨으면 하옵니다. 다름이 아니옵고, 산동성의 올해 염세(鹽稅) 수입은 국고에 납입하지 않고 저희가 어려운 고비를 넘는데 요긴하게 쓰게끔 배려해 주셨으면 하옵니다. 산동의 관원들은 지난 겨울부터 지금까지 봉록을 반씩만 받고있는 실정이옵니다. 워낙 박봉인 데다 이렇게 되고 보니 생활난에 쪼들리는 모습들이 안쓰러워 견딜 수 없사옵니다. 소인은 제 자신이 악명을 뒤집어쓰는 건 추호도 두렵지 않사옵니다. 일각에선 껍질을 발라 죽인다느니, 돈이라면 죽음도 두려워하지 않는 무식한 무장(武將) 출신이라느니, 악비(岳飛)의 불초한 자손이라느니…… 별별 악담이 다 나돌고 있사옵니다. 다른 성과 비교할 때 워낙 박봉이다 보니 가솔들도 먹여 살릴 수 없는 처지인지라 산동을 뜨고 싶어하는 관원들이 나올까 두렵사옵니다. 졸병 없는 대장이 무슨 멋에 팔자걸음을 하고 다니겠사옵니까?"

심각한 표정을 짓고 있던 사람들은 악준의 마지막 한마디에 모두 웃음을 터트렸다. 건륭이 말했다.

"죽은 사람 소원도 들어준다는데, 그것 하나 못 들어주겠나! 기윤, 자네가 푸헝에게 서찰을 보내게. 산해관(山海關)의 염정(鹽政)에게 명하여 산동성의 염세를 면해주도록 조치하라고 말일세."

건륭이 흔쾌히 허락하자 악준은 더욱 용기를 냈다.

"재해를 입으니 땅값이 폭락을 했사옵니다. 회하(淮河) 남쪽엔 한 무(畝)에 4백 냥씩 한다는데, 여긴 고작 서른 냥 선에서 거래되고 있는 실정이옵니다! 돈 있는 강남의 부자들이 산동 땅을 사들이기에 혈안이 되어 있사옵니다. 소인이 궁여지책으로 외지인들이 산동 땅을 매입할 시에는 1무당 1백에서 3백 냥 정도의 세금을 부과시킨다는 고시를 내려서야 겨우 땅사재기 현상을 진정시켰사옵니다. 그러다 보니 그나마 땅을 팔아 연명해가던 빈곤층이 집도 절도 내버린 채 고향을 등지고 있는 실정이옵니다. 땅은 있어도 농사지을 여력이 없는 사람들이죠. 신은 요즘 이 때문에 골머리를 앓고 있사옵니다. 외지인들이 뜸하니 이번엔 현지의 먹고 살만한 사람들이 땅을 무단으로 투기하는 바람에 가난한 백성들은 이래저래 죽을 지경이옵니다. 궁여지책으로 소인은 1년 동안 토지매매를 금하게 해달라고 주청을 올리는 바이오니 폐하께오서 윤허해 주실는지 모르겠사옵니다."

"그건 곤란하네."

열심히 귀기울여 듣던 건륭이 가볍게 머리를 저었다.

"자네가 외지의 지주들이 땅을 매입하는 걸 금지시킨 것도 충분히 억지스러운 처사였네. 땅이 있어도 일손이 부족하고 여러모로 농사지을 여력이 없다면 그 땅을 흉물스럽게 방치하는 수밖에 더 있겠나? 그렇다고 먹을 식량에 종자(種子)에 소나 말, 농사에 필요한 농기구까지 자네가 해결해줄 수는 없지 않은가. 백성들이라고 다 같은 백성이 아니네. 극소수이지만 구제양곡을 타먹는 데만 익숙해져 나태하고 불성실한 자들도 많다네. 이들은 없으면 뻔뻔스레 손을 내밀고, 농사 지으라고 종자를 내어주면 씨앗까지 빻아먹는 대책없는 자들이라네. 부어도, 부어도 찰 줄 모르는 밑 빠진 항아리이지. 이런 자들은 빌어먹든 굶어죽든 신경 쓸 거 없네. 짐이 보니 자네는 부처의 마음이 따로 없네. 자신을 부모관으로 믿고 따르는 경내(境內) 백성들을 자식처럼 부모처럼 아끼고 섬기는 건 좋은 일이지. 짐이라고 어찌 그러고 싶지 않겠나! 그러나 무원칙하고 무분별하게 베푸는 것은 금물이네……."

감개가 무량하여 깊은 한숨을 내쉬며 건륭은 수박 한 조각을 들어 한 입 베어 물었다. 그리고는 말을 이었다.

"그러나, 천정부지로 치솟는 땅값을 안정시키고 토지를 측량하는 건 자네 봉강대리(封疆大吏)의 권한범위 내에 있으니 짐의 말에 너무 부담 갖지는 말게. 불인부덕(不仁不德)한 일부 업주들에 대해선 세금을 가차없이 받아내도록 하게. 물론 인명사고는 내서는 안 되겠지만 어르고 달래는 쪽으로 방향을 틀어보게. 죽어서 천당에 가려면 덕을 쌓아야 하니 못 사는 사람들을 위해 출혈을 해두는 게 좋다는 식으로 말일세. 이것도 갈수록 심해지는 토지겸병을 지연시킬 수 있는 방책이 아닐까하네."

건륭의 장편대론을 유심히 들으며 악준은 얻은 소득이 한두 가지가 아니었다. 사람들은 저마다 감탄해마지 않았다. 악준이 경건한 표정으로 아뢰었다.

"여러모로 부족한 신은 폐하의 훈회에 많은 걸 느끼고 깨달았사옵니다. 무식한 무장의 후예라 별볼일 없다는 소리를 듣지 않게끔 더욱 분발하겠사옵니다. 지켜봐주시옵소서, 폐하!"

"그럼, 그래야지!"

건륭이 크게 흡족한 표정을 지었다. 의자 등받이를 토닥이며 신이 난 얼굴로 건륭이 말했다.

"시랑(施琅)이 시세륜(施世綸)이라는 멋쟁이 아들을 두더니, 악종기에겐 악준이로군! 잘해보게, 기대를 걸어보겠네!"

산동의 역도(驛道)가 엉망인 것에 대해 지적하려던 건륭은 언급을 피했다. 자리한 신하들더러 얼음덩이 하나씩을 입에 물어 더위를 식히라 명하며 건륭이 다시 입을 열었다.

"강산의 위상은 인위적인 화려함에 있는 게 아니라 내적인 미에 있다네. 그래서 성조 때부터 조정에선 만리장성(萬里長城)에 더 이상 돈을 쏟아 붓지 않았지. 장성 만리 길에 까는 은자로 이 나라와 백성들을 살찌우는 게 훨씬 경제적이라는 진보적인 생각을 했던 게지. 산동은 자고로 민풍이 험하여 녹림들이 머리를 맞대는 곳이었지. 이곳의 안정이 북방 몇 개 성의 안정과 직결되어 있다는 걸 잊지 말게. 전대(前代)의 명신이었던 우성룡(于成龍)은 역도 양측에 높다란 담을 쌓아 강도의 출몰을 견제해 왔다고 하네. 그 뒤를 이어 이위(李衛)는 도둑으로 도둑을 다스려 주목할만한 성과를 거뒀었지. 그러나 두 사람 모두 뿌리를 뽑는 데는 실패했네.

한 손에는 방망이를, 한 손에는 떡을, 마음속에는 사랑을, 이 세 박자가 맞아떨어질 때라야 이치(吏治)는 비로소 궤도에 들어설 수 있는 거네. '일지화'가 산동, 직예, 산서 그 어디에도 발붙이지 못하고 쫓겨다니는 걸 보면 우연인 듯 보이지만 실은 조정의 변함없는 관정(寬政)과 인치(仁治)가 서서히 받아들여지고 있다는 것을 입증해주는 필연적인 결과가 아니겠는가."

건륭이 옆에서 시중들던 태감에게 명했다.

"이위가 올려보낸 그 그림을 가져다 악준에게 보여주어라."

대답과 함께 달려간 태감이 곧 돌돌 말린 화축(畵軸)을 들고 왔다. 조심스레 펴 보이니 악준과 나친이 급히 다가갔다. 오랜 세월을 말해주듯 색깔은 전체적으로 어두웠고 둘레에는 손때가 묻어 누렇게 보풀이 일어있었다. 붓이 몇 번 가지 않은 듯 간결한 화폭엔 선명하게 몇 글자가 적혀 있었다.

雛鷄待飼圖

이제 막 알을 깨고 세상에 나온 듯한 햇병아리들이 노란 입을 쫑긋하고 시골아낙이 들고 있는 이 빠진 사발을 쳐다보고 있었다. 저 멀리에서 뒤뚱대며 달려오는 두어 마리가 오른쪽 모퉁이에 보였고, 까치발을 하고 고개를 한껏 치켜올린 자세가 귀엽고도 눈물겨웠다. 건륭이 병아리들의 몸짓을 보고 웃으라고 내어준 그림은 아닐 터였다. 그 깊고 큰 뜻을 천천히 음미해내며 관원들은 가슴저편에서 스며오는 쓸쓸함에 숙연해졌다.

"얼마나 귀여운가! 그러나 모이를 안 주면 금방 굶어죽게 되지."

한참 후에야 건륭이 비로소 입을 열었다.

"간단하지만 오래도록 짐의 마음을 무겁게 했네. 모이를 안 준들 무슨 반항할 힘이나 있겠나? 여기저기서 비틀거리다 죽어가는 수밖에. 그게 우리네 백성들이네……."

건륭은 더 이상 말이 없었다.

나친과 기윤은 경복과 장광사가 올린 주장을 미리 읽었는지라 두 눈은 화폭에 두고 있었지만 마음은 심란하기만 했다. 비감에 젖은 건륭의 얼굴을 보며 나친이 조심스레 입을 열었다.

"폐하! 아직 수라상을 받지 않고 계시옵니다! 악준이 수라를 준비할 동안 폐하께오선 세욕(洗浴)부터 하시고 휴식을 취하심이 어떻겠사옵니까?"

건륭이 응답이 없자 악준은 급히 물러났다. 건륭을 시중들게끔 사람을 불러두고 번사와 법사의 관원들을 아문으로 불렀다.

하루종일 길에서 보내고 또 장시간 관원들과 대화의 시간을 가졌는지라 피곤했던 건륭은 수라상을 물리고 나서 한 시간쯤 눈을 붙이고서야 일어났다. 이발까지 하고 나니 기분이 한결 상쾌했다. 공문결재처로 들어가 보니 나친과 기윤이 벌써 기다리고 있었다. 서둘러 예를 면하게끔 손짓을 해보이며 자리에 앉은 건륭이 물었다.

"그래, 경복의 주장을 읽고 난 소감이 어떠한가?"

"신이 느낀 바로는 경복, 장광사가 승전을 이끌어낸 건 사실일 것 같사옵니다."

나친이 먼저 입을 열었다.

"하오나 절대 크게 승리한 건 아니옵고 완승도 아니옵니다. 폐하께오선 누누이 엄조(嚴詔)를 내리시어 사뤄번을 대영으로 면박

추계대사도(雛鷄待飼圖) 225

(面縛)한 연후에 북경으로 압송하여 죄를 물을 것인지, 시은(施恩)을 베풀어 풀어줄 것인지 여부를 폐하께 여쭈라고 하셨사옵니다. 그런데, 귀에 못이 박혀도 열두 번이었을 이들이 맘대로 결정해버리고 적당히 얼버무려 넘기려 든다는 것이 어디 될법한 소리이옵니까? 게다가 말대로 대군(大軍)이 온갖 간난신고(艱難辛苦)를 거쳐 대, 소금천을 공략하는데 성공했다면 이렇다 할 이유도 없이 물러난다는 건 어불성설이 아니겠사옵니까? 신의 소견으론 이 두 가지를 따져 물어 저들이 어찌 답변하는지 지켜보는 것이 바람직할 듯하옵니다."

담배가 고파 연신 아래턱을 문질러대던 기윤이 말했다.

"신도 그리 생각하고 있사옵니다. 지의(旨意)를 내리시어 전도(錢度)더러 군향을 싣고 대군을 위로하는 척하며 현지로 가서 자초지종을 조사해보게끔 하는 게 어떻겠사옵니까?"

순무아문 뜰의 첩첩층층한 나무숲에서 오래도록 시선을 뗄 줄 모르던 건륭이 꺼질 듯 한숨을 내쉬었다.

"사뤄번이 대영으로 끌려와 강화조약을 간청했다는 말은 사실일지라도 어찌 감히 주청을 올리지도 않고 금천에서 철수할 수 있단 말인가? 아무리 생각해봐도 이건 불가사의한 일이 아닐 수 없네! 은자 1백만 냥을 쏟아 부은 전쟁이네. 총병이 죽고, 장군이 죽고, 유격이 죽어나갔지! 아계와 러민 둘 다 성총이 두터운 짐의 친신(親信)들이거늘, 설령 지은 죄가 있다 한들 어찌 자기들 마음대로 죄를 물을 수가 있단 말인가? 죽이든 살리든 북경으로 압송했어야 했어! 놀랍고 믿어지지가 않고 석연치가 않네. 짐은 일단 가타부타 반응을 보이지 않고 지켜볼 거네. 자네 둘이서 각자 경복, 장광사와 전도에게 서한을 띄워 답장을 기다려보도록 하세."

건륭이 말을 이어나가던 중 태감 왕신이 들어와 아뢰었다.

"악준 중승이 뵙기를 청하옵니다."

"지금은 의사(議事) 중이니 볼일이 있으면 내일아침에 뵙기를 청하라 이르거라."

"급한 일이 있다고 하옵니다. 금천에서 도망쳐온 장군이 있다 하옵니다. 아계(阿桂)라고……."

태감의 말이 끝나기도 전에 건륭은 용수철에서 퉁기듯 벌떡 자리에서 일어섰다.

"아계라고 하던가? 러민은? 둘이 같이 갔는데!"

"예! 아계라고 들었사옵니다. 러민에 대해선 못 들었사옵니다."

방안은 삽시간에 죽은 듯한 정적에 사로잡히고 말았다. 기윤이 먼저 입을 열었다.

"폐하! 연유를 들어보는 것도 나쁘진 않을 것이옵니다. 일단 소문이 밖으로 새는 건 막아야 하오니 악준은 다른 일을 보라고 하고 아계만 불러들이는 게 어떻겠사옵니까?"

이에 건륭이 머리를 끄덕이며 명했다.

"들라 하라!"

이름 모를 불길한 느낌이 순간 건륭의 뇌리를 스쳤다.

태감을 따라 들어선 아계는 몰골이 말이 아니었다. 대충 꼬아 비죽비죽한 새끼줄처럼 헝클어진 머리채는 진흙탕에 찌든 개의 목줄이 따로 없었다. 검불같이 헝클어진 긴 수염은 새카만 얼굴을 더 검게 만들었다. 왼쪽 뺨에는 전장에 나갈 때는 없었던 칼자국이 선명했고, 맨발을 벗고도 쩌죽을 날씨에 가죽장화를 신고 있었으나 그마저도 삐죽이 검은 발가락이 빠져나와 있었다. 마치 술에 취한 사람처럼 비틀거리며 아슬아슬하게 겨우 몸을 가누던 그는 힘겹게 문지방을 넘던 중 하마터면 그대로 고꾸라질 뻔했다. 내침을 당하듯 그 자리에 쓰러져 무릎을 꿇은 그는 감정이 북받치는 듯 컹컹거리며 기침을 해댔다. 거칠게 오르내리는 가슴을 애써 진정하며 심하게 쉰 목소리로 "폐하!"를 부르고 난 아계는 더 이상 감정을 주체하지 못하겠는지 엉엉 목을 놓아버리고 말았다!

"지금 어느 면전인지 잊었는가!"

목석처럼 무표정한 건륭을 힐끗 일별하며 나친이 고함치듯 말했다.

"폐하의 면전에서 대체 이게 무슨 체통없는 짓이오?"

"과연 그러하옵니다. 패망한 주제에 이 몰골을 하고 감히 폐하의 면전에 나타나다니……."

울음을 그친 아계가 처연하게 말했다. 그러나 눈에서는 소리없는 눈물이 그칠 줄 몰랐다.

"신이 죽지 않고 3천리 길을 달려 여기까지 온 것은 폐하께 진실을 고하고 싶었기 때문이옵니다. 진실을 고하고 나면 신은 죽어도…… 죽어도 여한이 없겠사옵니다……."

건륭이 나친, 기윤과 차례로 눈길을 주고받은 다음 냉정하게 입을 열었다.

"자넨 패장(敗將)보다 더 한 용장(庸將)이네! 군령을 무시하여 작전에 치명타를 입히고 하마터면 전군의 멸망을 부를 뻔한 용장이란 말이야! 그래 놓고 무슨 면목으로 짐의 면전에 이 몰골로 나타났단 말인가? 짐은 장광사와 경복에게 축전을 띄우고 그 공로를 인정해줄 참이었네!"

"폐하……."

아계의 처절한 몸짓이 바람에 떠는 사시나무 같았다.

"지금…… 그자들에게 공로를 인정하고 축전을 띄우신다고 하셨사옵니까?"

"그렇네! 금천을 수복하고 사뤄번이 무릎꿇어 투항했다는데, 그럼 논공행상을 안 하겠는가!"

엉금엉금 기어 건륭에게로 다가간 아계가 눈물로 범벅이 된 잿빛 얼굴을 들어 피를 토하듯 간절한 목소리로 아뢰었다.

"폐하, 폐하…… 그건 모두 거짓이옵니다! 그네들은 사뤄번에게 병마의 절반 이상을 잃었사옵니다. 강화조약도 사뤄번이 협박하여 조인한 걸로 알려지고 있사옵니다. 저들이 폐하를 기만하고 있사옵니다!"

아계가 마지막 남은 사력을 다해 자신이 알고 있는 그 동안의 경위를 세세히 설명했다. 투박한 검은 손을 떨며 금천 지도를 가리키며 반시간 넘게 자초지종을 털어놓고 난 아계는 다시금 목이 메이는 울분에 소리내어 울었다.

"폐하께오선 성명하신 군주이시옵니다…… 우리 군은 금천에 들어가자마자 홍의대포(紅衣大炮)까지 사뤄번에게 공손히 넘겨주고 말았사옵니다…… 그 둘이 이끈 군사는 이리 베이고 저리 죽고 잔병들만 몇 명 살아남은 형국이옵니다…… 유독 신의 대오만 사상자를 거의 안 내고 돌아왔을 뿐이옵니다. 이는 신이 달리 능력이 있어서가 아니옵고 폐하의 홍복 덕분이옵니다…… 저들이 신을 죽여 없애려는 건 영원히 이 입을 틀어막아 끝까지 폐하를 기만하기 위해서이옵니다……."

청천벽력이 따로 없었다! 건륭과 나친, 기윤 세 사람은 할말을 잃고 말았다. 주장에 석연치 않은 구석이 많아도 작은 승리로 큰 효과를 내기 위한 약은 수작쯤으로 생각해왔던 건륭은 승리는커녕 전군의 과반수를 희생시킨 대패였고, 소위 장군이고 흠차라는 자들이 거짓보고를 올려 자신을 기만했다는 사실에 아연실색하고 말았다!

얼굴이 붉었다 창백해지고 다시 파리하게 질려가던 건륭은 돌연 찻잔을 집어들어 사정없이 내팽개치는 실태를 보이고 말았다. 여태 한번도 보인 적이 없던 험악한 표정을 지으며 건륭이 이를 갈아 내뱉듯 고함을 질렀다.

"승패(勝敗)는 병가지상사(兵家之常事)라고 했거늘, 패배한 자체는 묻지 않겠다! 그러나, 기군죄(欺君罪)는 반드시 물어야겠어! 왕신, 있느냐!"

"찾아 계시옵니까…… 폐하!"

"즉각 사천으로 가서 경복, 장광사, 정문환을 북경으로 압송하라! 아니, 현지에서 죽음을 주는 게 낫겠다!"

"예? 예, 폐하……."

사색이 된 왕신이 무릎을 일으켜 물러가려 했다.

"잠깐만!"

바로 그때 아계가 왕신을 불러 세웠다. 그리고는 무릎걸음으로 건륭에게 다가가며 아뢰었다.

"고정하시옵소서, 폐하! 부디 고정하시옵소서……. 소인이 방금 여쭌 내용은 두 눈으로 직접 똑똑히 본 경우도 있사오나 전해들은 소리도 있사옵니다. 사실의 진위를 정확히 조사하신 연후에 조치하셔도 늦지 않을 것이옵니다. 신의 말만 믿고 목을 치신다면 저들은 죽는 순간까지도 머리 숙이지 않을 수가 있사옵니다…… 러민은 현재 전도가 있는 운남에서 소인의 소식을 기다리고 있사옵니다. 그 사람도 당사자이오니 불러서 의견을 들어보시는 것이

현명한 결단에 도움이 될 듯하옵니다……."
"음……."
거친 숨을 지그시 누르며 건륭은 서서히 갈기를 세운 진노에서 헤어나기 시작했다. 그러나 기력을 이미 소진하여 손가락 하나 까딱할 힘도 없었다. 주저앉듯 의자에 내려앉으며 한참 후에야 건륭은 비로소 입을 열었다.
"기산(紀山)더러 대금천으로 가서 조사하고 제대로 된 보고서를 올리라고 하게. 나머지는 알아서 처리하라고 이르게!"
나친은 아계의 말을 믿어마지 않았다. 잠시 생각에 잠겨있던 그가 말했다.
"기산은 장광사의 오랜 수하이옵니다. 그를 파견하는 건 적당하지 않다고 사려되옵니다. 전도가 어떻겠사옵니까? 똑똑하고 예리하옵니다. 폐하께서 친히 발굴하신 인재이옵니다……."
"그럼, 그렇게 하든가!"
건륭이 기운없이 말했다.
"아계의 보고가 사실이라면 현지에서 파직시키고 짐의 지의를 기다리라고 하게. 아계는 여기 있지 말고 북경으로 가서 대리사(大理寺)의 조사를 기다리게!"
아계가 물러가자 군신 세 사람은 묵묵히 마주볼 뿐 마땅히 할말을 찾지 못했다. 한참 후에야 기윤이 건륭에게 위로의 말을 했다.
"너무 심려치 마시옵소서, 폐하. 경복과 장광사의 기군죄는 용서할 수 없으나 조정에 역심(逆心)이 없는 사뤄번의 속마음은 이참에 여실히 드러났사옵니다. 옆에서 조용히 살게 해달라고 청을 하는 걸 보면 군사력도 불을 보듯 뻔하옵니다!"
"나친, 자네가 경복과 장광사를 대신하여 뒷마무리를 하고 와야

추계대사도(雛鷄待飼圖) 231

겠네."

건륭이 단호하게 말을 이었다.

"오늘저녁 자네의 견해를 들어보세. 자넨 먼저 북경으로 돌아가 있게. 전도가 전해오는 사실이 확실하다면 자넨 즉각 움직일 준비 하도록!"

"예, 폐하!"

흥분한 나친의 목소리가 지나치게 컸다. 이 차사를 맡고 싶어 남모르게 속앓이를 해왔던 나친이었다. 이제 다시금 기회가 찾아오니 반갑지 않을 수 없었다. 여전히 미간을 펼 줄 모르는 건륭을 향해 기윤이 물었다.

"폐하, 원래 계획대로라면 내일 산동 남쪽을 둘러보기로 하셨사옵니다. 이렇게 되면 계획에 변동이라도 생기는 것이옵니까?"

"아니!"

순간 건륭이 미간을 활짝 폈다. 그리고 단호한 어투로 말했다.

"계획된 일은 부득이한 경우가 아니고선 변경해선 아니 되지!"

25. 무치(武治)에서 문치(文治)로!

 이튿날 나친은 북경으로 출발했다. 건륭은 제남(濟南)의 행궁을 철거하고 순무아문에서 말 십여 필을 끌어다 약재와 찻잎을 실어 장사꾼의 행색을 두루 갖추었다. 그리고 기윤(紀昀)을 데리고 제남을 떠나 산동성 남쪽의 요지인 제녕(濟寧)으로 향했다.
 금천(金川)에서의 돌발사태에 받은 충격이 쉬이 가시지 않은 듯 건륭은 내내 우울해 보였다. 시위들은 건륭의 눈치보기에 바빴고 감히 다가서지 못하고 멀찌감치 피해 걸었다. 그것이 건륭은 더욱 불쾌했다.
 기윤 역시 이미 엎질러진 물이거늘 심려를 거두라고 말하고 싶었으나 직설적인 화법은 피한 채 둘러 권했다.
 "폐하께선 성정이 산과 물을 좋아하시온데, 황토만 풀풀 날리는 길에 들어서니 따분하실 수밖에 없을 것 같사옵니다. 태산(泰山)에 오르지 않으실 계획이라면 내일 영양(寧陽)에 도착해서는 운하를 이용하는 게 좋겠사옵니다. 조운선박(漕運船舶)도 한가한 때이고, 양쪽에 산이 있고 멀리 미산호(微山湖)도 보이오니 호광산색(湖光山色)이 어우러져 경관이 무척이나 수려할 것 같사옵니다. 더운 날에 먼지 펄럭이는 한로(旱路)를 걷는 것과는 비할 바가 못 되지 않겠사옵니까!"

그 말에 건륭이 모처럼 파안대소를 하였다.

"그거야 짐이 바라마지 않는 일이지. 그러나 우린 장사꾼이네. 말과 물건은 어쩌고?"

"폐하, 저희들은 큰 상인이지 보따리장사꾼이 아니지 않사옵니까!"

건륭의 얼굴에 화색이 돌자 그제야 한숨을 돌린 기윤이 말을 이어나갔다.

"신의 고향에도 장사꾼들이 무척이나 많사옵니다. 진짜 돈 있는 상인들은 큰 자루, 작은 보따리 바리바리 챙겨들고 다니지 않사옵니다. 물건 따로, 사람 따로 여유롭게 다니옵니다. 물건은 시위들에게 맡겨버리고 두 태감과 시위대장 수룬, 그리고 소인이 폐하를 모시고 배에 오르겠사옵니다. 운하에는 여름에 북경으로 양약(涼藥)이며 부채, 돗자리, 수박을 실어 나르는 배들이 줄을 이어 들어오지만 돌아올 때는 텅텅 비어 있사옵니다. 어차피 가는 길인지라 우린 거의 공짜로 낭만을 즐길 수 있사옵니다. 굳이 이런 묘미를 마다할 필요는 없지 않겠사옵니까?"

시위들도 한순간도 방심할 수 없는 나날이 괴로운지라 기윤의 말에 혹하는 눈치였다. 수룬이 말했다.

"땡볕이 두렵사옵니다. 언젠가 소인이 폐하를 모시고 하남성 신양(信陽)으로 갔다가 폐하께오서 더위 먹으시고 우박까지 맞으시는 바람에 소인이 돌아와 태후부처님께 곤장 50대를 상으로 받지 않았사옵니까? 그때 일을 떠올리면 지금도 등골이 서늘하옵니다. 이 일대의 운하는 강폭이 좁고 수심도 깊지 않으니 폐하께선 배에 타시고 신들은 언덕 위 흐드러진 버드나무 그늘 밑으로 따르는 것도 좋을 듯하옵니다!"

건륭도 웃고 기윤도 웃고 수륜도 웃었다. 모두가 유쾌한 웃음을 터트리니 분위기는 한결 가벼워지는 것 같았다. 가슴 갈피에 켜켜이 쌓였던 울기를 토해내듯 건륭은 긴 한숨을 내뱉었다.

"짐은 그만한 일에 울고 웃을 사람이 아니라네. 금천을 수복하는 일은 시간문제이네. 어젯밤 나친과 작전을 논하며 보니 어쩐지 나친의 말에 자신감에 부족한 것 같아서 그러네. 물불 안 가릴 것 같은 외양과는 달리 속이 좀 무른 것 같았어. 보내긴 보냈어도 영 마음을 놓을 수가 없네! 이번에 톡톡히 망신을 당했는데, 또 얻어맞고 오는 날엔 대책이 없지 않겠나!"

이에 기윤이 아뢰었다.

"조정에서 사실 대금천, 소금천 지역 그 자체에 연연하는 것이 아님은 만천하가 주지하는 바이옵니다. 사뤄번의 '꿈'은 그저 우리 대청(大淸)의 옆구리에 붙어 밥 한술 얻어먹으며 조용히 살게 해달라는 게 아니겠사옵니까? 변경(邊境)을 소란케 하는 일은 맹세코 없을 것이고, 해마다 특산물을 공납하고 조정의 충실한 개가 되겠다는 것이옵니다. 그러므로 이는 이미 다 된 밥이라고 보옵니다. 폐하께오서 금천으로 출병하시는 데는 앞으로의 조정을 위해 젊고 유능한 장군을 배출하는 장을 마련하기 위한 성의(聖意)가 담겨져 있지 않나 사려되옵니다. 사뤄번은 한낱 우리가 활쏘기 연습을 하는 과녁에 불과할진대, 비록 이번에 중심을 관통하지 못한 것이 유감이라고는 하지만 이 때문에 용체(龍體)를 다쳐선 아니 된다고 사려되옵니다. 아계(阿桂)의 말이 사실이라면 소인이 보기엔 아계가 바로 훌륭한 장군감이옵니다! 패망의 고배를 마셨지만 가능성 있는 무장(武將)들을 발견했다는 것도 값지다고 할 수 있겠사옵니다!"

잠시 말을 멈추고는 귀기울이는 건륭을 보며 기윤이 자신의 실수를 인정하듯 웃으며 덧붙였다.

"폐하의 심려를 덜어드린다는 것이 또 정무를 입에 올리고 말았사옵니다……."

기윤이 난감해하며 말끝을 흘렸다. 개의치 않는다는 듯 웃어 보이던 건륭이 문득 뭐가 생각난 듯 물었다.

"듣자니 자네는 몇 년 전에 서재 앞에 '개압강남재자(蓋壓江南才子)'라는 팻말을 달았었다던데, '기세가 강남을 압도한다!'…… 음! 될성부른 나무는 떡잎부터 알아본다더니, 과연 기개가 남달랐군!"

기윤의 얼굴이 붉어졌다. 고개를 떨구며 잔뜩 누그러든 목소리로 아뢰었다.

"고루(高樓)에 올라 손만 뻗으면 별을 한 움큼 따올 것만 같이 광기어린 겁 없던 시절의 황당한 일화이옵니다. 깊이를 가늠할 수 없는 연박(淵博)한 성학(聖學)을 지척에서 경앙하오니, 지난날의 치기에 한안(汗顔)이 부끄럽사옵니다. 겉으로 과시하기보다는 안으로 익는 참된 삶을 영위하도록 더욱 정진하겠사옵니다."

그렇게 얘기를 주고받으며 걸어가니 어느새 운하가 눈앞에 보이기 시작했다. 절기상 하지(夏至) 무렵인지라 멀고 가까운 나무들엔 신록이 푸른 물감을 부어놓은 것 같이 싱그러웠다. 시선을 두는 곳마다 높고 낮은 농작물들의 끝간 데 없는 초록행진이 이어지고 있어 코를 벌렁거리는 들숨 한번에 가슴 속 켜켜이 쌓인 먼지가 깨끗이 씻기는 상쾌함이 즐거웠다. 소복하고 풍성한 푸른 연꽃잎들이 봉긋이 물오른 연분홍의 수줍음을 살며시 감싸고 있었다.

터질 듯 다물고 있는 연꽃의 나긋나긋한 자태에 잠시 넋을 잃고 있던 건륭이 말했다.

"자네들 덕분에 가슴이 확 트이는 것이 기분이 그만이네. 기윤, 자넨 강남재자(江南才子)의 자부심이 대단한 사람이니 짐이 즉석에서 내는 대련(對聯)이나 맞춰보게. 단, 짐이 즉석에서 내는 만큼 자네도 듣자마자 맞춰야 하네. 저 동그란 연꽃은 빨간 주먹을 들어 누구를 때리려 하느냐?"

"길섶의 저 깻잎은 여린 손 내밀어 뭘 달라고 하느냐?"

기윤이 숨돌릴 새 없이 건륭의 대구(對句)를 받았다.

"음, 다소 억지스럽긴 하지만 그래도 냉큼 받아넘겼다는 게 대단하네."

건륭의 미소가 싱그러웠다. 말고삐를 힘껏 낚아채 높은 다리 위에 오르더니 건륭이 갑자기 태감 왕신에게 물었다.

"이 다리 이름을 알고 있나?"

느닷없는 질문에 당황한 왕신이 급히 말에서 내려 다리 입구에 적힌 글을 들여다보았다. 그런 다음 고개를 들어 건륭을 향해 큰소리로 아뢰었다.

"폐하, 팔방교(八方橋)라고 적혀 있사옵니다!"

"귀 씻고 듣게, 기윤!"

건륭이 말을 이어나갔다.

"팔방교는 다리가 팔방(八方)이요, 팔방교에 서서 팔방을 둘러

보니 팔방, 팔방, 팔팔방이로군!"
 그 말을 듣고 난 기윤이 급히 말에서 미끄러지듯 내려 그 자리에 엎드려 머리 조아리며 외치듯 답했다.
 "……폐하 만세, 만세 폐하, 폐하 전에 무릎꿇어 만세를 연호하오니 만세, 만세 만만세!"
 그 기발한 임기응변에 다른 수행원들의 박수갈채가 터져 나왔다. 건륭이 웃으며 말했다.
 "기다렸다는 듯이 냉큼 받는데, 안 시켰더라면 어떡할 뻔했나!"
 건륭이 이같이 농하며 말을 이으려 할 때 수문이 손으로 어딘가를 가리키며 소리 낮춰 말했다.
 "폐하, 저기 오는 무리들 좀 보시옵소서. 행색이 피난민들 같사옵니다. 언행에 유의해야겠사옵니다!"
 건륭이 두 손을 이마에 얹어 멀리 북으로 눈시울을 좁혀보니 길게 이어지는 강 언덕에 버드나무만 즐비할 뿐 사람은 보이지 않고 수레바퀴 구르는 소리만 그늘진 곳 어딘가에서 점점 가까워 오고 있었다. 조용히 지켜보고 있노라니 단조로운 수레바퀴 박자에 맞춰 흥얼대는 노랫소리가 들려왔다.

 ……

 기왕 주시려거든 좋은 팔자를 주시지, 파옥(破屋)에 설움 받는 소작농 팔자가 뭡니까, 어머니!
 너덜너덜 솜저고리 겨울 삭풍 괴로워 이 아들은 너나없이 다 벗은 여름 더위가 좋습니다.
 평음(平陰)의 잘난 데 없는 왕씨 놈은 무슨 재주로 허구한날 고루정자(高樓亭子)에 주지육림(酒池肉林) 판인지,

부디 내 아들은 덕을 많이 쌓아 내세엔 은왜(銀娃)한테나 장가들면 여한이 없겠네…….

건륭 일행이 잠자코 듣고 있노라니 수레는 어느새 가까이 모습을 드러냈다. 한 대뿐만이 아니었다. 건장한 세 사내가 윗통을 벗어 던진 채 저마다 작은 손수레에 산더미 같은 수박을 가득 싣고 힘겹게 밀고 오고 있었다. 아슬아슬하게 쌓아올린 수박도 위태로웠지만 땀범벅이 된 사람들도 기진맥진해 보였다.

경사진 언덕 아래에서 아예 맥을 놓고 서 있는 그네들을 보며 건륭이 즉시 시위들에게 명했다.

"멍하니 서 있지 말고 어서 좀 도와주고 오게나!"

몇몇 시위들이 대답과 함께 달려갔다. 두어 번 거드니 수레는 무난하게 언덕을 올라섰다. 마침 그 위엔 길손들이 쉬어갈 수 있게 만든 정자가 있었다.

"둘째! 셋째! 수박 두어 개 잘라 고마우신 분들에게 드리도록 해라."

나이가 좀 들어 보이는 사내가 정자 그늘 밑에 털썩 주저앉아 어깨에 걸쳤던 수건으로 땀을 문질러 닦으며 소리쳤다.

"뒤에 실린 것이 잘 익었어! 맘씨 좋은 이분들이 아니었더라면 오늘 여기서 날 샐 뻔했소. 무슨 놈의 경사가 이리 가파른지!"

그사이 둘째, 셋째라 불리는 사내들이 엄청나게 큰 수박을 한 팔에 하나씩 턱하니 껴안고 오더니 숙련된 솜씨로 칼질을 하며 말했다.

"요놈, 잘 익었네! 어서 드세요, 정말 고마웠습니다!"

빨간 물이 말갛게 고여 군침이 저절로 흘러나왔지만 시위들은 건륭의 눈치만 볼뿐 감히 다가서지 못했다. 건륭이 두 조각을 집어 기윤에게 한 조각을 건네주고 자신도 한입 크게 베어 물자 그제야 시위들의 손이 바쁘게 움직였다. 과즙이 흘러 입이 질펀하게 젖은 셋째가 웃으며 말했다.

"역시 사람이라고 다 같은 사람이 아니라는 말이 실감나네요. 지난번에도 거의 같은 경우였는데, 찻잎장수라는 놈들이 어찌나 게걸스럽던지! 속에 굶어죽은 귀신이 들어찼는지 조금 밀어주는 시늉을 하고는 남의 수박을 글쎄, 열통도 더 축내고 가는 게 아니겠소? 물배가 남산만해서 가다가 터지지나 않았는지 몰라!"

이같이 말하며 일어서더니 만삭이 된 아낙의 뒷걸음을 시늉하는 셋째의 모습에 사람들은 배꼽을 잡고 웃었다.

한참 허물없는 이야기를 주고받은 끝에야 건륭은 비로소 친형제간인 이들은 성이 왕씨(王氏)이며, 평음진(平陰鎭)의 방가네 소작농이라는 걸 알 수 있었다. 모두 서른을 넘긴 노총각들이었다.

"그럼 형씨들은 주인집에 수박을 사다주는 길이오, 아니면 팔러 나가는 길이오? 아직 홀아비라면서 '내 아들은 은왜(銀娃)한테 장가들었으면 좋겠다'니?"

그러자 셋째가 손사래를 쳤다.

"그냥 해본 소리죠. 우리 아버지와 할아버지께서 입에 달고 계시던 말이에요. 물론 희망사항일 뿐이죠. 백년에 한 명 날까 말까 하는 우리마을의 절세미인이거든요."

건륭이 셋째와 격의없이 이야기를 주고받는 동안 기윤은 맏이와 무릎을 맞대고 있었다. 유난히 큰 기윤의 곰방대를 신기하게 쳐다보던 맏이가 말했다.

"보아하니 형씨도 둘째가라면 서러울 골초구만! 곰방대가 부삽

이 따로 없는 걸 보니! 형씨들은 그래도 팔자 좋은 사람들이오, 그 큰 곰방대를 꼭꼭 채워 물 동안 쉬어갈 수 있으니 말이오! 휴! 이놈의 팔자는 어찌된 게……. 올해 첫 수확이오. 방 영감한테 신고 가는 중이라오. 순무(巡撫) 어른을 만나러갈 때 갖고 가서 효도한다지 않소!"

"순무랑 선을 달고 있는 걸 보니 근방에선 방귀 꽤나 뀌는 사람인가 보지요?"

셋째와 이야기를 나누던 중에 건륭이 고개를 돌려 넌지시 물어왔다. 그러나 유난히 질박해 보이는 맏이가 담배를 뻑뻑 빨아 연기를 풀풀 내뿜으며 답했다.

"소주(蘇州)에 실 뽑는 기계만 백 대가 넘는 어마어마한 비단가공공장을 운영하고 있는데, 물건은 만들어내는 족족 외국으로 팔아 넘긴다고 들었소. 식구가 고작 넷인 집에 안팎으로 시중드는 이들은 7, 80명도 넘는다오. 어마어마한 부자지! 돈만 있으면 귀신을 불러 맷돌질하게 만들 수도 있다는데, 순무라고 돈 앞에서 별 수 있겠소? 내일은 이곳 관제묘(關帝廟)가 한바탕 시끌벅적할 거요. 묘회(廟會)가 있는 날이거든. 얼른 수박을 따놔야 그때 팔아먹지!"

머리를 끄덕이며 주의깊게 듣던 건륭이 물었다.

"묘회가 있는 날이면 어쩐지 마음이 싱숭생숭해지지 않겠소. 그 기분은 내가 알지. 그런데 이곳엔 아교(阿膠)가 유명하다고 들었는데, 묘회에 들고 나오는 물건들은 믿을 만한지 모르겠소?"

수박을 단숨에 베어먹고 난 둘째가 단물이 뚝뚝 떨어지는 턱을 수건으로 문지르며 끼어들었다.

"우리 방 영감도 처음엔 아교로 떼돈 벌었잖아요. 방가, 류가,

오가, 왕가 모두 아교로 일어선 집들인데, 맛은 저마다 달라요. 아교를 사려면 날짜를 잘 보고 절대 지금 만든 건 사지 말아요. 아교를 만드는데 쓰이는 노새 껍질은 가을추수가 끝났을 때라야 최고로 맛있거든요. 가을사료엔 풀씨가 많이 들어 있어 노새들이 한창 살찌니까 거기서 달여낸 아교는 호박같이 노랗고 말갛다니깐요! 맛이 기가 막히죠! 특히 아기집이 약한 여자들한테 그만이래요!"

그 말을 듣고 난 건륭은 웃음을 터트렸다.

"그러니까 부자는 아무나 되는 게 아니라니까! 방씨네도 만석꾼이 되기까지는 조상 대대로 물려받은 아교 만드는 기술이 있었기 때문이 아닌가!"

그러자 맏이가 말했다.

"아교만 만들어 팔았더라면 먹고사는데 지장은 없어도 이렇게까지 어마어마한 부자는 못 됐겠지. 이 집 큰아들이 소주, 항주에서 외국과 비단 거래를 해서 코쟁이들 돈을 얼마나 많이 벌어들이는데! 하얀 은자를 실은 배가 줄줄이 들어와 박힐 때 보면 돈 따르는 팔자는 따로 있다는 말이 실감난다오. 건륭 2년에 미산호의 칼잡이 풍청(馮靑)이라는 자가 은자를 실은 배 한 척을 낚았는데, 자그마치 10만 냥이 들어 있었다고 하오! 방씨 영감이 관부(官府)에 2만 냥을 싸 가지고 가서 수사를 청탁하니 관부, 이 인간들이 적다고 해서 1만 냥을 더 줬다고 하지 않소? 결국엔 도둑도 못 잡고 돈만 이중으로 날리고 말았지. 화가난 방 영감이 이번엔 청방(靑帮)의 두목 류귀(劉貴)를 찾아갔고, 평생 먹고 살만한 돈을 받은 류귀놈이 풍청을 잡아 단칼에 죽여버리고 그 귀를 떼어 방씨 둘째아들한테 갖다주었다고 하지 않소. 그러자 둘째아들이 즉석에서 또 은자 5천 냥을 던져 주었다나! 쯧쯧…… 동네 우물 퍼서 장사한들 그보다 돈이 많을까!"

왕씨 형제는 잠깐 쉬어간다는 것이 말문이 터지니 벌써 반시간을 훌쩍 넘기고 있었다. 건륭은 다시 은자(銀子)와 건륭전(乾隆錢)의 환산 비율과 건륭전의 유통상황, 소작농들의 소작세에 대해 세세히 물어보았다. 착한 왕씨 세 형제의 불만이 봇물같이 터져 나왔고, 그것이 곧 대다수 서민들의 소리라고 생각하며 건륭은 한참 후에야 자리를 털고 일어섰다.

"1인당 은자 스무 냥씩 상을 내리거라!"

웃으며 말에 올라 세 형제와 작별을 고하고 한참을 가던 건륭이 따르는 태감들에게 명령했다.

"왕의(王義), 자네가 은자를 갖다주고 오게. 내가 장가드는 축의금을 미리 낸 거라고 전해주게. 좋은 인연이 계속 이어졌으면 한다고도 말해주고."

다리를 모아 말허리를 바싹 죄며 건륭이 말을 이었다.

"오늘밤은 이곳 평음에서 묵어가지. 묘회 구경이나 할 겸."

기윤은 잠시 망설였다. 나친이 없으니 건륭의 안전은 전적으로 자신의 책임이기 때문이었다. 원래 계획대로라면 동평(東平)으로 가게 돼 있어 그곳 역관에 미리 귀띔을 해둔 상태였다. 건륭이 돌연 생각을 달리하니 기윤은 당황했다.

응답이 늦은 기윤을 보며 건륭이 웃는 얼굴로 말했다.

"짐은 미리 짜여진 대로 움직이는 순찰을 위한 순찰은 의미가 없다고 생각하네. 발 닿는 대로, 마음이 가는 대로 팔방을 두루 살펴보노라면 어디든 민초들의 삶의 현장이 아니겠나? 자네같이 학문이 깊은 사람이 어디 그리 융통성이 없어서야 쓰겠나? 이곳 평음은 산동에서 하남, 안휘로 통하는 요충지이자 수륙교통편이 발달한 제법 큰 현(縣)이라네. 강도나 자객들이야 후미진 곳에 출몰하지, 이목이 잡다한 묘회에 나타나겠나?"

기윤이 긴장하여 마른침을 꿀꺽 삼켰다. 그리고는 아뢰었다. "류통훈(劉統勛)이 산동에서 하남, 안휘에 이르는 주요 도로를 차단하여 평음 일대에는 남으로 향하는 피난민과 잡다한 장사꾼들이 섞여있사옵니다. 신은 강도떼의 출몰이 두려운 것이 아니옵고 쉬어갈 수 있는 적당한 거처를 찾는 것이 당장 조심스러워지옵니다. 폐하께오서 남으로 내려오신 건 황하의 옛길을 시찰하시려 함이 자명하온데, 여기저기서 머물러 가다보면 시일이 점점 복(伏)날에 가까워져 폐하께오서 혹서(酷暑)로 인한 괴로움을 당하실까 적이 염려되옵니다."

그의 말이 끝나기도 전에 건륭은 벌써 고삐를 잡아당겨 저만치 달려가고 있었다.

평음은 과연 꽤나 큰 현 소재지였다. 건륭 일행은 관도(官道)를 끼고 2리 길은 더 달려서야 비로소 평음성(平陰城) 남문에 도착할 수 있었다. 신시(申時)가 지났는지라 시장은 철시 준비에 바쁜 노점상들로 북적댔다. 길에는 아직 사람들로 붐볐고, 일명 행(行)이라 불리는 가게들이 도자기, 과일, 지묵(紙墨), 차, 육류에서부터 철물, 쌀에 이르기까지 없는 게 없이 즐비했다.

그사이를 들락거리며 객잔(客棧)을 찾아 헤매던 왕례, 왕지, 왕신 세 태감은 가는 곳마다 만원이라 퇴짜를 맞았다. 그렇게 족히 한 시간은 걸려서야 셋은 비로소 사거리 동쪽 길목 '나가객잔(羅家客棧)'에서 몇 곱은 더 되는 방값을 주기로 약속하고 그 동쪽별채에 여장을 풀 수가 있었다.

짐을 내려놓고 수행원들이 채 숨을 돌리기도 전에 건륭은 서둘러 사람들이 많은 길가로 나서려 했다. 이에 기윤이 말리고 나섰다.

"이대로 나가시는 건 위험하옵니다. 신이 악준(岳濬)이 발급한 통행증과 군기처(軍機處)의 관인이 박힌 서류를 가지고 있사오니 폐하께오서 그토록 이곳 민정(民情)이 궁금하시다면 현령(縣令)을 불러오면 되지 않겠사옵니까!"

하지만 건륭은 더 이상 말할 필요가 없다는 듯 단호한 손짓으로 손사래를 쳤다.

"짐을 설득하려 들지 말게. 소용없네. 미복(微服) 차림이 아닌 순방은 의미가 없네. 옹정 3년에 내가 처음 산동을 찾았을 때의 일이지. 제남양도(濟南糧道)를 불러 수재의연금 조달상황을 물었더니, 터진 입이라고 말은 청산유수같이 잘도 하더군. 그 말만 들으면 이재민들은 그 어떤 재화(災禍)가 닥쳐도 크나큰 황은(皇恩)의 배려하에 풍의족식(豊衣足食)한 나날을 보낼 수 있을 것 같았네. 저들끼리 미리 짜맞춘 각본에 따라 제법 그럴싸하게 보고하는데, 듣는 내가 얼마나 고무됐던지! 그러나 그네들은 내가 이튿날 거지행색으로 이재민들에게 죽을 나눠주는 현장을 찾을 줄은 꿈에도 몰랐겠지. 그깟 구름이 다 비치는 멀건 죽 한 그릇 내어주면서도 채찍으로 사람을 개 패듯 하는 참혹한 현장을 두 눈으로 보며 짐은 개소리를 믿으면 믿었지 저들 지방관들의 교언영색(巧言令色)은 절대 믿지 않기로 했네!"

건륭이 말하는 사이 기윤은 연신 머리를 저었다. 그리고 조심스레 아뢰었다.

"폐하의 말씀은 충분히 이해가 가옵니다. 하오나 시기가 다르고 처한 상황이 다르지 않사옵니까? 나라를 다스림에 있어선 권술(權術)에 의지해선 아니 되옵니다. 미복사방(微服私訪)은 '술(術)'이라 하겠사옵니다. 대청(大淸)의 문무백관들이 하나같이 못 믿을 족속들이라면 폐하께서 어찌 오늘날의 태평성세를 이끌어올 수 있었겠사옵니까? 폐하의 그 말씀에 소인은 공감할 수 없사옵니다. 나친이 없사오니 이런 일은 폐하께오서 소인의 소견에 따라주셔야겠사옵니다."

이같이 말하며 기윤은 곧 왕신에게 지시했다.

"어서 달려가 현령을 불러오지 않고 뭘 하는 건가!"

"됐네, 그만하게. 말 꺼냈다가 본전도 못 찾네 그려."

건륭이 졌다는 시늉을 해 보였다. 그리고는 웃으며 말했다.

"나가서 바람이나 좀 쐬고 오려고 했더니, 무슨 억지이론이 그리도 많나!"

그러자 기윤이 뒤돌아 서더니 배낭에서 책 한 권을 꺼내어 건륭에게 두 손으로 받쳐 올렸다.

"신이 산동 제남에서 구입한 〈요재지이(聊齋誌異)〉라는 책이옵니다. 이야기도 재미있고 문필도 좋은 것 같사옵니다. 현령이 올 동안 심심풀이 삼아 읽어보시는 것도 좋을 듯 싶사옵니다……."

책을 받아든 건륭이 말했다.

"글재주가 비상한 자네도 남의 책을 읽는가? 짐은 이런 야화소설을 별로 좋아하지 않는다네! 이런 데 나오는 사랑 이야기는 전부 재자(才子)가 가인(佳人)을 만나 비환이합(悲歡離合)의 사랑을 하는 일색이던데, 세상에 어디 그리 애절하고 아름다운 사랑이 있겠나? 정신 나간 사람들이 이상한 글이나 써 가지고 똑같이 정신이 온전하지 못한 자들만 양산하고 있지. 지난번 내가 태릉(泰陵)으로 선제(先帝)의 영구(靈柩)를 봉안하고 오는 길이었는데, 어떤 소년이 길을 막는 게 아닌가! 무모하기 짝이 없이 앞 뒤 맞지도 않고 틀린 글자 투성이인 종이를 상주문이랍시고 올리며 하는 말이, 자신의 사촌 여동생이 천하 절색인데 그애한테 장가들고 싶다는 거였네. 그러면서 짐더러 지의를 내려 성혼을 시켜달라고 청을 하는 게 아닌가…… 참으로 기가 막혀 말이 안 나오더구만. 이게 다 천자(天子)가 사혼(賜婚)을 했네 어쩌네 하는 그런 엉뚱한 책들 때문에 그런 거라고. 짐이 무슨 동네잔치나 봐주러 다니는 혼군(昏君)인 줄 아는가!"

이같이 말하며 건륭이 허허 서글픈 웃음을 웃었다. 이에 기윤이 아뢰었다.

"포송령(蒲松齡)이라는 작가는 이 책에서 다소 허황되다고 생각되는 귀신 이야기를 빌어 이면에 많은 깊은 뜻을 제시하고 있사옵니다. 어떤 대목은 지나치게 신경질적이다 싶은 생각이 들 정도로 날카롭지만 이는 60년 동안 거인(擧人) 시험에 낙방해온 한 많은 늙은 수재(秀才)의 자조 섞인 비판이 아닌가 사려되옵니다. 범상한 갑남을녀의 자질구레한 일상에 조정에 반하는 깊은 뜻을 내포시키는 그런 반동 글쟁이는 아니옵니다. 신은 비록 하잘것없는 박재(薄才)를 품고 있사오나 갈수록 남들이 '재자(才子)'라고 칭하는 게 당치않고 부담스럽게 느껴지옵니다. 진정한 대학문가들일수록 수렴(收斂)의 미덕이 돋보인다는 것을 깨달았사옵니다. 진정한 공맹(孔孟)의 가르침은 까맣게 잊은 채 혀끝엔 인의(仁義)를 바르고 속으론 남도여창(男盜女娼)을 꾀하는 가짜 유학자(儒學者)들이 적지 않사옵니다. 태평성세일수록 공맹의 정도(正

道)로 민중을 교화하지 않으면 인심이 변질하는 건 잠깐이옵니다. 세 살 버릇 여든까지 간다고, 마음이 병든 사람을 고치는 것은 그리 쉽지 않다고 사려되옵니다!"

그사이 심부름을 갔던 왕신이 돌아왔다. 기윤의 말에 귀기울이고 있던 건륭이 손사래를 쳤다.

"잠깐 밖에서 기다리라고 하게!"

그리고는 기윤을 향해 말했다.

"자네 말에 공감하네. 학문만 뛰어난 줄 알았더니, 세상을 보는 시각도 예리하군. '재자' 두 글자로 자네를 얽어매기엔 아까운 사람이란 말일세."

천천히 몸을 일으켜 창가로 걸어가며 건륭이 말했다.

"짐은 줄곧 인재 한 사람을 물색 중이었네. 전대미문의 대서(大書)를 집필해낼 인재 말일세. 황사성(皇史筬)에 있는 비밀 장서(藏書)들과 민간에서 나돌고 있는 도서들을 하나로 묶어내는 작업에 착수해야겠네. 선대는 이 나라의 기틀을 단단히 다지느라 뛰어난 무치(武治)를 보여줬지만, 짐은 태평시대의 황제에 걸맞게 문치(文治)에 착안하여 후세에 풍성한 문화적 유산을 선물할까 하네. 방금 자네가 한 말의 핵심이 바로 문치의 근본이 되는 것들인데, 짐은 일명 〈사고전서(四庫全書)〉라는 대서를 편찬할 거네. 자네의 말이 짐의 핵심과 통했으니, 이것도 각별한 인연이 아닌가 싶네. 짐의 깊은 뜻을 저버리지 않길 바라네."

청비각(淸秘閣)에 앉아 천하의 명작들을 두루 섭렵하며 책을 편찬한다는 것은 선비된 사람으로서 마다할 리가 없는 일이었으므로 기윤은 두 눈을 반짝이며 물었다.

"책이름은 〈사고전서〉라 정하셨사옵니까?"

"그렇네."

"경(經), 사(史), 자(子), 집(集) 모두를 남김없이 수록한다는 뜻으로 받아들여도 되겠사옵니까?"

"그렇지! 〈고금도서집성(古今圖書集成)〉은 물론 〈영락대전(永樂大典)〉보다도 더 훌륭한 책을 만들어야지!"

건륭이 웃으며 말을 이었다.

"그러나 너무 성급하게 달려들지는 말게. 자넨 아직 군기처 장경(章京)이라는 4품 미관(微官)에 불과하니, 〈사고전서〉를 기획 출간하기엔 자격이 부족한 실정이네. 먼저 일에 착수하기에 앞서 해야 할 일들이 많으니 아직은 기다려보게. 지금 우린 평음 현령을 만나보는 것이 급선무네. 들라하게!"

먼지를 뒤집어쓰며 헌책더미에 묻혀 사는 것이 뭐가 그리 좋아 저리 혼이 빠진 표정을 지을까 하고 생각하던 중 불현듯 떨어지는 건륭의 명에 화들짝 놀란 태감 왕신이 급히 아뢰었다.

"이곳 현령 정계선(丁繼先)은 아문에 없어 데려오지 못했사옵니다. 몇몇 난민들이 모여 무작위로 부잣집을 털 움직임을 보이고 있다 하여 급히 현승(縣丞)과 막료들을 데리고 그리로 갔다 하옵니다."

왕신이 이같이 말하고 있을 때 중문으로 관복차림의 사내가 들어섰다. 허둥대는 모습을 보고 정계선이라고 짐작한 기윤이 지시했다.

"정 어른을 안으로 들이거라!"

밖에서 그 소리를 들은 정계선이 재빨리 들어와 기윤을 향해 예를 갖춰 인사를 올렸다. 그리고는 건륭을 힐끗 일별하고는 기윤에게 수본(手本)을 건네며 말했다.

"점심을 먹네 마네 하고 쫓아나갔었지요. 사람들이 왁자지껄하며 뭐라고 떠드는데, 주위가 소란스러워 통 알아들을 수가 있어야죠. 당사자를 불러 물어보니 난민들이 흥분하게도 생겼더라고요. 홍삼(洪三)이라고 하는 어마어마한 부자가 있는데, 오갈 데 없는 난민들이 곧 무너지게 생긴 동네 절에서 하룻밤을 잤다고 1인당 얼마씩 돈을 내라고 횡포를 부렸다지 뭡니까. 안 그래도 이래저래 살맛 안 나는 난민들이 그놈의 목덜미를 안 잡겠습니까? 때려죽이겠다는 걸 겨우 뜯어말리고 오다보니 이렇게 늦었습니다."

그 자초지종을 들은 기윤이 웃으며 말했다.

"일 때문에 늦었는데, 누가 뭐라 하겠소! 이리로 부른 사람은 나지만 …… 사실 진짜 잘 모셔야 할 주인은 여기 계시오. 이 분은 넷째패륵마마신데, 그대가 실안(失眼)을 했소."

"패륵마마!"

그 말에 정계선이 화들짝 놀라며 그제야 건륭을 주의깊게 바라보았다. 청실(淸室)이 개국한 지 오래 됐는지라 종실에 패륵(貝勒)이라 불리는 사람들만 수십 명에 이르니 아랫것들로선 일일이 그 얼굴을 기억해 낼 리가 없었던 것이다. 길게 무릎을 꿇어 머리를 조아리며 정계선이 경황없이 말했다.

"부디 금지옥엽의 넷째패륵마마도 알아뵙지 못한 이놈을 용서해 주십시오!"

건륭이 개의치 않는다는 표정을 지으며 물었다.

"방금 얘기했던 그런 이재민들이 평음현 경내에 얼마나 되나? 모두 산동 사람이겠지?"

"아뢰옵니다, 패륵마마!"

작달만한 체구에 비해 목소리는 우렁찬 정계선이 입을 열었다.

"전국 각지에서 이재민들이 몰려들고 있는 실정입니다. 산해관(山海關) 밖에서 오는 이들도 있고, 직예(直隸) 쪽에서 오는 사람들도 있사오나 올해는 본성(本省)에 재앙이 컸는지라 산동 사람들이 훨씬 많습니다. 연 사흘을 굶은 눈에 뵈는 게 뭐가 있겠습니까? 동네 개나 닭을 훔쳐가는 건 다반사이고 자물쇠를 뜯고 들어가 솥째 들고 나오질 않나, 식량창고를 부수질 않나…… 전쟁이 따로 없습니다. 소인이 제 자랑을 하는 게 아니오라 여러 곳에서 현령으로 있었어도 모두 탁이(卓異)라는 평가를 받아왔습니다. 그런데, 올해는 고과성적이 그리 될 것 같지 않습니다. 사건이 꼬리를 물고 터지는 데는 별 수가 없었사옵니다. 죽곤(竹棍)이 세 개씩이나 분질러져도 소용이 없었습니다!"

일선 관리로서의 고충을 솔직하게 털어놓으면서도 뭔가 입에 올리기 힘든 말이 있는 듯 미간을 심각하게 찌푸리고 있는 그 모습을 보며 건륭과 기윤은 둘 다 웃었다. 기윤이 말했다.

"이곳 상황은 폐하께오서도 알고 계시는데 그깟 탁이니 뭐니 하는 게 뭐가 그리 중요하오. 이부(吏部)에서 알아서 할 일이니 그런 것엔 신경 쓰지 마오."

이번에는 건륭이 부채 끝으로 손바닥을 톡톡 치며 물었다.

"난민들에게 죽은 끓여주고 있겠지? 굶어죽지 않을 사람들이 치안을 어지럽히고 다닌다면 난민이라도 봐줄 순 없지! 그런 자들이 있으면 엄히 문초하도록 하게!"

이에 정계선이 답했다.

"죽은 내어주느라 하고 있습니다만 1인당 하루에 반 근씩은 정말 너무 적습니다. 벼룩의 간을 빼어먹는다더니, 그 와중에도 죽을 끓여주라고 했더니 쌀을 뒤로 빼돌리는 자들이 없나, 멀쩡한 자기네 식솔들을 다 끌고 와서 퍼 먹이질 않나…… 그야말로 웃깁니다! 상황이 이러하니 배가 고파 우는 아이가 회초리를 든다고 해서 울음을 그치겠습니까? 안 그래도 할 일이 산적해 있는데, 매일 전국 각지에서 밀려드는 난민들과 씨름하다보면 날이 새기 일쑤입니다! 엊그제 사회(社會, 일종의 모임)에서는 은왜(銀娃)라는 계집을 서로 보겠다며 밀치고 닥치고 하더니 결국 홍삼이와 다른 패거리들이 싸움이 붙어 무대를 때려부수고 난동을 부리는 바람에 꽤 많은 사람이 다쳤다는 거 아닙니까! 그 사건도 빨리 매듭을 지어야 하는데…….”

대충 들은 다음 정계선을 돌려보내려던 건륭은 '은왜'라는 말이 나오자 다시 물었다.

“이곳 평음에 들어서자마자 은왜니 홍삼이니 하는 이름이 들어간 노래를 들었는데, 얼마나 대단한 사람들이길래 노래까지 엮어 부르나?”

“남들은 자색(姿色)이 양귀비(楊貴妃)는 저리 가라 할 정도라고 호들갑들을 떠는데, 제가 보기엔 별볼일 없는 계집이었습니다. 휘젓고 다니는 곳마다 얼빠진 사내들을 미쳐 돌아가게 만드니 사회질서를 문란케 한다는 명목으로 3천리 유배라도 보내려 했지만 잘난 것도 죄냐고 따져 물으면 할말이 없을 것 같아 그냥 두고 말았습니다. 이곳의 실세라는 자들이 그 치마폭에 감겨보지 못해 안달인데, 계집 하나 때문에 대호(大戶)들에게 밉보일 것까진 없지 않겠습니까!”

여전히 숨김없는 모습에 건륭과 기윤이 마주보고 웃었다.

“자넨 연관(捐官, 돈을 주고 관직을 사는 것) 출신이지?”

건륭이 웃으며 물었다.

"아닙니다!"

정계선은 정색을 하며 아뢰었다.

"소인은 옹정 12년의 이갑진사(二甲進士)입니다. 술은 좋아하는 성정이지만 색은 멀리하는 편입니다. 절강성(浙江省) 영파(寧波) 출신이면서도 영파 동향사람들과는 잘 어울리지 않습니다."

이같이 말하며 자리를 털고 일어나던 정계선이 덧붙였다.

"날도 저물었는데, 두 분 어르신께선 편히 쉬십시오. 소인은 역관으로 가봐야겠습니다. 복건성의 노작(盧焯) 어른이 북경으로 압송되어 가는 길에 오늘밤은 여기서 묵어간다고 합니다. 딱한 처지에 놓인 사람 위로를 좀 해주고 와야겠습니다. 말로 위로가 될지는 모르지만 말입니다."

이에 건륭이 말했다.

"잠깐만! 자네는 노작과는 어떤 사이인가?"

"진사 동년배입니다. 나중에 그가 밖에서 잘 나갈 땐 왕래가 끊겼습니다."

"사고가 난 뒤로 얘기를 나눠봤나? 사건에 대해선 뭐라고 하던가?"

"상처에 소금을 뿌리는 격이 될까봐 굳이 물어보진 않았습니다. 뭐라고 대충 얼버무리는데, 여자문제 때문에 골탕을 먹었던 것 같았습니다. 홍루(紅樓)의 어떤 계집을 속신(贖身)시키는데 2만 냥을 썼는데, 그게 결정타였나 봅니다. 흠잡을 데 없는 사람인데 여자 때문에 자신의 앞길을 망칠 줄은 몰랐습니다."

"그래! 여자 때문이라면 너무 억울한 거지!"

건륭이 맞장구를 쳤다.

"거물들과 비할 바는 못 됩니다만 제환공(齊桓公)이니 문천상

(文天祥)이니 관중(管仲)이니 역사 속으로 사라진 인물들도 여색을 탐한 이가 많지만 저렇게까지 망가지진 않았지 않습니까. 모두가 다 자기 하기 나름이죠!"

그 말에 건륭이 빙그레 웃으며 말했다.

"자네 참 재미있는 사람인 것 같네! 이 문제는 나중에 시간이 날 때 계속 논의하도록 하고 오늘은 그만 물러가게! 동년배라니, 가서 잘 위로해주고 북경에 가면 폐하 면전에서 무조건 머리 숙여 빌라고 하게."

"예, 패륵마마!"

정계선이 물러간 뒤 건륭은 고개를 들어 천장을 뚫어지게 응시하며 아무 말도 하지 않았다. 노작에 대해 생각하고 있으리라고 짐작을 한 기윤이 조심스레 입을 열었다.

"정아무개의 말이 노작의 자백과 맞아떨어지는 데가 있사옵니다. 바로 문제의 핵심이 여자 때문이라는 건데, 노작은 이에 대해 언급하면서 돌볼 사람이 없는 자신의 노모를 위해 이 여인을 속신시켰다는 것이옵니다……."

그 말에 건륭은 즉각 손사래를 쳐 제지했다.

"그 생각을 하고 있는 게 아니네. 이곳으로 난민들이 사방에서 모여들고 있다는 게 어쩐지 불안하네. 평음현이 이 정도면 다른 현들도 상황이 비슷할 거란 말일세. '일지화(一枝花)'가 잠입하여 사건을 일으키기에 안성맞춤인 온상(溫床)이네. 각별히 조심해야겠어. 그리고 직접 내려와 보니 산동의 적빈층(赤貧層)이 너무 많고 토지겸병 현상도 보고를 받은 것보다 훨씬 심각하네. 소작세가 지나치게 높은 것이 문제인데, 그렇다고 조정에서 강제로 낮추게 할 수도 없고…… 저희들끼리 조율을 하게끔 간과할 수도 없고……."

 기윤은 국사(國事)에 대해 노심초사하고 있는 건륭의 모습을 보며 깊은 감명을 받았다.

 "소작세 인하를 권장하는 조서를 발표하였사오니 결과를 지켜보는 게 좋겠사옵니다. 하루, 이틀만에 즉효를 볼 수 있는 상황이 아니지 않사옵니까. 산동의 악준이 소작세 인하와 관련하여 필히 상주문을 올려올 것이오니 폐하께오서 적당히 어비(御批)를 달아 각 지역에 하달하시어 본받게끔 하는 것도 바람직할 것이옵니다. 관원들 사이의 경쟁심을 부추기면 몇 년 사이에 토지겸병 속도가 지연되는 효과가 나타날 줄로 믿사옵니다. 또한 땅이 없는 가난한 백성들에게 황무지 개간을 제안, 장려하는 것도 한 방법이라고 사려되옵니다. 지나치게 황무지 개간 자체에만 집착하여 생살을 베어 환부를 땜질하는 사태를 초래한 선제 때의 착오를 염두에 두신다면 얼마든지 가능성이 있사옵니다. 개간된 땅은 몇 년 동안 각종 부세(賦稅)를 전액 면제시키고 종자와 농기계는 나라에서 이자를 받지 않고 빌려준다면 농심(農心)이 환호작약할 것이옵니다. 폐하! 폐하께서는 오시는 길 내내 무단히 방치된 황무지들을 보며 한숨을 쉬지 않으셨사옵니까? 그 땅을 전부 개간해낸다면 땅값이 떨어지지 않고 배기겠사옵니까?"

 "그래, 좋은 발상이네. 그리 해보세!"

 건륭이 대뜸 미간을 활짝 펴보이며 말을 이었다.

 "방금 자네가 말한 그대로 조서를 작성하게, 군기처로 보내어 만천하에 내려보낼 것이니!"

 건륭은 흡족한 미소를 지으며 〈요재지이〉를 집어들었다. 기윤은 서둘러 먹을 갈아 초안을 작성하기 시작했다.

26. 사교(邪敎)의 포교현장

이튿날인 5월 13일은 관성대제(關聖大帝), 즉 관우(關羽)의 탄신일이었다. 때문에 이를 기념한 묘회(廟會)가 있는 날이었다. 날이 밝자마자 건륭은 자리를 박차고 일어나 기윤을 불러 함께 길을 나섰다. 수문을 필두로 한 시위(侍衛)들은 황제의 신변을 철저히 보호하기 위해 밤새워 머리를 맞댄 끝에 향객(香客)을 가장하여 먼발치에서 따라나서기로 했다.

동이 튼 지 얼마 안된 시각이라 시원한 새벽바람에 나뭇잎이 살랑거리고 이른 아침 밥짓는 연기가 집집마다 하얗게 피어오르고 있었다. 시원하고 상큼한 아침공기를 한껏 마시며 나선 새벽길에는 벌써 갈길 급한 사람들이 하나둘씩 보이기 시작했다. 손수레에 가마며 솥을 싣고 가는 억센 아낙도 보였고, 노새에 과일이며 야채를 실은 이들, 말 안 듣는 가축의 궁둥이를 걷어 차며 끌고 가는 사내들…… 저마다 묘회 입구의 좋은 위치를 차지하기 위해

걸음을 재우쳤다.

향객들은 아직 그리 많지 않았다. 흥이 도도한 건륭은 발걸음을 늦춰 산책하듯 걸어가며 장사꾼들과 담소를 주고받았다. 그러던 중 노새에 가재도구를 잔뜩 싣고 뚜벅뚜벅 걸어오는 만두국을 파는 아낙을 발견한 건륭이 말을 걸었다.

"이봐요, 누님! 여자 몸으로 힘들지 않아요? 바깥주인은 같이 안 나오셨네요?"

"무슨 놈의 팔자인지 우리 집구석은 항상 내가 아등바등해야 산다니 어쩌겠어요!"

남정네들처럼 키가 크고 골격이 굵은 아낙은 목소리 또한 유난히 우렁찼다.

"좋은 건 다 거둬 먹여도 맨날 열사흘 굶은 것처럼 시들시들하고 방구들만 찾으니 식구대로 굶어죽지 않으려면 내가 억척스러울 수밖에! 오늘은 좀 팔릴 것 같아 밤새 만두를 빚으려고 고기 좀 다져달라고 했더니, 칼을 들자마자 자기 손가락부터 다져버리더라고. 내가 기가 막혀서 확 등을 떠밀어 쫓아내고 말았지 뭐요! 보다시피 난 전족(纏足)을 안 했는지라 발이 도둑발 같다오. 우리 동네에서 마아무개 마누라 하면 모르는 수가 있어도 '도둑발' 하면 모르는 이가 없소. 워워! 이놈아, 너도 농땡이 치려고 그러느냐! 가, 어서!"

아낙이 잠깐 길섶으로 고개를 트는 노새를 힘껏 채찍질하며 내몰았다. 여인을 째려보며 뚜벅뚜벅 걸어가는 노새와 발 큰 여인을 번갈아 보던 건륭이 말했다.

"난 외지에서 온 객상(客商)이요. 누님, 우리도 묘회가 있는 날엔 명절이 따로 없이 법석대는데, 보통 도자기나 비단, 골동품,

옥그릇 등을 내다 파는 사람들이 많소. 그런데 이곳 관제묘회는 먹거리만 파나 보지?"

이에 아낙이 웃으며 답했다.

"아, 우리도 대체로 그렇긴 하지만 올해는 사정이 좀 다르다오. 이 일대가 요즘은 외지에서 난민들이 많이 몰려들어 혼잡하거든. 곧 굶어죽게 되어 눈에 뵈는 게 없는 사람들이 비싼 골동품 따위를 가만 놔두겠소?"

"오, 그렇구나!"

건륭은 그제야 의문이 확 풀리는 듯했다. 빠른 걸음으로 뒤쫓아 가며 건륭이 다시 물었다.

"이걸 다 팔면 이문이 얼마나 남지? 만두국을 팔아 가족 생계는 꾸려갈 수 있소?"

아낙이 이마에 맺힌 땀을 닦아내며 건륭을 힐끗 쳐다보았다. 그리고는 탐문하듯 살펴보며 말했다.

"그쪽은 어째 장사꾼 같지 않고, 꼭 장원급제하여 미행(微行) 나온 높은 사람 같네? 장사꾼끼리는 이런 걸 안 묻거든, 관심도 없고! 하루에 잘 팔면 건륭전(乾隆錢) 3백 개는 벌지. 그것이면 다섯 식구가 남한테 아쉬운 소리 하지 않을 정도로 먹고 살 수는 있지. 운이 좋으면 여윳돈도 조금은 쥘 수 있고. 이제 억센 마누라 덕에 좀 숨통이 트이니 우리 저 원수는 요즘 땅 사고 일꾼을 사 농사짓는다고 난리를 떨고 다니잖소. 같잖아서 원! 며칠 전에 꿈 깨라고 걷어찼더니 픽 하고 나가떨어져 갈비뼈가 부러졌네 어쩌네 하며 꾀병을 부렸다는 거 아니오! 생각해보오, 땅값이 천정부지로 올라 채소밭 한 무(畝)를 사려고 해도 은자 70냥이오. 적당히 두 무만 산다고 해도 꼬박 4년을 모아야 하는데, 내일 모레 시집갈 딸 생각도 해줘야지! 혼수품 하나 없이 그냥 내쫓을 거야? 하기야 요즘은 건륭전이면 다 통하니까, 자기가 어디 숨겨둔 게 좀 있다 이거겠지! 아무튼 인간이 밉다고 하면 업어달라고 한다더니, 꼭 그 꼴이야!"

"잘될 거요. 열심히 해보겠다는 마음이 가상하지 않소!"

건륭전이 값지다는 말에 기분이 좋아진 건륭은 만면에 웃음을 머금고 말을 이었다.

"건륭전을 많이들 알아주나 보지요?"

"당연하지! 그쪽은 꼭 건륭전을 모르는 사람처럼 말하네? 어디 하늘에서 구름 타고 내려오셨나?"

아낙이 혼자 흐느적거리며 웃어댔다.

"……처음엔 우리도 옹정전(雍正錢)을 썼지. 건륭전은 크고 구리 성분이 많아 반짝반짝하는 것이 하나쯤 구해 베개 밑에 깔고 자면 복이 들어오고 애들이 무사하게 잘 큰다고 해서 다들 그렇게만 알고 있었거든. 그런데 나중에 보니 장사꾼들도 너도나도 하고 점점 거래량이 늘어나더라고! 듣자니 건륭황제가 북경에서 지의를 내려 건륭전으로 구리그릇을 만드는 자들을 공개처형 했다지 뭐요! 그 뒤로 건륭전을 사들여 주전자니 뭐니 이상한 걸 만들어 팔던 동장(銅匠)들이 쏙 들어가 버리면서 건륭전이 제대로 유통되기 시작한 것 같아! 이게 돼지고 싶어 환장했나? 남의 채소바구니는 왜 기웃거려?"

아낙이 채찍을 높이 들어 노새의 머리를 내리쳤다. 놀란 노새가 아낙을 곯려주듯 달리기 시작하자 아낙이 소리소리지르며 허겁지겁 뒤를 쫓아갔다. 그 등뒤에서 아이처럼 흥분한 건륭이 소리쳤다.

"누님, 점심으로 만두국 먹으러 갈 테니 기다려요!"

때는 이미 해가 중천에 떠 있었다. 건륭은 어느새 인파를 따라 관제묘에 가까이 다가가고 있었다. 평음은 비록 그리 유명한 곳은 아니지만 관우가 조조와 작별하여 천리 길을 떠나던 곳이라 하여 관제묘는 제법 크고 웅장했다. 그 안에는 크기가 비할 데 없이 커다란 돌이 턱 버티고 있어서 절을 두부 썰 듯 두 부분으로 딱 갈라놓고 있었다. 관우의 마도석(磨刀石)이라고 전해지고 있는 이 바위엔 희미한 글씨가 보였다.

한 시대를 풍미한 영웅을 기리는 뜻에서 역대 사대부들과 관리들, 그리고 뜻있는 선남신녀(善男信女)들이 세운 관제묘는 향화가 갈수록 성하고 향객이 구름같이 몰려들어 갈수록 장관을 더해갔다. 석장(丈) 높이의 정전(正殿)은 아름드리 송백나무 사이에 신비롭게 가려져 있었고, 좌우 편궁(偏宮)엔 향객들이 쉬어갈 수 있게 만든 고풍스러운 정자(亭子)며 화랑(畫廊)과 비석들이 운치를 더해주고 있었다.

관제묘 앞의 널찍한 공터 서쪽에는 대나무로 엮어 만든 연극무대가 보였고, 일부 생단정축(生旦淨丑, 연극에서의 배역)들은 무대에 오를 준비를 하느라 여념이 없었다. 징소리, 북소리가 요란한 가운데 십여 명의 도사(道士)들이 막무가내로 몰려드는 장사꾼들을 한 쪽으로 유도하고 있었다. 공터엔 향객들이 새까맣게 몰려와 있었다. 연극무대 앞이나 유랑무예단을 둘러싼 인파 사이에서 함성과 박수가 이어졌다. 태극도 깃발 밑에는 글자를 뜯어 사주팔자를 봐주는 점쟁이들이 침을 퉁겼고, 손금과 관상을 보는 이들도 이에 뒤질세라 신나게 떠들어댔다. 딱히 어디에 시선을 박을 수 없을 정도로 볼거리가 풍성했다.

건륭이 발 가는 대로 천천히 걸음을 옮기는 옆자리에는 별로

감흥이 없는 듯한 덤덤한 표정의 기윤이 시중을 들며 따라다녔다. 건륭의 말에 맞장구를 치랴 수시로 주위를 두리번거리며 풍색(風色)을 살피느라 경황이 없었던 것이다.

관제묘 밖을 빙 둘러보고 난 건륭이 이번에는 묘당 안으로 들어갔다. 대배전(大拜殿)이며 춘추루(春秋樓)에도 사람들로 발 디딜 틈이 없었다. 매캐한 향이 자욱하여 안으로 비집고 들어갈 엄두를 내지 못한 건륭이 물러나 뒤뜰로 가보니 마도석 옆에 영롱한 태호석(太湖石)이 천연 그대로의 미를 간직하고 있어 눈길을 끌었다. 그 앞에서 한참 머물러 있던 건륭이 관제묘를 나서며 기윤에게 말했다.

"저 태호석이 어화원(御花園)에 있는 것보다 더 미감이 뛰어난 것 같네. 저게 어째서 여기 와 있지?"

이에 기윤이 답했다.

"폐하의 마음에 들었다는 것도 저것의 분복이오니 사람을 시켜 북경으로 옮기는 것이 어떻겠사옵니까."

그러자 건륭은 히죽 웃음을 지어보였다.

"세상에 좋은 물건이 어찌 저 태호석뿐이겠는가? 마음에 든다고 다 북경으로 옮겨갈 수는 없지 않은가?"

유쾌한 웃음을 날리며 절을 나선 두 사람은 먼발치에서 만두국 그릇을 나르느라 여념이 없는 '도둑밭' 아낙을 발견했다. 건륭은 아낙을 향해 히죽 웃어 보이며 나중에 들를 것을 약속했다. 갑자기 와르르 웃음소리가 터져 나왔다. 건륭이 소리나는 쪽을 보니 왼편에 사람들이 겹겹이 인산인해를 이루고 있었다. 호기심에 다가가 까치발을 하고 고개를 한껏 빼들고 보니 어떤 노인의 이야기판이 무르익고 있었다. 마침 류통훈(劉統勳)이 어쩌고저쩌고 하는 소리가 들려 건륭이 귀기울여 들어보니 전부 입맛 당기게 꾸며낸 이야기는 류통훈을 신격화시키기에 충분했다. 간간이 양념처럼 거론된 오할자(吳瞎子)와 황천패(黃天覇) 역시 도창불입(刀槍不入)의 영웅으로 묘사되어 박수갈채가 끊일 줄 몰랐다. 건륭이 웃으며 뒤돌아보니 기윤도 입을 길게 찢으며 소리없이 웃고있었다. 건륭이 눈짓으로 '발이 큰' 아낙의 천막을 가리키자 기윤이 따라나섰다. 걸어가며 건륭이 말했다.

"연청(延淸, 류통훈의 호)이 민간에선 사람대접을 못 받고 신출귀몰한 신으로 통하는군!"

건륭의 농을 받아 기윤이 웃으며 답했다.

"〈서유기(西遊記)〉가 저런 이야기꾼들에 의해 만들어지고 알려지지 않았사옵니까? 류통훈이 몇 번의 사건을 제대로 수사해내더니 아주 영웅이 다 되었사옵니다!"

인파는 시간이 흐를수록 더 많이 밀려들었다. 무대 위에선 관우를 기리는 연극이 한창이었고, 밑에선 구경꾼들이 바람에 일렁이는 밀밭이 따로 없이 밀고 밀리며 아우성을 쳐댔다. 그 엄청난 인파를 둘러보며 건륭이 말했다.

"저 안에 비집고 들어가 곤욕을 치르느니 '도둑발 누님'의 천막 밑에서 만두국이나 한 사발 비우는 게 낫겠네. 자, 배도 출출한데 가보자구!"

"아이고! 귀한 손님, 어서 오세요! 귀한 분이시라 역시 약속을 잘 지키시네요. 그래 만두국 드시러 오셨소?"

눈썰미가 재빠른 아낙이 멀리서 걸어오는 건륭을 발견하고는 기다리는 손님에게 만두국을 떠주며 큰소리로 떠들어댔다. 그리고는 한 쪽에서 사발을 닦고 있는 말라깽이 사내를 향해 그만 내려놓으라고 손사래를 쳤다.
 "당신은 무슨 놈의 눈치가 그리도 썩은 도끼날이오! 귀한 손님이 오셨는데, 어서 식탁이나 깨끗이 닦지 않고 뭘 해요!"
 사내에게 눈을 흘기며 아낙은 어느새 파초 잎으로 만든 부채와 시원한 냉차 두 그릇을 내어왔다. 건륭이 차 한 모금을 마시고 나니 아낙은 다시 찬물에 담가두었던 수건을 비틀어 짠 다음 건넸다. 때맞춰 한줄기 시원한 바람이 목 뒷덜미를 훑고 지나가며 기분이 더없이 산뜻해진 건륭이 큰소리로 말했다.
 "대접이 극진하여 먹기도 전에 배가 부르긴 하지만 있는 대로 다 내놓아 보시오. 내가 돈은 후하게 지불할 테니!"
 아낙이 꿔다 놓은 보릿자루같이 어리벙벙한 사내에게 고기를 소로 넣은 호떡이며 양장피 무침, 그리고 밑반찬들을 들려보냈다. 그런 다음 자신이 직접 만두국 두 그릇을 들고 오더니 웃으며 말했다.
 "정성껏 만드느라고는 했는데, 입맛에 맞을지 모르겠소. 만두국 외엔 내가 특별히 대접하는 것이니 맛있게 드시오."
 그리고는 다시 사내를 향해 고함을 쳤다.
 "어르신께서 후하게 상을 내리신다고 하셨는데, 어서 물이나 한 통 더 길어다 수건을 담가놓지 않고 뭘 해요! 조심해서 다녀와요, 몇 개 안 남은 갈비뼈마저 부러질라!"
 악의 없이 소리지르는 아낙과 순순히 지게를 둘러메고 나서는 사내를 보며 천막 안의 사람들은 모두 킬킬거리며 웃었다.
 아침을 거르다시피 했던 건륭은 속이 출출했던 터라 입맛까지 다시며 맛있게 떠먹었다. 건륭의 눈치를 보며 감히 맘놓고 먹지 못하고 숟가락을 들었다 놨다 하는 기윤을 향해 건륭이 음식접시를 앞으로 밀어주었다.
 "된장에 양파 한번 찍어 먹어보게. 만두국과 어우러져 맛이 그만인데?"
 그러자 기윤이 입을 열었다.
 "하북, 하남 사람들이 양파를 된장에 잘 찍어먹긴 하옵니다. 저도 가끔씩 먹긴 합니다만 먹고 나면 냄새가 진동해서 민망스럽습니다. 그래서 귀인들은 파와 마늘을 꺼리나 봅니다."
 이에 건륭이 웃으며 말했다.
 "그러니 우린 귀인 축에 못 들지 않는가!"
 아낙이 눈치를 챌세라 눈짓을 해가며 두 사람이 한마디씩 주고받고 있을 때 밖에서 세 명의 사내가 들어왔다. 모두 남색 장삼(長衫)을 입고 있었는데, 장삼 한 쪽 끝을 허리춤에 쑤셔 넣은 채 벌건 가슴을 헤벌리고 술 트림을 하며 들이닥친 이들은 막무가내로 눈을 부라리며 빈자리를 찾았다. 순식간에 얼굴에 당황한 기색이 역력한 아낙이 급히 물 묻은 손을 앞자락에 문질러 닦으며 다가가 얼굴 가득 웃음을 바르며 굽실거렸다.
 "신가(申家) 형제분들, 오랜만이네요! 미리 말씀을 하셨으면 손님을 덜 받고 자리를 비워두었을 텐데! 오늘따라 사람은 왜 이리 밀어닥치는지, 그쪽은 지저분하니 이리로 오시죠!"
 세 명의 사내들 중 고슴도치같이 수염을 기른 사내가 싸늘하게 냉소를 터트렸다.
 "우리 신룡(申龍), 신호(申虎), 신표(申豹) 삼형제는 홍삼(洪三) 어른이 지정해준 곳에서는 맘대로 할 수 있다는 걸 알지?"
 이같이 말하며 건륭이 앉은 탁자를 가리키더니 험상궂게 웃으며 말했다.

"저 자리를 비워!"

뭔가 불길한 예감에 휩싸인 수륜이 눈짓을 해 보이자 몇몇 시위들이 말없이 다가들었다.

"이는 우리가 은자 스무 냥에 산 자리요."

기윤이 화난 얼굴로 세 사내를 올려 보았다.

"그런데 어찌 그리 막무가내로 비워라 말아라 하는 거요? 그쪽은 앞 뒤 순서도 없이 막나가나 보지?"

뭔가 심상찮은 기미를 눈치챈 '도둑발' 아낙의 남정네가 달려와 헤헤 헤식은 웃음을 웃으며 말렸다.

"신 어른, 여태 어르신들 덕분에 저희들이 먹고살지 않았습니까…… 나중에 찾아 뵙고 오늘의 무례를 머리 조아려 빌겠습니다……."

그러자 아낙이 비집고 들어와 말했다.

"말할 줄 모르면 입이나 꾹 다물고 있든가! 괜히 어르신들 비위 긁지 말고 저리 물러가요! 신 어르신 형제분들이라면 저마다 용, 호랑이, 표범이 따로 없으신 분들인데, 우리 같은 바퀴벌레를 괴롭힐 것 같아요? 날이 더우니 괜스레 짜증나고 그러죠? 그러지 말고 여기 앉으세요. 여기가 바람이 잘 들고 복이 들어오는 자리예요. 우리 친정의 둘째 올케가 홍삼 어른 이모님 댁의 딸인데, 그래서 크고도 작은 게 세상이라니까! '중 체면은 안 봐도 부처님 면목은 본다'는 옛말이 있지 않습니까?"

아낙이 갖은 수완을 동원하여 억지로 세 사람을 자리에 눌러 앉혔다. 그러나 건륭의 입맛은 이미 깡그리 사라진 뒤였다. 숟가락으로 두어 번 휘저어가며 애써 떠먹으려고 했지만 도무지 입이 벌어지지 않았다. 탁자가 폭삭 내려앉도록 힘껏 누르며 벌떡 일어선 건륭이 내뱉듯 말했다.
"계산하고 가지, 효람(曉嵐, 기윤의 호)!"
기윤이 주머니에 손을 넣어 3, 40냥은 족히 될 것 같은 은자한 정(錠)을 꺼냈다.
"앞으로 자주 들를 테니까 거스름돈 찾을 거 없이 알아서 해주시오, 누님!"
아낙이 은자를 보는 순간 깜짝 놀라 우는 듯 웃는 상통을 지었다.
"하이고, 세상에! 스무 냥을 주신다고 할 때도 설마 했었는데, 아무리 나중에 들르신다고 해도 이렇게 많이 주시면 부담스러워서 어디……."
그것을 본 신씨네 세 형제의 눈빛이 동시에 번뜩거렸다. 음험한 시선을 주고받더니 그 중 하나가 거들먹거리며 다가오더니 입을 한 쪽으로 길게 찢으며 말했다.
"설마 가짜는 아니겠지? 아줌마, 이리 내놔 봐! 요즘에 가짜 은이 얼마나 많이 나돌고 있는데, 내가 봐줄게!"
아낙이 주춤하자 그는 다짜고짜 손을 뻗어 빼앗으려고 했다.
"잠깐만!"
건륭이 그 손목을 잡으며 가볍게 냉소를 터트렸다.
"설령 가짜일지라도 누님이 알아서 할 일이지!"
신호, 신룡이라 불리는 두 사람도 벌떡 자리를 차고 일어났다. 건륭에게 잡힌 손목은 아무리 뿌리치려 해도 집게 같은 아귀는 조여만 왔다. 뭔가 예사롭지 않은 낌새를 챈 신표가 다른 한 손으로 건륭을 가리키며 고래고래 소리를 질렀다.
"큰형! 둘째형! 이자들은 보나마나 식량창고를 턴 강도들이에요. 어서 정 어른께 끌고 가 현상금이나 타요!"
 그 소리에 신룡, 신호 두 형제가 기다렸다는 듯이 코웃음을 치며 덤벼들었다.
 "틀림없어! 이마에 '나, 강도야!' 하고 적혀 있잖아! 자식들, 겁도 없이 여기가 누구 땅인 줄 알고나 깝죽거려?"
 이같이 으르렁대며 건륭이 앉았던 식탁을 발로 걷어차니 아낙이 정신없이 달려들어 말리려 했다. 그러나 전에 없이 우악스런 남정네가 붙잡고 놓지를 않았다.
 "이봐, 마누라! 우린 어느 쪽에도 밉보일 수 없단 말이야. 참아, 무조건······."
 건륭이 여전히 신표의 팔목을 잡고 놓지 않자 수륜이 다른 식객들로 위장하고 있는 세 시위들에게 눈짓을 보냈다. 그러자 진작에 손이 근질거려 우는 주먹을 애써 달래고 있던 시위 셋이 맹호의 위세 그대로 신씨네 형제에게로 덮쳤다. 삽시간에 안겨진 주먹과 발길질에 꼼짝없이 당하고만 신씨 형제들은 얼굴이 온통 피투성이가 된 채 땅바닥에 널브러지고 말았다. 순진하고 힘없는 백성들을 괴롭히는데는 그다지 큰 주먹이 필요치 않았던 신씨 형제들은 얼굴이 밤톨이 되어 드러누운 채 악을 썼다.
 "어디 우리 백호회(白虎會)의 형제들이 올 때까지만 있어봐, 맷돌에 갈아버릴 테니!"
 그러나 구경꾼들이 하나둘씩 몰려들자 비틀비틀하며 일어난 이들은 오만가지 험악한 인상을 지었다. 하지만 감히 건륭에게 덤빌 엄두는 내지 못했다.
 바로 그때, 빙 둘러선 구경꾼들 사이에서 자그마한 소동이 일기 시작했다.

사교(邪敎)의 포교현장 267

"은왜(銀娃)다!"
누군가 고함을 지르자 사람들은 일제히 떠들어대기 시작했다.
"은왜가 관음보살 역을 맡나보네, 저기 봐봐!"
이어 밖에서 사내 하나가 구경꾼들을 거칠게 밀치며 들어오더니 신룡을 향해 발을 굴렀다.
"홍삼 어른께서 기다리시는데, 자넨 여기서 입씨름이나 하고 있나? 어서 가봐!"
사내에게 불려가며 신호가 건륭을 향해 가래침을 내뱉으며 씨부렁댔다.
"사내라면 내가 올 때까지 꼼짝 말고 거기 있어! 갔다와서 요절을 내줄 테니!"
가슴이 크게 오르내리고 숨소리가 거칠어지는 건륭을 걱정스레 쳐다보며 홧김에 이성을 잃은 판단을 할까봐 염려가 된 기윤이 급히 말리고 나섰다.
"어르신, 보시다시피 별볼일 없는 동네 건달입니다. 저것들 때문에 심기를 다칠 것까진 없어 보입니다. 현에서 저것들이 저리 휘젓고 다니게끔 간과하지 않을 겁니다!"
"이제 큰일났어…… 큰일났다고! 이걸 어떡하나……."
사색이 된 아낙의 남정네는 똥마려운 강아지처럼 안절부절하지 못했다. 그러자 아낙이 남편을 끌어다 눌러 앉히며 말했다.
"큰일은 무슨, 하늘이 무너지는 것도 아닌데! 하여튼 남자답지 못하게 호들갑을 떠는 데는 뭐가 있다니까! 그나저나 어르신들은 어서 자리를 뜨는 게 좋겠소. 저것들이 홍삼을 찾아가나 본데, 그자는 현관(縣官)들도 먼발치에서 피해 가는 무서운 인간이라오!"
"그럼 우린 어떡해? 우리도 다 버리고 36계 줄행랑을 놓아야 하지 않겠어?"

"해봤자 만두국을 솥 째로 내던지는 수밖에 더 있겠어? 저들이 뭐가 무서워 도망가?"

부부간의 말싸움이 이어지는 가운데 건륭은 싸늘하게 식은 얼굴로 천막을 나섰다. 귀따갑게 들어온 은왜라는 여자를 보고 갈 생각이었다.

천막 앞의 공터에는 벌써 인파가 구름같이 모여들었다. 징소리와 폭죽소리가 끓는 팥죽가마처럼 번잡스러움을 더했다. 사람들이 비켜선 길 한가운데로 용놀이를 하는 무리들이 살아 꿈틀대는 용의 모습을 연출하며 길게 나타났다. 그 뒤로 금동(金童), 옥녀(玉女)들이 오색찬란한 긴소매와 허리띠를 나풀거리며 연신 지화(紙花)와 은박지를 하늘로 뿌려댔다.

분분히 흩날리는 은박지 사이로 4인교를 변형시켜 만든 연화보좌(蓮花寶座) 위에 미색이 수려한 여자가 단아한 자태로 앉아있었다. 갸름한 달걀형 얼굴에 가늘고 동그란 버들잎 같은 눈썹, 애교가 자글자글 끓는 봉안(鳳眼)과 도톰한 앵두입술이 도도해 보였다. 한가(漢家)의 궁장(宮裝)이 잘 어울리는 여인의 단정하게 쪽진 머리엔 흰 비단댕기가 귀밑을 타고 내려와 바람에 살랑거렸다. 다섯 손가락을 모은 오른손을 가슴에 세우고 왼손엔 버드나무를 꽂은 맑은 병을 받쳐들고 있었다. 귀청을 찢는 듯한 고악소리에 연꽃보좌가 물결에 출렁이는 배처럼 오르내리니 찬연한 햇빛에 녹아드는 여인의 모습은 인간 세상에 내려온 선녀가 따로 없이 몽환적이고 신비스러웠다.

순간 건륭은 여인의 미색에 반하여 무작정 인파 속으로 비집고 들어가려고 했다. 그러나, 기윤의 눈짓을 받은 시위들이 건륭의 앞을 철통처럼 막고 나섰다. 기윤의 뜻을 알아차린 건륭이 한숨을 짓더니 웃음을 터트렸다.

"기윤, 모처럼 눈요기 좀 실컷 하려고 했더니 어찌 이리 각박하게 막아버릴 수 있단 말인가?"

"〈반야심경(般若心經)〉에는 '색이 공과 다르지 않고, 공이 색과 다르지 않다[色不異空, 空不異色]. 색은 곧 공이요, 공은 곧 색이다[色卽是空, 空卽是色]'라고 가르치고 있사옵니다. 그러니 우리가 굳이 색을 좇아다닐 필요가 있겠사옵니까?"

그 말을 들은 건륭은 말없이 웃기만 했다. 기윤도 빙그레 따라 웃으며 말을 이었다.

"관제묘 앞에서 누군가 약을 나눠준다며 사람들이 달려가는 것 같았사옵니다. 벌써 신시(申時)가 넘었는데, 잠깐 들렀다 처소로 돌아가시죠!"

그리하여 일행은 관제묘로 발걸음을 돌렸다. 과연 사람들이 많이 모여 있었다. 앉아 있고 서 있고 무릎을 꿇은 사람들이 족히 5, 6백 명은 될 것 같았다. 대부분이 여자와 아이들이었고, 빙 둘러앉은 한가운데에 스무 살 가량 되어 보이는 젊은 도사가 토대(土臺) 위에 다리를 괴고 앉아 눈을 감은 채 공력(功力)을 모으고 있는 것 같았다. 그사이 두 명의 도사가 누런 종이를 한 움큼씩 들고 다니며 사람들에게 나눠주고 있었다.

기윤이 건륭에게 귀엣말을 했다.

"저 도사가 관음보살 역을 맡았어도 은왜 못지 않겠는데요! 코 밑에 수염도 안 난 것이 무슨 법술(法術)을 안다고!"

바로 옆자리에서 그 말을 들은 노파 하나가 합장하며 중얼거렸다.

"저 충허도사(沖虛道士)는 진짜 신선(神仙)입니다. 우리 손자가 저분이 지어주신 약을 먹고 병이 다 나았는데, 무슨 그리 망측한 소릴 하시오!"

그사이 종이를 나눠주던 도사가 기윤의 앞으로 다가왔다. 기윤이 웃으며 머리를 가로젓자 이번엔 건륭에게로 다가갔다. 건륭은 손을 내밀어 한 장을 받았다. 다른 사람들처럼 삼각형 모양으로 접어 손에 받쳐들고 도사를 바라보았다. 잠시 후 충허도사의 입에서 말소리가 새어나왔다.

　　까마귀가 고목 위를 날아예듯,
　　코끼리가 개펄을 걷듯,
　　고기가 물 빠진 개울에서 허덕이듯
　　끝간 데 없이 이어지는 우리 중생들의 고달픈 삶.
　　끈질기게 들러붙는 액운이지만
　　우리 대문을 들어서는 순간 다 떨어져 나가리!

　목소리가 높진 않지만 금속끼리 부딪치는 가는 떨림이 묘한 여운을 남겼다. 말뜻을 음미하던 건륭의 얼굴이 삽시간에 무섭게 굳어졌다. 기윤도 '일지화' 일당의 포교현장일지도 모른다는 경계심이 뇌리를 때리긴 마찬가지였다. 다시 충허도사의 염불이 이어졌다.

　　공작불(孔雀佛)이 보장(寶藏)을 열어 젖히니,
　　약사불(藥師佛)이 보배를 자식들에게 나눠주지.
　　장천사(張天師)가 고향에 돌아와 어머니 분부를 들으니,

하원(下元) 갑자년(甲子年)에 인간의 종말이 임박한다지.
임자년(壬子年)에 낟알 하나 못 건져 백성들이 굶어죽고,
계축년(癸丑年)에 삼신(三辛)을 범하여 온역(瘟疫)이 번질 터이니,
인연이 닿는 자는 내게로 와 삼재(三才)의 보호를 받을 것이요,
인연이 없는 자는 재화(災禍)를 피하지 못해 집안에 피가 흥건할지어다.
세상 사람들에게 권하노니, 선을 베풀어 방생(放生)하고 재계(齋戒)하라.
조사(祖師)께서 영험한 부적(符籍)을 내려 그대들을 제도할 것이니!

염불을 마친 충허도사가 미소를 머금은 두 눈을 뜨자 광기어린 백성들의 환호가 터져나왔다.

"나무용화불조(南無龍華佛祖)!"
"나무자항불조(南無慈航佛祖)!"
"나무아미타불(南無阿彌陀佛)! 나무대자대비 구생약왕보살(南無大慈大悲救生藥王菩薩)! 부디 우리 손자 거인(擧人)에 입격하게 해주시옵소서!"
"나무아미타불…… 부디 우리 남정네 병을 치유해 주시옵소서!"
…………

백성들의 열광 속에 은근한 미소를 지어 보이는 이 충허도사는 바로 '일지화(一枝花)'의 우두머리인 역영(易瑛)이었다. 5일 전에

하남(河南)을 떠나 산동(山東)으로 잠입한 역영은 산동 남부에서 류통훈과 고항의 포위망을 뚫어보고자 했다. 허나 산동에서 안휘(安徽), 강소(江蘇)와 하남으로 통하는 모든 길목은 쥐새끼조차 드나들 수 없이 엄격히 통제되어 날개가 돋치지 않은 이상 변경을 넘을 수 없었다. 경계가 삼엄하기는 직예(直隸) 못지 않았다. 산동 경내를 벗어나려면 현지 현령의 인신증명(印信證明)이 있어야 할 뿐더러 그 정당한 출입을 증명할만한 유력한 증인이 필요했다. 꼼짝없이 발이 묶여버린 일지화는 궁여지책 끝에 현지 난민들 사이에서 포교활동을 벌이기로 했던 것이다. 째지게 가난하여 약 한번 지어먹지 못하고 그대로 죽어가는 사람들에게 약을 보시(布施)하며 민심을 매수하고 있던 중 미행 나온 건륭과 맞닥뜨린 것이다!

전도(傳道)를 마친 역영이 미소를 지으며 무대에서 내려섰다. 그리고는 뇌검(雷劍)이 건넨 불진(拂塵)을 받아 머리 위에서 둥그렇게 원을 세 번 그리며 말했다.

"여기 모인 사람들은 불조(佛祖)와 인연이 닿아 약을 받게 되었으니, 이제부터는 불조께 의지하는 일만 남았느니라!"

건륭이 의아스러워하며 두리번거려보니 사람들이 누런 봉지에 든 것을 펼쳐보느라 손길이 바빴다. 반신반의하며 자신이 접어두었던 누런 종이를 펼쳐보는 순간 건륭은 깜짝 놀라고 말았다. 그 속에 어느새 약가루가 들어있었던 것이다. 반 숟가락쯤 되어 보이는 갈색 분말은 맡아보니 아무런 냄새도 없었다. 어찌된 영문인지 궁금해하고 있으니 뇌검, 당하, 한매, 교송 등 네 명의 '도사'들이 누런 배낭 속에서 미리 포장된 약을 하나씩 나눠주기 시작했다. 이번에는 기윤도 하나 받았다.

"이게 뭔데 병을 고친다는 거죠?"

기윤이 코로 킁킁대며 말했다.

"내가 보기엔 재 한줌에 주사(朱砂)를 섞은 것 같구만……."

독실한 유학자인지라 이런 경우를 귀신놀음으로밖에 치부하지 않는 기윤이 약을 내다버릴 요량으로 종이 째로 움켜쥐고 있을 때 어느새 건륭에게로 다가온 역영이 까만 눈동자를 반짝이며 두 사람을 눈여겨보았다. 그리고는 건륭을 향해 머리를 땅에 대고 절을 하는 것이었다.

"외람되오나 단월거사(檀越居士)께오선 불문제자(佛門弟子)시죠?"

건륭은 옹정 11년에 불문에 귀의한 거사로서 '장춘거사(長春居士)'라는 호(號)를 하사받은 적이 있었다. 단언하다시피 하는 역영의 말에 건륭은 자신의 신분이 드러난 것처럼 당황했다. 그러나 곧 진정한 다음 웃으며 말했다.

"그렇소만……."

"억양이 북경사람 같습니다?"

"아! 난 북경사람은 아니오. 고향은 봉천(奉天)인데, 북경을 자주 드나들며 장사를 하다보니 말투가 그리 변해가나 본데?"

가까이에서 본 역영은 연화보좌에서 본 여인과 흡사했으나 더 상큼하게 보였다. 순간적으로 호감을 느낀 건륭이 칭찬을 했다.

"도사의 뛰어난 법술에 난 오늘 가슴이 확 트이는 느낌이 들었소. 보기에 강서(江西)사람 같은데?"

이에 역영이 대답을 했다.

"나 자신도 어디 사람인지 잘 모릅니다. 태생이 계집애같이 생겨 부모를 잡아먹었다며 백부(伯父)께서 내쫓은 뒤로 이렇게 뜬

구름같은 인생이 되어버리고 말았답니다. 양주(楊洲)에 있는 도사가 설법을 부탁하며 한번 와 주었으면 하는데, 세상이 어수선한 때라 경내를 벗어날 수가 있어야 말이죠! 그래서 여기서 매인 것도 인연이다 생각하여 전도하고 보시를 구하는 중입니다."

그제야 상대가 화연(化緣)을 나온 도사라는 믿음이 생긴 건륭이 마음의 빗장을 풀며 웃는 얼굴로 말했다.

"법력(法力)이 신통한 도사에게 보시할 수 있는 것도 거사로서의 영광이죠."

그 말이 떨어지기 바쁘게 기윤은 열 냥 짜리 은자를 내밀었다. 역영이 웃으며 절을 하는 사이 은자는 뇌검이 받아갔다. 몇 마디 더 주고받으려고 건륭이 막 입을 떼려고 할 때 갑자기 저쪽에서 왁자지껄하게 떠드는 소리가 들렸다. 고개를 돌려보니 싸움이 벌어져 사람들이 한데 엉켜 돌아가고 있는 가운데 여인들의 비명과 애들의 울음소리가 아수라장을 방불케 했다. 길가에서 음식을 파는 가게들이 천막 째로 나뒹굴고 눈먼 몽둥이와 주먹이 난무했다.

"왜들 저러는 거야?"

부드럽고 자상하게 보이기만 하던 역영의 얼굴이 순간 험악하게 일그러졌다. 옆에 있던 교송(喬松)이 미처 대답하기도 전에 시위 하나가 달려와 기윤에게 아뢰었다.

"홍삼이란 자가 가게를 쳐부수며 난동을 부리자 난민들이 물건을 빼앗고 사람을 구타하며 들고일어났습니다. 정 현령이 친히 사람들을 거느리고 현장에 도착했다 합니다!"

무슨 일이 있더라도 현장수습은 정계선이 할 것이다. 무엇보다도 건륭의 신변보호가 시급한 기윤이 단호하게 말했다.

"우린 이런 아수라장에 낄 것 없습니다. 갈 길이 바쁜데 처소로 돌아가시죠, 어르신!"

 그 순간 역영도 생각을 굳혔다. 이전투구가 될지라도 이 혼란을 틈타 어떻게든 탈출구를 찾아야만 했다.

 "홍삼 그 자식, 손 좀 봐줘야겠군! 누군 가난한 백성들을 구제하느라 바쁜데, 어디 힘 자랑을 할 데가 없어 묘회에 와서 횡포를 부린단 말이야? 자식, 혼을 내주고 오자고!"

 역영이 분을 삭이지 못해 씩씩거리며 호인중(胡印中)과 네 자매를 데리고 달려갔다.

 현장에는 향객들이 산지사방으로 흩어지고 장사꾼들이 제발 집기는 때려부수지 말라며 울며 애원하고 있었다. 기윤의 만류를 뿌리치고 현장으로 다가간 건륭이 먼발치에서 지켜보니 은왜를 겁탈하러 나온 홍삼의 백호회가 은왜를 보호하는 무리들과 피 터지게 싸우고 있었다. 신씨네 형제는 뚱보 사내 하나를 등뒤에 보호하여 한 쪽으로 물러나 있었고, 뒤늦게 도착한 아역(衙役)들이 급기야 칼부림까지 난 현장을 수습하느라 진땀을 빼고 있었다.

 "홍삼이 놈이 저기 있다!"

 누군가의 고함소리를 들은 역영이 장검을 뽑아들고 쏜살같이 달려가고 있었다. 불길한 징조를 눈치챈 백호회 홍삼의 두 부하가 뒤쫓아가자 호인중이 기다렸다는 듯이 비수를 던져 둘의 급소를 찔러버렸다. 그사이 홍삼에게로 다가간 역영이 두어 번의 칼을 휘두르더니 순식간에 홍삼의 머리를 베어버리고 말았다.

 툭!

 피가 낭자한 홍삼의 머리통이 떨어져 나뒹굴고 악에 받친 서너 명의 사내들에 둘러싸인 역영의 몸짓이 날렵하기 이를 데 없었다. 아슬아슬한 칼싸움이 이어지던 중 돌연 역영의 뇌양건(雷陽巾)이

벗겨지면서 치렁치렁한 머리가 쏟아져 내렸다. 누구 하나 신경쓰는 이 없었으나 마침 역영에게서 눈길을 뗄 줄 모르던 건륭은 그 모습에 큰 충격을 받았다.

자신이 남자임을 애써 강조한 역영이었다. 외모 어디를 보나 남자라고 보기엔 어딘가 석연치가 않았던 건륭이 그럼 그렇지, 하고 연발하는 순간이었다. 일순 이 여자가 사교(邪敎)와 관련되어 있을지도 모른다는 불길한 예감이 건륭을 전율케 했다. 그 와중에 신씨 세 형제의 난처한 고함소리가 들려왔다:

"반적(反賊)이 사람을 죽였다! 저년들을 잡아라!"

더 이상 주저할 여지가 없었다. 건륭이 신씨 삼형제를 향해 크게 고함치며 명령했다.

"저자들을 잡아 연행하라!"

그리고는 다시 역영을 가리키며 소리쳤다.

"저 자도 잡아라!"

그러나 건륭이 다시금 시선을 돌려 역영을 찾았을 때 역영은 벌써 어디에도 없었다. 신씨 형제들도 맏이와 둘째만 잡히고 셋째는 어디로 숨어버린 뒤였다. 사태가 어느 정도 진정이 되어가자 그제야 정계선은 건륭을 찾아 예를 갖추며 말했다.

"패륵마마, 경내에서 이런 불미스런 일이 벌어져 황송하기 이를 데 없사옵니다!"

건륭은 그러는 정계선에게는 눈길 한 번 주지 않고 말했다.

"패륵은 무슨 패륵! 짐은 바로 당금(當今)의 건륭황제(乾隆皇帝)이거늘!"

느닷없는 건륭의 청천벽력 같은 선언에 정계선이 화들짝 놀라 그 자리에 허물어지듯 쓰러지고 말았다. 길게 엎드려 땀을 흩뿌리며 죽어라 머리를 조아리는 정계선의 젖은 등허리를 바라보던 건륭이 안색을 고쳐 히죽 미소를 지었다.
 "몰랐으니 그럴 수도 있지! 더 말하지 않아도 짐은 자네의 마음을 알고도 남음이 있으니 그만 일어나게."
 앞으로 발걸음을 떼어놓으며 건륭이 물었다.
 "백호회라는 무리들이 혹시 청방(靑幇)은 아닌가? 몇 사람쯤 되나?"
 허겁지겁 일어나 앞으로 다가선 정계선이 조심스레 아뢰었다.
 "백호회는 홍방(紅幇)이라고 알고 있사옵니다. 홍삼이 키우는 무리들이온데, 모두 1천 2백 명 정도라고 하옵니다. 가게주인들도 있고 농사짓는 이들도 있다 하옵니다."
 "일방을 떡 주무르듯 하며 온갖 횡포를 부리는 자들임을 뻔히 알면서도 어찌 여태 가지 뻗게 방치해 두었단 말인가?"
 건륭이 따져 물었다. 그러자 정계선이 침착하게 아뢰었다.
 "소인은 작년에야 비로소 이곳 평음(平陰)으로 발령을 받아 왔사옵니다. 그 당시 홍삼 일당은 벌써 허리가 굵어질 대로 굵어져 있어 그 범죄행각이 쉽사리 꼬리가 잡히지 않았사옵니다. 범죄의 증거가 잡히지 않아 홍아무개를 여러 번 잡았다 풀어준 적이 있사옵니다. 요주의 인물인 줄은 알고 있었사오나 워낙 몸통이 큰지라 이번처럼 크게 난동을 부리지 않는 이상 건드리기 조심스러웠던 것도 사실이옵니다……."
 "이 일을 전적으로 자네의 책임으로 몰아붙이기는 무리인 것 같네. 전임자의 잘못도 큰 것 같네."
 건륭이 내처 걸으며 침통한 어조로 말했다.
 "사후 처리는 어떻게 할 텐가?"

정계선이 잠시 생각하고 나더니 대답했다.

"일단 주범이 죽고 난동세력들이 주춤하오니 난민들을 잘 다독거려 거처로 돌려보낸 연후에 구체적인 대처방안을 강구할 생각이옵니다."

이에 건륭이 명령했다.

"오늘 붙잡은 난민들과 백호회 일당들은 즉각 정법(正法)에 처하도록 하게!"

"예, 폐하!"

"즉각 안민고시(安民告示)를 내리거라. 홍삼은 이미 죽었고, 그 홍방 세력의 본거지를 토벌하고 와해시키는 것은 시간문제일 따름이니 백성들은 안심하고 생업에 종사하라고 이르거라!"

"예, 폐하! 즉각 집행하겠사옵니다. 하오나 난민들은……."

골이 깊게 패인 미간을 더욱 좁히며 오랫동안 고민하던 건륭이 드디어 입을 열어 명했다.

"고인 물은 썩게 되어 있네. 경내를 봉쇄하는 것도 너무 오래 지속되어선 곤란하겠네. 무작정 막아버린다고 '일지화'가 잡히는 것도 아니고……. 지금부터 모든 변경은 해금(解禁)하여 자유로운 왕래를 보장하라 이르거라. 그리하면 난민들이 알아서 분산될 것이다. 기윤, 자네는 즉각 지의(旨意)를 작성하여 류통훈에게 쾌마로 발송하여 해금령을 집행하도록 하게!"

기윤이 급히 물러간 자리에 건륭이 정계선을 향해 말했다.

"자네도 물러가 뒷수습에 착수하게! 음…… 그 은왜라는 여식을 불러오게, 짐이 몇 가지 확인할 게 있어서 그러네!"

사교(邪敎)의 포교현장 279

27. 옥신묘(獄神廟)에서 만난 군신(君臣)

노작(盧焯)은 항쇄(項鎖)가 씌워진 채 북경으로 압송되어 양봉협도(養蜂夾道)에 있는 옥신묘(獄神廟) 안에 수감되어 있었다. 이곳은 강희 연간에 죄지은 황자와 종실의 친귀들을, 그 뒤로는 형부에서 각종 혐의를 받고 있는 대신들을 수사가 종결될 때까지 수감하던 곳이었다. 처음 건축할 당시만 해도 웅장하던 건물이 몇 십 년의 파란 많은 세월을 거쳐 이젠 볼품없이 피폐해져 있었다. 잿빛으로 얼룩덜룩해진 높다란 담에 새똥이 덕지덕지 말라붙어 볼썽사나웠고, 처마 밑엔 거미줄이 얼기설기 흉물스러웠다.

현재 이곳에 수감되어 있는 관원들 중 관직이 가장 높은 편인 노작은 옥신묘에서 가장 좋은 독방을 배치받았다. 커다란 방을 나무판으로 갈라 안방을 따로 만든 이 방은 바깥방에 손님접대용 식탁도 따로 구비되어 있었고, 침실에도 하얀 모기장이 정갈하게 둘러쳐져 있어 어느 모로 보나 각별한 느낌이 들었다. 이는 관옥

(管獄)이 특별히 선심을 써주어서 그런 게 아니라 형이 확정되기 전까지는 사대부에게 굴욕을 주지 않는다는 원칙이 엄연했기 때문이다. 물론 이곳에 수감된 관원들은 그 길흉을 점칠 수 없어 목이 잘린 경우도 있으나 대부분은 한동안 수감되었다가 소리소문 없이 사면되어 몇 년 뒤엔 동산재기(東山再起)하는 경우가 비일비재했는지라 전옥관(典獄官)들이 수년 후를 염두에 두는 면도 없지 않았다.

그 옛날 이친왕(怡親王) 윤상(允祥)이 이곳에 수감됐을 때 전옥관이 병든 윤상을 보고 '엄살'이라며 빈정댄 적이 있었다. 얼마 후 다시금 득세한 윤상은 광동(廣東)으로 발령났던 전옥관을 북경으로 불러 자신의 발 밑에 지그시 밟고 죽을 때까지 말단을 벗어나지 못하게끔 복수했던 경우가 있었다. 때문에 옥졸들은 말끝마다 '어른' '대인(大人)' 하며 높여 부르며 지성을 다했다.

호부(戶部)에서 원외랑(員外郞)과 시랑(侍郞)으로 있다가 치수현장에서 흠차(欽差) 신분으로 있었고, 나중엔 봉강대리(封疆大吏)까지 지녔던 노작인지라 아는 사람이 유난히 많았다. 이곳에 갇혔어도 왕년의 동료들과 지인들이 문안차 들락거리는 덕에 노작은 적적한 줄 몰랐고, 가끔씩은 자신이 형을 기다리는 죄수라는 생각도 깜빡깜빡 잊어버리곤 했다. 오늘은 장삼(張三)이 '살기를 쫓아낸다'며 술상을 마련했고, 내일은 이사(李四)가 '놀란 마음을 진정시켜야 한다'며 주안상을 봐오다 보니 날마다 생일이요 잔칫날이었다. 노작은 복건성에 있을 때보다 열 배는 더 편하다는 생각을 하면서도 건륭이 직접 심문할 때 천위(天威)가 지척이요, 화복(禍福)을 예측할 수 없는 상황을 떠올리면 불안하여 밤잠을 이룰 수가 없었다.

5월이 소리없이 지나가는 이날 하늘에서는 빗발이 가볍게 흩날렸다. 무료한 마음에 노작이 창 밖을 내다보니 호부 주사(主事) 류진모(柳縉模)와 운남사(雲南司) 주사인 여성덕(呂成德)이 등 뒤에 몇몇 서무관과 식합을 든 사환을 달고 들어오고 있었다. 노작이 반가이 맞으며 말했다.

"한번 인사 나눴으면 됐는데, 할 일도 많은 사람들이 이렇게 번번이 찾아와 주니 고맙고 미안하오."

"오늘은 여 주사가 주안상을 봤습니다."

언제 보아도 웃는 얼굴에 고민이 뭔 줄도 모를 것 같은 류진모가 사환이 음식을 꺼내놓길 기다렸다가 돈을 주어 보내고 나서 말했다.

"여 주사가 운남사를 맡더니 동그라미 구경 좀 하나 보지? 하루가 달리 신수가 훤해지는가 싶더니 물어보니 양위(陽痿)가 다 나아 작년에 들인 첩실의 배속에 씨까지 뿌렸다지 뭡니까? 나 같으면 한 턱이 아니라 두 턱, 세 턱도 내겠다, 그러면서 살살 꼬셨죠."

그 말에 노작이 반색을 했다.

"그런 희사가 있었단 말이지! 아무튼 축하하오. 헌데 아랫도리에 영 자신이 없다더니 양위는 무슨 수로 고쳤소? 내가 복건(福建)에 있을 때 동료 하나는 그 병에 걸려 인삼이니 녹용이니 노새와 사슴의 그것까지 별의별 걸 다 먹었어도 낫지 않아 고생하던데! 항상 보면 목이며 손등에 할퀸 자국을 달고 다녀 물어봤더니, 마누라가 그러고도 남자냐며 꼬집는 통에 살맛이 안 난다는 거야. 남의 일이니 웃고 말았는데, 넣자마자 시들어버리는 것도 여간 고문이 아니겠다!"

류진모가 낄낄대며 술을 따랐다. 둘은 쑥스러워 어쩔 줄 몰라

하는 여성덕의 득남을 기원하는 축배를 들었다. 노작의 접시에 음식을 집어주며 류진모가 말했다.

"가난한 경관(京官)들 대다수가 조루증에 시달리고 있습니다. 생각해보세요, 1년에 고작 은자 3, 40냥의 박봉인데 가솔들을 끼고 살 수도 없고, 여자 생각이 난다고 기방을 들락거릴 수도 없고, 매일 냉방에 드러누워 차가운 벽만 마주하고 자다보니 무슨 수로 병에 안 걸리겠습니까? 칼도 갈지 않으면 녹이 스는 법입니다……"

그의 말이 끝나기도 전에 노작은 "푸우!" 하고 술을 내뿜고 말았다.

"악담을 하는 거야, 뭐야……."

여성덕은 시치미를 떼는 류진모를 가리키며 웃느라 뒷말을 마저 잇지 못했다.

"알고 보면 아랫도리가 원만하지 못한 관원들이 의외로 많습니다. 박봉에 시달리는 미관말직도 그렇고, 남부러울 것 없는 조정의 대신들도 예외는 아니라고 들었습니다."

술이 두어 순배 돌아가 홍광이 만면한 서무관 하나가 말했다.

"전에 이불(李紱)이 직예총독 시절에 툭하면 공자 왈, 맹자 왈 하면서 여자보길 돌보듯 했다지 뭡니까? 문생들이 소첩 하나를 데려다주니 내 눈에 흙이 들어가도 그리 추잡스런 짓은 못한다며 소리소리질러 내쫓아 놓고는 밤이 되니 옆구리가 허전하여 하릴없이 기방 앞을 왔다갔다하며 군침만 꿀꺽꿀꺽 삼켰다는 웃지 못할 일화가 있다는 거 아닙니까?"

류진모가 얼굴 가득 괴이한 표정을 지으며 말했다.

"어쩐지! 이불 공의 앞주머니가 늘 후줄근하다 했더니, 그도 조루였구나!"

그렇게 시치미를 떼는 표정하며 우스꽝스런 말투에 사람들은 모두 배꼽을 잡고 말았다.

노작은 나름대로 심사가 무거운지라 따라서 웃는 시늉만 할뿐이었다. 술잔을 거푸 몇 번 비우고 난 노작이 물었다.

"지난번 예부의 우명당(尤明堂)이 그러는데, 전도(錢度)가 운남 동정사(銅政司)의 차사(差使)를 빈틈없이 잘 보고 있나 보더군. 곧 어사(御使)로 승진한다는 설이 있던데, 그게 사실이오? 윤계선(尹繼善)이도 강소(江蘇)에 커다란 서원을 짓고 해관(海關) 세수도 작년보다 배는 늘었다고 하던데, 폐하께오서 귀경하시면 얼마나 흐뭇해 하실지 모르겠구만!"

사실 그는 건륭이 북경에 돌아왔는지, 돌아왔다면 심경은 어떠한지가 궁금하여 이같이 옆구리를 쳤던 것이다. 사람들은 노작의 이런 속마음을 알 리 없었다. 여성덕이 말했다.

"요즘은 동정사가 힘이 세져 호부의 부아문(副衙門)에 해당합니다. 물론 모두 전도가 일궈낸 공로라는 데는 이의가 없을 걸요? 부임하자마자 몇 개월 동안은 남들이 백치로 알만큼 멀찌감치 물러나 보고를 듣기만 할 뿐 가타부타 말을 안 했다지 뭡니까? 그러던 그가 어느 날부턴가는 서리(書吏)들이 올려보낸 자료를 딱딱 제시하며 탐관오리들을 하나씩 색출해나가기 시작했답니다. 불보듯 뻔한 사실 앞에서 발뺌을 하거나 모르쇠를 놓는 자들은 살이 물러 터져 곤죽이 되도록 매질을 하여 동장(銅匠)들과 흑막이 있는 세 명을 때려죽이기까지 했다 합니다. 그 광경을 지켜보고 오줌을 싸지 않는 이가 있겠습니까? 저마다 알아서 벌벌 기며 문초하기도 전에 죄를 이실직고했다 합니다. 일 잘하는 광공(鑛工)들은 공전(工錢)을 올려주어 사기를 북돋아주고, 그 동안 선량한 광공들에게 기생해온 십장들 중 죄질이 무거운 자들에 한해서 아문 밖에서 공개처형을 했다고 합니다. 이권에 개입돼 폭리를 취해오던 청방(靑幇)들이 기겁하여 뿔뿔이 흩어져 도망갈 정도였으니, 전도가 '선참후주(先斬後奏)' 권한을 원없이 행사했음은 자명한 일이죠. 그렇게 피비린내를 풍겨 안팎으로 철저히 정돈하고 나니 올해는 구리 생산량이 전년 대비 네 배도 넘고 주조해낸 동전도 품질이 전에 없이 뛰어나다고 합니다. 그러니 폐하께오서 흡족해 하시지 않을 이유가 없지 않겠습니까?"

"그러게 바닷물을 되로 가늠할 수 없듯 사람도 겉만 봐선 모른다고 했지. 전도에게 그리 무서운 면이 있는 줄 누가 알았겠소!"

노작이 길게 한숨을 내쉬며 말을 이었다.

"전에 호부에 있을 때엔 시키는 일이나 차질 없이 할 것 같은 범생이었는데 말이야."

"전문경(田文鏡) 밑에서 막료로 있으며 은연중 보고 배운 게 많았던 것 같았습니다."

류진모가 취기가 오른 눈을 게슴츠레하게 치켜올리며 덧붙였다.

"운도 따라야 하고. 군기처 말단으로 있던 중 우연한 기회에 폐하께 점수를 따버렸지 않습니까! 이번에 내려보내면서 폐하께오서 주저없이 살인권(殺人權)을 주신 것도 그만한 믿음이 있었기에 가능했지 않겠습니까?"

그러자 뚱뚱한 막료 하나가 끼여들었다.

"아무튼 담력이 대단한 사람임엔 틀림없습니다. 이번 금천 전투에서 장광사 군문과 경복 흠차의 군법을 피해 운남으로 도망간 러민을 전도가 거둬주고 있다 하지 않습니까! 우리 같았으면 노자나 몇 푼 주어 등을 떠밀었을 터인데!"

뚱보의 말에 사람들이 고개를 끄덕이며 공감을 표하고 있을 때 직예 하총(河總)으로 있는 어쌴이 급한 걸음으로 들어왔다. 서로 허물없는 사이인지라 여성덕이 일어나 소매를 당겨 앉히며 말했다.

"어쌴, 3품 대원이 되더니, 그새 날 잊은 건 아니겠지? 어서 앉아 한잔 받게. 쪄죽게 생겼는데, 관포(官袍)는 무슨 놈의 관포요! 허물로 여길 만한 분들이 없으니 벗어버리오!"

어쌴이 고개를 외로 꼬아 여성덕이 막무가내로 내미는 술잔을 밀어버리며 말했다.

"농담할 때가 아니란 말이오! 어서 술상을 치우시오. 폐하와 푸상께서 걸음을 하셨소!"

그러자 뚱보 막료가 번들거리는 입을 헤벌리며 웃음을 터트렸다. 그는 당치도 않다는 듯 말했다.

"누가 농담을 하는지 모르겠네요! 폐하께오서 이제 막 산동에서 귀경하셨는데, 여독도 여독이거니와 황후마마나 어느 빈비 한번 안 아보시지 않고 이런 델 먼저 거동하실 리가 만무하지……."

그러나 뚱보는 이내 혀가 그대로 얼어붙고 말았다. 눈동자가 곧 튀어나올 것만 같이 놀란 표정으로 문 어귀를 바라보던 뚱보는 급기야 자기 뺨을 오지게 때리며 털썩 무릎을 꿇었다. 그리고 죽어라 이마를 찧으며 더듬거렸다.

"폐…… 폐하…… 이…… 썩을 놈이…… 좋은 술 처먹고…… 정신이 나가…… 엉뚱한 소리를 하고 말았사옵니다…… 미친개가 짖었다고…… 용서해주시옵소서, 폐하!"

느닷없는 건륭의 걸음에 벌떡 일어난 사람들은 모두 등골에 가득한 식은땀과 함께 술이 확 깨는 느낌을 받았다. 감옥 안에서 거나하게 벌어진 술판을 보며 건륭과 푸헝 역시 놀라긴 마찬가지였다.

"초도청(肖道淸), 방금 무어라고 헛소리를 했어?"

얼굴이 한껏 굳어진 푸헝이 걱정 어린 시선으로 건륭을 일별하며 호통을 쳤다.

"신하로서 그렇게 함부로 지껄여도 괜찮단 말인가? 이거 당장 못 치워?"

숨죽여 훔쳐보고 있던 옥졸들이 쥐처럼 기어 들어와서 재빨리 술상을 들어냈다.

말없이 자리에 앉으며 옥졸이 받쳐 올린 찻잔을 받아 한 쪽으로 밀어버린 건륭이 갑자기 피식! 웃었다. 그리고는 물었다.

"초도청이라고 했나?"

"예, 폐하……!"

"어느 부서 소속인가?"

"아뢰옵니다, 폐하! 이놈은 호부 소속이옵니다."

"방금 뭐라고 짐을 비방했는지 다시 한 번 말해보게."

"……"

"말해보라니까!"

"예……"

겨우 정신을 추스른 초도청이 건륭을 힐끗 훔쳐보고는 마른침을 꿀꺽 삼키며 아뢰었다.

"죽을죄를 지었사옵니다. 소인은 폐하께오서 이제 막 산동에서 귀경하셨으니 황후마마나 빈비들의 처소를 찾으시어……"

옥신묘(獄神廟)에서 만난 군신(君臣)

초도청은 차마 뒷말을 잇지 못하고 자신의 따귀를 때리는 것으로 마무리하고 말았다. 노작 등은 긴장한 나머지 심장이 튀어나올 것만 같았으나 푸헝은 하마터면 웃음을 터뜨릴 뻔했다.

건륭이 다시 시선을 여성덕에게 돌리며 물었다.

"이 술상은…… 자네가 봐왔고?"

"소인이 돈을 낸 건 아니오나 전적으로 소인의 책임이옵니다. 폐하께오서 죄를 물으신다면 달게 받겠사옵니다!"

"노작에게 술을 사주는 저의가 뭔가? 훗날이 두렵다 이건가?"

건륭의 돗바늘 같은 눈길이 날카로웠다.

"……이제 보니 자넨 여성덕이라는 자로, 장친왕이 마련한 연회 석상에서 이친왕의 귀를 잡아 벌주를 마시게 했던 자로군!"

여성덕이 놀라 술 트림을 하며 머리를 조아려 아뢰었다.

"지난번에 주안상을 들여보낼 때까지는 그런 마음이 없지 않아 있었사옵니다. 하오나 이번에는 노작이 이미 참립결(斬立決)이 확정됐다는 말을 전해듣고 예전의 정을 못 잊어 송별연을 베풀고자 마련했던 자리였사옵니다……. 어찌됐건 물의를 빚어 폐하의 심기를 불편하게 해드린 점은 그에 상응한 죄값을 받는 게 마땅하다고 사려되옵니다……."

"짐은 자네들의 죄를 물을 생각은 없네."

건륭이 손사래를 쳤다. 그야말로 뜻밖이었다.

"인간의 정리(情理)로 보면 마땅히 그렇게 해야지. 그러나, 방법론에 문제가 있네."

낯빛이 위태하게 창백한 노작을 일별하며 건륭이 말을 이었다.

"노작의 마지막 가는 길을 배웅하는 자리가 꼭 감옥이어야 하고, 꼭 이리 흥청망청했어야 했나? 생일상도 이리 푸짐하긴 드물고, 잔칫날도 이리 화기애애하진 못했을 거네. 짐의 말에 수긍하는가?"

저마다 토끼를 품은 가슴이 따로 없고, 죽지 않는다면 껍질이라도 한층 벗겨질 것이라고 전전긍긍했던 사람들은 건륭의 입에서 '정리(情理)' 두 글자가 나오자 그제야 안도하며 일제히 무릎을 꿇어 머리를 조아렸다. 황은이 호탕하여 하늘보다 높고 바다보다 깊거늘 신들의 죄가 목을 베어 마땅하네 어쩌네 하며 일치하지도 않은 목소리로 떠들어댔다. 건륭이 시끄럽다는 듯이 손사래를 쳤다.

"알았네, 다들 그만 물러가게! 각자 돌아가서 사죄 상주문을 도찰원(都察院)에 올려 손가감(孫嘉淦)으로 하여금 자네들의 신상명세에 죄를 기입하도록 하게!"

사람들은 도망치듯 옥신묘에서 물러났다. 건륭과 푸헝, 어싼과 노작만 남은 방안의 분위기는 삽시간에 숨막히는 긴장이 감돌았다. 숨이 턱까지 차 오를 무렵 건륭이 가벼운 한숨을 내쉬며 입을 열었다.

"노작, 다 알고 있는가?"

"신은 북경에 오기 전부터 성주(聖主)의 주육(誅戮)을 피해갈 순 없을 거라는 걸 알고 있었사옵니다."

짐짓 태연한 척 운을 뗐지만 노작의 눈에서는 눈물이 비오듯 흘러내렸다.

"선제와 폐하의 성총과 은덕을 모두 저버린 신은 사람도 아니옵니다. 살아서 세인과 부모님을 뵐 면목이 없고 죽어서 선제와 조상들을 뵈올 면목이 없사옵니다. 후회가 막급하여 창자를 꺼내 삶아 빨고 싶은 마음이 간절하옵니다!"

가슴을 갈가리 쥐어뜯으며 자신의 죄를 통렬하게 뉘우치는 그 처절한 모습에 감화된 듯 건륭의 눈동자가 붉어졌다. 급히 기침을 하여 눈물을 억제하려 했지만 목소리는 가늘게 떨렸다.

"형부와 대리사에서 자네의 형을 확정짓기까지 다섯 번의 합동 조사가 있었고, 세 번의 상주문을 올렸었네. 그러나 짐은 쉬이 인정할 수 없었네. 이번에 육부에서 공동으로 주장을 올려 명백한 증거가 확보되었다고 하니 짐은 어쩔 수 없이 법에 따라 형의 집행을 윤허하게 됐네. 형부에서 참립결 형이 확정되었더군. 짐은 자네에게 칼을 대는 건 차마 볼 수 없어 자살을 권하는 바이네. 이에 대해 자넨 짐을 원망하는 마음이 있는가?"

노작의 낯빛이 파랗게 질렸다. 금방 머리를 빡빡 밀고 난 검푸른 자국 같았다. 죽어라 머리를 조아리며 노작이 말했다.

"당치도 않사옵니다. 신은 뇌물수수죄를 지었는지라 용서받을 길이 없다고 생각하옵니다. 하오나 한 가지 청이 있다면 신을 만인들이 보는 앞에서 죽여주시옵소서. 숨통이 끊기는 건 마찬가지이겠사오나 신은 만천하에 사죄하고 천하의 신료(臣僚)들이 신의 전철을 밟지 않게끔 경종을 울려주고 싶사옵니다……."

노작은 끝내 말을 잇지 못하고 눈물을 흩뿌리며 머리만 조아릴 뿐이었다.

건륭의 안색도 창백해졌다. 토하듯 한숨을 쏟으며 건륭이 말했다.

"짐은 자네의 말로가 애석하기 이를 데 없네! 선제께선 경에 대한 성총이 남다르셨지! 강서에 노작이라는 관원이 있는데, 치수에 그 재능과 열성을 아낌없이 쏟아 부으니 성조 때의 근보(靳輔), 진황(陳潢)에 이어 크게 키워야 할 치수인재이니 만큼 짐더러 각별한 애정을 주라고 하셨네. 그 동안 이룩해 놓은 치수방면의 업적은 선제의 안목이 정확했음을 입증해주고도 남음이 있거늘 조신하고 사리에 밝던 자네가 어쩌다 그런 착오를 범하게 됐나? 그 동안 따끔한 훈회는 소홀히 한 채 칭찬만 해주기에 바빴던 짐의 책임도 크네……."

다시금 코가 시큰해진 건륭은 말을 잇지 못했다.

"훈영(熏英, 노작의 호), 멀쩡한 사람이 어찌 바위를 들어 제 발등을 까는 짓을……."

눈물이 홍건히 고인 푸헝이 코를 훌쩍이며 말을 이었다.

"그것도 여자 때문에……."

긴긴 한숨을 토해내며 노작이 눈물을 훔쳤다. 그리고는 말했다.

"푸상, 이놈이 재물에 눈이 어두워 제정신이 아니었나 봅니다. 입이 백 개라도 드릴 말씀이 없습니다. 그 여자가 제게 아들을 낳아주었습니다…… 저는 5대 독자였습니다. 손주 욕심이 간절하신 영감님이 '가산을 다 파는 한이 있더라도 속신(贖身)을 시켜주어라' 라고 말씀해 놓고도 정작 서 발 막대기 휘둘러도 걸릴 게 없는 적막강산을 마주하여 풀풀 한숨을 쉬는 모습을 보다 못해 그만 흑심을 품게 되었던 것입니다. 무사하게 넘어가길 간절히 소원했습니다. 그러다 류오룡(劉吳龍)이 탄핵문을 올려 들추고 나서자 당황한 김에 궁여지책으로 돈을 건네준 양경진(楊景震)을 참하는 주장을 위조하여 급기야는 기군죄까지 짓고 말았던 것이옵니다…… 드릴 말씀이 없사옵니다. 다만 어서 죽여 주십사 하고 간절히 주청올리는 바이옵니다……."

억압된 분위기를 더 이상 견디기 힘들었다. 건륭은 오열을 토하는 노작을 애써 외면하여 자리에서 일어서며 말했다.

"유종의 미를 거두지 못해 유감이지만 죄도 복도 자네가 지은 대로 가는 것이니 어쩔 수 없네. 짐의 방문이 가는 길에 조금의 위로라도 되었으면 하네. 어쌴, 자네는 여기 남아서 치수(治水) 선배의 경험담을 많이 들어두도록 하게."

말을 마친 건륭은 뒤도 돌아보지 않고 서둘러 밖으로 나갔다. 푸헝도 급히 뒤따라 나섰다.

밖에는 아직 보슬비가 내리고 있었다. 얼굴에 떨어지는 차가운 느낌이 싫진 않았다. 쉽사리 방금 전의 기분에서 헤어날 수 없는 건륭은 승여(乘輿)도 마다한 채 고개를 무겁게 내리고 뚜벅뚜벅 걸었다. 줄줄이 불을 밝힌 노란 등롱들이 미풍에 흩날리는 가랑비와 더불어 그네를 타듯 흔들리는 모습이 길게 뻗은 화룡(火龍)을 방불케 했다.

"푸헝!"

한참 말없이 걷기만 하던 건륭이 입을 열어 물었다.

"자넨 밖에서 흠차로도 활약했고 군사를 거느리고 승전도 이끌어냈고 돌아와서는 군기대신으로 자리를 굳혀가고 있는데, 그 동안 공금에 손을 댄다거나 뇌물의 유혹을 받은 적은 없었나?"

"그런 적은 없었사옵니다."

푸헝의 대답이 빠르고 명쾌했다.

"물론 군사를 거느리고 나갈 경우엔 군향을 제대로 타내기 위해서라도 병사들의 인원수를 다소 부풀리는 경우가 있는 건 사실이옵니다. 그리 하지 않으면 부(部)에서 군향을 여러 명목으로 공제하여 실제 숫자대로 내어주지 않기 때문이옵니다. 그 외에 신은 성총에 위배되고 양심에 거리끼는 짓을 한 적은 추호도 없사옵니다. 폐하의 성총도 성총이려니와 누님인 황후마마의 체통에도 손상이 가선 아니 되오니, 마음의 긴장을 늦출 수가 없사옵니다. 이 밖에 신이 노작과 다른 점은 성조, 세조 그리고 폐하에 이어지는 물질적인 배려로 일가의 생계를 꾸려가는 데는 지장이 없다는 것이옵니다."

푸헝의 말을 듣고 난 건륭은 머리를 가볍게 저었다.

"이유가 충분하지 않네. 자네처럼 범상인(凡常人)이면서도 인상인(人上人, 사람 위의 사람)이고, 일대현신(一代賢臣)이면서도 하인(下人)에 불과한 사람이 부단히 자신을 극복하고 싸워 이기는 노력이 없다면 돈의 노예가 되기 십상이지."

이에 푸헝이 급히 수긍을 했다.

"지당하신 말씀이옵니다! 신은 폐하의 훈회를 가슴에 명기하고 장정옥을 따라 배우도록 하겠사옵니다!"

고개를 들어 찬 보슬비를 맞으며 잠시 생각하던 건륭이 천천히 입을 열었다.

"자네 말대로 장정옥은 과연 여러 면에서 본보기가 되기에 손색이 없는 사람이지. 다만 나이가 든 요즘에 와서는 전례없이 명(名)을 탐내는 것 같았네. 그것도 죽은 뒤의 명성을 말일세. 오늘도 짐에게 현량사(賢良祠)에 이름 석자 새기고 시 한 수를 하사하겠다고 약조했던 사실을 애써 상기시켜려고 하는 게 아닌가. 벌써 몇 번째인지 모르네. 몸과 마음이 약해져서 그렇겠거니 하고 안심시켜 주긴 했지만 마음이 서글펐네."

이같이 말하던 건륭이 갑자기 말머리를 돌려 물어왔다.

"자네는 노작이 용서받을 만한 건더기가 있다고 생각하나?"

"예……"

"악담을 하는 거야, 뭐야?"

"폐하!"

푸헝은 약간 망설이다가 용기를 냈다.

"일단은 뇌물로 받은 은자를 한 푼도 소모하지 않고 고스란히 남겨두어 만일을 대비했다는 것이옵니다. 또한 자신의 착오에 대해 죄의식이 분명하고 죗값을 치르려는 진심이 돋보이옵니다. 그리고 평소에 업적이 뛰어나 민분(民憤)이 없었다는 것도 결코 흔치 않은 장점이옵니다. 요즘 관원들은 뇌물을 받아 챙기는 수법도 참으로 다양하고 고명하여 노작처럼 직접 은자를 받는 사람은 거의 없는 걸로 알고 있사옵니다. 땅이며 골동품, 택원(宅院) 등 값나가는 물건으로 주고받는 실정이옵니다. 소주(蘇州), 항주(杭州) 일대의 비단상인들과 강서(江西) 경덕진(景德鎭)의 도자기 상인들은 아예 분점(分店)을 내어주는 식으로 소리소문 없이 '부모관(父母官)'에게 재산을 떼어준다고 하옵니다. 노작같은 숙맥이나 그물에 걸리지……."

그는 말끝을 흐리며 한숨을 내쉬었다.

건륭도 한숨을 토해내긴 마찬가지였다. 그리고는 말했다.

"노작 같은 인재가 드물긴 하지. 새로 선발된 진사들을 보면 하나같이 말들은 잘하지만 문장 하나 제대로 써내길 하나, 그렇다고 전도처럼 배짱이 있어 거친 광공(鑛工)들을 휘어잡길 하나, 손등이 자라 껍데기가 되도록 흙탕물과 씨름할 의지가 있나…… 하나같이 별볼일 없으니 노작 같은 신료의 빈자리가 더욱 크게 보일 수밖에. 영영 다시 못 본다고 하니 아쉽고 서글픈 마음을 금할 길 없네."

건륭의 상심어린 말을 듣고 난 푸헝이 말했다.

"폐하의 성심이 이러하시온대 그 사람을 용서하는 일이 어려울 건 없지 않사옵니까? 부의(部議) 결과를 기각하는 것으로 노작은 사면을 받을 수 있을 것이옵니다."

그러자 건륭이 말했다.

"육부의 부의 결과는 짐이라도 맘대로 기각할 수 있는 것이 아니네. 이치(吏治)를 쇄신하는 길은 이처럼 멀고도 험하다네. 여기서 발걸음을 멈출 순 없지. 짐이 눈물을 머금고 노작의 목을 치는 것이 이치의 허를 노리는 바특한 자들의 기염을 꺾어버릴 수 있다는 걸 명심하게."

푸헝은 말문이 막혔다. 한참 후에야 비로소 입을 열었다.

"폐하의 말씀에 깊이 공감하옵니다. 이렇듯 혜안이 천리, 만리를 통촉하시고 시시각각 천하의 명운을 우려하시는 성군(聖君)을 가까이에서 섬길 수 있음은 어느 대에 쌓은 분복인지 모르겠사옵니다."

흘러가는 물에 배를 띄우듯, 푸헝은 내친 김에 건륭의 가려운 데를 긁었다.

"부디 폐하의 심기를 불편하게 해드리지 않길 간절히 소원하며 감히 한 말씀만 올려 폐하의 탁월한 선택에 도움이 되었으면 하옵니다. 폐하께오서 노작을 놓치시고 두고두고 심려가 무거우실 것 같으시오면 지금이라도 늦지 않으니 고쳐 생각해 주시옵소서. 폐하께오서 그를 대신하여 책임을 조금만 분담하신다면 노작은 살아남을 수 있을 것이옵니다."

"뭐라?"

건륭이 뚝 멈춰 섰다. 불빛을 등지고 있어 그 표정을 읽을 수는 없었다. 한참 후에야 건륭은 비로소 입을 열었다.

"좋은 발상이네. 굳이 짐의 과실을 따지자면 왜 없겠나. 평소의 훈회가 준엄하지 못했음이 노작의 도덕적 해이를 막지 못했다는 건 입 밖으로 드러내지 않을 뿐 신료들 모두가 주지하는 바일 거네. 먼저 자네 말대로 주사위를 던져놓고 육부의 낭관(郎官) 이상 관원들더러 즉위 이래 짐의 정무상 과실을 논의하여 상주문을 올리라 하면 노작을 보호할 수 있을 뿐더러 반부창렴(反腐倡廉)에 자신의 치부를 드러내는 것도 불사하는 짐의 결의를 일층 확고히 심어줄 수 있는 일석이조의 효과를 거둘 수 있겠네. 정말 훌륭한 발상이네!"

물론 훌륭한 조언이었다. 그러나 푸헝은 오히려 주저하기 시작했다. 이렇게 되면 건륭은 사실상 자신의 과오를 인정하여 노작을 보호하는 셈이었다. 이러다 언젠가 노작이 건륭의 기대를 무참히 짓밟고 다시금 용사받을 수 없는 죄를 저지르는 날엔 노작의 사면을 적극 권장한 푸헝에게 불똥이 튀는 건 당연지사였다. 세상만사 장담할 수 있는 건 아무 것도 없다. 잠시 고민 끝에 푸헝이 말했다.

"신의 발상이 반드시 훌륭하다고 장담할 수도 없사옵니다. 폐하! 부디 통촉해 주시옵소서."

"아니, 훌륭하네."

건륭이 이미 뜻을 굳힌 양 단호하게 말했다.

"나친이 출발한 지도 벌써 이틀이 지났네. 짐은 이미 전도더러 러민을 데리고 상경하라고 하명했네. 금천의 사태가 어느 정도 진정이 되면 경복과 장광사는 절대 남겨둘 수 없네! 그 두 사람의 관직과 명성은 노작과는 비교가 안 되지. 그 둘의 수급(首級)을 따냄으로써 죄지은 관원에 대해선 직급의 높낮이에 무관하게 가차없다는 짐의 의지를 과시할거네!"

푸헝은 급히 엎드려 머리를 조아렸다. 그러나 등골은 어느덧

식은땀으로 끈적거렸다.
 그 사이 둘은 어느새 서화문(西華門) 밖까지 당도했다. 여덟 개의 노란 궁등(宮燈)이 눈이 부셨다. 분말 같은 가랑비는 미풍에 실려 흩날리고 독수리 날개를 방불케 하는 서화문의 처마가 먹구름 낀 밤하늘을 향해 날개를 뻗고 있었다. 서화문에서 멀리 마주 보이는 건물은 장정옥의 집이었다. 누런 등롱이 두 개 내걸려 있는 문 앞에 가끔씩 사람 그림자가 어른거렸으나 한산하고 썰렁해 보였다. 장정옥의 말년에 대해 폄하하는 뜻이 다분했던 건륭의 말을 떠올리며 장정옥을 위해 공정한 한마디를 해보려던 푸헝은 잠시 망설임 끝에 입가에 맴돌던 말을 도로 삼켜버렸다. 심사가 깊어 보이는 듯 건륭이 발걸음을 멈추자 푸헝이 조심스레 물었다.
 "폐하! 외람되오나 어찌 심사가 무거워 보이시는지 여쭤봐도 되겠사옵니까?"
 "짐은 산동 평음에서 있었던 일을 생각하고 있네."
 마치 뭔가를 곱씹듯이 건륭이 천천히 입을 열었다.
 "자네한테 얘기했듯이, 아무리 생각해봐도 그 남장(男裝)을 한 충허도사가 수상쩍단 말이야. '일지화'가 틀림없는 것 같아. 그 당시에 간파했더라면 손쉽게 붙잡았을 텐데……."
 그 일이라면 푸헝은 달리 할말이 없었다. 건륭이 여색에 탐닉하여 일을 그르친 경우를 비일비재하게 보아왔던 푸헝이었던 것이다. 그렇다고 황제가 말하는데 침묵을 지키고 있을 수만도 없었다.
 "누군들 '한 송이 고운 꽃' 앞에서 넋을 빼앗기지 않을 수가 있겠사옵니까!"
 무슨 말을 해야 할지 망설이던 푸헝이 엉겁결에 뱉어낸 말이었다. 그러자 건륭이 머리를 저었다.

"아무리 고운 꽃이라고 해도 독이 있으면 뽑아서 내쳐야 하는 법이네. 옹정 초기부터, 짐이 열두 살 때부터 만방에 악명이 높았던 '일지화'이네. 지금쯤은 나이를 따져봐도 이마에 주름이 자글자글한 아낙일텐데, 어찌 저리 젊을 수가 있단 말인가?"

그러자 푸헝이 대답했다.

"백년 불여우가 환생했는지도 모르옵니다."

자신이 그렇게 말을 해놓고도 어쩐지 경박스러운 느낌에 푸헝이 급히 표정을 진지하게 고치며 물었다.

"폐하께선 그 뒤로 그 여자를 만나신 적이 있사옵니까?"

"만났지."

건륭이 소리없이 한숨을 내쉬며 말을 이었다.

"이튿날 변경 해금(解禁)이 시작되고 짐이 평음을 떠나는 길에 성 밖에서 봤네…… 먼발치여서 말은 못해봤고 그저 짐을 향해 깍듯이 예를 갖추고 떠나더군……."

어쩐지 심란해 보이는 건륭을 보며 푸헝이 웃음을 지어 보였다.

"인연이 닿으면 나중에라도 다시 만나게 될 것이옵니다."

"인연 같은 소리 하고 있네."

건륭이 갑자기 나무라듯 말하며 손사래를 쳤다.

"이제 그만 물러가게!"

푸헝이 집에 돌아와 시계를 보니 아직 해시(亥時) 전이었다. 마름 왕씨가 구르듯 달려나왔다. 푸헝이 안으로 들어가며 물었다.

"누가 다녀간 사람이 있었나? 아기는 잠이 들었고?"

왕씨가 종종걸음으로 따라오며 아뢰었다.

"어르신들이 많이 기다리고 계셨사오나 마님께서 내일 다시 오라고 하셨사옵니다. 그밖에 하란국(荷蘭國, 네덜란드)에서 코쟁이 서양인 중들이 두 명 다녀갔사옵니다. 뭐라고 손짓발짓을 하며 떠드는데, 통역관이라고 따라온 자도 시원찮아 무슨 말인지도 못 알아들었사옵니다…… 아기씨께선 막 잠자리에 들었다고 하옵니다. 그래서 소인이 야경꾼더러 아기씨가 깊은 잠에 들 때까지는 딱따기를 두드리지 못하게 했사옵니다……."

잠시 서 있던 푸헝이 말했다.

"그렇다고 딱따기를 두드리지 못하게 해선 안 되지. 애를 그리 조심스레 키워선 안 되네. 앞으로 군사를 이끌고 전쟁터를 종횡무진 누빌 장군감인데 대포소리에 잠 못 들게 만들 참인가? 어서 야경꾼에게 전처럼 하라고 하게!"

말을 마친 푸헝은 횡하니 이문으로 들어갔다.

"어머, 오늘은 어쩐 일이세요? 이리 일찍 귀가하고!"

몸종인 채훼(彩卉)와 등불 밑에서 점괘를 보고 있던 당아(棠兒)는 희색을 감추지 못했다.

"오늘도 야밤에야 오겠거니 하고 기대조차 안 하고 있는데! 채훼야, 어서 인삼탕 내어오지 않고 뭘 하느냐! 조심해, 도련님 깰라!"

푸헝이 그제야 곤히 잠들어 있는 아이를 들여다보며 말했다.

"잡초처럼 키워, 잡초처럼! 온실의 화초처럼 키운다는 건 그 아이를 죽이는 거나 다름없어! 모기도 없는 방에 모기장은 웬일이야!"

그러자 당아가 뾰로통한 기색을 보이며 샐쭉했다.

"오, 그래서 당신은 강아(康兒)를 남의 애 보듯 하는 거예요? 무슨 아버지가 그래요! 강아가 아장아장 걷기 시작해서 당신이

옥신묘(獄神廟)에서 만난 군신(君臣)

데리고 놀아준 적이 몇 번이나 돼요?"

곤하게 잠들어 쌔근대는 아들 복강안은 젖살이 올라 포동포동한 얼굴이 발그레하게 물들어 막 빗물에 씻긴 복숭아같이 탐스러웠다. 이불 밖으로 나온 어린 연근(蓮根)같이 작은 팔다리가 깨물어주고 싶도록 사랑스러웠다. 뭔가를 잡을 듯 통통한 주먹을 살며시 쓸어 이불 안으로 밀어 넣는 푸헝의 두 눈에 아비의 긍지와 살뜰한 감정이 물결쳤다. 아기에게서 일어서며 푸헝이 웃는 얼굴로 말했다.

"고슴도치도 제 새끼는 예쁘다는데, 나라고 왜 새끼 예쁜 줄 몰라서 그러겠소? 아무리 봐도 날 빼다 박은 내 아들인데……."

아기에게서 돌아서던 푸헝이 탁자 위에 놓여있는 반짝이는 금시계를 보고 놀란 표정으로 물었다.

"이거 금시계가 아니오? 이리 진귀한 물건이 어디서 났소?"

"'지리'라고 부르는 코쟁이 중이 가지고 왔더라고요. 왕씨를 보내 물리치려고 했더니, 자기네 나라에서는 그리 귀한 물건으로 취급하지도 않는 약소한 물건이라며 되돌려 보냈더군요. 뭐 당신은 대영웅이고, 꼬리가 크대나? 그래서 제가 족제비가 꼬리가 크지, 우리 그이가 무슨 꼬리가 있느냐고 막 야단을 쳐 보냈어요!"

아내의 말에 푸헝이 웃었다.

"전도사들이야. 우리 대청에서 전도를 하게끔 도와달라는 건데, 내가 무슨 힘이 있어야지. 폐하께 주청을 올리라고 했더니 무릎 꿇는 건 죽어도 싫다네? 어쩔 수 없지. 저들 국왕이 와도 폐하께 삼궤구고(三跪九叩)의 대례를 올려야 마땅하거늘 무슨 얼토당토 않은 소린지! 그런데 여보, 다시 말하지만 귀한 자식일수록 매 한 번 더 든다는 말이 있소. 너무 오냐, 오냐 하고 키워선 안 되오.

집에 문교두(文敎頭)도 있고 무교두(武敎頭)도 있으니 글 익힐 나이가 되면 글 익히고, 넘어졌다 저절로 일어날 정도가 되면 주먹질도 가르쳐야 하오!"
　푸헝이 다시금 못박으며 금시계를 가리키며 말했다.
　"단언컨대 저들 나라에서도 이 물건은 아무나 소유할 정도로 값싼 물건이 아니오. 내일 중으로 돌려보내도록 하오."
　뾰로통해진 당아가 홱 토라져 안방으로 들어가 버렸다. 푸헝이 도리질하여 웃으며 뒤따라 들어갔다. 이불깃을 살짝 들고 쏙 들어가 짐짓 못 이기는 척 곁을 주는 당아를 뒤로 껴안으며 푸헝이 잘근잘근 귓불을 씹는 시늉을 하며 말했다.
　"우리의 장래는 저 애한테 달렸어! 잘 키워서 복 중당(福中堂)에만 만족하게 해선 안 되지. 어떻게든 아비를 능가하는 아들이 되게끔 밀어줘야 하지 않겠소? 힘들겠지만 강하게 키워야 하오. 그리고 당신이 그토록 사리분별이 안 되는 여자라곤 생각지 않소. 그깟 금시계 하나 때문에 나의 앞길에 치명타를 입을 수는 없소. 그게 그리 욕심이 나면 내일 입궐하여 황후누님께 하나 상을 내려달라고 애교를 떨며 청을 하면 자네를 유달리 예쁘게 여기시는 황후마마께서 모른 척이야 하시겠소……."
　어느새 화가 풀린 듯 당아가 돌아누우며 푸헝의 품으로 안겨들었다. 푸헝이 킁킁대며 풀어헤친 당아의 향내나는 머리냄새를 맡으며 속삭이듯 말했다.
　"여보, 얼마 전 이제 막 우리말을 배우기 시작하는 코쟁이 하나가 나보고 체격이 위대하다는 거 있지? 그래서 내가 인격이 위대하면 했지, 체격은 위대하다가 아니라 우람하다, 라고 고쳐줬거든. 여보, 내가 진짜 그리 위대해? ……여기 좀 만져봐…… 우뚝 솟은 것이 제법 위대하지……."

당아가 호호호 웃으며 입을 감싸쥐고 이불 속으로 기어들었다…….

언제나 그러하듯 둘의 운우지정은 곧 죽어도 여한이 없도록 질편했다. 만족스레 팔을 깍지껴 베고 누워있는 남정네의 넓고 매끈한 가슴을 가만히 쓸어내리며 당아가 물었다.

"여보, 오늘은 별로였어요? 다른 데서 훔쳐먹었던 딴 계집이 생각나세요?"

"실없기는!"

푸헝이 생각에서 헤어나 당아의 머리를 쓸어내리며 말했다.

"나친에게 절호의 기회를 빼앗기고 나니 속이 거북해서 그러네."

당연히 푸헝의 속내를 알고도 남음이 있는 당아가 애교있게 위로를 했다.

"죽으러 가는 게 뭐가 그리 부러워서 그래요! 속이 편하게 태평재상노릇을 하는 게 최고예요! 모난 돌이 정 맞는 법이에요."

푸헝이 나름대로 생각에 잠긴 채 당아의 가느다란 팔을 어루만지며 말했다.

"오늘 하루종일 폐하를 시중들어 상주문을 읽고 사람을 접견하고, 오후엔 옥신묘 노작에게까지 다녀왔더니 피곤하군……. 폐하께오선 틈만 나면 '일지화'를 그렇게 놓친 데 대해 가슴을 쓸어내리시며 아쉬워하시지…… 위로하는 것도 여간 힘든 게 아니야……."

건륭이 '일지화'를 여자로 보고 마음을 두고 있을지도 모른다는 생각에 마음이 산란해진 당아의 표정이 금세 어두워졌다. 주체할 수 없는 억울함이 눈물이 되어 울컥 치밀었다. 애써 이를 악물어 눈물을 거둬들이며 당아가 짐짓 비아냥거리는 어투로 말했다.
"하여튼 남자들이란 다 똑같애! 황제가 저러고 다니니 누님이 속병이 날 수밖에!"
당아의 미세한 표정변화에는 전혀 관심도 없이 나름대로의 생각에 잠긴 푸헝이 말했다.
"당신이 생각하는 그런 건 아니오. 폐하께서 없애려고 했던 홍삼(洪三)이란 자를 '일지화'가 죽여버렸소. 폐하나 일지화나 홍삼을 죽인 의도는 대동소이하오. 일방을 휘젓는 극악무도한 패거리들의 두목을 제거하여 현지 백성들에게 안락한 삶을 되돌려주기 위함이었지. 방식은 달라도 추구하는 바는 닮은꼴이 없지 않다는 점이 폐하를 무겁게 만드는 것 같소. 강도라도 인정(仁政)을 베풀면 천하를 얻는 수가 있소. 반대로 하(夏)나라 때의 걸(桀)이나 상(商)나라 때의 주(紂)처럼 폭정(暴政)을 일삼는다면 천지개벽의 혁명이 일어나지 않을 수가 없지. 민심을 얻는 자가 천하를 얻고, 민심을 잃는 자는 곧 천하를 잃는다는 뜻이오. 하물며 우린 1, 2백만이 수억의 한인을 통치해야 하는 소수의 만주인(滿洲人)이오. 결코 방심할 수 없는 상황이오!"
푸헝이 열변을 토하는 사이 품안의 당아가 조용하여 팔을 빼고 보니 그는 벌써 깊이 잠들어 있었다. 피식 실소를 흘리며 옷을 입고 온돌로 내려선 푸헝은 잠을 놓쳐서인지 점점 정신이 말똥말똥해졌다. 밖으로 나오니 몸종 채훼가 시중을 들고 있었다. 다시 들어가 서류를 한가득 안고 나오는 푸헝에게 입을 헹굴 물을 떠다 놓으며 채훼가 나직이 말했다.
"잠을 놓치셨사옵니까? 소인이 시중들어 드리겠사오니 뭐든지

시켜만 주시옵소서."

　가까이 다가선 몸종의 저고리에 손을 집어넣어 봉긋한 젖가슴을 아프지 않을 만큼 꼬집으며 푸헝이 말했다.

　"괜찮아. 이렇게 손이 심심할 때 시중들어주면 돼! 가서 인삼탕 한 그릇 내어오너라!"

　채훼가 얼굴을 붉히며 물러가자 푸헝은 서류를 한 장씩 넘기며 읽기 시작했다.

〈제⑥권에서 계속〉